DAS
KALTE
GRAB

WEITERE TITEL VON LESLIE WOLFE

LESLIE WOLFE

DAS KALTE GRAB

Übersetzt von Alina Becker

bookouture

Die Originalausgabe erschien 2022 unter dem Titel
„Missing Girl at Frozen Falls"
bei Storyfire Ltd. trading as Bookouture.

Deutsche Erstausgabe herausgegeben von Bookouture, 2023
1. Auflage Juni 2023

Ein Imprint von Storyfire Ltd.
Carmelite House
50 Victoria Embankment
London EC4Y 0DZ

www.bookouture.com

ISBN: 978-1-83790-588-1
eBook ISBN: 978-1-83790-587-4

Besonderer Dank gilt meinem New Yorker Staranwalt und Freund Mark Freyberg, der mich fachkundig durch die Feinheiten unseres Justizsystems geführt hat.

EINS

STILLE

In den blauen Augen ihrer Tochter war nicht ein Fünkchen Respekt zu erkennen.

Hollys trotziger Blick, der ebenso loderte wie ihr langes, zerzaustes Haar, wanderte vom Gesicht ihrer Mutter zum Küchenfenster. Draußen gingen die Farbtöne der Abenddämmerung allmählich in Dunkelheit über, und tiefe Schatten krochen über die Grundstücksgrenzen und erfüllten Rachels Herz mit Sorge.

»Zehn Minuten nur, Mommy. Bitte«, beharrte Holly und hampelte sichtlich widerwillig auf ihrem Stuhl herum. »Es ist doch noch gar nicht richtig Abend.« Sie nestelte an dem Platzdeckchen auf dem Tisch und zupfte an einem Faden, der sich aus der Naht löste. Bald würde es auseinanderfallen, wie alles, was Holly in die Finger bekam. »Bitte?«

Rachel biss sich auf die Unterlippe, um das angespannte Grinsen zu unterdrücken, das sich in ihr anbahnte. »Wir essen gleich zu Abend, Schatz.« Nachdem sie mit raschen, geübten Bewegungen die quadratischen weißen Teller auf den Tisch gestellt hatte, wandte Rachel ihrer Tochter einen kurzen Moment den Rücken zu, um den Bräter aus dem Ofen zu holen und ihn auf einem Untersetzer abzustellen. Als sie wieder aufblickte, zufrieden, dass sie es geschafft hatte, den Braten auf den Tisch zu bringen, ohne etwas zu verkleckern, war Hollys Stuhl leer.

Rachels Tochter hing förmlich an der Hintertür, offenbar gewillt, die Grenzen ihrer Mutter auszutesten. Weit zurückgelehnt, mit dem Rücken fast am Boden, hielt Holly den Türknauf fest umklammert und drehte ihn langsam. Ihre kastanienbraunen Locken wischten über die Fliesen und sie starrte Rachel mit einem breiten, unverfrorenen Grinsen auf dem sommersprossigen Gesicht an, als wollte sie herausfinden, ob sie auf diese Weise den Knauf noch das letzte Stück weiterdrehen konnte, bevor er unter ihrem Gewicht nachgab und die Tür aufschwingen ließ.

Rachels Herzschlag setzte einen Augenblick aus. Der Knauf war lose und hielt auch so schon nicht mehr richtig, selbst wenn keine rachedurstige Achtjährige an ihm hing. Für Holly musste dieses klappernde Ding ein Symbol für ihre Gefangenschaft in der Küche darstellen, das es völlig verdiente, in Stücke geschlagen zu werden – auch wenn das bedeutete, dass sie selbst im Zuge dessen hart auf den Boden fiel und sich den Kopf am Schrank anschlug. Vielleicht, und das war für eine Achtjährige wesentlich wahrscheinlicher, dachte das kleine Äffchen aber auch nicht ansatzweise über solche Folgen nach.

Rachel ließ den Ofenhandschuh auf den Tisch fallen, hastete zur Tür und fing ihre Tochter auf. Sie nutzte die Gelegenheit, sie kurz an sich zu drücken, bevor Holly anfing, sich zu winden und sich zu befreien.

Noch in der Hocke ließ Rachel sie sanft auf den Boden gleiten, während ihr Blick kurz zur Uhr am Ofen wanderte. Langsam wurde es spät.

Mit jeder Minute, die verstrich, stieg die Angst weiter in ihr auf, wie Nebel, der vom Meer heraufzog und alles, was ihm im Weg war, verschluckte. Rachel hätte nie etwas sagen sollen. Sie hätte sich aus dem Staub machen sollen, so tun, als wäre sie nicht da, und vielleicht hätte sie sich damit in Sicherheit gebracht. Sich und Holly.

Widerwillig öffnete sie die Arme und schluckte die drohenden Tränen herunter. Ohne zu zögern, sprang Holly auf, rannte um den Tisch und vertrieb die Stille mit ihrem Lachen.

»Wasch dir die Hände, bevor du dich an den Tisch setzt, junge Dame.« Das Mädchen zog eine Schnute, aber Rachel gab nicht nach, sondern deutete auf die Spüle. »Sofort.« Dann setzte sie sich seufzend an den Tisch und griff zu Messer und Gabel, um den Braten zu tranchieren, der ihr schon das Wasser im Mund zusammenlaufen ließ. Der Duft von buttrigem Kartoffelbrei und Kalbfleisch mit Thymiankruste stieg ihr in die Nase und erinnerte sie daran, dass sie am Morgen zum letzten Mal etwas gegessen hatte.

Rachel beobachtete Hollys halbherzigen Versuch, sich die Hände zu waschen, während sie gleichzeitig eine Nachricht auf ihrem Handy tippte. Beinahe hätte sie nicht mitbekommen, wie ein Wagen in die Auffahrt fuhr. Dann aber ließ ihr das vertraute Geräusch das Blut gefrieren. Auf Zehenspitzen huschte sie ins Wohnzimmer, ohne das Licht anzuknipsen, und spähte durch die Gardinen nach draußen.

»Oh nein«, flüsterte sie. »Oh, bitte nicht.«

Sie hastete zurück in die Küche, nahm Hollys Jacke vom Garderobenständer neben der Tür und blieb dann an der Seite ihrer Tochter stehen. »Erinnerst du dich daran, worüber wir zuletzt gesprochen haben?«, flüsterte sie, leise aber eindringlich. Holly nickte mit kugelrunden Augen. Ihr Grinsen war verschwunden. »Es ist so weit. Hier, zieh die an und geh nach draußen. Versteck dich im Geräteschuppen hinter dem Traktor, wie wir es besprochen haben.«

Holly nickte erneut. Zögerlich stand sie auf. Ihr unbändiger Wunsch, nach draußen zu gehen, schien komplett verflogen.

»Geh schon.« Rachel öffnete leise die Tür und Holly

huschte hinaus. Ein kalter Windstoß brachte den Geruch von Herbstlaub und dem drohenden Novemberregen herein. »Bleib dort, bis ich komme und dich hole, verstanden?« Dann legte sie den Zeigefinger an die Lippen, eine stille Bitte an ihre Tochter, keinen Mucks von sich zu geben. »Atme so, wie ich es dir gezeigt habe, ja? Langsam und ruhig. Und hab keine Angst.« Rachel wischte eine Träne aus dem Augenwinkel ihrer Tochter. »Mein mutiges kleines Mädchen.«

Holly wimmerte und trat einen Schritt zurück. Ihre Locken flogen ihr um den Kopf, als sie sich umdrehte und Anstalten machte, barfuß über den gefrorenen Boden zu laufen. Mangels besserer Alternativen zog Rachel ihre eigenen Schuhe aus und warf sie Holly hinterher, die kurz stehen blieb, hineinschlüpfte und dann weiter zum Schuppen hastete. Rachels Turnschuhe waren ihr zu groß, aber sie schaffte es bis zum Schuppen und verschwand mutig durch die Tür, die sich mit einem rostigen Knarren hinter ihr schloss.

Rachel spürte, wie sich ein Schluchzen den Weg aus ihrer Brust nach oben bahnte, aber sie unterdrückte es, während sie die Tür schloss und Hollys Teller, Besteck und Platzdeckchen schnell in der Spülmaschine verschwinden ließ.

Was machte sie eigentlich noch hier? Es ergab keinen Sinn, aber tatsächlich wusste sie nicht, wohin sie sonst gehen sollte. Sie hatte ein einziges Abendessen mit Holly haben wollen, einen einzigen normalen Tag, bevor sie ihr ganzes Leben umkrempelte – und vielleicht zum Besseren. Aber jetzt bereute sie diesen Entschluss bitterlich, den krönenden Abschluss einer ganzen Reihe schlechter Entscheidungen, die sie getroffen hatte.

Sie hatte geglaubt, es würde noch Zeit bleiben.

Wie sehr sie sich geirrt hatte.

Es klingelte zweimal an der Tür, vermeintlich lauter als sonst, und die Angst fuhr Rachel in die Glieder. Sie schloss die Klappe der Spülmaschine mit einem lauten Knall und rief:

»Einen Moment!« Mit einem letzten Blick in die Küche nahm sie allen Mut zusammen und machte sich auf den Weg zur Eingangstür.

Einen kurzen Moment überlegte sie, nicht zu öffnen, sondern die Tür mit einem Stuhl unter der Klinke zu versperren, wie sie es so oft in Filmen gesehen hatte. Aber sie war sich sicher, dass das nicht viel bringen würde. Besser war es, sich herauszureden. Das war ihre einzige Chance.

Sie öffnete die Tür und erstarrte. Ihre Kehle war wie zugeschnürt und kein Wort wollte herauskommen.

Der Mann starrte Rachel an, bevor er eintrat, als wollte er ihre Absichten beurteilen. Als erwartete er mehr als das unbeholfene Lächeln, das sie mit ihren zitternden Lippen zustande zu bringen versuchte. Er hatte die Hände in den tiefen Taschen seines Trenchcoats vergraben und baute sich breitschultrig und mit entschlossener, unbeugsamer Miene vor ihr auf. Die langen Falten seines Regenmantels flatterten im frischen Wind wie die Flügel eines Vogels, der verzweifelt zu entkommen versuchte.

»I-ich weiß, warum du hier bist«, sagte sie schwach. »Aber dafür gibt es keinen Grund.« Der Mann starrte sie weiterhin kalt und unnachgiebig an. »Ich habe entschieden, dass es besser ist, alles auf sich beruhen zu lassen und einfach zu verschwinden. Ich nehme Holly und ziehe mit ihr fort.«

Sie warf ihm einen kurzen Blick zu und wandte sich dann von ihm ab. Ihr Kopf hing herab, die Augen hinter den welligen Strähnen ihres seidigen roten Haares verborgen. Sein Gesicht schien wie in Stein gemeißelt, regungslos, teilnahmslos. Diese Teilnahmslosigkeit machte ihr am meisten Angst.

»Ach ja?«, fragte er. Seine Stimme hallte auf eigenartige Weise durch den stillen Raum. »Du hast also einfach beschlossen, alles bleiben zu lassen und wegzulaufen? Und das soll ich glauben?« Sein Lachen klirrte wie Glasscherben durch die tödliche Stille.

Sie nickte verzweifelt und spürte ihren rasenden Herzschlag. »Ich kann mich sowieso nicht mehr an viel erinnern. Ich ... Ich habe mich geirrt. Ich dachte, ich würde mich erinnern, aber ...« Ihr stiegen Tränen in die Augen. Er streckte die Hand aus und berührte ihr Gesicht. Sie zuckte zusammen und zwang sich, ruhig zu bleiben. »Ich verspreche, dass ich kein Wort sage.«

Sein Mund verzerrte sich zu einem schiefen Grinsen. »Allergrößtes Ehrenwort?«, hakte er nach und zerdrückte eine ihrer Tränen unter seinem Daumen.

Seine Frage ließ lebhafte Bilder vor ihrem inneren Auge entstehen. Ein schwarzer Geländewagen, der auf der Straße vorbeifährt, an der sie parkt. Der langsamer wird, als er die Ecke erreicht. Das Fenster, das trotz des leichten Regens herunterfährt. Ein flackerndes Licht und ein Pistolenschuss. Und dann noch einer. Die Hand mit der Pistole, die durch den Rückstoß nach oben schnellt. Der dumpfe Aufprall eines Körpers, der auf den regennassen Bürgersteig fällt, ein junger Mann, zwanzig Jahre alt, vielleicht auch jünger. Blut, das sich mit dem Regen vermischt und langsam zur Rinne fließt. Der schwarze Geländewagen, der an Fahrt aufnimmt, um die Ecke biegt, verschwindet. Ihr eigener Atem, wie gefangen in ihrer Brust, stechend und schmerzhaft.

Sie schüttelte den Kopf. »Kein Wort, das verspreche ich. Ich bin nur durcheinander, das ist alles.« Sie wich langsam von ihm zurück. Sie verkaufte ihre Lüge so schlecht, dass selbst ihre achtjährige Tochter sich wohl besser geschlagen hätte. »Im Eifer des Gefechts ... habe ich mich vor diesen Leuten lächerlich gemacht, denke ich. Ich habe noch nie zuvor einen Mord mitangesehen.« Sie erstickte an dem Wort und ihre Stimme erstarb. »Ich dachte, ich könnte mich an das Kennzeichen erinnern, aber alles, was ich weiß, ist, dass es ein schwarzer Wagen war. Oder vielleicht blau. Davon gibt es zig Millionen. Ich habe wirklich nichts gesehen. Das schwöre ich. Bitte, lass mich gehen.«

»Das kaufe ich dir nicht ab.« Seine Stimme klang nüchtern, sachlich.

Sie zuckte die Schultern und schüttelte wieder den Kopf, unentwegt zu Boden starrend. »Ich habe sie schon angerufen und ihnen gesagt, dass ich mich an nichts erinnere.« Als sie zu ihm aufschaute, kreuzten sich ihre Blicke für einen kurzen Moment, und sie fügte leise und erstickt hinzu: »Aber *sie* könnten da anders denken. Ich ... wir schweben in Gefahr, wenn sie glauben, dass ich etwas gesehen habe. Du weißt schon, den, ähm, Mörder. Ich wünschte, ich könnte ihnen sagen, dass ich nichts gesehen habe. Dass ich kein Risiko für irgendjemanden darstelle.« Sie verknotete die Hände und wich einen weiteren kleinen Schritt zurück. »Ich war zu weit weg. Es war dunkel und es hat geregnet. Wie hätte ich da etwas sehen sollen? Oder?« Sie versuchte es mit einem aufgesetzten Glucksen, aber heraus kam nur ein gutturales, groteskes Geräusch.

Dann schluchzte sie gegen ihren Willen auf. Sie fühlte sich schwach und zittrig auf den Beinen, ließ sich auf einen Stuhl nahe der Tür sinken und verbarg das Gesicht in den Händen. Ihre Schultern zuckten, während sie weinte und ihr Körper von Angst und Verzweiflung geschüttelt wurde.

Er trat näher heran und berührte Rachels Schulter, was sie fast aus der Haut fahren ließ. Sie schnappte nach Luft und schaute ihn durch den Tränenschleier an. Als sich ihre Blicke trafen, erschauderte sie. Sein Entschluss stand felsenfest, und nichts, was sie sagte oder tat, würde irgendetwas an dem, was ihr bevorstand, ändern können.

Trotzdem schoss sie von ihrem Stuhl in die Höhe und flüchtete sich verzweifelt um sich schlagend in die Küche, wo sie auf der Tischplatte nach dem langen Tranchiermesser tastete, dass sie dort vorhin abgelegt hatte.

Langsam, unbeeindruckt und entschlossen kam der Mann ihr hinterherspaziert. »Wo ist das Kind?«

»Sie ist nicht hier«, stammelte Rachel. »Ich habe sie bei meiner Mutter gelassen.«

»Aha«, gab er kühl zurück, zog eine Pistole mit einem kleinen Schalldämpfer aus der Tasche und zielte auf ihre Brust.

Mit zitternden Fingern griff sie nach dem Messer, machte einen Satz nach vorn und hob die Hand, während sie auf ihn zusprang.

Aus der Pistole lösten sich zwei schnell aufeinanderfolgende Schüsse. Die Kugeln durchdrangen ihren Körper und ließen Blitze in ihrem Kopf explodieren. Sie fiel zu Boden, während die Welt um sie herum dunkel wurde. Das Messer landete klappernd auf den Fliesen und rutschte unter den Ofen.

Der Mann starrte kurz auf sie hinab, umrundete dann den Tisch und feuerte einen weiteren Schuss direkt in Rachels Kopf ab. Für den Bruchteil einer Sekunde fuhr ein Ruck durch ihren Oberkörper – und dann war da nichts mehr.

Nur Stille.

Der Mann ließ die Waffe wieder in seine Tasche gleiten und griff nach dem Geschirrtuch, das über dem Griff an der Ofenklappe hing. Eine bekannte Melodie vor sich hin pfeifend, wischte er über alle Oberflächen, die er seit seiner Ankunft hier berührt haben könnte. Die Rückenlehne des Stuhls auf der Rachels totem Körper gegenüberliegenden Tischseite. Die Klinken der Eingangstür. Den Türrahmen in der Küche. Und zur Sicherheit auch über einzelne Bereiche der Anrichte und des Tischs.

Bevor er ging, schaute er auf das schöne Gesicht der Frau hinab, so ruhig im Tod, so friedlich. »Was für eine Verschwendung!«, brummte er, drehte sich zum Tisch um und zupfte ein Stück Kruste vom Braten ab. Hungrig schluckte er es hinunter und leckte sich die Finger ab. »Und kochen konnte sie auch noch.«

Er war schon fast wieder an der Tür, als er Geräusche von

draußen hörte. Aus dem Garten. Ein Krachen, einen dumpfen Schlag, ein unterdrücktes Wimmern.

»Verdammte Scheiße aber auch noch mal«, murmelte er und stürmte durch die Hintertür, ohne sich Gedanken über seine Fingerabdrücke an dem wackeligen Knauf zu machen.

Zum Abwischen war später noch Zeit.

ZWEI

ENTGANGENER ANRUF

Kay starrte den Verdächtigen durch das Glas an und machte sich auf den Moment gefasst, wenn sie den Raum betreten musste. Sie hatte die Hände um ihren großen Pappbecher gelegt, um etwas von der Wärme des Kaffees abzubekommen. Mit gerümpfter Nase warf sie Elliot einen Blick zu.

»Das muss eine Premiere sein«, sagte sie. »Und du glaubst gar nicht, wie sehr er stinkt.«

Ihr Kollege grinste und nickte knapp. Die Krempe seines Cowboyhutes bewegte sich kaum merklich auf und ab. »Soll ich ihn wieder nach hinten bringen?«

Kay schaute sich den Verdächtigen noch einmal an. Jetzt wirkte er wach, anders als vor ein paar Stunden, als er so fest geschlafen hatte, dass ihn zwei Deputies vom Streifenwagen ins Gebäude tragen mussten. Struppiges braunes Haar, das bestimmt seit Monaten keinen Kamm mehr gesehen hatte, und ein ebenso ungepflegter Bart bedeckten einen Großteil des Gesichts. Das schmutzige graue T-Shirt des Verdächtigen zeigte Spuren einer braunen Substanz, über deren Ursprung Kay nicht einmal nachdenken wollte. Seine Hose war abgetragen, ausgeleiert und speckig. Der Mann musste schon eine ganze Weile obdachlos sein.

Der Geruch von abgestandenem Zigarrenrauch kündigte die unmittelbare Ankunft von Sheriff Logan in dem kleinen Beobachtungsraum an. Die Schatten unter seinen Augen waren dunkler denn je. Wahrscheinlich litt er bereits an Schlafmangel, und das, obwohl die Wintersaison gerade erst anfing. Wie üblich brachte der Winter Schnee und damit ganze Touristenhorden mit sich, entweder Skifahrer oder Ausflügler, die gern Zeit auf den Hängen und Gipfeln des Mount Chester verbringen wollten, sobald es das erste Mal weiß vom Himmel rieselte.

Mit den Touristen kamen aber auch endlose Überstunden auf die Polizei zu. Bagatelldiebstähle, Schlägereien in Bars, alkoholbedingte Ordnungswidrigkeiten, Einbrüche, Trunkenheit am Steuer, vereinzelte Vergewaltigungen und ab und zu ein Mord. Dutzende Verkehrsunfälle, von Blechschäden über Massenkarambolagen bis hin zu Unfällen mit Todesfolge – und das alles, weil Kalifornier keinen blassen Schimmer hatten, wie man im Winter Auto fuhr. Das war eine bewiesene Tatsache.

»Ich dachte, der wäre mittlerweile hinter Schloss und Riegel«, sagte Sheriff Logan, der im Türrahmen stehen blieb und dem Kriminellen einen flüchtigen Blick voll unverhohlener Missachtung zuwarf.

»Ich wollte ihn für das Verhör im wachen Zustand haben«, gab Kay zurück. »Ich habe keine Lust darauf, dass ihn irgendein gewitzter Anwalt aus der Sache herausboxt, weil er beim Verhör beeinträchtigt war.«

»Was gibt es da schon zu befragen?« Logan grinste und kratzte sich an den raspelkurzen, ergrauenden Haaren an seiner Schläfe. »Das ist was vollkommen Neues für mich«, fügte er hinzu. Sein Grinsen wurde noch breiter und entblößte seine nikotingelben Zähne. »Am Tatort einzupennen.«

Kay legte den Kopf ein Stück zur Seite. »Ich würde ihn auch gern auf die Gravatt- und Langton-Einbrüche festnageln. Bei den Fällen gibt es einige Gemeinsamkeiten. Dieselbe Uhrzeit. Dieselbe Art des Eindringens. Derselbe Modus Operandi.«

»Fingerabdrücke?« Das Grinsen des Sheriffs verblasste.

»Darauf warten wir noch, aber ich dachte, ich frage ihn einfach.«

Elliot gluckste leise. Wie immer hielt er sich im Hintergrund, aber Kay konnte ihm ansehen, dass sein Gehirn auf Hochtouren lief.

»Er ist nicht wirklich eingeschlafen«, sagte er schließlich. »Er wurde unter Drogen gesetzt. Von Mrs Donaghy. Sie hat ihn irgendwie dazu gebracht, mit ihr einen Kaffee zu trinken, den sie mit ihren eigenen Schlaftabletten verfeinert hat. Diese Frau ist mit allen Wassern gewaschen.«

»Jep ... Sie hat ihm eine dreifache Dosis verpasst.« Logan lachte. »Das habe ich zumindest gehört. Alle Achtung! Und wie ist er hier gelandet?«

»Die Donaghys haben ihn mit Verlängerungskabeln gefesselt und uns dann angerufen«, berichtete Elliot. »Können Sie sich vorstellen, wie Mr Donaghy mit seinen dreiundsiebzig Jahren, seiner Wampe und seiner üblen Arthritis dieses wie einen Räucherschinken eingewickelte Stück Scheiße hier auf die Veranda geschleppt hat, weil er ›weder den Anblick noch den Gestank länger ertragen konnte‹? Seine Worte, nicht meine«, fügte er schnell hinzu, die Hände zu tief in den Taschen vergraben, um die obligatorischen Gänsefüßchen in die Luft zu malen.

Logan zog den Bauch ein, vermutlich durch Elliots Beschreibung von Mr Donaghy plötzlich an seine eigene Statur erinnert. Kay drehte sich um, damit er ihr Grinsen nicht bemerkte.

»Alles klar, ich gehe jetzt rein«, verkündete sie, stellte ihren Kaffeebecher auf einem kleinen Beistelltisch ab und rückte ihren schwarzen Rollkragen zurecht. Sie schob sich die Ärmel bis zu den Ellbogen hoch und nahm ein Haargummi aus der Tasche, um sich das blonde Haar zu einem Pferdeschwanz zu binden. Mit einer Akte voll leerer Blätter, einer Requisite, die sie sich gelegentlich zunutze machte, blieb sie kurz an der Tür stehen. »Zehn oder fünfzehn Minuten, würde ich sagen«, fügte sie mit einem flüchtigen Blick zu Elliot hinzu. Seine Hutkrempe wippte erneut unauffällig. Kay hatte nicht die Absicht, Logan wissen zu lassen, dass sie und Elliot später zum Abendessen verabredet waren.

Obwohl das eigentlich schon ganz Mount Chester wusste. Vor allem die Kollegen bei der Polizei.

Der Verdächtige zuckte kaum mit der Wimper, als sie eintrat. Kay stockte der Atem in der Brust, so stickig war es im Vernehmungsraum. Sie machte auf dem Absatz kehrt, drehte den Temperaturregler draußen im Flur um fünf Grad herunter und schaltete die Klimaanlage ein. Dann ging sie wieder hinein und ließ sich gegenüber dem Verdächtigen am Tisch nieder.

»Mr John Homer Boydston.« Kay machte eine effektvolle Pause. »Und, wie läuft's so?«, fragte sie dann, öffnete die Akte und blätterte durch die Zettel.

»Hä?«, gab der Mann zurück und starrte sie mit halb geschlossenen, blutunterlaufenen Augen an. »Was glauben *Sie* denn, wie's läuft? Ich bin aufgeflogen.«

»Ja, das habe ich vernommen.« Kay schloss die Akte, platzierte sie ordentlich vor sich auf dem Tisch und legte dann die sich an den Fingerspitzen berührenden Hände darauf ab. »Warum sind Sie in das Haus der Donaghys eingebrochen?«

Er wandte den Blick von ihr ab und schaute zum Fenster, einem schwarzen, vergitterten Quadrat aus Glas. Draußen war es bereits dunkel. Die Tage wurden immer kürzer und kälter, und die frische Abendluft kündigte weiteren Schnee an. »Bringt wohl nix, zu behaupten, dass ich's nicht war, oder?«

Kay heuchelte Bedauern. »Nein, ich fürchte, das wäre sinnlos. Ich fasse Ihnen gern noch einmal die Geschehnisse zusammen.« Sie wartete, bis Boydston Blickkontakt zu ihr aufnahm. »Heute Morgen gegen zehn Uhr sind Sie in ein Haus eingebrochen und haben die beiden älteren Bewohner bedroht und ihr Geld gefordert. Sie haben ihre Schubladen sowie Mrs Donaghys Handtasche durchwühlt und alles an sich genommen, was Sie finden konnten. Bargeld, Schmuck, die Autoschlüssel. Dann bot Mrs Donaghy Ihnen eine Tasse Kaffee an, die Sie annahmen. Daraufhin schliefen Sie auf dem Sofa ein.«

In den trüben Augen des Verdächtigen flackerte für einen kurzen Moment Erkenntnis auf. »Sie hat mich vergiftet!«, rief er und versuchte, aufzustehen. Die Kette an seinen Handschellen, mit der er an den Edelstahltisch gefesselt war, hielt ihn davon ab. Er gab sich geschlagen und ließ sich zurück auf den Stuhl fallen, dessen Beine laut auf dem Betonfußboden quietschten. »Sie hat mich unter Drogen gesetzt. Hundertprozentig. Ich will Anzeige erstatten.«

»Mr Boydston, Sie sind in ihr Haus eingebrochen. Die Donaghys hätten sogar das Recht gehabt, Sie im Zuge der Selbstverteidigung zu töten. Davon haben sie keinen Gebrauch gemacht. Sie sollten ihnen im Gegenzug dankbar sein.«

Ihm fiel die Kinnlade herunter.

»Wurden Sie über Ihre Rechte in Kenntnis gesetzt?«

»J-ja, ich weiß Bescheid. Ich habe schon einmal eingesessen.«

»Weshalb?«

Er schnaubte verächtlich, als könne er Kay ihr Unwissen nicht abkaufen. »Einbruch.«

»Alles klar, also haben Sie so etwas früher schon getan.« Mit einem höflichen Lächeln suggerierte Kay Verständnis. »Ich vermute, dass Sie bei den Donaghys eingebrochen sind, weil Sie dringend Geld brauchten. Weil Sie Hunger litten.«

Er nickte nachdrücklich und ein Schwall seines Körpergeruchs schwappte in Kays Richtung. »Genau ... genau das ist der Grund. Sie haben's erfasst.«

»Ihrer Akte entnehme ich, dass Sie aus Ihrer letzten Anstellung entlassen wurden, aufgrund von ... Diebstahl?«

Er versuchte, die Stirn zu runzeln, aber die Muskeln hinter seinen kräftigen Augenbrauen wirkten zu schwach für die Bewegung.

»Also gut. Bevor wir Sie offiziell in Haft nehmen, lassen Sie mich Ihnen sagen, wie der Stand der Dinge ist. Wir ermitteln gerade in zwei weiteren Einbruchsfällen. Gravatt und Langton.«

»Wer?«

Offensichtlich schienen ihm diese Namen nichts zu sagen. Aber wieso auch? Soweit Kay wusste, war seine übliche Vorgehensweise, sich bis zur Besinnungslosigkeit zu besaufen oder bekiffen (oder beides), dann einem älteren Ehepaar aufzulauern und bei ihnen einzubrechen. Zweimal hatte sich das Gericht ihm gegenüber nachsichtig gezeigt, was er vergolten hatte, indem er weitere Menschen ins Krankenhaus gebracht hatte.

»Hier gibt es ein Problem, Mr Boydston.« Kay lehnte sich ein winziges Stück nach vorn, um ihren Worten mehr Gewicht zu verleihen. Ihre Bewegung weckte seine halb betäubte Neugierde. »In beiden Fällen wurden die älteren Ehepaare schwer verletzt, weshalb die Strafe für den Täter sehr viel höher ausfallen wird. Wissen Sie, mein Kollege stammt aus Texas. Er ist ein knochenharter Gesetzeshüter, dem nichts besser gefallen würde, als den Typen, der diese Leute verletzt hat, hängen zu sehen. Verstanden?«

Boydstons Gesicht wurde grau und seine Lippen begannen zu zittern. »Hängen?« Er räusperte sich. »Was meinen Sie mit ›hängen‹?«

»Ach, das ist nur so eine Redensart. In Kalifornien hängen wir Straftäter natürlich nicht auf. Wir richten sie hin. Fein säuberlich, nicht so wie im rückständigen Texas.«

Boydston fuhr sich nervös mit der Zunge über die Lippen. »Ich habe niemanden umgebracht.«

»Tja, Mr Boydston, genau das ist mein Problem. Mein Kollege glaubt, dass der Einbrecher im Haus der Gravatts beabsichtigt hatte, die beiden Hausbewohner zu töten. Das ist ihm allerdings misslungen. Er hat ihre Köpfe gegen die Wand geschlagen, aber nicht genug Kraft aufgewandt, um beide umzubringen.«

Boydston wurde immer blasser. Er schluckte. »Beide?«

Kay ignorierte seine Frage. »Ich glaube aber eher, dass es ein Versehen war. Wenn jemand in ein Haus einbricht, geraten die Bewohner in Panik. Sie laufen wie verrückt herum, geraten ins Stolpern. Ich glaube, die Gravatts sind gestürzt und haben sich die Köpfe angeschlagen.« Kay machte eine Kunstpause und schaute dem Verdächtigen direkt in die geweiteten Pupillen. »Nur ein totaler Vollpfosten würde für hundert Kröten jemanden umbringen, oder? Das war nämlich alles, was bei den Gravatts entwendet wurde.«

Kay lehnte sich zurück und fuhr nach einer weiteren Pause fort: »Und genau darum geht es mir. War es ein von einem Stümper verübter vorsätzlicher Mord? Oder nur ein tragischer Unfall im Zuge einer minder schweren Straftat?«

»Es war ein Unfall«, platzte ihr Gegenüber heraus. »Ich schwör's! Ich wollte ihn nur zurückhalten, um die Schubladen zu durchsuchen, aber dann ist er mit einem Schlagstock auf mich losgegangen. Ich habe ihn nur geschubst. N-nicht heftig.« Er geriet ins Stottern. Die Ketten rasselten, als er flehend die Hände faltete. »Ich wollte sie nicht verletzen. Ich bin nicht blöd, wissen Sie.«

»Alles klar«, sagte Kay, stand auf und griff nach der Akte auf dem zerkratzten Tisch. »Ich informiere meinen Kollegen.«

Boydston ließ den Kopf so weit sinken, bis er sich trotz der Fesseln um seine Hände durch die zerzausten Haare fahren konnte. »D-danke, Detective.«

Kay schloss die Tür hinter sich, holte tief Luft und betrat dann gerade noch rechtzeitig den Beobachtungsraum, um zu sehen, wie ein Geldschein von einer Hand in die andere wanderte.

»Ihr habt gewettet?«, stellte sie ihre Kollegen zur Rede, die verlegen dreinschauten, als sie auf frischer Tat ertappt wurden. »Worauf? Das war nun wirklich ein einfaches Geständnis.«

Elliot trat von einem Fuß auf den anderen und verbarg seine blauen Augen hinter der Hutkrempe. »Wir haben auf die Zeit gesetzt. Wie lange du brauchen würdest, um –«

»Ja, schon verstanden.« Kay presste die Lippen zusammen, um ihr Grinsen zu unterdrücken. So war sie eben, ihre »Familie«. Elliot, Sheriff Logan, alle anderen Kollegen. Ihr Bruder Jacob. »Und, wer hat worauf gesetzt?«

Nach einem kurzen Moment der Stille sagte Logan: »Ich habe einen Zehner verloren. Ich habe gesagt, Sie würden ihn in zwanzig Minuten knacken. Elliot hat fünf gesagt. Er war näher dran. Nach sechs Minuten hatten Sie das Geständnis.«

»Wow«, sagte Kay leise. Insgeheim fühlte sie sich geschmeichelt.

»Immerhin kann er jetzt das Abendessen übernehmen«, bemerkte Logan und verließ auf eine Benachrichtigung der Leitstelle hin schnellen Schrittes den Raum.

»Ich bringe ihn in die Zelle«, bot Elliot an.

Kay blieb zurück, griff wieder zu ihrem Kaffeebecher und nahm einen Schluck, während sie dabei zusah, wie Elliot den Täter aus dem Vernehmungszimmer herausführte, um ihn in den hinteren Teil des Gebäudes zu bringen. Boydston setzte sich anfangs zur Wehr, bis sein Blick auf Elliots Hut und die untertellergroße Gürtelschnalle mit dem für den Bundesstaat Texas stehenden einzelnen Stern fiel. Sofort wurde er mucksmäuschenstill und schaute erschrocken zu Elliot auf, in dem er den großen, bösen Texaner wiedererkannt haben musste, dem ganz danach zumute war, jemanden am Galgen baumeln zu sehen.

Dann wartete Kay auf Elliots Rückkehr und scrollte währenddessen durch ihre Nachrichten. Sie runzelte die Stirn, als ihr ein entgangener Anruf von einer Nummer ins Auge fiel, die sie nicht direkt zuordnen konnte. Der Anrufer hatte schon vor ein paar Stunden versucht, sie zu erreichen, aber sie musste das Telefonklingeln überhört haben. Kay überprüfte die Einstellungen ihres Handys und stellte fest, dass die Anruflautstärke komplett heruntergedreht war. Vermutlich war sie versehentlich an den Knopf an der Seite des Geräts gekommen.

Aber sie hatte eine Nachricht auf der Mailbox.

»Hallo, hier ist Rachel«, sagte eine stockende weibliche Stimme. Es klang, als kämpfte die Anruferin mit den Tränen. »Ich wollte dich schon ... seit Jahren anrufen. Aber jetzt muss ich wirklich mit dir sprechen. Ich ... hoffe, dass du mir vergibst. Alles, was ich getan habe. Ich weiß, dass ich kein Anrecht darauf habe, aber ich brauche dich. Bitte ruf mich zurück.«

Kay starrte auf die angezeigte Nummer und ließ unschlüssig ihren Zeigefinger über dem Display schweben.

»Wer war das?«, fragte Elliot, der gerade wieder den Raum betrat. »Du wirkst durcheinander.«

Kay atmete tief durch, und ihr wurde bewusst, dass sie beim Zuhören die Luft angehalten hatte. Die Schwermut, die sie ergriffen hatte, verschwand beim Klang von Elliots Stimme.

»Ach, nur ein Gruß aus der Vergangenheit. Wir sind zusammen aufs College gegangen. Damals war sie meine beste Freundin.«

»Willst du sie zurückrufen? Ich kann warten«, bot Elliot an und trat einen Schritt zurück, als wollte er Kay etwas Privatsphäre gönnen.

Kay ließ sich das Ganze kurz durch den Kopf gehen, aber dabei wurde ihr klar, dass sie für das Gespräch noch nicht bereit war. »Nein ... lass uns einfach essen gehen. Ich rufe sie später an.«

DREI

DER STURZ

Holly stürzte zum Schuppen. Die kleinen Steinchen auf dem betonierten Weg stachen ihr in die Fußsohlen, aber dann landeten die Schuhe ihrer Mutter mit zwei dumpfen Geräuschen im Gras zu ihrer Seite. Das Mädchen blieb stehen, hob sie aus der kalten, nassen Wiese auf und schlüpfte hinein.

Sie waren noch warm von den Füßen ihrer Mutter. Wenn Holly später wieder ins Haus zurückging, würde Mommy sie bestimmt anschreien, weil sie keine Socken trug.

Holly hasste Socken.

Socken waren hässlich und muffig und fies.

Ständig rutschten sie herunter und mussten wieder hochgezogen werden. Sie versteckten sich in den hintersten Winkeln der Schubladen und immer wieder hatte sie Probleme, ein zusammenpassendes Paar zu finden. Sie brachten sie zum Stolpern und Fallen. Und manchmal wurden ihr die Füße in ihnen einfach zu warm.

Aber in diesem Moment hätte sie Socken gut gebrauchen können. Hätte sie doch nur diese unfassbar hässlichen Dinger dabei, die Grandma aus dicker, grober, grauer Wolle gestrickt hatte.

Holly versteckte sich in dem kalten, feuchten Geräteschuppen. Ihr klapperten die Zähne und sie klammerte sich mit eiskalten Händen an der Rückseite des Rasentraktors fest. Drinnen war es stockdunkel. Windböen rüttelten an den welligen Kunststoffwänden, heulten und zischten durch die Nadeln der Rotzedern. Ab und zu fielen Beeren und Zweige herunter und prasselten auf das Dach des Schuppens.

Dann bewegte sich etwas an Hollys Bein, und sie schrie erschrocken auf. Ein leises Kreischen, das sie sofort mit ihrer eigenen Hand erstickte.

Irgendetwas war mit ihr hier drin. Vielleicht eine Spinne. Eine große Spinne. Holly spürte ihr Herz in der Brust schlagen, und ihr wurde ein wenig schwindelig, während sie Dinge in der Schwärze des Schuppens zu sehen begann, die eigentlich gar nicht da waren.

Dann erinnerte sie sich daran, was Mommy ihr beigebracht hatte.

Sie legte die Hand auf ihre Brust, genau an die Stelle, wo die Narbe war, atmete tief ein und zählte mit jedem Atemzug die Sekunden. Der Herzschrittmacher saß wie ein Klumpen unter ihrer Haut, etwas Vertrautes, an das sie sich klammern konnte und das ihr ein normales Leben ermöglichte. So hatte Mommy es gesagt.

Er ermöglichte ihr außerdem, auf die Rotzeder im hinteren Teil des Gartens zu klettern. Dort oben wäre sie besser aufgehoben. Auf dem Baum lebte niemand, außer ein paar Eichhörnchen und einer alten Eule, und die machten ihr nichts aus. In dem Schuppen aber hausten Spinnen. Große Spinnen. Wolfsspinnen und auch Schwarze Witwen.

Holly hielt den Atem an, stieß langsam die Schuppentür auf und schlich hinaus. Schlurfend huschte sie zu dem alten Baum und machte sich an den Aufstieg, kletterte erst auf einen Stein, dann auf den Holzzaun, bis sie die Astgabel etwa zwei Meter über dem Boden erreichen konnte. Noch ein paar Äste höher, und sie konnte sich zwischen den dichten, raschelnden Nadeln verstecken, wo sie niemand sehen würde. Der Wind zerrte wütend an ihr, aber sie hielt sich fest, die Arme um einen dicken Ast geschlungen.

Dann warf sie einen Blick zum Haus.

In der Küche brannte Licht, und sie konnte den Tisch, den Bräter und die rote Schüssel mit Kartoffelpüree deutlich erkennen.

Mit rasendem Herzklopfen beobachtete Holly, wie Mommy in den Raum stürmte, sich kurz umsah und nach dem Steakmesser auf dem Tisch griff. Ein Mann tauchte auf. Ihre Mutter stürzte sich auf ihn, aber er war schneller.

Zwei Schüsse, kaum zu hören.

Holly schnappte nach Luft und merkte nicht einmal, dass ihr die Tränen über die Wangen liefen.

Ihre Mutter fiel auf den Boden und war nicht mehr zu sehen.

Ein weiterer Schuss.

Hollys Fuß rutschte aus dem Converse-Sneaker und sie verlor den Halt. Der Ast, an dem sie sich festhielt, gab nach, und sie stürzte durch raschelndes Laub. Sie schrie, als sie auf dem Boden aufschlug; der dicke Ast verhinderte, dass sie mit dem Kopf auf den großen Stein schlug, bohrte sich aber tief in ihre Seite. Ihre Daunenjacke zerriss und winzige Federn wurden vom Wind aufgewirbelt.

Holly presste die Lippen fest aufeinander. Darauf bedacht, möglichst keinen Laut von sich zu geben, schluchzte sie erstickt auf. Mommy würde böse sein. Sie hatte im Geräteschuppen warten sollen.

Nach einer Weile, als die Kälte bereits an ihren nackten Füßen zu nagen begann, hörte Holly, wie die Tür geöffnet wurde. Schwere Schritte näherten sich, aber sie wagte nicht hinzusehen. Mit angehaltenem Atem wartete sie darauf, Mommys Stimme zu hören, die ihren Namen rief.

Als der Mann sie vom Boden aufhob, hörte sie vor lauter Panik auf zu schluchzen. Er trug sie am Haus vorbei, und Holly fasste den Mut, ihm die Frage zu stellen, die ihr auf der Seele brannte: »Wo ist Mommy?«

Aber eine Antwort erhielt sie nur vom heulenden Wind.

VIER

FREIWILLIG GESTELLT

Der Schießstand hinter dem Polizeirevier von Franklin County war zu dieser frühen Stunde menschenleer. Der Aufseher war normalerweise ab halb acht da, aber Kay sah ihn weder in seinem Büro, noch irgendwo auf dem Gelände. Vielleicht wärmte er sich gerade irgendwo auf.

Der Morgen war kalt und stürmisch, und mit jedem Atemzug gefror die Luft vor ihren Gesichtern. Ein Hauch von Bodenfrost gab dem gestutzten Gras einen silbrigen Glanz. Nicht mehr lange, und Schnee würde das verblassende Grün der dicken Halme bedecken. Auf den höheren Lagen des Mount Chester hatte es bereits geschneit. Der Himmel war allerdings immer noch makellos blau, ein frischer, typisch kalifornischer Farbton, der dafür sprach, dass es an diesem Tag keinen Grund gab, sich über bevorstehenden Schnee Gedanken zu machen.

»Igitt, ist das beißend heute.« Elliot trat ein paarmal auf der Stelle, um sich aufzuwärmen. »Es ist noch kein Wetter zum Schweineschlachten, aber lange kann es nicht mehr dauern.« Er zog die Hände aus den Taschen seiner Jeansjacke, blies hinein und rieb sie dann kräftig aneinander.

»Das ist noch gar nichts«, sagte Kay entspannt und stellte ihren Kaffee auf einer Holzbank ab. »Du müsstest doch mittlerweile wissen, dass wir manchmal minus sechs, sieben Grad haben. Oder noch weniger.«

»Da oben?« Elliot deutete auf die Gipfel des Mount Chester, die schon fast vollständig mit Schnee bedeckt waren.

»Nein, hier unten«, sagte Kay und lächelte. »Wie viele ... Jahre lebst du mittlerweile hier?«

»Ungefähr neun«, murmelte er und blies mehr Luft in seine Hände. »Aber traumatische Erinnerungen verdrängt man eben oft.«

Kay lachte. »Genau.« Sie war beeindruckt. »Und dabei arbeitest du erst seit zwei Jahren mit einer Seelenklempnerin als Partnerin zusammen.«

»Zwei Jahre, elf Monate und sieben Tage«, berichtigte Elliot sie und überraschte Kay erneut. »Und ich dachte, du wärst Verhaltensanalytikerin und nicht nur irgendein popeliger Psychodoc.«

Ohne etwas darauf zu erwidern, öffnete Kay ihre Lederjacke, gerade kurz genug, um ihre Waffe aus dem Holster zu nehmen. Dann zog sie den Reißverschluss schnell wieder bis zum Kinn hinauf. Sie überprüfte das Magazin, richtete die Waffe aus und zielte auf eine Scheibe aus Papier, die in zwanzig Metern Entfernung an einem Ständer hing.

Methodisch feuerte sie alle Schüsse in mäßigem Tempo ab, damit jeder Schuss zählte. So hatte es ihr der Schießstandleiter bei ihrem ersten Zertifizierungskurs erklärt. Überraschenderweise besaß ihr FBI-Waffenschein in Franklin County nur eingeschränkte Gültigkeit. Als Kay vor fast drei Jahren von San Francisco zurückgezogen war und ihre Stelle auf dem Polizeirevier angetreten hatte, musste sie sich neu zertifizieren lassen. Um das Zertifikat zu verlängern, standen regelmäßige Trainings an, die sie sich vom Schießleiter abzeichnen lassen musste.

Als Kay den letzten Schuss abgegeben hatte, legte sie die

Waffe auf die Bank und trottete auf die Papierscheibe zu. Sie war zerknittert und voller nasser Flecken, aber man konnte die Löcher, die Kays Geschosse in die Mitte der Zielscheibe gebohrt hatten, noch gut erkennen. Einige waren ein wenig nach oben und leicht nach rechts versetzt, aber insgesamt hatte sie eine ganz gute Trefferquote erzielt. Zufrieden riss sie die Papierscheibe vom Gestell und faltete sie zusammen.

»Hoffentlich reicht das, damit er mir unterschreibt.« Sie knickte das Papier, bis es in ihre Brusttasche passte.

Elliot ging ein paar Schritte nach links, wo eine Reihe von kleinen Stahlplattenzielen an Halterungen hingen. Er warf Kay ein verschmitztes Grinsen zu, streckte den Hals einmal nach links und einmal nach rechts und zielte dann. Während er eine fröhliche Melodie pfiff, die Kay nicht kannte, gab er schnelle Schüsse auf die Stahlscheiben ab. Die Kugeln, die trafen, klirrten laut und in verschiedenen Tonlagen, die irgendwie zu der Melodie zu passen schienen, die er pfiff. Als er ein Magazin geleert hatte, lud er gleich das nächste nach. In weniger als einer Minute hatte er vierundzwanzig Patronen verschossen.

»Das muss ein texanischer Schütze sein«, rief der Schieß-meister, der im selben Moment wie aus dem Nichts auftauchte. Er war ein pensionierter, etwa siebzig Jahre alter Deputy, der seinen dauerhaft verkrümmten Rücken einer missglückten Verfolgungsjagd zu verdanken hatte. Nachdem sich sein Strei-fenwagen mehrfach überschlagen hatte, war er in einer Schlucht gelandet, und zu allem Überfluss war der Täter auch noch entwischt. »Perfekte Treffsicherheit, Detective.«

Kay warf ihm einen fragenden Blick zu. »Woran haben Sie das erkannt?«

»An der Melodie. Das waren die ersten Takte von ›The Yellow Rose of Texas‹. Haben Sie das nicht erkannt?«

Kay schüttelte erstaunt den Kopf. »Haben die Platten unterschiedliche Tonhöhen?«

Elliot lächelte, senkte den Kopf und verbarg die Augen unter der Hutkrempe. Seine Wangen erröteten ein wenig.

»Die Tonhöhe hängt davon ab, wo die Kugel auf die Platte trifft«, erklärte der Schießmeister und zog sich die dunkelblaue Strickmütze über die Ohren. »Je näher am Rand, desto höher der Ton. Die Platten selbst sind alle gleich geformt.«

»Oh, wow«, flüsterte Kay. »Ich schätze, das übertrifft meine Leistung bei Weitem«, fügte sie dann hinzu und händigte ihre durchlöcherte Papierscheibe aus.

»Das ist gut. Es entspricht den Anforderungen«, sagte der Schießstandleiter und begutachtete Ihre Arbeit. »Sie haben ein paarmal zu hoch geschossen. Ich wette, das waren die letzten Kugeln, und der Rückstoß hat Ihnen zu schaffen gemacht. Sie nehmen den Finger zu schnell vom Abzug. Das führt zu dieser ruckartigen Bewegung.« Dann warf er ihr einen aufmunternden Blick zu. »Wir haben alle unsere ganz eigenen Stärken und Talente.«

»Oh, dann sollte ich in brenzligen Situationen wohl Elliot das Schießen überlassen, während ich die Täter ins Grab quatsche.«

Sie brachen in herzhaftes Gelächter aus. Der Schießleiter klopfte Kay auf die Schulter. »Sie sind gar nicht so schlecht, Detective. Sie haben mit Bravour bestanden. Insgesamt«, er warf noch einen Blick auf die Papierscheibe und rechnete mit sich lautlos bewegenden Lippen die Punkte zusammen, »haben Sie einhundertacht von einhundertzwanzig möglichen Punkten erreicht. Neunzig Prozent Trefferquote. Das ist wirklich gut.«

»Ja, aber an die ›Yellow Rose of Texas‹ komme ich lange nicht heran, oder?«, wandte Kay kichernd ein. Elliot warf ihr einen kurzen Blick zu. Seine Augen funkelten und ein Lächeln umspielte seine Lippen.

In dem Moment meldete sich Kays Handy. Sie holte es schnell aus der Tasche, denn sie erkannte den Klingelton der Leitstelle schon an den ersten Tönen.

»Guten Morgen, Detective«, sagte die Disponentin Lizzie. Sie war vielleicht dreiundzwanzig Jahre alt, blitzgescheit und angeblich die Nichte vom Sheriff. »Sheriff Logan will Sie im Büro sehen, und zwar sofort.«

»Verstanden«, sagte Kay. »Wir sind in fünf Minuten da.« Sie beendete das Gespräch und wandte sich an Elliot. »Komm schon, Partner, wir haben einen Fall.« Sie runzelte kurz die Stirn, als ihr klar wurde, dass Lizzie nichts dergleichen gesagt hatte.

Sie fanden den Sheriff im Beobachtungsraum, wo er durch den halbdurchlässigen Spiegel auf den Rücken eines breitschultrigen Mannes starrte, der auf dem Stuhl des Befragenden saß. Er war nicht gefesselt, trug einen hochwertigen anthrazitfarbenen Anzug, der bestimmt nicht billig war und den Kragen eines weißen Hemdes sehen ließ, und schwarze, glänzende Schuhe, die neu aussahen.

Der Sheriff hatte die Arme vor der Brust verschränkt und schaute fassungslos drein. »Er stellt sich«, verkündete er ohne weitere Vorrede, als Kay und Elliot eintraten. »Es liegt ein Haftbefehl gegen ihn vor, ausgestellt in San Francisco County.«

»Weshalb?« Kay öffnete den Reißverschluss ihrer Jacke, zog sie aus und legte sie auf einen leeren Stuhl in der Nähe. Sie trat an das Glas heran und musterte den Mann von hinten. Irgendetwas an seinem Auftreten, an seinem Haarschnitt, kam ihr seltsam bekannt vor.

»Mord.«

Auf das Wort folgte ein Moment der Stille.

»Und was macht er hier?«, fragte Kay mit einem unheilvollen Gefühl in der Brust. Einen Augenblick lang dachte sie an Rachels Anruf, den sie letzten Freitag verpasst hatte. Nach dem Abendessen hatte Kay versucht, sie anzurufen, war aber nur auf der Mailbox gelandet.

Der Sheriff sah Kay mit einer hochgezogenen Augenbraue und zwei tiefen Sorgenfalten um seinen Mund herum an.

»Er will sein Geständnis explizit bei Ihnen ablegen. Er sagt, er sei Ihr Ehemann.«

FÜNF

WIEDERVEREINIGUNG

»Brian.«

Das gedämpfte Flüstern glitt über Kays blasse Lippen, ohne dass sie es bemerkte.

Als hätte er sie gehört, drehte sich der Mann um und sah sie durch den halbdurchlässigen Spiegel direkt an. Dann stand er auf, näherte sich dem Glas und blieb nur wenige Zentimeter davon entfernt stehen. Kay wich instinktiv einen Schritt zurück, obwohl sie wusste, dass er sie nicht sehen konnte.

Beim Anblick seines attraktiven Gesichts kamen die Erinnerungen wieder hoch.

In den neun Jahren seit ihrem Kennenlernen hatte er sich kaum verändert. Ein Hauch von Silber an den Schläfen, aber der Rest seines Haares war rabenschwarz geblieben und der Ansatz war noch keinen Zentimeter zurückgewichen. Ein kaum merkliches Lächeln umspielte seine Lippen, als wüsste er, dass sie da war und ihn beobachtete.

Vor neun Jahren hatte Kay sich Hals über Kopf in Brian Thomas Hanlin verknallt und es fast sofort bereut. Sie passten einfach nicht zueinander. Kay hatte seinen scharfen Verstand geliebt, seine angeborene Neugier, seine Abenteuerlust und die

Art und Weise, wie sein ganzes Wesen in ihrer Gegenwart zu vibrieren schien, wie er sie begehrte, sie leidenschaftlich liebte und ihr mit dem kleinsten Kuss den Boden unter den Füßen wegriss.

Damals hatte sie geglaubt, er sei der Richtige. Und für eine kurze Zeit war sie auch wahnsinnig glücklich gewesen.

Aber was sie am meisten an ihm geliebt hatte, erwies sich letzten Endes als seine größte Schwäche. Seine angeborene Neugierde führte dazu, dass er seine Fühler nach anderen Frauen ausstreckte, wenn sie nicht hinsah. Seine Abenteuerlust trieb ihn dazu, immer wieder neue unverbindliche Beziehungen einzugehen. Die unbändige Leidenschaft, die sie genoss, war nichts anderes als eine unstillbare Libido.

Eine Weile lang schaffte es Kay, sich selbst zu belügen und die Augen vor der Wahrheit zu verschließen.

Nach einer rasanten Romanze und einer nur wenige Monate andauernden Beziehung hatte sie ihm in ihrem letzten Studienjahr das Jawort gegeben, ein paar Wochen vor Abschluss ihres Masterstudiums in Psychologie. Nach ihrem Abschluss ging sie zum FBI und begann mit dessen Unterstützung ein verkürztes Studium, um ihren Doktortitel zu erwerben. Bevor sie mit ihrer Abschlussarbeit begann, brach sie knapp einen Monat nach ihrer Heirat auf, um ein zwanzigwöchiges Programm an der FBI-Akademie in Quantico zu absolvieren.

Während Kay an der Ostküste war, rief Brian jeden Tag an, besuchte sie jedes zweite Wochenende und ließ sie glauben, er vermisse sie.

In ihrem ganzen Leben hatte Kay sich noch nie so geirrt.

Mit der Erkenntnis kam der Schmerz. Ein erstickender, betäubender, ihre Seele quälender Schmerz.

Einen Monat nach ihrer Rückkehr aus Quantico hatten sie sich scheiden lassen.

Seitdem hatte Kay ihn nicht mehr gesehen. Aber selbst jetzt

tauchten, wenn sie die Augen schloss, die Bilder wieder auf, wie er auf einer Thanksgiving-Party den Ellbogen einer anderen Frau berührte, wie die Frau sich an ihn lehnte, wie er ihr etwas ins Ohr flüsterte, das sie vollends in Verzückung versetzte. Die Erinnerung daran war so schmerzhaft, dass Kay nach Luft schnappte.

Und jetzt besaß er doch tatsächlich die Frechheit, einfach so vor ihrer Nase aufzutauchen.

Während sie langsam und angespannt den Atem ausstieß, schnallte Kay ihr Waffenholster ab und legte es in Elliots Hände. »Halt das bitte mal.«

»Kay ...«, setzte Elliot an, aber sie ließ ihn nicht ausreden.

»Ich kümmere mich darum«, sagte sie, nicht imstande, ihm in die Augen zu sehen.

Die Wut ließ jede Faser ihres Körpers erbeben, als sie die Tür öffnete und den Vernehmungsraum betrat. Sie hatte seit Jahren nicht mehr an Brian gedacht, aber jetzt kehrte alles wieder zurück, der Schmerz, die Scham, das unerträgliche Gefühl der Zurückweisung, das mit seinem Vertrauensbruch einherging. Kay hatte weitergemacht; sie hatte geglaubt, sie wäre geheilt. Und dass sie und Elliot ...

Verdammt.

»Brian«, sagte sie, als sie den Raum betrat. »Was für eine Überraschung. Und keine angenehme.«

Die Luft im Raum roch nach seinem Lieblingsrasierwasser, einem eleganten, moschusartigen Duft, den Kay vor langer Zeit so sehr geliebt hatte. Das machte sie nur noch wütender. Ihre Bettlaken hatten danach gerochen. Und nach ihm.

Er drehte sich zu ihr um, lächelte breit und zeigte zwei Reihen perfekter weißer Zähne. Brian hatte etwas daran machen lassen. Er trat mit ausgebreiteten Armen auf sie zu, aber Kay hob ruckartig die Hand, und er blieb auf halbem Weg stehen.

»Bleib stehen.« Sie zeigte auf den verbeulten Stuhl, der für

Verdächtige reserviert war. »Das hier ist kein nettes Wiedersehen.«

Er setzte sich, ohne Einspruch zu erheben, obwohl er dem Stuhl einen etwas angewiderten Blick zuwarf. Er war schmutzig. Vielleicht sollte der Hausmeister ihn öfter reinigen. Aber das war Kay in diesem Moment egal; sie hatte Brian schließlich nicht eingeladen.

Kay konnte sich noch nicht dazu durchringen, sich zu setzen. Unruhig schritt sie durch den Raum, wie eine Löwin im Käfig, die Nase gerümpft vor brennender Wut und wieder aufflammender Scham.

»Du siehst gut aus, Kay«, sagte Brian. »Die frische Bergluft tut dir gut. Du bist nicht einen Tag gealtert.« Sein Charme war genauso effektiv, wie sie ihn in Erinnerung hatte, vielleicht sogar noch ein bisschen ausgefeilter. Aber bei ihr war er verschwendet.

Sie wies sein Kompliment mit einer Handbewegung zurück. »Spar dir das. Was willst du, Brian?«

Sein strahlendes Lächeln verschwand. »Oh, musst du dich so aufführen?«

»Was willst du?« Kay wiederholte die Frage langsam, aber mit bedrohlicher Stimme.

»Wie geht es Jacob?«, fragte Brian, anstatt die einzige Frage zu beantworten, die sie ihm gestellt hatte.

Sie stemmte die Hände in die Hüften. »Was zum Teufel kümmert dich das? Du hast meinen Bruder nie gemocht.«

»Das ist nicht wahr. Warum sagst du so etwas?«

»Willst du mich verarschen? Du hast ihn immer den Hinterwäldlerbär genannt. Schon vergessen?«

Er lächelte mit einem Hauch von Verlegenheit und senkte kurz den Blick. »Ja, aber liebevoll, Kay. Du hast mich nie etwas Schlechtes über ihn sagen hören. Niemals.«

Sie verschränkte die Arme vor der Brust und war nicht überzeugt. »Er ist mit seiner, ähm, Familie im Urlaub in Florida.« Es gab keinen Grund, ihm von Jacobs Freundin und ihren Adoptivtöchtern zu erzählen. Sie knirschte mit den Zähnen, als ihr klar wurde, dass Brian sie manipuliert hatte, damit sie seine Frage beantwortete. Damit sie tat, was er wollte. Schon wieder. »Was willst du, Brian? Das ist das letzte Mal, dass ich das frage. Du hast zwei Sekunden Zeit, dann gehe ich.«

Er senkte für einen Moment den Blick und sein Kiefer verkrampfte sich. »Es liegt ein Haftbefehl gegen mich vor.«

Endlich setzte Kay sich ihm gegenüber und beendete ihr rastloses Umhergehen. »Ich habe es gehört.«

Einen Moment lang herrschte angespanntes Schweigen. »Ich brauche deine Hilfe«, platzte er verängstigt heraus. »Ich habe es nicht getan. Und du bist die Einzige, der ich vertrauen kann.«

»Meinst du das jetzt ernst?«, blaffte Kay. Sie war sich schmerzlich bewusst, dass Elliot und ihr Chef wahrscheinlich vom Beobachtungsraum aus zusahen. »Was ist mit meinem Vertrauen in dich? War das jemals gerechtfertigt?«

Brian zuckte nicht mit der Wimper. Wie immer wirkte er, als kämen ihre Bemerkungen nicht bei ihm an, als glitten sie an ihm herunter wie Regentropfen an einem Fenster.

»Ich weiß, dass ich dir unrecht getan habe, und es tut mir leid ...«

»Ach, jetzt, wo du mich brauchst, tut es dir leid? Wie kannst du es wagen?« Kays Stimme wurde höher, quietschend, unangenehm für ihre eigenen Ohren.

»Damit habe ich gerechnet ... mit deiner Wut.« Brians charmantes Lächeln kehrte für den Bruchteil einer Sekunde zurück. »Und ich werde hier sitzen und mir alles gefallen lassen, solang du es austeilen willst, weil ich weiß, dass ich es verdiene. Und noch einiges mehr.«

Kay starrte ihn ungläubig an. Der Brian, den sie kannte, hätte nie darauf verzichtet, sich zu verteidigen, hätte zurückgefeuert, sie verunsichert und ihr das Gefühl gegeben, ein Miststück zu sein. Träumte sie etwa?

»Du bist alles, was zwischen mir und einer lebenslangen Haftstrafe steht, Kay. Sie wollen mich einsperren und den Schlüssel wegwerfen. Für etwas, das ich nicht getan habe.«

Kay konzentrierte sich eine halbe Minute lang auf ihre Atmung, um ihre angespannten Nerven zu beruhigen. »Ich bin keine Anwältin, Brian. Vielleicht weißt du ja noch, was ich beruflich mache.« Sie schaute in seine braunen Augen, die ihrem Blick ruhig standhielten. Sie wirkten so ehrlich, so unschuldig. »Du brauchst einen guten Anwalt. Wenn der Haftbefehl ausgestellt ist, musst du das übliche Prozedere durchlaufen. Das weißt du doch genauso gut wie ich.«

Er schüttelte heftig den Kopf. »Nein. Die werden mich da drin umbringen.« Er griff über den Tisch und nahm ihre Hände. Kay wich zurück, als könnte seine Haut sie verbrennen, und warf ihm einen warnenden Blick zu. Er ging wieder auf Abstand. »Du bist ein Cop und verdammt gut in deinem Job. Ich habe dich arbeiten sehen. Du hast einen ausgeprägten Sinn für Recht und Unrecht, für Gerechtigkeit und Fairness. Ich kenne niemanden, der so ehrlich und so brillant ist wie du.«

Er hielt einen Moment inne, während Kays Gedanken von der Vergangenheit zur Gegenwart rasten und sie überlegte, was sie glauben konnte.

»Hilf mir, den Mörder zu finden, Kay«, flüsterte er schließlich. Plötzlich wirkte er müde. Besiegt. »Das ist die einzige Verteidigung, die ich brauche.« Er ballte die Hände fest zusammen, bis seine Knöchel weiß anliefen. »Sieh mal, als ich hierherkam, um mich dir zu stellen, habe ich mein Leben in deine Hände gelegt.«

Schweigend sah sie ihn eine Weile an und wog ihre Möglichkeiten ab. Sie konnte einfach weggehen. Es lag ein aktiver Haftbefehl gegen ihn vor, und das bedeutete, dass er keine Wahl hatte; er würde der Polizei von San Francisco zur weiteren Untersuchung übergeben werden, und damit wäre die Sache gelaufen. Es wäre ihr gutes Recht, das zu tun; sie war ihm nichts schuldig.

Aber was, wenn er die Wahrheit sagte? Er musste gewusst haben, wie sehr sie ihm seine Taten verübelte, und dennoch war er zu ihr gekommen, um sie um Hilfe zu bitten.

»Wenn du mich anlügst, Brian, ich schwöre ...«

»Das tu ich nicht«, sagte er und sah ihr direkt und offen in die Augen. »Das hier ist etwas anderes. Ich weiß, dass ich dich in der Vergangenheit angelogen habe, und du hast jedes Recht, mir nicht zu trauen. Aber ich verspreche dir, dass du dir in dieser Sache keine Sorgen zu machen brauchst.«

Kay konnte es selbst nicht glauben. Als würde sie ein Zugunglück in Zeitlupe beobachten, ohne sich in Sicherheit bringen zu können, hörte sie sich selbst sagen: »Erzähl mir von diesem Mord, den man dir vorwirft.«

SECHS

EIN POLIZIST

Vom Beobachtungsraum aus verfolgte Elliot den angespannten Austausch, ohne zu bemerken, dass er die Hände zu Fäusten geballt hatte. Innerhalb weniger Minuten hatte sich Kay in eine fremde Person verwandelt. Am Tonfall ihrer Stimme, an der glitzernden Wut in ihren Augen erkannte er, dass sie von diesem Mann tief verletzt worden war. Am liebsten wäre er hineingegangen und hätte diesem schleimigen Stück Abschaum die Seele aus dem Leib geprügelt.

Trotzdem beobachtete er ihn mit Neugierde. Er war jemand, zu dem Kay Sharp ja gesagt hatte. Und wo stand er selbst demzufolge? Höchstwahrscheinlich zwei Abzweigungen weiter, ganz weit draußen. Kay hatte nie einen Ehemann erwähnt, und offensichtlich hegte sie immer noch starke Gefühle für den Mann, wenn auch nicht die, die er sich selbst von ihr wünschte.

Und wie blöd musste dieser Kerl sein? Jemanden wie Kay zur Frau zu haben und es so gründlich zu vermasseln, dass sie ihn verließ und ihn komplett aus ihrem Leben strich? Sie hatte ihn nicht ein einziges Mal erwähnt, nicht einmal aus Versehen. Nicht einmal nach ein paar Gläsern Bier.

Der Mann sah nervtötend gut aus, war auf eine großstadt-trottelige Art gut gekleidet. Wie es aussah, ging es ihm nicht schlecht. Kay schien sich nicht für solche Dinge zu interessie-ren, so viel wusste Elliot. Sie schätzte Ehrlichkeit und Freund-lichkeit bei Menschen. Vielleicht war das der Grund, warum Mr Schleimbeutel ein Teil ihrer Vergangenheit war und Elliot ein Teil ihrer Gegenwart. Und ihrer Zukunft. Möglicherweise. Denn sie hatte den Forderungen dieses Typen ziemlich schnell nachgegeben. Er hatte die Komplimente so dick aufgetragen wie die Marmelade auf ein Sonntagsbrötchen und Kay so weichgekocht, dass sie bereit war, ihm zu helfen. Elliot beob-achtete die Szene hilflos und wusste, dass er unter keinen Umständen eingreifen durfte.

Raffinierter Mistkerl.

»Wussten Sie, dass Kay verheiratet war?«, fragte Sheriff Logan. Wie Elliot hatte auch er dagestanden und zugesehen. Noch immer hatte er einen ungläubigen Ausdruck im Gesicht.

»Ich hatte keine Ahnung«, antwortete Elliot.

Logan schüttelte den Kopf und seufzte. Abgestandener Zigarrengeruch lag noch in seinem Atem. »Ich möchte sie deswegen nicht verlieren.« Er gestikulierte frustriert in Rich-tung des Glases.

Elliots Brauen zogen sich unter der Hutkrempe zusammen. »Wie meinen Sie das?«

»Das könnte sich in viele Richtungen entwickeln, und nicht alle sind erfreulich. Sie könnte beschließen, mit ihm nach San Francisco zu gehen.« Logan warf Elliot einen kurzen Blick zu. »Und vielleicht kommt sie nicht wieder zurück.«

Es schien, dass Logan nicht ganz ahnungslos war, was Elliots und Kays persönlichen Umgang betraf.

Es war schwierig, in einem kleinen Ort wie Mount Chester ein Verhältnis geheim zu halten. Obwohl diese Beziehung nur ein wenig inniger als eine Freundschaft unter Kollegen war, redeten die Leute. Man sah sie beim Abendessen in einem der drei Restaurants der Stadt, beim Wandern auf dem Wildfire Ridge oder bei einem Picknick an den Blackwater River Falls, und schon waren sie in aller Munde. Die Gerüchteküche brodelte in Kleinstädten unentwegt.

Jeder kannte jeden, und jeder tratschte über jeden.

»Vielleicht können Sie etwas dagegen tun«, fuhr Logan fort. »Erinnern Sie sie daran, warum sie hiergeblieben ist«, fügte er hinzu, und es schien ihm ein wenig unangenehm zu sein, darum zu bitten.

Elliot nickte einmal und fragte sich, ob er das Zeug dazu hatte, Kay zurückzuhalten. Er sollte es besser herausfinden, schneller als ein Präriefeuer. Den Gedanken, sie zu verlieren, ertrug er nicht. »Ich gebe mein Bestes, Boss.«

Logan klopfte Elliot auf dem Weg nach draußen auf die Schulter. »Behalten Sie diesen Kerl im Auge. Er ist ein Mordverdächtiger und er ist nicht gefesselt. Man kann nie wissen.«

In diesem Moment steckte Lizzie ihren Kopf durch die Tür. »Sheriff, ich habe hier jemanden, der eine Vermisstenanzeige aufgeben will, einen Mr Lorentz. Was soll ich ihm sagen?«

»Sagen Sie ihm, dass die Detectives gleich da sind«, antwortete Logan, klopfte dann zweimal an den halbdurchlässigen Spiegel und wirkte fast erleichtert, dass er einen Grund hatte, Kays peinliches Wiedersehen mit ihrem Ex-Mann zu unterbrechen.

Das metallische Scharren der Stuhlbeine auf dem Betonboden kündigte Kays Rückzug aus dem Vernehmungszimmer an. Sie schloss die Tür hinter sich und ging zu den anderen in den Beobachtungsraum.

Sie wich Elliots Blick aus. »Was ist los?«

»Wir haben einen Fall«, antwortete Elliot. »Eine vermisste ...«

Der Sheriff unterbrach ihn. »Was haben Sie vor?«

Kay wirkte verwirrt.

»Mit ihm.« Logan deutete mit einer Geste in Richtung Brian, der ruhig auf seinem Stuhl saß und wartete.

Kay zuckte mit den Schultern und senkte den Blick. »Ich weiß es ehrlich gesagt noch nicht. Er muss mir Einzelheiten zum Fall nennen, und dann sehen wir weiter.«

»Sie wissen genau, dass Sie in San Francisco nicht ermitteln dürfen, oder?« Logans Stimme war angespannt und von einer anderen Art von Angst geprägt als die von Elliot. »Dazu sind Sie nicht berechtigt.«

»Ja, das weiß ich«, antwortete Kay und schloss kurz die Augen. »Ich werde keine Ermittlungen anstellen. Ich will mir nur die Beweise ansehen und ein paar Schlussfolgerungen ziehen und sehen, wohin uns das führt.«

»Wem würden diese Schlussfolgerungen nützen, Detective?«, fragte Logan. »Ich bin sicher, dass der Ermittler in San Fran keine voreingenommene Meinung von der Frau des Verdächtigen haben will.«

»Ex-Frau, Sheriff.« Kays Stimme war eiskalt, als sie ihren Status klarstellte.

»Ich würde meinen nächsten Gehaltsscheck darauf verwetten, dass er Sie nicht in der Nähe seiner Beweise haben will. Ihre Beteiligung könnte den Fall platzen lassen. Jeder Anwalt, der etwas auf sich hält, würde ihn vom Gericht abweisen. Sie werden Ihre Dienstmarke einkassieren, und nichts, was ich sage oder tue, könnte daran etwas ändern.«

»Ah«, flüsterte Elliot, aber niemand hörte ihn. Das war es also, was Logan juckte. In seiner eigenen Panik hatte Elliot gar nicht an dieses Szenario gedacht. Sie konnten Kay aus mehr als einem Grund verlieren. Und der arrogante, selbstsüchtige Mistkerl auf der anderen Seite des Spiegels würde einen feuchten Ochsenfroschfurz darauf geben, wenn seine Situation Kay ihre Karriere kostete.

»Wer ist er eigentlich?«, fragte Elliot und sah Kay an. Sie wandte den Blick ab. Zwischen ihnen herrschte bereits eine kühle Atmosphäre, und dieser Mann war noch keine Stunde hier. Was als guter Tag begonnen hatte, entwickelte sich zu einer Katastrophe.

»Wie ich schon sagte, Elliot, er ist mein Ex.« Sie warf ihm einen so schnellen Blick zu, dass er ihn fast übersehen hätte, bevor sie sich wieder abwandte. Aber er hatte genug mitbekommen, um die Traurigkeit wahrzunehmen, die sie zu verbergen suchte.

»Nein, ich meinte, abgesehen davon: Warum glaubst du ihm, wenn er behauptet, dass er es nicht getan hat?«

Ein langer, müder Atemstoß verließ Kays Brust, bevor sie antwortete.

»Er arbeitet als Polizist in San Francisco.«

Fabelhaft, dachte Elliot. *Ein Polizist.*

Des Mordes angeklagt.

SIEBEN

VERMISST

Kay stand in der Tür zum Beobachtungsraum und wünschte sich, sie würde aufwachen und feststellen, dass es sich um einen Albtraum handelte. Um die Art, die Jahre nach einem Konflikt auftrat, nur eine banale Reaktion des Unterbewusstseins auf ein altes, ungelöstes Trauma. Aber nein, es war real. Brian Hanlin war hier, in Fleisch und Blut, und sie fürchtete sich vor dem Moment, wenn sie in diesen Raum zurückkehren musste.

»Besprechen wir das an meinem Schreibtisch«, rief sie, warf dem Vernehmungsraum einen geladenen Blick zu und nahm ihre Jacke vom Stuhl.

»Ich kann das übernehmen, wenn du willst«, sagte Elliot, aber seine Stimme klang nicht überzeugend.

Sie berührte im Vorbeigehen seinen Arm in stiller Dankbarkeit. »Der Job geht vor«, sagte sie und warf Logan einen beruhigenden Blick zu. Der Sheriff ging davon, den Rücken etwas gebeugt, als ob er sich unter dem Gewicht seiner Gedanken krümmen würde. Auf dem Weg zu seinem Büro hielt er am Schreibtisch eines Deputies an und wies ihn an, den Mann im Vernehmungszimmer unter strenger Aufsicht zu halten.

Kay signalisierte Lizzie, Mr Lorentz herüberzuleiten,

setzte sich hinter ihren Schreibtisch und atmete tief durch. Der vertraute Stuhl, an dessen Rückenlehne ihre Jacke hing, der zerkratzte Schreibtisch, übersät mit Papieren und kleinen Gegenständen, die sie jeden Tag benutzte, die Tastatur, die sie instinktiv näher zu sich heranzog, als wollte sie sich zum Tippen bereit machen, all diese Dinge gaben ihr Halt, waren Grundpfeiler ihrer Existenz. Erinnerungen an das gute Leben, das sie sich hier, in ihrer Heimat Mount Chester, aufgebaut hatte. Der Tacker, den sie vom Sheriff zum Jubiläum geschenkt bekommen hatte, zum Beispiel. Verheißungen für ein glückliches Morgen, wie der Strauß Wildblumen, den Elliot ihr am Tag zuvor geschenkt hatte, und den er wahrscheinlich von der Wiese hinter seinem Haus gepflückt hatte.

Elliot lehnte sich gegen den Schreibtisch, überkreuzte die Beine und betrachtete sie schweigend. Er hatte die Hände in die Hosentaschen gesteckt und nicht viel gesagt. Kay wollte ihn fragen, was los war, aber sie wusste es bereits. Brian war los. Und Brian war kein Thema, über das sie mit Elliot sprechen wollte, während sie in einem Großraumbüro voller Deputies auf einen neuen Fall wartete.

Lizzie brachte einen Mann mit verzweifeltem Gesichtsausdruck herüber. Kay stand auf und bat ihn, neben ihrem Schreibtisch Platz zu nehmen. Er war um die fünfzig Jahre alt, trug einen abgetragenen grauen Anzug und ein blaues Hemd. Seine marineblaue Krawatte saß locker und der oberste Hemdknopf stand offen. Auf seiner blassen Stirn standen Schweißperlen, obwohl es draußen kalt war, nahe dem Gefrierpunkt. An seiner Hose und seinen Ärmeln klebten Grashalme und Schmutz, als wäre er auf allen vieren durch den Wald gekrochen, aber das schien ihn nicht zu kümmern. Seine Hände zitterten, vielleicht aufgrund seines emotionalen Zustands oder wegen der körperlichen Anstrengung, denn er keuchte und war so außer Atem, als wäre er den ganzen Weg von wer weiß woher zum Revier gerannt.

Kay wartete, bis er Platz genommen hatte. »Kann ich Ihnen etwas anbieten, Mr ...«

»Lorentz. Gabriel Lorentz.« Er wischte sich schnell mit dem Handrücken über die Stirn. »Es geht um meine Tochter, Taylor. Sie ist verschwunden.«

»Seit wann?«, fragte Kay und ließ die Spitze ihres Stifts über ihrem Notizblock schweben.

»Seit heute Morgen um sechs Uhr siebenundvierzig«, antwortete der Mann, nachdem er sein Telefon überprüft hatte.

»Mr Lorentz, das ist erst dreieinhalb Stunden her ...«

»Sie verstehen das nicht«, erwiderte er verzweifelt und packte Kays Unterarm in einer flehenden Geste. »Ihre Smartwatch hat mir gemeldet, dass sie gestürzt ist und nicht mehr ansprechbar war. Ich bin hingefahren und habe überall nachgesehen, aber sie war weg.«

Kay schaute Elliot kurz an. »Zeigen Sie mir bitte die Nachricht«, bat sie und nahm dem Mann das Telefon aus der zitternden Hand. Sie las:

Der Besitzer dieser Uhr ist schwer gestürzt und reagiert nicht mehr auf seine Uhr. Der geschätzte Suchradius beträgt 40 Meter.

Es folgten genaue Längen- und Breitengrade.

Kay zeigte Elliot das Handydisplay. Die Informationen waren überzeugend genug, um eine sofortige Fahndung zu veranlassen. Es gab tragbare Geräte, die in der Lage waren, zu erkennen, wenn der Träger einen schweren Sturz erlitt, und es sah ganz danach aus, als hätte Taylors Gerät seine Aufgabe erfüllt.

»Wird so eine Nachricht nicht eigentlich erst nach einem Notruf gesendet?«, fragte Elliot.

»J-Ja, vielleicht, ich weiß es nicht«, stammelte Mr Lorentz. »Als ich dort ankam, fing ich an zu suchen, genau wie das Ding sagte, in einem Suchradius von vierzig Metern. Ich rief ihren Namen und suchte nach Fußabdrücken.« Er legte kurz die Hand vor den Mund. »Sogar nach Blut. Aber da war nichts. Sie ist einfach verschwunden. Und vorher sagte die Uhr, sie sei gestürzt.«

Kay legte ihm beruhigend die Hand auf den Arm und schaute dann zu Elliot auf. »Wir brauchen den Einsatzbericht zu dem entsprechenden Notruf und müssen herausfinden, was passiert ist und ob jemand losgeschickt wurde.«

»Geht klar«, antwortete Elliot und verschwand.

»Sie haben niemanden geschickt«, sagte Mr Lorentz und schluchzte kieksend. »Als ich ankam, war niemand da. Ich war vielleicht ein paar Minuten zu spät. Die Nachricht kam, als ich gerade unter der Dusche stand, und ich habe sie nicht gleich gehört.«

»Um wie viel Uhr sind Sie dort eingetroffen?«

»Sieben Uhr fünfundzwanzig«, antwortete er entschuldigend. »Ich hätte mein Handy in der Dusche dabeihaben sollen. Ich wusste, dass sie unterwegs war, aber ich ...« Seine Schultern hoben sich unter dem Gewicht seines stockenden Atems. »Man erwartet nie, dass einem so etwas passiert. Niemals.«

»Wo genau ist der Ort des Sturzes?«

»Bei Frozen Falls, falls Sie das kennen. Laut GPS war es etwa zwanzig Meter von den Frozen-Falls-Felsen entfernt, zwei Meter neben der Asphaltstraße.«

»Das ist unten im Tal, oder?«, fragte Kay und war überrascht, dass die Uhr die Nachricht hatte senden können. Der Empfang war dort, auf dem Abschnitt des Highways nördlich vom Katse Coffee Shop, nur sehr schwach. Ein Balken, höchstens zwei, und manchmal gar keiner. Vielleicht hatte die Uhr es nicht geschafft, den Notruf zu tätigen, oder die Funktion war verzögert worden, bis der Empfang wiederhergestellt war.

»Genau«, sagte Mr Lorentz energisch nickend. »Anderthalb Kilometer nördlich vom Katse.«

»Wo wohnen Sie, Mr Lorentz?«

»Südlich vom Katse, vier Kilometer, westlich der Straße. Wir haben einen kleinen Hof.«

»Und Taylor? Wann ist sie gegangen, und wohin?«

»Sie ging um sechs Uhr zehn, vielleicht sechs Uhr fünfzehn joggen.« Er sprang auf, als wollte er losrennen, wirkte ängstlich, fast panisch, und seine Geduld für Kays Fragen war am Ende. »Sie läuft manchmal, okay? Sie läuft morgens gern um den Hügel, wenn der Verkehr noch nicht allzu heftig ist. Wir müssen dorthin. Bitte. Wir müssen sie finden.«

»Wie alt ist Ihre Tochter?«, fragte Kay so sanft, wie sie konnte. Sie mussten noch einige Dinge klären, bevor sie sich mit einem Spürhund auf den Weg machen konnten, um Taylor zu finden. Hatte eine andere Einheit nach dem Notruf ermittelt? Hatten die Kollegen etwas gefunden? Vielleicht war sie ja in die Notaufnahme von Redding gebracht worden.

»Sie ist neunzehn, und sie ist ein gutes Kind. Nicht viele Kinder lassen heutzutage ihre Väter wissen, wo sie sind, mit diesen ganzen tragbaren Geräten und Telefonen und so. Aber sie tut es. Immer. Lassen Sie uns gehen, bitte. Helfen Sie mir und meinem kleinen Mädchen. Sie könnte da draußen verletzt sein, bluten. Es gibt Bären in diesen Wäldern ... und auch Wölfe.«

Elliot kam aus der Zentrale, mit schweren Schritten, die Kay nur von ihm kannte, wenn er wütend oder verärgert war.

»Entschuldigen Sie mich einen Moment, Mr Lorentz«, sagte Kay. »Ich bin gleich wieder da.«

Der Mann sah ihr mit heruntergeklappter Kinnlade nach. Sie fing Elliot auf halbem Weg durch das Büro an einem leeren Schreibtisch ab.

»Es hat sich herausgestellt, dass das Gerät den Notruf getätigt und Redding ihn hierher weitergeleitet hat. Deputy Leach hat ihn angenommen. Er ist um neun nach sieben dorthin gefahren, hat sich genau vier Minuten lang umgesehen und den

Anruf dann als den eines Spinners abgetan«, informierte Elliot sie in leisem Flüsterton. »Ich habe gerade mit ihm gesprochen, und ich glaube nicht, dass er sich überhaupt die Mühe gemacht hat, richtig nachzusehen. Er schien es schon wieder völlig vergessen zu haben.«

Kay schüttelte den Kopf. Irgendwann würde jemand etwas gegen Leach unternehmen müssen. An seiner Stelle könnten sie einen Deputy haben, der wirklich etwas bewirken wollte. Vielleicht war Leach gut genug für Radarfallen und Verkehrskontrollen, aber für den Rest des Jobs taugte er nicht. Eines Tages könnte seine Faulheit jemanden das Leben kosten. Vielleicht war es heute schon so weit.

Kay nahm ihr Telefon heraus und tippte eine kurze Nachricht an die Zentrale. Wenige Augenblicke später meldete es sich mit der Antwort.

»Wir müssen so schnell wie möglich nach dem vermissten Mädchen suchen, Elliot. Ich habe bereits einen Spürhund angefordert. Sie sollten in etwa fünfundvierzig Minuten vor Ort sein. Hoffen wir, dass es nicht zu spät ist.«

»Und der Typ im Verhörraum?«, fragte Logan und ließ sie aufschrecken. Sie hatte nicht bemerkt, dass er sich ihr genähert hatte. Mit seinen ein Meter achtzig und den einhundertzehn Kilogramm Kampfgewicht schaffte es der Sheriff immer wieder, unerwartet leichtfüßig umherzuschleichen. »Was wollen Sie in seiner Angelegenheit unternehmen?«

Brian. Der wiedererweckte Fluch aus ihrer Vergangenheit, der auch noch wegen Mordes gesucht wurde.

Für eine Weile hatte sie ihn und den Schlamassel, in den er sie hineingezogen hatte, ganz vergessen.

»Lassen Sie mich zuerst mit Mr Lorentz reden. Er möchte unbedingt, dass wir mit der Suche nach seiner Tochter beginnnen, und das hat für mich oberste Priorität. Ich muss nur noch ein paar Kleinigkeiten klären, es wird nicht lange dauern. Dann werde ich Sie um ein paar Tage Urlaub bitten müssen.«

Der Sheriff stöhnte und schlug sich frustriert gegen den Oberschenkel. »Was haben Sie denn vor?«

»Brian muss sowieso nach San Francisco gebracht werden, in Polizeigewahrsam, und das kann ich übernehmen. Ich sorge dafür, dass er einen guten Anwalt bekommt, so was in der Art.«

»Das Verfahren sieht vor, dass die Polizei aus San Francisco ihren Arsch für den Transport hierherbewegt«, schmetterte Logan ihre Bitte ab und rieb sich mit den tabakverschmierten Wurstfingern die Furchen auf der Stirn, als wollte er sie glätten.

»Wenn wir die Regeln nur ein klein bisschen großzügiger auslegen, kann sich niemand beschweren, das verspreche ich Ihnen.«

»Und Sie haben kein Problem damit, ein Familienmitglied in Handschellen durch die Gegend zu kutschieren?«

»Ex-Familienmitglied«, stellte Kay klar. »Er ist ein Polizist, Sheriff. Ich kann mir wirklich nicht vorstellen, dass er Leute umbringt. So ist er nicht.« Sie hielt einen Moment inne und betrachtete Logan eingehend. Sein Verhalten, seine gesamte Körpersprache verriet, wie sehr er ihr übel nahm, was sie zu tun gedachte. »Als ich frisch von der Uni zum FBI kam, war er bereits Sergeant bei der Polizei in San Francisco. Er hat eine feste Anstellung und ist ein guter Polizist. Ich glaube, ich kann herausfinden, ob er gelinkt wurde ...«

»Detective, Sie setzen Ihre Karriere aufs Spiel, wenn Sie nur eine einzige Frage an irgendeinen Zeugen stellen«, sagte Logan. »Machen Sie keine Dummheiten, die wir beide am Ende bereuen werden.«

Kay legte die Hand an ihre Brust und verzichtete darauf, Logan zu umarmen. Er meinte es ja nur gut. »Ich verspreche es.« Sie atmete bewusst aus und sah kurz auf den abgenutzten Teppichboden hinunter, bevor sie Logans direktem und zweifelndem Blick begegnete.

»Als Ehemann war er ein untreuer Betrüger, ein Lügner und ein Herzensbrecher. Aber ich kann mich an keine einzige

Lüge erinnern, die er je erzählt hat, abgesehen von denen, mit denen er seine Betrügereien verschleiern wollte. Ich glaube, dass er dieses Mal vielleicht die Wahrheit sagt.«

Logan starrte sie eine Weile lang an und nickte dann. »Na gut, tun Sie, was Sie tun müssen, Detective. Ich werde über die Reise nach San Francisco nachdenken; schließlich ist es Sache der Polizei, einen Verdächtigen in Gewahrsam zu überführen. Passen Sie da draußen nur auf sich auf.«

Kay atmete erleichtert auf und warf dem Verhörraum einen angespannten, besorgten Blick zu. Sie hatte beschlossen, Brian nach San Francisco zu bringen, und nicht vor, ihre Meinung zu ändern, egal, wie sehr sie sich davor fürchtete. Vor allem. Vor seiner Anwesenheit im selben Raum mit ihr, davor, dieselbe Luft wie er zu atmen. Vor seinem Aftershave, das seinen Moschusduft in ihrem Ford Interceptor hinterließ, ihre Sinne überflutete und Erinnerungen an endlose Nächte voller Begierde und leidenschaftlicher Küsse weckte. Vor all den Dingen, die sie ihm hatte sagen wollen und nie gesagt hatte, weil sie wusste, wie sinnlos es gewesen wäre. All das lastete immer noch schwer auf ihr und wollte sich Ausdruck verleihen.

Am ärgerlichsten aber war, dass Kay sich in seiner Gegenwart selbst nicht über den Weg traute.

Die ganze Sache konnte gar nicht schnell genug erledigt werden. Und aus irgendeinem Grund wollte sie Rachel wieder anrufen. Vielleicht würde sie dieses Mal abnehmen.

Aber zuerst musste sie Mr Lorentz noch ein paar Fragen stellen. Sie eilte zurück zu ihrem Schreibtisch. Der besorgte Vater war sichtlich erleichtert, als sie zurückkam.

»Mr Lorentz, wir bereiten die Suche in diesem Moment vor.«

»Danke«, flüsterte er mit tränenerstickter Stimme.

»Sie sagen, Ihre Tochter hat Ihnen erlaubt, ihren Standort über ihr Telefon und ihre Uhr nachzuverfolgen, richtig?«

»Ja, es gibt eine App, und ich habe darüber nachgeschaut.

Sehen Sie?« Er hielt ihr sein Handy vor die Nase. »Es zeigt ihren letzten bekannten Standort an, den Ort der Notfallkoordinaten, aber das Telefon und die Uhr sind jetzt beide ausgeschaltet. Ich habe alle fünf Minuten nachgesehen.«

Das konnte alles Mögliche bedeuten, wie zum Beispiel, dass Taylor sich in einem Gebiet mit schlechtem Empfang befand. »Und sie hat ihr Telefon dabei?«

»Immer. Sie hört beim Laufen gern Musik. Ich habe ihr gesagt, dass das gefährlich sei, weil sie dann die Autos nicht hören könne, die kommen und hupen, aber sie hat mich nicht beachtet.«

»Wie weit läuft sie normalerweise?«

»Ungefähr acht Kilometer. Sie ist in guter Form und sehr ehrgeizig. Und sie mag diese Strecke, denn es geht erst bergab und dann wieder bergauf. Sie nennt das immer Training mit natürlicher variabler Belastung.«

»In Ordnung, Mr Lorentz. Wir warten auf das Eintreffen des Spürhunds. Mein Kollege, Detective Young, ist gleich zurück, um Sie zum Suchort zu bringen.«

»Und Sie?«, stammelte er, und die Verzweiflung zeigte sich wieder in seinen Zügen.

»Ich werde von hier aus einige Dinge koordinieren und mit unseren Technikern versuchen, die Geräte zu lokalisieren. Bitte geben Sie uns einen Moment Zeit.«

Er versuchte aufzustehen und lehnte sich gegen den Schreibtisch, wirkte verwirrt und wurde noch blasser. Der Schweiß brach ihm in kleinen Perlen an den Haarwurzeln und auf der Stirn aus. Bevor Kay ihn auffangen konnte, landete er hart auf dem Fußboden und krampfte.

Kay kniete sich neben ihn und schob ihre gefaltete Jacke unter seinen Kopf. Sie lockerte seine Krawatte und öffnete ein paar Hemdknöpfe. »Ich brauche hier einen Sanitäter!«, rief sie dann laut.

ACHT

ROADTRIP

Die Sanitäter waren gerade im Aufbruch, als Kay endlich den Vernehmungsraum betrat. Er war leer. Sie warf Deputy Hobbs einen kurzen Blick zu. Er war derjenige, den Logan zuvor damit beauftragt hatte, ihren Ex im Auge zu behalten.

Hobbs versuchte, ein ernstes Gesicht zu machen. »Wenn Sie Ihren, ähm, Verdächtigen suchen, der sitzt schon in Ihrem Fahrzeug, Detective. Bereit zur Abfahrt.«

Sie dankte ihm mit einem Nicken. Es würde eine Weile dauern, bis die Gerüchteküche nach Brians unerwartetem Abstecher in ihr Leben zum Stillstand kommen würde. Bis dahin würden alle lächeln, tuscheln und alle möglichen Kommentare abgeben. Dagegen konnte sie nichts unternehmen.

Als sie an ihrem Schreibtisch vorbeikam, um ihre Jacke zu holen, runzelte Kay die Stirn beim Anblick des fleckigen Teppichs, auf dem Mr Lorentz mit einem hypoglykämischen Anfall zusammengebrochen war. Sie machte sich Vorwürfe, weil sie die Anzeichen nicht früher bemerkt hatte. Er war trotz des kalten Wetters blass und verschwitzt gewesen, ängstlich, unruhig, manchmal hatte er undeutlich gesprochen. Alle Symptome waren da gewesen, und doch hatte sie es übersehen.

An einem normalen Tag, an einem Tag, an dem sie nicht über Brian Hanlin nachdenken musste, hätte sie es nicht übersehen. Jeder Elternteil, dessen Kind schwer gestürzt und dann verschwunden war, wäre ängstlich gewesen, hätte gezittert und gekeucht, aber nicht jeder wäre so blass gewesen. Nicht so verschwitzt. Der arme Mann muss sich bei der Suche nach seiner Tochter so verausgabt haben, dass er fast gestorben wäre.

Kay eilte nach draußen, um Brian wieder aus ihrem Leben zu schaffen. Der Rettungswagen stand immer noch auf dem Parkplatz. Mr Lorentz saß auf der hinteren Stoßstange mit einer Infusion im Arm. Er stand auf, als sie sich ihm näherte, und schien sicher auf den Beinen zu sein. Sein Schweiß war verschwunden und seine Haut hatte wieder eine gesündere Farbe angenommen.

»Detective?«

»Mr Lorentz, mein Partner kommt sofort. Er trifft sich mit dem Hundeführer an den vom Gerät angegebenen Notfallkoordinaten, drüben bei Frozen Falls. Zwei weitere Deputies sind bereits vor Ort und durchkämmen das Gebiet.«

Mr Lorentz zog die Nadel aus seinem Arm und verscheuchte den Sanitäter, der ihn aufhalten wollte. »Mir geht es gut. Lassen Sie mich bitte gehen.« Er krempelte seinen Hemdsärmel herunter und hängte sich die Jacke über die Schultern. Ein kleiner roter Fleck zeichnete sich auf seinem Ärmel ab. »Ich werde nicht länger hier rumsitzen, wir haben schon genug Zeit verschwendet. Ich komme mit.«

Elliot hörte den letzten Satz und kam mit den Autoschlüsseln in der Hand aus dem Revier. Kay suchte seinen Blick, bevor sie sich wieder Mr Lorentz widmete. »In Ordnung, Mr Lorentz, Sie fahren mit meinem Kollegen.«

Sie wartete, bis Elliot sie erreicht hatte, bevor sie sich zum Gehen wandte.

»Kay«, sagte Elliot und blieb stehen, als wüsste er nicht, was er noch sagen sollte.

Sie lächelte schwach. »Das wird schon alles, Elliot. Und ich bin wieder zurück, bevor du es merkst«, flüsterte sie. Als sie ihm in die Augen sah, war sie versucht, in San Francisco anzurufen und den Kollegen zu sagen, dass sie ihren Verdächtigen abholen sollten. Zum Teufel mit Brian Hanlin. Aber was, wenn sie später erfuhr, dass er wegen eines Verbrechens, das er nicht begangen hatte, zu lebenslanger Haft verurteilt worden war? Wie würde sie mit diesem Wissen weiterleben können?

Ihr Ex machte alles kaputt, was er anfasste, das stand fest. Allein sein Auftauchen genügte.

»Endlich«, sagte Brian, als sie sich hinter das Lenkrad setzte. Er saß auf dem Rücksitz, in der Mitte, und lehnte sich zur Seite. »Dein pummeliger Kollege hat sich nicht die Mühe gemacht, mir zu sagen, warum ich hier wie ein Verbrecher ange-kettet bin.«

Kay ließ den Motor an und scherte aus, um auf den Highway zu fahren. »Typisches Verfahren für Mordverdächtige in Gewahrsam, wenn ich dich daran erinnern darf.«

Er grinste und war sich wahrscheinlich nicht sicher, was bei ihr besser ankam: Sarkasmus oder Charme. Er entschied sich für Letzteres. »Aber ist das wirklich nötig, Kay? Mich in Ketten legen zu lassen wie einen schwerkriminellen Drogendealer?«

Das war es wahrscheinlich nicht. Aus Angst vor einem Streit, der erst enden würde, wenn er nicht mehr gefesselt war, griff Kay in die Tasche, holte den Schlüssel heraus, fuhr an den Straßenrand und schloss die Handschellen auf. »Lass mich das nicht bereuen, sonst kette ich dich das nächste Mal mit Stachel-draht an.«

Die Handschellen klickten und klapperten, als sie auf den Boden fielen. Brian seufzte erleichtert. »Das ist schon viel besser, danke. Hast du keinen Hunger?«

Es war, als wären sie wieder verheiratet. »Verdammt, Brian,

das ist kein Freundschaftsbesuch. Ich übergebe dich der Polizei von San Francisco. Wir fahren nicht zu einem Picknick.«

Er beugte sich vor und stützte den Unterarm auf die Rückenlehne ihres Sitzes. Kay konnte spüren, wie sein Atem ihr Haar streifte. »San Fran ist zwei Stunden entfernt, und die warten nicht gerade mit einer Mahlzeit und einer Tasse Kaffee auf mich, oder? Ich bin seit sieben Uhr dreißig heute Morgen eingesperrt, und niemand hat sich die Mühe gemacht, mal zu fragen.« Er hielt einen Moment inne, wahrscheinlich sah er im Rückspiegel, wie sie die Augen verdrehte. »Das Letzte, was ich gehört habe, war, dass die Leute in deiner Obhut wegen Unterzuckerung in Ohnmacht fallen und Krämpfe bekommen.«

Er würde nicht aufhören. Sie hätte ihm den Mund zukleben können, aber er hatte nicht ganz unrecht. An diesem Morgen hatte sie das Frühstück ausgelassen, weil sie zu spät zum Schießstandtraining mit Elliot gekommen war, und hatte sich mit dem Kaffee begnügt, den er mitgebracht hatte.

Trotzdem gab sie Brians Laune nach, und das ärgerte sie maßlos.

Stöhnend wählte sie die Kurzwahlnummer des Katse Coffee Shops. Der Inhaber Tommy MacPherson nahm nach dem ersten Klingeln ab.

»Hey, Tommy, hier ist Kay Sharp.«

»Guten Morgen, Detective«, antwortete er, wobei er die Stimme etwas anhob, um das Geplapper im Hintergrund und das Pfeifen einer Kaffeemaschine in seiner Nähe zu übertönen. »Was kann ich für Sie tun?«

»Ich brauche zwei große Croissants und zwei Tassen Kaffee zum Mitnehmen.«

»Zwei Croissants für mich, bitte«, mischte sich Brian ein. »Und lass sie aufwärmen.«

Kay biss für einen kurzen Moment die Zähne zusammen. »Okay, drei Croissants. Aber machen Sie aus einem der Kaffees einen wirklich dünnen, koffeinfreien, bitte, Tommy. Manche

Leute brauchen keine Stimulation. Und können Sie sie nach draußen zu meinem Auto bringen? Ich habe einen Verdächtigen im Schlepptau.« Sie fuhr auf den Parkplatz des Katse, während sie sprach.

»Sicher. Ein oder zwei Minuten, Detective.«

»Das ist gemein«, sagte Brian, als sie das Gespräch beendete. »Früher warst du nicht so. Du warst lieb und sanft und wolltest die Leute zum Lächeln bringen.«

»Tja, du hast das alles geändert, Brian. Ich habe dich kennengelernt, und fünf Sekunden später habe ich erkannt, dass manche Leute einfach Abschaum sind.«

Tommy klopfte gegen ihr Fenster und erschreckte sie. Sie ließ es herunter und nahm ihm die Tüte mit den Croissants ab, dann einen Becher Kaffee. Höflich wie immer, aber wahrscheinlich begierig darauf, einen Blick auf ihren Fahrgast zu werfen, langte Tommy in den Wagen und reichte Brian den zweiten Becher Kaffee.

»Bitte sehr, Mr Sharp, Ihr koffeinfreier Kaffee.« Brian fing an zu lachen. »Danke.« Kay ärgerte sich. »Er heißt nicht Sharp«, stellte sie klar und starrte Tommy so eiskalt an, dass der sich zu einer Entschuldigung genötigt fühlte.

»Es tut mir so leid, Detective. Alle sagen, ähm, schon gut. Ich habe einen Fehler gemacht.« Er hielt den Kopf gesenkt und die Hände in die Höhe, als wollte Kay ihn erschießen. Es war nicht seine Schuld, dass die Leute redeten.

»Ist schon gut, Tommy. Bitte buchen Sie das auf meine Karte.«

»Klar doch.« Er trat einen weiteren Schritt zurück. »Was ist denn da unten los?« Er deutete die Straße hinunter in Richtung Tal. »Habe gehört, dass jemand vermisst wird?«

»Taylor Lorentz, falls Sie sie kennen. Sie ist heute Morgen beim Joggen verschwunden. Wissen Sie etwas darüber?«

»Ja, nein, ich meine, ich kannte sie, nur flüchtig, weil sie hier oft vorbeiläuft. Aber ich wusste nicht, dass sie verschwunden ist.«

»Gut, rufen Sie mich an, wenn Sie etwas hören.«

»Mach ich. Und es tut mir leid wegen des ...« Er gestikulierte mit einem verlegenen Gesichtsausdruck in Richtung des Fahrzeugs. »Wegen der ganzen Namensgeschichte.«

Kay war der Appetit vergangen. Sie fuhr in Richtung Highway und gab Vollgas. Im Rückspiegel zeichneten sich in der Ferne die roten und blauen Lichter mehrerer Fahrzeuge ab. Die Suche nach Taylor Lorentz hatte begonnen.

Ein lautes Schlürfen unterbrach ihre Gedanken. »Igitt, dieser Kaffee ist echt lahm«, beschwerte sich Brian. »Du bist rachsüchtig, stimmt's? Vielleicht immer noch verbittert? Nur ein bisschen?«

»Für jemanden, der bald ins Gefängnis wandert, wirkst du fürchterlich entspannt, Brian. Was zum Teufel geht in deinem Kopf vor? Ist dir eigentlich klar, wie ernst deine Lage ist?« Kay ließ das Fenster ein paar Zentimeter herunter und sog einen kalten, beruhigenden Lufthauch in ihre Lunge. Sie ließ den Blick für einen kurzen Moment auf den Konturen der felsigen Berggipfel vor dem azurblauen Himmel ruhen und nahm den Gleichmut der Berge in sich auf. Brian war schon immer ein wenig unverantwortlich gewesen.

»Ich habe dich auf meiner Seite«, antwortete er mit düsterer Stimme. »Ich weiß, dass du mich nicht im Stich lassen wirst.«

»Das kannst du nicht wissen, Brian. Ich war so kurz davor, die Kollegen anzurufen und meine Hände in Unschuld zu waschen.« Sie hielt eine Hand in die Luft, den Daumen etwa einen halben Zentimeter von ihrem Zeigefinger entfernt. »Und das kann ich immer noch tun.«

Ein paar Augenblicke mürrischen Schweigens verrieten Kay, dass sie den Nagel auf den Kopf getroffen hatte.

»Wer ist das Opfer?«

Brian antwortete nicht sofort. Als sie in den Spiegel schaute, bemerkte sie, dass er den Kopf gesenkt hielt.

»Meine Verlobte«, sagte er schließlich. »Wir wollten im Dezember heiraten. Sie wollte eine Weihnachtshochzeit, alles weiß, alles perfekt.« Seine Stimme brach ein wenig. »Bestimmt willst du das nicht hören, Kay, aber ich habe sie geliebt. Das habe ich wirklich.«

Kay sparte sich eine ätzende Bemerkung. Was sie betraf, so konnte er jede lieben und jede heiraten. Sie hatte schon vor langer Zeit aufgehört, sich darum Gedanken zu machen. Doch ein winziger Funke Eifersucht versetzte ihr einen Stich ins Herz und ließ sie sich fragen, ob er seine neue Verlobte auch betrogen hatte. Ob er sie mehr geliebt hatte als Kay. Ob dieses tote Mädchen die Richtige für ihn gewesen war.

Sie verdrängte die unerwünschten Gedanken. Es war besser, sich nur auf den Fall zu konzentrieren.

»Warum wirst du verdächtigt, sie getötet zu haben? Was haben sie gegen dich in der Hand?«

»Ich bezweifle, dass sie etwas ...«

»Bist du immer noch ein Polizist, Brian? Warst du das jemals? Ein Richter muss den Haftbefehl auf der Grundlage von Beweisen und Zeugenaussagen unterschreiben. Er wird nicht einfach so ausgestellt, weil jemand ihn haben will.«

Es fühlte sich an wie damals, als sie verheiratet waren und Kay versucht hatte, eine klare Antwort von ihm auf die Frage zu bekommen, wo er gewesen sei.

»Ich wurde vor zwei Jahren zum Detective zweiten Grades befördert, nach mehreren Undercover-Einsätzen. Also, ja, ich bin ein Detective, genau wie du. Ein suspendierter, gegen den ein Haftbefehl wegen Mordes vorliegt, aber dennoch ein Detective«, sagte er mit einem Hauch von Stolz in der Stimme, aber auch mit Frustration, Bitterkeit und Angst. »Ich wollte sagen, dass sie meine Fingerabdrücke am Tatort gefunden haben, aber sie war meine Verlobte, also ist das doch klar, oder? Und ich hatte kein Alibi für den Zeitpunkt ihres Todes. Ich glaube nicht, dass sie etwas anderes gegen mich in der Hand haben; es gibt nichts, was sie haben *könnten*.«

Er hatte seine Croissants nicht angerührt und hielt die Tüte immer noch in der Hand. Das Papier raschelte hin und wieder, der Duft von warmem, buttrigem Gebäck umwehte Kays Nase.

»Wann wurde sie umgebracht?«

»Letzten Freitag, gegen sechs Uhr abends«, antwortete er, und die Traurigkeit in seiner Stimme war wieder zu hören. »Vielleicht habe ich mir bei der Polizei ein paar Feinde gemacht. Ich bin aufgestiegen und habe ein paar wirklich üble Typen weggesperrt, von denen einige miteinander vernetzt waren. Organisiertes Verbrechen, Drogenringe, ein paar korrupte Polizisten.« Die Papiertüte raschelte, dann nahm er einen Bissen von einem Croissant und kaute kräftig. »Das ist gut«, murmelte er mit vollem Mund.

»Glaubst du, dass du gelinkt wurdest? Oder haben sie es dir nur angehängt, weil es ›immer der Ehepartner ist‹? Des faulen Polizisten Lösung?«

Er nahm noch einen Bissen. »Ich weiß es nicht. Könnte sein.«

»Du musst doch eine Ahnung haben, wer deine Verlobte getötet hat«, sagte Kay und hupte wütend einen Dodge-Ram-Fahrer an, der nicht aufpasste. Sie war eine Minute lang mit Lichthupe hinter ihm hergefahren. Erschrocken wich der Fahrer so abrupt aus, dass er fast die Leitplanke streifte.

Brian räusperte sich, wie er es immer nach dem Essen zu tun pflegte, und nahm dann einen Schluck Kaffee.

»Sie sollte in der Nacht, in der sie getötet wurde, ins Zeugenschutzprogramm gehen. Ein US-Marshal wollte sie um sieben Uhr abholen.«

»Okay, erzähl mir das noch einmal«, sagte Kay. Es gab einige ungewöhnliche Aspekte an seiner Geschichte. »Noch einmal von vorn.«

»Sie war Zeugin eines Verbrechens, einer scheinbar zufälligen Schießerei auf der Straße am Tag zuvor, und hatte bereits mit der zuständigen Staatsanwaltschaft darüber gesprochen.«

»Warum glaubst du, dass ihr Leben in Gefahr war?«

Eine kurze Pause. »Ich bin mir nicht sicher. Ich war nicht während des gesamten Gesprächs dabei. Ich schätze, die Angaben, die sie gemacht hat, haben auf einen Verdächtigen in einem laufenden Fall hingedeutet. Sie wollten mir nichts davon erzählen. Dieser Staatsanwalt ist ein Arschloch, ein Riesenarschloch, und machtgeil wie kein anderer.«

»Wenn sie sie für gefährdet hielten, warum ist sie dann noch nach Hause gegangen? Sie wurde doch zu Hause umgebracht, oder? Du hast gesagt, deine Fingerabdrücke seien dort gewesen.«

»Ja, sie wurde zu Hause umgebracht.«

»Bei ihr? Oder bei dir?« Fast hätte Kay ›uns‹ gesagt.

»Bei ihr.« Er biss sich einen Moment auf die Lippe und schien zu überlegen, was er sagen sollte. »Ich weiß nicht, warum sie sie haben gehen lassen. Mir war nicht klar, wie ernst es war, weil sie mir nichts gesagt haben. Sie wollte noch einen Tag, um alles in Ordnung zu bringen, bevor sie ins Zeugenschutzprogramm geht. Noch einen Tag Normalität, hat sie es genannt. Ich glaube nicht, dass ihr klar war, wie ernst ihre Lage war.«

»Was hat sie dir gesagt?«

»Sie hasste die Vorstellung, ins Zeugenschutzprogramm zu gehen, auch wenn es nur für kurze Zeit sein sollte. Sie hat eine Schießerei mit angesehen und dann getan, was sie für richtig hielt, ohne mich vorher zu fragen. Ich hätte ihr gesagt, dass sie sich einfach raushalten soll. Scheiß auf die Justiz, wenn es um die Familie geht, oder? Die Zeugen bringen sich selbst in große Gefahr. Ich hätte ihr gesagt, was so eine Aussage wirklich bedeutet, und sie wäre jetzt noch am Leben.«

Eine Weile fuhren sie schweigend. Kay fragte sich, warum

so schnell ein Haftbefehl gegen Brian ausgestellt worden war, wo es sich doch eindeutig um einen Fall von Zeugenbeeinflussung handelte.

»Warum dann du, Brian? Warum wirst du als Hauptverdächtiger gehandelt? Kann der Staatsanwalt nicht eins und eins zusammenzählen?«

»Das ist nicht derselbe Staatsanwalt. An meinem Fall ist ein anderer dran, eine ehrgeizige, politisch motivierte kleine Schlampe.«

»Wer ermittelt im Mord an deiner Verlobten?«

»Ein alter Bekannter, ein Detective aus unserem Revier, der es wohl auch auf mich abgesehen hat. Ich bin mir nicht sicher, ob er sich nicht schmieren lässt. Ich traue dem Kerl nicht über den Weg.« Er zerdrückte die leere Papiertüte und legte sie in den Becherhalter auf der Mittelkonsole, neben Kays unangetastetes Croissant. »Ich glaube, ich werde verarscht, Kay. Wenn du nicht herausfindest, wer es getan hat, bin ich geliefert. Dann werde ich im Gefängnis verrotten.«

NEUN

IHR NAME

Kay wartete neben dem Geländewagen, während der Treibstoff mit einem Surren in den Tank floss und die Luft mit einem schwachen Hauch von Benzindampf erfüllte. Sie waren fast an der Golden Gate Bridge, nicht mehr als zwanzig Minuten von Brians Dienststelle entfernt, und Kay hatte es für das Beste gehalten, noch einen Zwischenstopp einzulegen. Sobald sie in die Stadt fuhren, würde es keine Möglichkeit mehr zum Halten geben, bis sie ihr Ziel erreicht hatten.

Wider besseres Wissen hatte sie Brian erlaubt, die Tankstelle ohne Begleitung zu betreten und die Toilette zu benutzen. Fast zehn Minuten waren vergangen, und Kay machte sich langsam Sorgen. Hatte er sie hintergangen? Hatte er plötzlich beschlossen, dass er nicht ins Gefängnis wollte, und war per Anhalter aus Marin County herausgefahren, wohin auch immer?

Der Griff der Zapfpistole klickte und blieb stehen. Kay setzte sie wieder zurück in die Halterung der Tanksäule und ließ sich die Quittung ausgeben. Als sie von ihrem Portemonnaie aufblickte, stand Brian da, mit einem selbstgefälligen Lächeln und einem großen, eisgekühlten Cappuccino, darauf ein Berg aus Schlagsahne, der mit Schokoladensirup und Karamell überzogen war.

Zweitausend Kalorien in einem Plastikbecher. Genau das, was sie brauchte.

Leider war er selbst gerade dabei, einen schwarzen Kaffee zu trinken, und das bedeutete, dass er bald streitlustig, feindselig und noch impulsiver sein würde als ohnehin schon.

»Danke«, sagte sie und schob die Hand mit dem Friedensangebot weg.

»Ich bestehe darauf. Wenn du ihn nicht trinkst, muss ich mich selbst opfern.«

Das Letzte, was er brauchte, war ein Zuckerrausch. Mit einem frustrierten Stöhnen nahm Kay ihm den Becher aus der Hand, mehr, um ihn von ihm fernzuhalten, als alles andere. Obwohl die mit Karamell überzogene Schlagsahne mit ihrem leichten Kaffeearoma köstlich schmeckte.

Kay setzte sich wieder hinter das Steuer, während Brian widerwillig auf den Rücksitz kletterte, nachdem ihre wütende Geste seinen Versuch, vorne einzusteigen, zunichtegemacht hatte.

»Hast du einen Anwalt?« Der Versuchung nachgebend, kostete Kay den Kaffee. Er war herrlich, obwohl er an einer Tankstelle gebraut worden war.

»Es gibt jemanden, den ich anrufen könnte, ja. Einen Anwalt kann ich mir nicht leisten, aber ich denke, ich kann den einen oder anderen Gefallen einfordern.«

Kay bog auf die Auffahrt zum Highway. Der Verkehr wurde immer dichter. »Er soll uns auf dem Revier treffen. Sagen wir, in dreißig Minuten?«

Brian sagte nichts. Nach einer Weile schaute Kay in den Rückspiegel und sah, dass er eine Nachricht auf seinem Handy tippte. Er musste inzwischen selbst gemerkt haben, dass er einen Anwalt brauchte. Ein paar Augenblicke später unterbrach ein Benachrichtigungston Kays Grübeln.

»Sie sagt, sie wird da sein, verspätet sich aber vielleicht etwas.« Brian klang erleichtert.

»Sie?« Kay konnte sich ein Kichern nicht verkneifen. »War ja klar.«

»Ach, komm schon«, wehrte sich Brian lautstark und schlug mit der Hand auf den Rücksitz. »Jetzt darf ich keine berufliche Beziehung zu einer Frau haben, weil das gleich bedeutet, dass ich sie vögele?«

Kay unterdrückte ein Fluchen. Warum brachte er nur das Schlimmste in ihr hervor? Sie hasste ihn immer noch für das, was er ihr angetan hatte, dafür, wie unbedeutend und machtlos er sie hat fühlen lassen. Manchmal wünschte sie sich, sie könnte ihn mit Klebeband an einen Stuhl fesseln und ihn anschreien, bis sie außer Atem war und es endlich schaffte, den Fleck namens Brian Hanlin von ihrer Seele zu waschen. »Du kannst jede Beziehung haben, die du willst, mit wem auch immer du willst. Das war falsch von mir, tut mir leid.«

Eine Weile lang waren das Rauschen und rhythmische Poltern der Räder auf dem Asphalt die einzigen Geräusche, die zu hören waren.

»Schon okay«, sagte Brian schließlich mürrisch. »Wie ich schon sagte, ich stecke alles ein, was du mir um die Ohren haust.«

Kay antwortete nicht. Sie war immer noch in Gedanken versunken. Was sollte sie tun, nachdem sie ihn an die Polizei von San Francisco ausgeliefert hatte? Wohin sollte sie gehen? Mit wem sollte sie reden? Sheriff Logan hatte recht. Sie konnte nicht einfach hereinplatzen und die Ermittlungen übernehmen. Sie hatte nicht die Befugnis, Zugang zum Tatort zu verlangen, mit der Familie des Opfers zu sprechen, Beweise zu untersuchen. Nichts von alledem. Sie hatte keinen Plan.

Kay steuerte nun das Revier an. Sie waren nur ein paar Minuten entfernt, aber der Verkehr wurde immer dichter. Bald würde Brian abgeführt und wahrscheinlich am nächsten Tag angeklagt werden. Er würde eine Kaution hinterlegen können. In der Zwischenzeit würde sie Zeit haben, darüber nachzudenken, was sie tun sollte. Wie sie der Sache auf den Grund gehen konnte. Ein schöner langer Spaziergang am Meer, um den Kopf freizubekommen von dem Wahnsinn, den Brian verbreitete, und ihr würde schon etwas einfallen.

Er verdiente es zwar, in der Hölle zu schmoren, aber nicht im Gefängnis für einen Mord, den er nicht begangen hatte.

»Eins nach dem anderen«, sagte Brian, immer noch mit düsterem Unterton. »Ich glaube, ich sollte dir ihren Namen sagen.«

Kay schaute ihn im Rückspiegel an, und ein Gefühl des Unbehagens machte sich in ihrer Magengrube breit, als ihr klar wurde, dass er es irgendwie geschafft hatte, den Namen seiner Verlobten bis dahin nicht zu erwähnen. Warum zog er nur immer wieder so einen Mist ab?

»Es ist besser, wenn du es hier von mir hörst, als bei der Anklageerhebung. Du bist doch morgen da, oder? Bei Gericht?«

»Wer war sie, Brian?«, fragte Kay kühl und spürte, wie ihre Kehle trocken wurde und sich zusammenzog.

Brian stockte einen Moment. Kay hielt den Atem an.

»Es war Rachel«, flüsterte er. »Ich weiß, was du sagen wirst ...«

»Du elender, verlogener Scheißkerl!«, schrie sie und schlug mit beiden Händen gegen das Lenkrad. »Sie war meine beste Freundin! Und du kommst erst jetzt auf die Idee, das zu erwähnen?« Sie hielt einen Moment inne, keuchte, stammelte, wollte mehr Worte sagen, als sie letztendlich herausbekam. »Du hast mich vor acht Jahren angelogen, als ich dich gefragt habe, ob du mit ihr geschlafen hast. Ich weiß, was ich auf der Party gesehen habe, aber du hast mir geschworen ...« Sie verschluckte sich an ihrer Wut und spürte das drohende Brennen der Tränen in ihren Augen. Aber sie wollte nicht weinen ... nicht hier, nicht wenn er zusah.

»So war das nicht ...«

»Halt die Klappe«, sagte sie. »Heute Morgen auf dem Revier und auf dem Weg hierher, als wir über den Fall gesprochen haben, was hast du dir dabei gedacht, ihren Namen zu verschweigen? Dass ich es nicht herausfinden würde? Dass du irgendwie damit durchkommst?« Kay atmete tief durch und versuchte, sich zu beruhigen, aber es gelang ihr nicht. »Du warst schon immer ein Feigling, Brian. Ein Feigling und ein Lügner und Betrüger. Und ich weiß nicht, was zum Teufel ich hier eigentlich mache.«

Sie brachte den Geländewagen auf dem Parkplatz des Polizeireviers abrupt zum Stehen und stellte den Motor ab.

»Kay, bitte ...«

»Wage es nicht«, sagte sie, drehte sich zum Rücksitz und durchbohrte ihn mit ihrem Blick. »Sag meinen Namen nicht und rühr dich keinen Zentimeter vom Fleck, bis ich zurück bin. Sag kein einziges verdammtes Wort, oder ich bin weg und scheiß drauf, ob sie dich grillen oder nicht. Es interessiert mich nicht mehr.«

Sie starrte ihn so lange an, bis er den Blick senkte und die Hände verschränkte, augenscheinlich unterwürfig. Dann stieg Kay wie benommen aus dem Fahrzeug, ohne zu wissen, was sie tun wollte. Sie wusste nur, dass sie so schnell wie möglich von ihm wegkommen musste.

»Warte, wo willst du hin?«

»Den Verlust meiner besten Freundin betrauern«, antwortete Kay kalt und schlug die Autotür so fest zu, wie sie konnte.

ZEHN

BLUT

Elliot hielt am Straßenrand hinter dem Fahrzeug von Deputy Novack an. Zwei weitere Streifenwagen waren vor Ort, und ein dritter blockierte die Zufahrt in Richtung Norden. Ein paar Hundert Meter weiter nördlich blockierte ein vierter Streifenwagen die Straße in Richtung Süden und hielt mehrere Fahrzeuge zurück, die wahrscheinlich nach Redding wollten. Sie würden nicht so schnell dort ankommen.

Elliot stieg aus dem Geländewagen aus und zog fröstelnd den Reißverschluss seiner Jeansjacke ganz nach oben.

Es war kalt wie im Herz einer Schwiegermutter.

Der Wind pfiff durch das Tal und rollte mit eisigen Böen von den Ausläufern des Mount Chester herab. Hohe Bäume bogen sich an den Spitzen, ihre Äste zitterten und übersäten die Straße mit Nadeln und Zapfen. Ein paar Kilometer östlich waren die felsigen Gipfel bereits mit Neuschnee bedeckt, der in der Sonne glitzerte. Wäre da nicht der strahlend blaue Himmel gewesen, hätte Elliot geglaubt, dass ein Schneesturm im Anmarsch war.

Er war mit Mr Lorentz zu dessen Haus gefahren, um ein Kleidungsstück seiner Tochter für den Spürhund zu holen und außerdem alles zu besorgen, was der Vater brauchte, um seinen Blutzucker unter Kontrolle zu halten. Lorentz hatte sich ein paar Proteinriegel und sein Insulinzubehör geschnappt und war dann in Tränen ausgebrochen, als er dabei zusah, wie Elliot Taylors Schlafanzugoberteil in eine Plastiktüte steckte.

»Wir tun alles, was wir können, Mr Lorentz«, hatte Elliot versucht, ihn aufzubauen, und ihm dann zurück zum Auto geholfen. »In Kürze haben wir den besten Spürhund hier.« Er ließ den Motor an und fragte: »Gibt es eine Mrs Lorentz, die wir anrufen könnten?«

»Meine Frau ist letztes Jahr verstorben. Sie hatte Krebs. Sie hat tapfer dagegen angekämpft und so lange durchgehalten, wie sie konnte«, erzählte Mr Lorentz schwach und mit gelegentlich brechender Stimme. »Taylor ist alles, was ich noch habe, Detective. Ich ertrage die Vorstellung nicht, sie zu verlieren.«

Die Fahrt von der Lorentz-Farm zum Ort der Notfallkoordinaten dauerte weniger als zwei Minuten. Elliot fuhr mit einhundertzehn Kilometern pro Stunde am Katse vorbei.

Als er anhielt, wandte er sich an seinen Beifahrer und sagte: »Bitte bleiben Sie hier, Mr Lorentz. Es ist warm im Auto, und wir müssen Sie in Sicherheit wissen, während wir unsere Arbeit erledigen.«

»Aber ich kann hier nicht sitzen und nichts tun ...«

»Bitte, Mr Lorentz, vertrauen Sie mir. Es ist besser so. Wenn wir Fragen haben, wissen wir, wo wir Sie finden. Sobald wir etwas herausfinden, werde ich Ihnen Bescheid geben.« Elliot schaute in die tränenüberströmten Augen des Mannes und versuchte, seiner müden Seele etwas Hoffnung zu schenken.

»Okay, ich warte hier.«

Elliot dankte ihm und eilte zu Deputy Novack hinüber. Er war ein guter Polizist, gründlich und einfallsreich, der Nächste, der zum Detective aufsteigen würde, wenn er es denn wollte. Er war groß und schlank, hatte eine knochige, muskulöse Statur und nahm nie seine Sonnenbrille ab, auch nicht, wenn es regnete. Elliot vermutete, dass es an Novacks Ähnlichkeit mit dem Schauspieler Stephen Dorff lag, der in der beliebten Fernsehserie *Deputy – Einsatz in Los Angeles* den Sheriff Bill Hollister spielte. Novack gab sich diesem Look voll und ganz hin, einschließlich Dreitagebart und allem, was dazugehörte. Das machte ihn aber nicht zu einem schlechten Polizisten. Da er absolut nicht eitel war, amüsierte ihn die Ähnlichkeit wahrscheinlich genauso sehr wie seine Kollegen.

»Zeigen Sie mir, was Sie haben«, bat Elliot und stapfte energisch auf der Stelle. Die texanischen Gene brachten es mit sich, dass er kaltes Wetter verabscheute und nicht allzu gut vertrug. Seine Füße waren ein wenig taub geworden, und dabei war er erst seit ein paar Minuten hier.

»Wir haben hier an der Straße angefangen und sind dann mit je fünf, sechs Metern Abstand ins Gelände gezogen, Richtung Norden und Süden. Wir sind allerdings nur zu viert und noch nicht weit gekommen. Wir haben noch nichts entdeckt.«

Das Gestrüpp am Straßenrand wuchs hoch und dicht. Einige rote Fuchsien trotzten noch verstreut dem Wetter. Der Bodenfrost der letzten Nächte hatte das Gras verdorren lassen und es in rötlich-gelbe Haufen aus zerfledderten Halmen und verdorrten Wildblumen verwandelt. Einige Fußspuren waren noch zu sehen, wahrscheinlich von Lorentz oder den Deputies. Sollte es sich hier um einen Tatort handeln, so war er bereits zertrampelt und beschädigt worden. Elliot konnte es dem verzweifelten Vater nicht verübeln, dass er versucht hatte, seine Tochter zu finden; er hätte dasselbe getan.

Er holte sein Handy heraus und überprüfte die GPS-Koordinaten seines Standorts. Sie stimmten nicht ganz mit denen überein, die in der Notfallnachricht angegeben worden waren. »Haben Sie den genauen Ort des Sturzes ermittelt?«

»Ja, dort drüben«, sagte Novack und zeigte ein paar Meter die Straße hinunter.

Sie hatten die Stelle mit einer kleinen, roten Fahne an einem Draht markiert. Elliot ging dorthin, während Novack die Suche im Wald am Rand des Highways fortsetzte. Das Gerät hatte einen Radius von vierzig Metern angezeigt, aber Elliot beschloss, auf die Genauigkeit der Technnik zu vertrauen. Irgendwann in der jüngeren Vergangenheit, als sie an einem anderen Fall gearbeitet hatten, hatte Kay ihm erklärt, wie GPS funktionierte und dass es eine direkte Verbindung zu drei Ortungssatelliten brauchte, um genaue Angaben machen zu können. Bei Geräten zwischen hohen Gebäuden oder in der Nähe eines Berges konnten die Ergebnisse verfälscht sein. Oder so ähnlich ... Elliot verstand nicht so viel von Technik wie seine Kollegin.

Er blinzelte in den klaren blauen Himmel, als wollte er sehen, wie viele Satelliten dort oben waren, nahm seinen Hut ab und betrachtete die Landschaft. Hohe Berge säumten beide Seiten des Highways. Der Mount Chester erhob sich in Richtung Osten, und seine Ausläufer waren nah genug, um eine direkte Verbindung zu einem solchen Satelliten zu blockieren. Keine guten Voraussetzungen für eine genaue Ortung.

Aber das Verhalten von Geräten war beständig, nicht launisch und so pedantisch, wie Menschen es sein konnten. Elliot überprüfte die GPS-Messwerte seines eigenen Handys und ließ sie sich auf einer Karte mit Geländeprofil anzeigen. Das Smartphone mit demselben Geolokalisierungssystem, wie es Taylors Uhr hatte – und alle anderen Geräte – zeigte seinen Standort mit erstaunlicher Genauigkeit an. Das Ergebnis lag weniger als drei Meter daneben, wenn Elliot die Entfernung seiner tatsächlichen Position zu den Frozen-Falls-Felsen und der Straße in Betracht zog, auf der sein blauer Markierungspunkt lag.

Das war genau genug. Es musste ganze Schwärme von Satelliten direkt über ihren Köpfen geben, die ihre Arbeit verrichteten.

Wenn Taylor gelaufen war, und zwar in Richtung Norden, denn sie hatte erst vor Kurzem das Haus verlassen und lief normalerweise einige Kilometer, musste sie auf der Ostseite der Straße gewesen sein. Elliot trat an den Rand der Fahrbahn und begann, jeden Grashalm, jeden Zentimeter Asphalt genau zu untersuchen und sich in einer immer weiter werdenden Spirale von diesen genauen Koordinaten aus zu bewegen.

Etwa zwei Meter in nördlicher Richtung, am Rand der Straße, wo der Asphalt abgebröckelt war, stieß Elliot auf einen Blutstropfen. Er kniete sich nieder, um genauer hinzusehen, und untersuchte den Tropfen auf Hinweise, die ihm etwas über Taylors Laufrichtung verrieten. Weitere winzige Tröpfchen umgaben ihn, die mit bloßem Auge kaum zu erkennen waren. Es bildete sich ein leichter Schweif, der in die Richtung zeigte, in die Taylor unterwegs gewesen sein musste.

Nach Osten.

In den Wald.

Sie war schwer gestürzt, hatte sich verletzt und war in den Wald gelaufen. Aber warum? Das ergab keinen Sinn. Wenn sie bei einem Sturz verletzt worden wäre und geblutet hätte, wäre sie am Straßenrand geblieben, um ein Auto anzuhalten und Hilfe zu holen. Sie hätte zu Hause angerufen. Sie wäre nicht in den Wald gegangen, um sich zu verstecken.

Vielleicht war ihr Sturz ja doch kein Unfall gewesen.

Elliot hob den Arm und pfiff so laut, dass alle Deputies aufschauten. »Hier drüben«, rief er, als er sah, dass Novack in seine Richtung blickte.

Eine gelbe Nummerntafel mit der Zahl »1« wurde neben dem Blutstropfen platziert, und Deputy Farrell begann, Fotos zu machen. Novack und zwei weitere Kollegen durchkämmten das zerknickte hohe Gras und achteten darauf, keinen noch so kleinen Hinweis zu übersehen.

»Ich habe etwas gefunden«, rief Novack. Er stand am Straßenrand, ein paar Meter südlich des Blutflecks. Elliot eilte hinüber und sah, was Novack ihm zeigte. Zwei kaum sichtbare Spuren, die parallel und eng beieinander verliefen, verschwanden im Wald. Die an der Straße wachsenden Gräser waren an dieser Stelle zerwühlt worden. Als hätte jemand Taylors Körper von der Straße weggezerrt.

»Oh, Scheiße«, murmelte Elliot und starrte auf die Schleifspuren. Er wollte sich von dem ersten Blutstropfen nicht entmutigen lassen, aber die Spuren erweckten einen düsteren Eindruck.

Elliot folgte ihnen, bis sie dort verschwanden, wo das Gras spärlicher wuchs, weil der Schatten der hohen Bäume das Sonnenlicht abschirmte. Eine dicke Schicht aus Nadeln bedeckte den Boden, aber die Schleifspuren waren nicht mehr zu sehen. Von hier aus konnten sie nicht feststellen, wo sie suchen mussten, aber sie hatten einen Ausgangspunkt.

Elliot wollte gerade gehen, als etwas seine Aufmerksamkeit erregte. Auf der rötlich-braunen Decke aus trockenen Nadeln lag ein hellbraunes Haargummi aus samtartigem Stoff. Einige Haarsträhnen klebten noch daran. Er hob es vorsichtig mit einer behandschuhten Hand auf, steckte es in einen Asservatenbeutel und verschloss ihn sorgfältig.

Dann ließ ihn der Klang aufgebrachter Stimmen aufblicken. Elliot sah, wie Mr Lorentz mit Deputy Farrell kämpfte und versuchte, sich aus ihrem Griff zu befreien.

»Ich weiß, dass Sie etwas gefunden haben«, rief er. »Was haben Sie gefunden?«

»Mr Lorentz, bitte, lassen Sie uns arbeiten«, flehte Farrell, die ihn an beiden Armen zurückhielt.

Elliot gab ihr ein Zeichen, den Mann loszulassen. Der Ärmste war an diesem Morgen mehr als nur durch die Hölle gegangen. Dann kehrte Elliot zur Straße zurück und wies Novack an, die Gegend weiter zu durchkämmen.

Fast rennend schloss Mr Lorentz atemlos zu ihnen auf, einen Ausdruck lähmender Angst im Gesicht.

»Sagen Sie mir, was Sie gefunden haben?«, bat er, sobald er Elliot erreicht hatte.

»Nichts, worüber man sich im Moment Sorgen machen müsste, Sir. Nur einen Blutstropfen, der älter sein oder zu jemand anderem gehören könnte. Noch nichts Eindeutiges.« Die Erfahrung hatte Elliot gelehrt, dass Ehrlichkeit in solchen Fällen am besten funktionierte. »Und jetzt warten Sie bitte im Auto.«

Der Mann schüttelte heftig den Kopf. »Nein. Bitte, ich warte hier, mache keinen Mucks, aber bitte schicken Sie mich nicht zurück.«

Elliot stöhnte auf. Eigentlich war alles klar; der Mann hatte inmitten einer laufenden Ermittlung nichts zu suchen. Elliot hatte bereits gegen die Regeln verstoßen, als er ihn in seinem Auto weiter oben auf der Straße hatte sitzen lassen. »Es tut mir leid, das geht einfach nicht. Ich hoffe, Sie verstehen das. Jede Minute, die wir damit verbringen, uns mit Ihnen zu streiten, können wir nicht dafür nutzen, nach Taylor zu suchen.«

Diese Aussage hatte dieselbe Wirkung, als hätte er einen Eiskübel über dem Kopf des Mannes ausgegossen. Mit zitternder Stimme flüsterte er: »Ich verstehe, Detective. Ich gehe zurück zum Auto und warte.«

»Einen Moment«, sagte Elliot und holte den Beutel mit den Beweismitteln aus seiner Tasche. »Könnte das Taylor gehört haben?«

Ein Schluchzen schüttelte Mr Lorentz. Schnell bedeckte er den Mund mit der Hand, als wollte er versuchen, es zu unterdrücken. »Ja, sie hatte ein Set mit drei dieser Haargummis. Ihre Mutter hat sie ihr geschenkt. Sie hat dieses hier getragen, als sie heute Morgen losgelaufen ist. Wo haben Sie es gefunden?«

»Bitte, Mr Lorentz, lassen Sie uns arbeiten. Ich komme zu Ihnen, sobald ich etwas weiß.« Elliot klopfte dem Mann aufmunternd auf die Schulter. Mit schleppenden Schritten und hängendem Kopf machte sich Mr Lorentz auf den Weg und lief den Berg hinauf zu Elliots Auto.

Er war nicht weit gekommen, als ein Streifenwagen mit dem Abzeichen der Hundestaffel anhielt. Als er den Polizei-hund aus dem Wagen springen sah, blieb Mr Lorentz wie erstarrt stehen, die Hand auf der Brust, den Mund offen.

Elliot tat so, als würde er es nicht bemerken.

Schon bald würden sie beide erfahren, was mit Taylor Lorentz geschehen war.

ELF

ERINNERUNGEN

Ohne sich umzudrehen, entfernte sich Kay mit zügigen Schritten von ihrem Interceptor, um so viel Abstand wie möglich zwischen sich und Brian zu bringen. Als sie die Einfahrt zum Parkplatz erreichte, schaute sie erst nach links, dann nach rechts und versuchte herauszufinden, wohin sie gehen sollte.

Ein paar Meter weiter fand sie einen Bürgersteig, der teilweise von zwei geparkten Fahrzeugen verdeckt wurde. Sie setzte sich auf den Bordstein, schlang die Arme um die Knie und wünschte sich, sie könnte sich zusammenrollen und sich irgendwo verkriechen, wo es dunkel und ruhig war.

Bei der Erinnerung an Rachel stiegen ihr die Tränen in die Augen, und ein Schluchzen drängte sich aus ihrer Brust nach oben. Sie vergrub das Gesicht in der Armbeuge und weinte, bis sie keine Luft mehr bekam. Eine Erinnerung nach der anderen überflutete ihre Gedanken, eine schmerzhafter als die andere.

Rachel hatte ihr letzte Woche eine Nachricht auf der Mailbox hinterlassen. Kay hatte sie nicht sofort zurückgerufen, sondern erst später am Abend. Ihre Anrufe waren direkt auf der Mailbox gelandet; dasselbe war am nächsten Morgen passiert.

Und jetzt war ihre Freundin für immer fort.

Immer noch in Tränen aufgelöst, suchte sie Rachels Nachricht auf ihrem Telefon und sah sich Datum und Uhrzeit genauer an. Der letzte Freitag, um sechzehn Uhr zweiundvierzig. Hätte sie damals direkt zurückgerufen, wäre Rachel vielleicht noch am Leben.

Ihr Finger schwebte einen Moment lang über der Wiedergabetaste, dann tippte sie den Button an. Rachels Stimme erwachte zum Leben.

»Hallo, hier ist Rachel. Ich wollte dich schon ... seit Jahren anrufen. Aber jetzt muss ich wirklich mit dir sprechen. Ich ... hoffe, dass du mir vergibst. Alles, was ich getan habe. Ich weiß, dass es mir nicht zusteht, aber ich brauche dich. Bitte ruf mich zurück.«

An dem Tag, als sie sich kennengelernt hatten, hatte Rachel genau dasselbe gesagt: »Hallo, hier ist Rachel.« Kay hatte gerade ihr zweites Studienjahr an der UC Berkeley begonnen und nach den Sommerferien ein neues Wohnheimzimmer zugewiesen bekommen. Sie war zwei Stockwerke hinaufgestiegen und hatte das Zimmer leer vorgefunden. Innerhalb weniger Minuten hatte sie sich notdürftig eingerichtet und die Kleider gewechselt; ihre erste Schicht in ihrem neuen Job stand bevor. An vier Tagen in der Woche und an den Wochenenden würde sie in einer gut besuchten, schicken Pizzeria ein paar Hundert Meter die Straße hinunter kellnern.

Sie wollte gerade gehen, als es an der Tür klopfte.

»Hallo, hier ist Rachel. Deine neue Mitbewohnerin.«

Die Tür schwang auf und ein temperamentvolles Mädchen mit feuerroten Locken und Sommersprossen auf der Nase stürmte herein und hielt ihr breit grinsend die Hand zur Begrüßung hin.

Ihr Lächeln war ansteckend, ihr Lachen unwiderstehlich.

Rachel entfaltete eine umwerfende Wirkung auf die todunglückliche Kay, die das Gewicht ihrer belastenden Kindheitserinnerungen immer noch wie Kugeln an einer Kette mit sich herumtrug. Obwohl Kay immer geglaubt hatte, sich niemals von ihrer Vergangenheit erholen zu können, begannen ihre Wunden zu heilen.

Sie waren unzertrennlich geworden, Rachel und sie. Wenn Kay nicht arbeiten musste, war sie ein gern gesehener Gast im Haus der Familie Epling. Rachels Vater war verstorben, nur ihre Mutter war ihr noch geblieben, und Rachel achtete darauf, dass sie sie jede Woche besuchte. Ihre Hingabe an ihre Mutter führte dazu, dass Kay ein schlechtes Gewissen hatte, weil sie selbst nicht dasselbe leistete; aber andererseits war ihre Situation eine ganz andere. Sie ertrug es nicht, das Haus zu besuchen, in dem ihr Vater ihnen so viel Leid zugefügt hatte. Bald schon hatte Rachel aufgehört, Kay nach ihrer Familie zu fragen.

Sie hatten das gleiche Studienfach belegt, Psychologie, und besuchten die gleichen Kurse. Sie halfen sich gegenseitig beim Lernen und bei der Bewältigung der schwierigen Aufgabe, alle Kurse unter einen Hut zu bringen und gleichzeitig zu arbeiten, um ihren Lebensunterhalt zu bestreiten. An den Wochenenden, wenn die Pizzeria schloss und Kay Feierabend hatte, gingen sie tanzen oder besuchten Partys mit anderen Studenten, nichts allzu Verrücktes, gerade genug, um sich jung und frei zu fühlen, so wie man sich auf dem College fühlen sollte.

Die Jahre vergingen schnell. Rachel rutschte in ihrem dritten Studienjahr in eine ungesunde Beziehung, und Kay nahm sie tröstend in den Arm, als sie schluchzte, nachdem ihr Freund mit ihren kläglichen Ersparnissen und einer Perlenkette verschwunden war, die sie von ihrer Mutter zum achtzehnten Geburtstag bekommen hatte. Rachel weigerte sich vehement, Anzeige zu erstatten, und Kay vermutete, dass ihre Freundin insgeheim hoffte, der Mistkerl würde zu ihr zurückkommen und sie würden bis ans Ende ihrer Tage glücklich sein, wenn sie ihm nur verziehe. Kay, die etwas reifer war als ihre Freundin, hatte versucht, ihr zu erklären, dass das Leben so nicht funktionierte. Mit gebrochenem Herzen und desillusioniert schluchzte sich Rachel durch die Prüfungen des dritten Studienjahres.

Dann begann ihr Abschlussjahr. Der Sommer war gut gewesen, und sie hatten es geschafft, zwischen den Sonderschichten in der Pizzeria und den Vorkursen ein paar Wochen echten Urlaub einzuschieben. Kay hatte sich in den Kopf gesetzt, nach dem Abschluss zum FBI zu gehen, denn sie hatte die mutige Befreiung einer Geiselgruppe während eines Banküberfalls vom Café gegenüber aus miterlebt. Sie wollte unbedingt bei so etwas dabei sein, etwas leisten, was für das Leben der Menschen von Bedeutung war. Sie konnte ihren Abschluss nicht schnell genug in der Tasche haben.

Das große Geld war mit der Beratung von Führungskräften im Silicon Valley zu machen, aber Kay wollte, dass ihre Arbeit mehr Bedeutung hatte. Rachel plante, die Überarbeiteten, Reichen und Mächtigen zu beraten, wie sie gern witzelte, und dann wollte sie sich Kay schnappen und mit ihr zusammen die Welt bereisen, alles von der fetten Kohle, die sie verdienen würde.

In ihrem letzten Semester beschloss das Schicksal, dass sich Kays und Brian Hanlins Wege kreuzen würden. Die Fakultät hatte einen Notruf abgesetzt, nachdem sie festgestellt hatte, dass über Nacht in ein Gebäude eingebrochen worden war.

Brian fiel auf, wo immer er hinkam, und das wusste er genau.

In Uniform und mit einem leichten Schmunzeln in den Augen hatte er sich am Tatort Zeit dafür genommen, Aussagen, Namen und Telefonnummern aufzunehmen. Fast alle Studentinnen lächelten und klimperten mit den Wimpern, wenn er mit ihnen sprach. Und auch einige der männlichen Studenten.

Als Kay mit der Befragung an der Reihe war, war sie nach einem langen Tag bereits müde. Alles, was sie wollte, war eine ausgiebige Dusche und ein Buch, das sie im Bett lesen konnte. Bei ihr kam Brians Charme nicht so gut an.

Dann verschwand Sergeant Brian Hanlin und ließ das ganze Wohnheim mit verträumten Augen zurück, zumindest für ein paar Minuten, nachdem sein Streifenwagen weggefahren war.

Er rief keine einzige der Studentinnen an.

Außer Kay.

Seine Folgefrage war gewesen, wie Kay ihren Kaffee trank.

Und so wurde die kühle Studentin im Abschlussjahr von dem überschwänglichen, charmanten und absolut unwiderstehlichen Brian Hanlin überrumpelt.

Ihre Beziehung zu Brian entwickelte sich wie ein Buschfeuer, alles verzehrend und intensiv, nichts hinter sich zurücklassend. Rachel war an zweite Stelle gerückt, aber sie verstand das oder behauptete es zumindest. Sie war ganz ehrlich gewesen, als sie zugegeben hatte, dass sie Kay um ihre Beziehung zu Brian beneidete. Im Nachhinein, mit Kays heutigem Wissen, war Rachel ein wenig zu sehr an ihrem Freund interessiert gewesen, als es ihr lieb gewesen wäre.

Aber sie blieben Freundinnen, beste Freundinnen, und als Kay vor einer sehr kleinen Gästeschar Brian Hanlin das Jawort gab, war Rachel ihre Trauzeugin gewesen, die errötete und weinte, als ihre Freundin den Bräutigam küssen durfte.

Vom Wohnheimzimmer war Kay direkt in Brians Haus gezogen, ein frei stehendes Haus mit drei Schlafzimmern und einem kleinen Garten, das er von seinen Eltern geerbt hatte. Kurz nach dem Ende ihrer Flitterwochen war es Kay möglich gewesen, ihren Abschluss vorzuziehen, während Rachel noch das ganze Semester mit dem Rest ihrer Klasse durchlaufen musste.

Sie waren aus Las Vegas zurückgekehrt, wo sie für eine Woche eine Hotelsuite bezogen hatten, und Kay war überglücklich. Sie liebte alles an ihrem neuen Mann, außer vielleicht die Aufmerksamkeit, die er immer von anderen Frauen bekam, egal, ob jung oder alt. Damals war sie der Meinung gewesen, dass er nichts dafürkonnte. Er war ein charismatischer Mensch, gut aussehend, intelligent und gut gebaut, und er wusste, wie er sich zu verhalten hatte und wie er ein Gespräch initiieren konnte.

Im Nachhinein machte sich Kay Vorwürfe, weil sie nicht bemerkt hatte, dass Brian sich fast genauso sehr für andere Frauen interessierte, wie sie sich für ihn interessierten. Wahrscheinlich war er Hand in Hand mit ihr spazieren gegangen und hatte dabei andere Frauen angelächelt, hatte ihnen mit der faszinierenden, lasziven Art in die Augen geschaut, die Kays Blut in Wallung brachte, wenn sich ihre Blicke trafen. Die Beweise waren bestimmt offensichtlich gewesen ... aber Kay war blind dafür gewesen und hatte sich geweigert, etwas zu sehen, das ihr perfektes neues Leben mit ihrem perfekten neuen Ehemann getrübt hätte.

Nach ihrem Abschluss wollte Kay mit Brian und Rachel feiern, obwohl sie früher mit dem Studium fertig war als der Rest ihrer Klasse. Sie hatte einen Tisch in einem schicken Steakhaus in San Francisco reserviert und freute sich darauf, mit den beiden Menschen zusammen zu sein, die sie am meisten liebte.

Doch das lang ersehnte Abendessen wurde durch Rachels distanziertes Verhalten getrübt. Sie wirkte kalt, reserviert, anders als sonst. Jedes Mal, wenn Kay sie ansah, wandte sie den Blick ab und starrte zur Tür, als ob sie sich schuldig oder beschämt fühlte.

Die Anzeichen waren da gewesen ... aber Kay, blind vor Glück, hatte sie noch nicht erkannt.

Irgendwann zwischen den leckeren Fleischstücken, als sie sah, wie sehr sich Brian über ihren Abschluss freute, beschloss sie, ihm die Nachricht von ihrem anderen großen Erfolg zu überbringen. Rachel wusste, dass sie schon immer zum FBI gehen wollte, aber sie hatte Brian noch nicht gesagt, wie ernst es ihr damit war. Sie hatten nur Allgemein darüber gesprochen, und er hatte ihr viel Glück bei ihrem Vorhaben gewünscht. Sie hatte die Nachricht von ihrer Aufnahme als ein kostbares Geschenk für ihn aufbewahrt, etwas, das ihn stolz auf sie machen sollte.

Während der Kellner eine Flasche Champagner entkorkte, hatte Brian gefragt: »Wie sehen deine Pläne jetzt aus, Süße? Personalwesen? Die Bezahlung ist gut. Hier gibt es viele namhafte Firmen, unter denen man wählen kann.«

Mit einem breiten Lächeln nahm Kay die Hände der anderen in ihre. Brians Hand mit der linken und Rachels kalte, fast schlaffe Hand mit der rechten. »Ich habe noch mehr aufregende Neuigkeiten für euch. Ich bin vom FBI angenommen worden. In ein paar Wochen gehe ich nach Quantico.«

Brians Hand zog sich mit einem Ruck zurück. »Oh, jetzt wirst du also FBI-Agentin, was?« Er hatte den Champagner heruntergeschluckt, ohne vorher auf sie anzustoßen. »Und wo bleibe ich? Ich bin nur ein Polizist, ein mickriger Sergeant, der seine Runden dreht. Und wenn wir Cops zu blöd sind, einen Fall zu lösen, kann der Captain ja immer noch das FBI einschalten.«

Rachels eiskalte Finger lösten sich aus ihrem Griff. Ihre beste Freundin hielt den Blick gesenkt, und ihre Wangen hatten sich gerötet. Wahrscheinlich vor Verlegenheit, um ihretwillen, hatte Kay damals gedacht. Jetzt wusste sie es besser.

An jenem Abend hatte Brian sie die ganze Heimfahrt über angeschrien, weil sie nichts über ihre Absichten gesagt hatte. Weil sie Geheimnisse hatte. Kay hatte sich entschuldigt und die ersten Tränen geweint, seit sie ihn kennengelernt hatte. Sie hatte wirklich sich selbst die Schuld gegeben. Jetzt fragte sie sich, wie sie es geschafft hatte, ein vierjähriges Psychologiestudium zu absolvieren, ohne einen derart ausgeprägten Narzissten zu erkennen.

Ihre Glückseligkeit gehörte der Vergangenheit an. Kurz nach ihrer verpfuschten Feier hatten sie sich allerdings wieder versöhnt, er hatte sich entschuldigt, sie sich ebenfalls, sie hatten sich leidenschaftlich geliebt, und dann hatte er sie zu einer Wiederholung des Abendessens eingeladen, einschließlich Rachel. Kay hatte zugesagt. Ein paar Tage später war sie nach Quantico abgereist. Am Flughafenterminal war sie tränenüberströmt gewesen, aber auch erleichtert, die Spannung zwischen ihnen loszuwerden.

Auf dem Flug an die Ostküste weinte sie erneut, das Gesicht gegen das Flugzeugfenster gelehnt, abgewandt von der älteren Frau, die auf dem mittleren Sitz schnarchte. Nachdem sie verkündet hatte, dass sie zum FBI gehen würde, war Brian jeden Tag spät nach Hause gekommen, hatte sich geweigert, ihre Fragen zu beantworten und sie angeschnauzt, wenn sie darauf bestand. Manchmal roch seine Kleidung nach einer schwachen Spur von Parfüm. Unterschiedliche Düfte. Er hatte immer seine Unschuld beteuert und geschworen, dass er sie nicht betrog. Und sie hatte ihm geglaubt.

In ihrem hellsten Moment, seit sie Brian kennengelernt hatte, war Kay klar geworden, dass sie nicht wusste, wen sie geheiratet hatte.

Quantico überwältigte sie mit einer Flut von Kursen, Tests, körperlicher Ertüchtigung und Graduiertenkursen, die sie für ihren Doktortitel in Psychologie absolvierte. Brian rief sie jeden Abend an, besuchte sie etwa jedes zweite Wochenende und überzeugte sie davon, dass er sie sehr vermisste. Die zwanzig Wochen an der FBI-Akademie konnten gar nicht schnell genug vorbei sein.

Kay vermisste ihn auch, so sehr, dass es ihr Angst machte.

Der Unterricht endete in der Woche vor Thanksgiving, und Kay freute sich, über die Feiertage wieder zu Hause zu sein. Brian holte sie mit einem Dutzend roter, duftender Rosen vom

Flughafen ab und zog sie in eine Umarmung, die sie gar nicht wieder beenden wollte.

Zu Hause lag eine Einladung zu Thanksgiving von Mrs Epling, Rachels Mutter, auf dem Esszimmertisch.

»Willst du hingehen?«, hatte Brian beiläufig gefragt.

»Auf jeden Fall«, hatte Kay fröhlich geantwortet und ihn dann auf die Lippen geküsst. Thanksgiving bei Rachels Mutter war in den letzten drei Jahren zu einer Tradition geworden.

»In Ordnung. Überlegen wir mal, was wir mitbringen können. Wahrscheinlich wären ein Kuchen und eine Flasche Wein nicht schlecht.«

Ein paar Tage später fuhren sie zum Haus der Eplings. Durch das Wohnzimmerfenster konnte Kay ein paar Leute sehen, die am festlich gedeckten Tisch tranken, lachten und sich unterhielten. Rachel trug ein rückenfreies schwarzes Kleid und hohe Absätze und unterhielt sich mit einem jungen Mann, den Kay nicht erkannte. Als Brian läutete, drehte sie sich um und ging zur Tür, und Kay konnte ihre Silhouette besser erkennen.

Rachel war schwanger.

Sichtbar schwanger ... mindestens im siebten Monat.

Und sie hatte kein Wort zu Kay gesagt, obwohl sie immer wieder telefoniert hatten.

Kay beglückwünschte und umarmte sie. Sie beschloss, ihr nicht die Laune zu verderben, indem sie sie über die Schwangerschaft und die damit verbundene Geheimhaltung ausfragte. Rachel dankte ihr mit gedämpfter Stimme.

Kay genoss es, unter Freunden zu sein, trank ein paar Gläser Wein und plauderte angeregt mit ehemaligen Kommilitonen. Sie hatte die offizielle Abschlussfeier verpasst, da sie in Quantico gewesen war, als die Zeremonie stattfand. Es sei eine wunderbare Feier gewesen, obwohl man Kay vermisst habe. Einige umringten sie mit allen möglichen Fragen über das FBI. War es so cool wie in den Filmen? Nicht wirklich, hatte Kay erklärt. Heutzutage ging es hauptsächlich um Daten und Videoüberwachungsanalysen und alle möglichen Arten von Wissenschaft und Technologie. Kein *Schweigen der Lämmer*, dachte sie. Aber sie liebte es immer noch, sie war aufgeregt und freute sich darauf, etwas zu bewirken.

Kay erinnerte sich an diesen bestimmten Moment, als wäre es gestern gewesen. Im Vordergrund beantwortete sie Fragen über ihre aufregende neue Karriere. Im Hintergrund unterhielt sich Brian mit Rachel und stand ganz nah bei ihr. Seine Hand wanderte nach oben, um ihr Gesicht zu berühren, eine Strähne des roten Haares mit einer zärtlichen, vertrauten Geste hinter ihr Ohr zu stecken. Rachel lächelte, schlug die Augenlider nieder und lehnte sich ganz leicht seiner Hand entgegen. Dann führte er die Lippen näher an ihr Ohr und flüsterte ihr etwas zu. Sie lächelten beide und tauschten einen kurzen, glühenden Blick aus, bevor Brian sich abwandte.

Kay sah sprachlos zu. Der Atem stockte ihr in der Brust und ihr Herz verkrampfte sich schmerzhaft. Sie verließ den Ort an diesem Abend mit dem festen Vorsatz, ausnahmsweise die Wahrheit aus Brian herauszubekommen. Auf der Heimfahrt schwieg sie, und als sie das Haus erreichten, fragte sie: »Schläfst du mit ihr, Brian?«

Er tat so, als ob er nichts wüsste, ganz der Profi, der er war. »Mit wem?« Sein Verhalten zeigte keine Angst, erwischt zu werden, nur Frustration und Verärgerung über ihre Frage. Es war nicht das erste Mal, dass sie diese Frage stellte. Und es war auch nicht das erste Mal, dass er gelogen hatte.

»Mit Rachel«, antwortete sie ruhig und gab ihm zum hundertsten Mal einen Vertrauensvorschuss. »Ist das Baby von dir?« Die Worte schmerzten, als sie sie aussprach. Das konnte nicht wahr sein.

»Nein, Süße«, sagte er, ließ seine Krawatte auf einen Stuhl fallen und eilte herbei, um sie beruhigend zu umarmen. »Ich schwöre, das ist es nicht.«

In dieser Nacht tat Kay kein Auge zu und erinnerte sich an all die Details, auf die sie nicht geachtet hatte, obwohl sie es hätte tun sollen. Die lasziven Blicke, die Brian immer wieder mit Frauen austauschte. Die Reaktionen der Frauen, auch wenn er ihr immer wieder schwor, dass er sie nicht betrog. Rachels Unnahbarkeit, ihre Distanz und die Tatsache, dass sie Kay über deren ganzen Aufenthalt in Quantico hinweg nicht ein einziges Mal angerufen hatte, während Kay sich oft bei ihrer Freundin gemeldet hatte. Mit ein wenig Mühe und einem Blick auf die Anrufliste ihres Telefons konnte sie Rachels Beziehung zu Brian leicht anhand der Zeitachse ihrer unverkennbaren Schuldgefühle nachvollziehen.

Und das war schon eine ganze Weile so gegangen. Sogar vor Quantico.

Mit gebrochenem Herzen aber nicht dazu bereit, eine Lüge zu leben, reichte Kay am nächsten Tag die Scheidung ein.

Sie hatte Rachel nie wieder gesehen, nie wieder von ihr gehört, bis zu der Sprachnachricht vor ein paar Tagen.

Und jetzt bedauerte sie zutiefst, ihre Freundin nicht früher zurückgerufen zu haben.

Vielleicht könnte sie noch am Leben sein.

ZWÖLF

GEFANGEN

»Mommy, wo bist du?«

Sie wagte es nicht, mehr als ein gequältes Flüstern über die Lippen zu bringen. Dann lauschte sie eine Weile, hörte aber keinen Ton. Sie war aus einem Albtraum aufgewacht, zitterte und hatte getrocknete Tränen im Gesicht.

Ihr Bett war schmal und hart, zugedeckt mit einer kratzigen Decke. Es roch nach etwas Seltsamem, nach zu lange im Schrank vergessenen Klamotten oder dem alten Zelt, das sie für Campingausflüge benutzten. Es hatte sogar dieselbe Farbe wie das alte Zelt, einen dunklen olivgrünen Farbton, wie ihn Soldaten in Filmen immer trugen.

Das Kopfkissen war verklumpt und roch nach Bleiche. Es war nicht bezogen, sondern lag einfach so nackt da. Der Stoff des Kissens mit den schmalen grauen und blauen Streifen war verknittert, abgenutzt und mit Tränen befleckt.

Das hätte Mommy niemals durchgehen lassen.

Mommy sorgte dafür, dass das Bettzeug immer frisch war und gut roch und dass ihre weiche Decke mit Micky-Maus-Bettwäsche bezogen war. Und Mommy war zur Stelle, wenn Holly aufwachte. Immer.

Wo war sie jetzt?

Zitternd setzte Holly sich auf die Bettkante und streckte die Zehen nach unten, bis sie den kalten Betonboden berührte. Sie hielt sich an der speckigen Matratze fest und ließ sich hinuntergleiten. Die Schuhe ihrer Mutter waren verschwunden; sie suchte überall danach, sogar unter dem Bett, wo ein paar Wollmäuse hausten.

Das Zimmer war fast komplett dunkel; das einzige Licht kam von einem kleinen Fenster nahe der Decke, das mit Gitterstäben versperrt war, die dicker waren als Hollys Finger. Durch dieses Fenster konnte das Mädchen einen blauen Fleck und ein paar Grashalme sehen, als ob die Erde auf diesen wenigen Zentimetern den Himmel berührte.

Sie war in einem Keller eingesperrt. Das Fenster, das zu klein war, um hindurchzuschauen, und zu hoch, um es zu erreichen, musste nahe am Boden sein, so nahe, dass das Gras es berührte. Eine kleine Schnecke schleppte sich über seine Oberfläche und hinterließ eine schleimige Spur.

Angewidert betrachtete Holly die Unterseite der Schnecke und wandte den Blick ab.

Ein großer Kamin nahm den größten Teil der gegenüberliegenden Wand ein. Er war von Rauch und Ruß geschwärzt, die Feuerstelle kahl und verfärbt, wo die große Hitze den Stein berührt hatte. Jemand hatte ihn in Windeseile saubergefegt und Asche und Schlacke in der Feuerstelle zurückgelassen.

In der Ecke fiel durch den Spalt unter der Tür ein wenig gelbliches Licht herein. Holly griff mit beiden Händen nach der Klinke und versuchte, die Tür zu öffnen. Aber sie blieb geschlossen, gab kein Geräusch von sich und bewegte sich nicht einen Zentimeter unter ihrem Gewicht. Holly fasste neuen Mut, trommelte mit den Fäusten gegen die Tür und rief: »Mommy? Wo bist du?«

Sie blieb stehen und lauschte, aber nichts als Stille erfüllte den dunkler werdenden Raum. Der blaue Streifen Himmel im

Fenster ging langsam ins Abendrot über. Holly klopfte weiter und hoffte, ihre Mutter würde sie hören. Und sie abholen, wie sie es versprochen hatte.

Aber das hier war nicht der Geräteschuppen, und sie versteckte sich nicht hinter dem Rasentraktor, wie es ihr eingebläut worden war.

Nach einer Weile kletterte Holly resigniert und müde auf das Bett und rollte sich auf die Seite, die Hände zwischen den Knien eingeklemmt, um das Zittern zu unterdrücken. Tränen tropften auf das Kissen und hinterließen noch mehr Flecken. Hollys Herz klopfte schneller, als sie sich daran erinnerte, was sie aus der Rotzeder im Hinterhof gesehen und gehört hatte.

Ihre Mutter, die schreiend durch die Küche rannte. Einen Lichtblitz, einen leisen Knall, dann noch einen. Ihre Mutter, die zu Boden stürzte.

Dann war sie abgerutscht und vom Baum gefallen. Ab da hörten ihre Erinnerungen auf.

War Mommy vom Küchenboden aufgestanden? Wer hatte sie nach dem Sturz aufgehoben?

Ein zittriges Wimmern kam ihr über die Lippen. Fröstelnd schloss sie die Augen und weinte, bis sie einschlief und zu einer leichten Beute für die fiesen Albträume wurde, die sie heimsuchten.

DREIZEHN

ANWÄLTIN

Immer noch schniefend ging Kay zum Geländewagen und öffnete eine der Hintertüren. Es hatte keinen Sinn, das, was getan werden musste, aufzuschieben. Nachdem sie sich entschlossen hatte, Brian dabei zu helfen, seine Unschuld an Rachels Mord zu beweisen, musste sie es hinter sich bringen, um endlich mit ihrem Leben weitermachen zu können. Dieses Herumwühlen in alten Geschichten tat niemandem gut.

»Raus hier«, sagte sie und schaute zur Seite, nicht zu Brian. In der Eile hatte sie ihre Sonnenbrille auf ihrem Schreibtisch im Revier liegen lassen.

»Du hast geweint«, sagte Brian. Er wollte über ihr Gesicht streicheln, aber Kay schüttelte den Kopf und kniff die Augen zusammen. Trotzdem schafften es die Tränen, sich zwischen ihren Wimpern hindurchzustehlen und ihr über die Wangen zu rollen.

Brian zog die Hand zurück. »Es tut mir so leid, Kay«, flüsterte er. »Ich habe es dir nie sagen können, aber es tut mir wirklich leid. Ich habe dir das Herz gebrochen.«

Sie wünschte sich, er würde einfach die Klappe halten, aber

gleichzeitig sog sie seine Worte so durstig und verzweifelt in sich auf wie ein verwundeter Krieger das Morphium, die einzige Chance auf Linderung.

»Ein Herz wie das deine sollte niemals gebrochen werden«, fuhr Brian fort und rückte langsam an sie heran. Kay weigerte sich, die Augen zu öffnen, aber sie spürte seinen Atem auf ihrem Gesicht. Sein Geruch war berauschend, gefährlich und tödlich. »Liebe, süße Kay. Ich habe nie aufgehört, an dich zu denken. All die Jahre ...«

Es kostete Kay ihre ganze Willenskraft, einen Schritt zurückzutreten und sich darauf zu besinnen, wo sie war und warum. Sie sah ihren Ex-Mann kühl an. »Wo bleibt deine Anwältin, Brian? Es ist schon spät.«

Er hielt ihrem Blick einen intensiven Moment lang mit leuchtenden, sehnsüchtigen Augen stand. Hinter ihm erinnerte das Polizeirevier San Francisco mit seiner Außenverkleidung aus blauen, grauen und aquamarinfarbenen Keramikfliesen an eine überdimensionale, von innen nach außen umgekrempelte öffentliche Toilette, was der Situation ein Flair von ernüchternder Lächerlichkeit verlieh.

Kay wandte den Blick ab und unterdrückte den Drang, mit den Fingern durch Brians Haar zu fahren und ihn an sich zu ziehen. Sie atmete die kalte, salzige Luft ein und legte den Kopf zur Seite. Vielleicht hatte sie die Trennung deshalb innerlich so zerrissen. Sie war süchtig nach ihm gewesen, nach seiner berauschenden Berührung, und irgendwo unter all der Wut und dem Schmerz lechzte sie nach dem nächsten Schuss.

»Nur über meine Leiche«, murmelte sie und schämte sich für sich selbst und ihre gegenwärtige Unberechenbarkeit. Was hatte dieser Mann an sich, dass Frauen in seiner Gegenwart völlig den Verstand verloren?

»Tut mir leid«, sagte Brian. »Das habe ich jetzt nicht verstanden.«

.

Besser so. »Ruf deine Anwältin an, Brian. Sag ihr, wir warten.«

Kay beobachtete ihn, während er den Anruf tätigte. Er war attraktiv, sogar noch attraktiver, als sie ihn in Erinnerung hatte. Männer alterten anders als Frauen, und manche gewannen mit ihren Lachfalten noch an Raffinesse und Charisma. Brian war ein chronischer Schürzenjäger, der in seinen Eroberungen aufging und für die Jagd auf Frischfleisch lebte – aber zugleich auch jemand, in den sie sich verliebt hatte. War es nur körperliche Anziehung gewesen? Was hatte sie damals in ihm gesehen?

Kay erinnerte sich noch gut an die Zeit. Sie hatten so viel Spaß miteinander gehabt, gelacht, gemeinsame Entdeckungen gemacht, geredet bis zum Morgengrauen. Brian machte sie glücklich, und sie wurde schnell davon abhängig. Das Leben mit ihrem gewalttätigen Vater hatte sie verletzlich gemacht. Sie sehnte sich danach, geliebt zu werden. Die Zeit mit Brian hatte ihr geholfen, zu heilen und zu verstehen, dass der elterliche Missbrauch nicht ihre Schuld war. Natürlich war ihr das auf rationaler Ebene schon immer bewusst gewesen, aber mit Brian hatte sie es endlich einmal gefühlt.

Bis alles zerplatzt war, weil sich Brians Liebe als eine einzige große Lüge entpuppt hatte.

Kay hatte ihn zwar verlassen, sich aber gleichzeitig zurückgewiesen gefühlt, unwürdig, entbehrlich. Vielleicht trieb die Erinnerung an diese Qual sie dazu, Elliot auf Abstand zu halten. Einen weiteren Herzschmerz wie diesen würde sie wahrscheinlich nicht verkraften.

»Sie ist in fünf Minuten da«, erklärte Brian und beendete das Gespräch mit seiner Anwältin. »Kay, ich wollte noch ...«

Sie hob die Hand, und er hörte auf zu sprechen. Sie wollte es einfach nicht mehr hören. Was er sagte, klang tröstlich, aber genau darin lag die Gefahr, wenn sie ihn einfach reden ließ. Sie brauchte seine Worte viel zu sehr.

Stattdessen sah sie ihn direkt an und sagte: »Wenn du mich jemals wieder anlügst, sei es durch absichtliches Verschweigen oder auf welche Weise auch immer, bin ich so schnell wieder weg, dass du mit einem bisschen Glück höchstens noch eine Staubwolke von mir siehst.« Sie hielt einen Moment inne und hakte dann nach: »Habe ich mich klar ausgedrückt, Brian?«

»Wie Kloßbrühe.« Er steckte die Hände in die Hosentaschen. »Ich schwöre, dass ich hundertprozentig ehrlich zu dir bin.«

Kay rückte näher an ihn heran, bis sie sehen konnte, wie sich seine Pupillen leicht weiteten. »Hast du sie umgebracht, Brian?« Er bewegte sich nicht, nur sein Kiefer entspannte sich. »Hast du Rachel umgebracht?«

Die winzige Reaktion seiner Pupillen mochte eine normale Überraschungsreaktion sein. »Ich schwöre, dass ich es nicht war«, antwortete er in einem tiefen, trauervollen Ton. »Das habe ich dir doch schon gesagt.« Er seufzte und presste einen Moment lang die Lippen aufeinander. »Ich kann es dir nicht verübeln, wenn du mir nicht glaubst. Ich bin nur dankbar, dass du hier bist.«

Ein blauer BMW 7er fuhr auf den Parkplatz und hielt neben Kays Ford.

»Da ist sie«, sagte Brian, »meine Anwältin, Carly Hosking.« Endlich.

Kay kannte die hochgewachsene Blondine noch aus ihrer Zeit beim FBI, als sie in verschiedenen Fällen im Zusammenhang mit organisiertem Verbrechen für die Staatsanwaltschaft ausgesagt hatte. Hosking war heißbegehrt und verlangte Gerüchten zufolge mehr als tausend Dollar pro Stunde. Heute trug sie ein schwarzes Chanel-Kostüm mit weißem Zierbesatz und Stilettos. Sie ließ sich alle Zeit der Welt, ihre Sachen aus dem Kofferraum ihres Wagens zu holen, während sie in Ruhe ein Telefonat beendete.

»Deine Anwältin ist Hosking?«, fragte Kay ungläubig.

Brian nickte.

»Wie kannst du dir die von deinem Polizistengehalt leisten?«

Brian gluckste bitter. »Kann ich nicht. Polizisten, die des Mordes beschuldigt werden, sind heutzutage keine lukrativen Fälle mehr, aber sie macht es pro bono«, fügte er flüsternd hinzu, während Hosking sich ihnen näherte. »Ich habe ihr einen Haufen Mandanten verschafft, so viel Abschaum, wie ich in all den Jahren verhaftet habe.«

Carly Hosking kam mit einem höflichen Nicken und einem professionellen Lächeln vor den beiden zum Stehen. Der Blick aus ihren haselnussbraunen Augen blieb jedoch kühl und konzentriert.

»Dr. Kay Sharp, meine Ex-Frau und ehemalige FBI-Spezialagentin, das ist Carly Hosking, meine Anwältin«, stellte Brian sie einander vor. Kay schüttelte eine Hand mit langen Fingern, die mit einem großen Diamantring geschmückt war, mindestens zwei Karat, in Weißgold gefasst. Carly hatte einen starken, entschlossenen Griff, der sie Kay sympathisch machte.

»Ihr solltet erst einmal draußen warten«, sagte Hosking und sah auf die Uhr. »Es ist fast sechs; ich werde heute keine Anklageerhebung mehr ansetzen können. Mal sehen, was ich tun kann.«

Brian wurde leichenblass. Die Aussicht, die Nacht im Gefängnis zu verbringen und auf die Anklageerhebung zu warten, setzte ihm sichtlich zu.

»Sie weiß, wie man sich vor Gericht behauptet«, stellte Kay fest und schaute Hosking hinterher, die auf ihren hohen Absätzen zum Eingang des Polizeireviers klackerte und dabei elegant die Hüften schwang. »Sie ist eine der Besten. Du kannst dich glücklich schätzen, sie auf deiner Seite zu haben, Brian. Da hast du eine millionenschwere Verteidigung.«

Nervös leckte Brian sich über die Lippen und schluckte.

»Nein, das habe ich nicht. Sie hat sich nur bereit erklärt, mich bei dieser Übergabe und der Anklageerhebung zu vertreten. Danach bin ich auf mich allein gestellt. Ich bin pleite, und ich bin geliefert.«

VIERZEHN

SUCHE

»Ich glaube nicht, dass sie gestürzt und in den Wald gekrochen ist«, murmelte Elliot. »Das wäre strohdumm, und sie hätte es besser wissen müssen. Immerhin ist sie hier in der Gegend aufgewachsen.«

»Denken Sie an Fremdeinwirkung?«, fragte Novack und schob seine Sonnenbrille mit der Fingerspitze nach oben. »Wäre es nicht möglich, dass sie einfach ausgerissen ist?«

Elliot deutete auf den Blutstropfen. »Sie hätte ihre Geräte ausgeschaltet, um sich einen Vorsprung zu verschaffen. Nein, irgendetwas ist diesem Mädchen zugestoßen. Hoffentlich ist Taylor noch am Leben.«

»Was könnte passiert sein?«, fragte Deputy Novack und musterte den Blutfleck aus der Nähe. Er kaute langsam und systematisch auf seinem Kaugummi herum, als würde ihm das beim Nachdenken helfen.

Elliot beobachtete, wie Deputy Deramus eine lange Leine an Spartans Halsband befestigte. Der Hund winselte leise und machte folgsam Sitz, während sein buschiger Schwanz mit weiten, begeisterten Bewegungen über den Asphalt wedelte.

»Ein Verkehrsunfall, wenn ich raten müsste«, antwortete

Elliot und starrte auf den Asphalt, der keine Bremsspuren aufwies. »Ansonsten sieht es düster für uns aus.«

»Wie meinen Sie das, Detective?«

»Taylor Lorentz hat heute Morgen spontan beschlossen, laufen zu gehen; einen festen Zeitplan hatte sie dafür nicht. Niemand wusste davon. Das heißt, wenn sie nicht von einem Auto angefahren wurde, dann wurde sie wahrscheinlich durch puren Zufall zum Opfer.«

»Und wir werden den Mistkerl nie fangen«, knurrte Novack. »Keine Bremsspuren? Ist das möglich bei einer Fahrerflucht?«

»Das schaue ich mir jetzt genauer an.« Elliot nahm kurz den Hut ab, um sich am Haaransatz zu kratzen, und setzte ihn dann wieder auf. Er ging neben dem Blutfleck in die Hocke und zeigte Novack die Richtung, auf die der Tropfen verwies. »Ich sehe keine Anzeichen für einen Unfall. Sagen wir, der Fahrer hat telefoniert und Taylor deswegen nicht gesehen. Die Straße hier ist schmal, und es war noch dunkel. Das klingt soweit logisch. Aber wenn ein Auto mit etwas zusammenstößt, würde jeder Fahrer eine Vollbremsung machen. Und das hat er nicht getan.«

»Hier liegen auch keine Scherben oder andere Trümmer«, fügte Novack hinzu.

»Hier stellt Leach gern Radarfallen auf, weil es bergab geht. Der Wagen hätte um die hundertzehn Sachen draufgehabt, und man würde Überreste des Unfalls und auffällige Bremsspuren sehen.«

Novack schaute erst auf den Blutfleck, dann zum Waldrand. Seine Gedanken bewegten sich in die richtige Richtung.

Elliot stand auf und stampfte ein paarmal mit den Füßen auf, damit seine Hosenbeine wieder herunterrutschten. Die Bewegung half gleichzeitig, das Frösteln in Schach zu halten. »Außerdem gibt es hier bei Weitem nicht genug Blut für einen Auffahrunfall mit Fahrerflucht in diesem Ausmaß.«

»Es sei denn, der Aufprall hat sie an den Straßenrand geschleudert, wo das Gras ihre Landung abgefedert hat«, gab Novack zu bedenken. »Woraufhin der Fahrer angehalten und sie in den Wald geschleppt hat.«

»Hm. Das glaube ich nicht. Er hätte heftig gebremst. Aber finden wir das Mädchen erst einmal. Dann sehen wir ja, was los ist.« Elliot warf dem Hundeführer noch einen Blick zu, um zu sehen, warum es so lange dauerte. Der Deputy telefonierte.

Heutzutage hingen Hinz und Kunz permanent am Handy, verdammte Hacke. Auf der Arbeit fühlte sich das für Elliot manchmal an, als würde er einen Sack Flöhe hüten. Diese Zeitverschwendung war ihm ein Dorn im Auge, denn er wusste, dass das Mädchen irgendwo da draußen war.

Mit entschlossenem Schritt näherte Elliot sich Deramus, der sofort das Gespräch beendete.

»Guten Morgen, Detective.« John Deramus begrüßte Elliot und streckte seine Hand direkt über dem Kopf des Hundes aus. Elliot schüttelte sie misstrauisch, aber Spartan hatte keine Einwände. »Haben Sie den Geruchsträger?«

Elliot zog den Zip-Beutel mit Taylors Schlafanzugoberteil heraus und reichte ihn dem Deputy. »Dort vorne bei der Nummerntafel ist ein Blutfleck, aber fangen wir doch gleich hier an. Mal sehen, wo Spartan uns hinführt.«

Deramus holte das Oberteil aus der Tüte und hielt es dem Hund unter die Nase. »So, schnupper dran. Genau, braver Junge«, sagte er mit tiefer, gedämpfter Stimme. Der Belgische Schäferhund schnüffelte schnaubend und ungeduldig winselnd und begann dann, an der Leine zu zerren.

Elliot folgte Deramus und Spartan geradewegs zu dem Blutfleck. Der Hund blieb stehen, winselte und schnaubte erneut, und machte sich dann auf den Weg in Richtung Wald. Der Hund lief schnell, hielt die Nase einige Zentimeter über dem Boden und die Leine straff. Deramus folgte ihm mit rasselndem Dienstgürtel. Der Deputy war in guter körperlicher

Verfassung, wahrscheinlich das Ergebnis seiner Arbeit als Spür-
hundeführer. Elliot, der schon nach wenigen Minuten keuchte,
beneidete den Deputy und seinen Hund um die Leichtigkeit,
mit der sie das Suchtempo aufrechterhielten. Hinter Elliot
fielen Novack und zwei weitere Deputies in unterschiedlichem
Abstand zurück.

Der Hund blieb stehen und schnupperte an den Frozen-
Falls-Felsen. Die Steinformation ragte etwa zehn oder vielleicht
auch zwölf Meter aus dem Hang heraus wie ein durch Hexen-
zauber versteinerter Wasserfall. Die Felsen, eine weniger
bekannte Sehenswürdigkeit, bestanden aus dunklem Granit mit
eingeschlossenen Kristallen aus schwarzer Nephrit-Jade, die
wie Tinte glänzten, wenn das Sonnenlicht im richtigen Winkel
auf die Kristalle fiel. Die meisten Besucher rotteten sich auf
dem Berg oder im Skigebiet zusammen; nur wenige entfernten
sich so weit von den üblichen saisonalen Touristenattraktionen,
dass sie Frozen Falls entdeckten.

Aber natürlich gab es Ausnahmen. Einige von ihnen hatten
versucht, mit Brecheisen, Hämmern und weiß der Kuckuck was
noch die schwarzen Jadekristalle aus dem Felsen herauszubre-
chen, aber der Granit hatte seinem Namen alle Ehre gemacht
und den Händen der diebischen Touristen nur selten Kristalle
überlassen. Ein Abschnitt eines graugrünen Serpentinfelsen ein
paar Meter über dem Wasser war am schlimmsten malträtiert
worden. Seine glänzende Oberfläche war hier und da
abgeplatzt.

Aber zu Frozen Falls zählte nicht nur der übergroße, auffällige Felsbrocken, sondern auch eine Quelle mit klarem Wasser,
die dem Hügel entsprang und die Felsformation nicht nur über-
spülte, sondern ihr auch ihren Namen gab. Wenn es regnete,
verschwand sie komplett unter dem Wasserfall. In den
Sommermonaten trocknete die Quelle vollständig aus und
offenbarte den Felsen in seinem dunklen Grau mit den hori-
zontal verlaufenden Serpentiniten und Jadekristallen. Jeden

Winter fror die Quelle für einige Monate zu und überzog den gesamten Felsen mit einer bläulich schimmernden Eisschicht, die bis zu seinem Fuß reichte und dort in einer kleinen Pfütze endete.

»Wir haben etwas«, verkündete Deramus und deutete auf ein weißes Kabel, das an einem kleinen Busch hing und sich verheddert hatte. »Hat Spartan gefunden.«

Elliot zog sich einen Handschuh an und ging neben dem Busch in die Hocke. Es war ein Paar Kopfhörer, wie sie viele immer noch benutzten, obwohl es schon seit Jahren kabellose Versionen gab. Elliot öffnete einen Asservatenbeutel, ließ erst die Ohrstöpsel hineinfallen und stopfte dann den Rest des Kabels hinterher. Es endete nicht mit dem üblichen Stecker. Elliot nahm den schwachen Geruch von verbranntem Plastik wahr. Als er das Ende des Kabels unter seine Nase hielt und dann mit einem behandschuhten Finger die scharfe Kante abtastete, stellte er fest, dass das Kabel der Kopfhörer von etwas Heißem durchtrennt worden war.

Er beeilte sich, um mit Deramus und seinem Hund Schritt zu halten, und steckte den Beweisbeutel in die Tasche. Spartan führte sie um die Felsformation herum und in die Schlucht, die sich dahinter am Fuß des Hügels auftat.

Elliot lag noch ein paar Meter zurück, als Spartan zweimal bellte und sich auf die Hinterbeine setzte, um zu signalisieren, dass er etwas gefunden hatte.

FÜNFZEHN

ZURÜCK

Tatsächlich hatte Brian Angst.

Seit Hosking eine Nacht im Gefängnis angedeutet hatte und Brians Maske anfing, zu bröckeln, konnte Kay es deutlich in seinem Gesicht erkennen.

Er lehnte sich an den Kühlergrill von Kays Interceptor, den Rücken gebeugt, die Hände in den Jackentaschen, und starrte auf das rissige Pflaster. Sein Kiefer war krampfhaft zusammengepresst, und er sagte kein Wort, sondern wartete nur ab, ein Bild der Verzweiflung und Angst. Kay hatte nur wenige aufmunternde Worte für ihn; sie wollte ihm nichts versprechen, von dem sie nicht wusste, ob sie es halten konnte. Aber sie würde es versuchen. Was auch immer er ihr angetan hatte, wie quälend es auch sein mochte, dafür sollte er nicht mit seinem Leben büßen müssen. Falls Brian gelinkt worden war, würde sie ihr Bestes tun, um der Sache auf den Grund zu gehen.

Wenn er doch nur endlich damit aufhören würde, so ein nerviger, arroganter und selbstsüchtiger Mistkerl zu sein, und sich ihr gegenüber einmal ehrlich zeigen würde.

Kay stöhnte gedämpft. Ihr war völlig bewusst, wie naiv der Wunsch war, dass Brian sich plötzlich in einen reifen, verantwortungsbewussten und ehrlichen Erwachsenen verwandeln möge. Das lag nicht in seiner DNA. Ohne komplette Genveränderung sah Kay keine Chance, dass ihr Ex-Mann sich jemals weiterentwickeln würde.

»Ich hätte mir nie träumen lassen«, murmelte er mit einem bitteren Lachen, »dass du eines Tages mein Leben in den Händen halten würdest.«

»Das tu ich nicht, Brian, jetzt hör auf, alles zu dramatisieren. Wir beide glauben an unser Rechtssystem, weil es sich bewährt hat. Vertrauen wir einfach darauf, dass es auch in deinem Fall funktioniert.«

»Was ist mit den vielen Unschuldigen, die gerade ihre Zeit im Gefängnis absitzen?« Er drehte sich zu ihr um, die Gesichtszüge von Angst und Schrecken gezeichnet. »Inwiefern hat das mächtige amerikanische Rechtssystem denen genutzt, hm?«

Kay hatte nicht vor, mit ihm zu diskutieren. Sie schaute auf ihrem Handy nach, wie spät es war. Hosking war jetzt schon seit fast einer Stunde auf dem Revier.

Und auch Elliot hatte sich nicht gemeldet. Kay war davon ausgegangen, dass es inzwischen Neuigkeiten im Fall Taylor Lorentz gab.

Sie begann, eine Textnachricht an ihren Partner zu tippen.

»Hast du etwas Wichtigeres zu tun?«, fragte Brian mit narzisstischer Empörung in der Stimme. Einen Moment lang hatte Kay die Dreistigkeit besessen, sich um ihre eigenen Angelegenheiten zu kümmern.

Kopfschüttelnd ließ sie das Telefon in ihre Tasche fallen und sah Brian in die Augen. »Ich habe eine Menge wichtigerer Dinge zu tun, aber bin trotzdem hier, um dir zu helfen. Das bedeutet allerdings nicht, dass du frei über mich verfügen kannst.«

Er ruderte zurück. »Tut mir leid. Ich bin nur …«

»Ich verstehe dich ja. Es ist nicht leicht. Reiß dich einfach zusammen. Wir kriegen das schon hin.«

Das Klackern von Stöckelschuhen auf dem Bürgersteig ließ sie beide aufblicken. Hosking kam zurück.

»Ich habe ausgehandelt, dass mein Mandant morgen Früh um neun Uhr übergeben wird«, sagte sie laut, noch bevor sie neben ihnen stand. »Brian muss die Nacht nicht im Gefängnis verbringen.«

Kays Kiefer krampfte sich zusammen. Was sollte sie bis morgen mit ihrem Ex-Mann anstellen?

Brian stieß hörbar die Luft aus. »Uff. Du bist unglaublich, Carly. Die Beste.«

Sie berührte seinen Unterarm. »Ich bin noch nicht fertig.« Er verstummte und sein Lächeln verblasste. »Die Anklage wird morgen Mittag verlesen. Du musst eine Kaution hinterlegen. Ich glaube, ich kann deine Freilassung erwirken, aber bei Mordfällen liegt die Kaution selten unter einer halben Million Dollar.«

Brian schnappte nach Luft. »Wie zum Teufel ...?«

»Dir fällt schon etwas ein«, antwortete Hosking mit der Ruhe und Gelassenheit, wie sie nur Leute an den Tag legen können, die nie in finanziellen Schwierigkeiten steckten. »Ich mache mir da keine Sorgen.«

»Aber ich ...«

Sie tätschelte seinen Unterarm und wiederholte damit die beruhigende Geste von vorhin. »Du findest schon jemanden, der dir das Geld leiht. Sonst verkaufe irgendetwas. Aber zuerst müssen wir ohnehin herausfinden, wie viel du brauchst. Das wissen wir dann morgen Mittag.« Mit einem professionellen Lächeln, das sich nicht in ihren Augen widerspiegelte, wandte sie sich an Kay. »Bleibt er heute Nacht bei Ihnen? Oder lassen Sie ihn gehen?«

Kay presste einen Moment lang die Lippen aufeinander. »Technisch gesehen ist er ein Gefangener, den ich transportiere.«

»Ich habe seine Übergabe arrangiert«, antwortete Hosking

und spielte mit dem BMW-Schlüsselanhänger, den sie aus ihrer schwarzen Gucci-Tasche gezogen hatte. »Rechtlich gesehen, sind Sie aus dem Schneider.«

»Das kann ich mir nicht vorstellen«, erwiderte Kay. »Wenn er zwischen heute und morgen Früh verduftet, dürfte mein Chef nicht begeistert sein.«

Hosking warf der blauen Limousine einen sehnsüchtigen Blick zu. »Tja, darüber könnten wir diskutieren, bis wir beide alt und grau sind. Aber tun Sie, was Sie wollen.« Sie lächelte breit. »Es ist mir egal, was Sie mit ihm machen, solang er morgen Früh um Punkt neun hier auf der Matte steht. Okay?«

Sie drehte sich um und verschwand ohne ein weiteres Wort. In Sekundenschnelle war der blaue BMW vom Parkplatz verschwunden und nach links in die Turk Street eingebogen.

»Ich laufe nicht weg, versprochen«, sagte Brian. Kay schaute ihn prüfend an.

Vielleicht sagte er die Wahrheit, aber Brians Gehirn arbeitete auf eine Art und Weise, die Kay nur selten nachvollziehen konnte. Selbst, wenn er in diesem Moment ehrlich war und die Absicht hatte, wie vereinbart am nächsten Morgen aufzukreuzen, konnte sich bis dahin alles um hundertachtzig Grad drehen. Er könnte beschließen, nach Mexiko zu fliehen. Oder er könnte sich das Hirn wegpusten, verzweifelt, allein und betrunken.

Dieses Risiko wollte Kay nicht eingehen.

»Steig ein«, sagte sie und setzte sich ans Steuer ihres Interceptors.

Zögernd öffnete er den Mund, um zu protestieren, aber Kay warf ihm einen scharfen Blick zu. »Steig ein, Brian. Sorge nicht dafür, dass ich das hier bereuen muss.«

Er ließ sich auf den Rücksitz fallen und schnallte sich an. »Wohin fährst du mich?«

»Nach Hause.«

Er atmete erleichtert auf.

»Mein Zuhause, nicht deins. Wir fahren zurück nach Mount Chester.«

»Danke«, flüsterte er, griff nach ihrer Schulter und drückte sie. Kay versteifte sich unter seiner Berührung, wich aber nicht zurück.

»Du musst mir für nichts danken, Brian. Du verbringst die Nacht eingesperrt, aber wenigstens bist du sicher.«

»Was?« Er steckte den Kopf zwischen den Sitzen hindurch, und Kay fühlte sich augenblicklich unwohl, so nahe, wie sein Gesicht nun neben ihrem schwebte. Hätte ihr Geländewagen doch nur eine Trennwand aus Draht zwischen den Vorder- und Rücksitzen wie die Streifenwagen der Polizei. So etwas hätte sie gut gebrauchen können. Es war eine lange Fahrt nach Hause.

»Mach dich nicht lächerlich, Kay. Ich werde nicht weglaufen und mein Leben wegwerfen. Ich will nicht bis in alle Ewigkeit auf der Flucht sein müssen. Du weißt genau, dass Mord nicht verjährt. Ich habe ein großes Interesse daran, meinen Namen reinzuwaschen.«

Kay trat auf die Bremse und hielt vor einer roten Ampel an. »Du bist ein Mordverdächtiger mit einem offenen Haftbefehl. Ich bin ein Cop. Ich werde dich nicht gehen lassen, Brian. Ende der Diskussion.« Die Ampel wurde grün, und Kay scherte wieder aus. Als sie auf der Straße zum Highway in dichteren Verkehr geriet, verlor sie die Geduld und schaltete das Blaulicht ein. »Für dich heißt es jetzt: Entweder wir machen es so, wie ich sage, oder du kannst direkt im Knast in San Francisco fragen, ob sie dein Bett schon einmal vorwärmen können. Du hast die Wahl.«

»Na gut. Was soll's.«

Im Rückspiegel konnte Kay sehen, wie Brian schmollte, mürrisch und grimmig, mit vor der Brust verschränkten Armen auf dem Sitz lungernd. »Gut. Nachdem wir das jetzt geklärt haben, habe ich noch mehr Fragen.«

»Aber klar doch«, murmelte Brian. Es fiel ihm offensichtlich schwer, seinen Unmut zu verbergen.

Kay hielt einen Moment lang inne und konzentrierte sich auf den nachmittäglichen Pendlerverkehr, den auch ihr Blaulicht kaum zu teilen vermochte. Die Frage, die sie stellen wollte, war schwierig und wühlte sie innerlich auf. Die Antwort würde seinen Betrug zeitlich einordnen, und zwar genauer als Rachels distanziertes Verhalten. Sie hatten die Golden Gate Bridge in Richtung Norden schweigend überquert. Beide waren sie in ihre Gedanken versunken. Als sich der Verkehr etwas lichtete, schaltete Kay das Polizeilicht aus und holte tief Luft, um sich zu wappnen.

»Auf dieser Party war Rachel schwanger. Hat sie ihr Baby bekommen?«

»Was?«, murmelte Brian, als wäre er gerade aus einem tiefen Schlaf erwacht. »Ja, das hat sie. Ein kleines Mädchen namens Holly.« Er fuhr sich mit den Händen über das Gesicht und rieb sich die Augen.

»Wo ist sie jetzt?«, fragte Kay mit einem flauen Gefühl im Magen. Niemand hatte bisher ein Kind erwähnt. Und mit niemand meinte sie Brian, den Mann, der das Lügen durch das Weglassen von Tatsachen förmlich erfunden hatte. Ansonsten hatte sie mit niemandem über den Fall gesprochen.

»Sie ist bei Rachels Mutter, in Union City, auf der anderen Seite der Bucht. Sie ist in Sicherheit.«

Kay atmete auf. »Ist sie deine Tochter?«

Stille, nur unterbrochen vom gelegentlichen Rumpeln der Reifen auf dem Asphalt. Eine unerträgliche Stille.

»Das ist eine ganz einfache Frage, Brian.«

»Ja, sie ist von mir«, antwortete er kaum hörbar.

»Ach, fahr doch zur Hölle«, murmelte Kay. Die Erinnerungen waren noch zu frisch und schmerzhaft.

Sie war damals nach fünf Monaten in der Woche vor Thanksgiving aus Quantico zurückgekehrt. Hätte sie nicht gerade erst die zwanzigwöchige Ausbildung zur FBI-Agentin absolviert, wären ihr an jenem Abend vielleicht die subtilen Hinweise in der Körpersprache und den Gesichtsausdrücken entgangen, und Brian wäre unbehelligt weiter zweigleisig gefahren. »Wann hat sie Geburtstag?«

Brian antwortete nicht, ließ nur den Kopf hängen und legte die Stirn in die Hände. Die demütige, beschämte Haltung ließ die Wut in Kay hochkochen, denn sie merkte, dass er sie wieder einmal anlog.

»Sie ist dein Kind, Brian. Du musst doch ihren Geburtstag kennen.« Der beißende Sarkasmus in Kays Stimme vermochte kaum ihren Schmerz zu verbergen. Nach all den Jahren war er immer noch in der Lage, sie zu verletzen, egal, wie sicher sie sich wähnte.

»Dreißigster Dezember«, platzte er heraus, fast schreiend. »Und nein, es war keine Frühgeburt, klar? Was willst du noch wissen? Ich habe dich betrogen, das weißt du schon. Warum gräbst du den ganzen Mist wieder aus? Ich dachte, du wärst hier, um mir zu helfen, und nicht, um mit morbider Neugier auf mich einzutreten, wenn ich schon am Boden liege.«

Kay hörte kaum etwas von dem, was er sagte. Sie hatte in dem Moment abgeschaltet, als er Hollys Geburtstag erwähnte hatte.

Das bedeutete, dass er schon mindestens zwei Monate *vor* ihrer Hochzeit mit Rachel geschlafen hatte.

Die ganze Zeit über hatte sie sich an die Erinnerung an ihren Hochzeitstag geklammert, in dem Glauben, dass dies der einzige Tag war, an dem Brian sie nicht angelogen hatte. Ein großer Irrtum.

Sein Ehegelübde war von Anfang an eine Lüge gewesen. Und während der Zeremonie hatte seine Geliebte als Trauzeugin an ihrer Seite gestanden.

Allen Widrigkeiten zum Trotz hatte Brian es geschafft, sie wieder einmal zu verletzen.

SECHZEHN

TATORT

Sie lag im Gras, die Augen weit aufgerissen, und starrte in den klaren Himmel, als könnte sie das Azurblau noch sehen. Ihr Gesicht, selbst im Tod noch schön und gleichmütig, war blass, als hätte die bittere Kälte, die vom Berg herabwehte, die Farbe aus ihren Wangen vertrieben. Der rosafarbene Gloss auf ihren leicht geöffneten Lippen, die aussahen, als wollten sie ein letztes Lebewohl flüstern, war von den Elementen unberührt und makellos geblieben. Ab und zu strichen Windböen durch ihr Haar und schirmten ihre Augen für einen Moment mit den seidenartigen, aschblonden Locken ab, um sie dann wieder ins Azurblau blicken zu lassen. Ein paar Nadeln hatten sich in ihrem Haar verfangen, einige weitere waren auf ihrer alabasterfarbenen Haut gelandet, ein Zeichen dafür, dass die Natur bereits begonnen hatte, sie für immer zurückzuerobern. Mehrere Blutstropfen befleckten ihr Gesicht. Ihre Brust war an den Stellen durchtränkt, an denen die Kugeln ihren Körper durchschlagen und ihr ein sofortiges Ende beschert hatten.

Elliot blieb einige Meter von Deramus und seinem Hund Spartan entfernt wie angewurzelt stehen und untersuchte die Umgebung sorgfältig, in der Hoffnung, einen brauchbaren

Fußabdruck zu finden. Eine dicke Schicht trockener Nadeln bedeckte den Boden der Schlucht und trug nicht gerade zum Erhalt eines Abdrucks bei. Starke Windböen spielten unablässig mit den Nadeln, wirbelten sie ein paar Zentimeter auf und ließen sie dann wieder auf den Boden fallen, während neue abgeworfene Nadeln von den Bäumen rieselten.

Elliot sah auf sein Handy, als ein Benachrichtigungston seine Aufmerksamkeit auf sich zog. Dr. Whitmore kündigte seine Ankunft in ein paar Minuten an. Bis dahin durfte Elliot die Leiche nicht berühren und konnte nicht überprüfen, ob es sich um Durchschusswunden handelte. Trotzdem ging er neben der Toten in die Hocke.

Es war Taylor Lorentz.

Wie von ihrem Vater beschrieben, trug sie ein graues Sweatshirt über einem roten Sport-BH. Die Uhr, die den Alarm ausgelöst hatte, beulte den Ärmel kaum sichtbar aus. Eine Kugel war in das iPhone in ihrer Brusttasche eingeschlagen, das es beinahe geschafft hätte, Taylor das Leben zu retten. Es hatte diese eine Kugel aufgehalten, aber es waren zwei weitere gefolgt. Ein kurzes Stück eines weißen Kabels hing aus dem Telefon. Eine der Kugeln hatte die Kopfhörer durchtrennt und die Kanten der Isolierung geschmolzen.

»Wir decken die Umgebung ab, solang wir die Mordwaffe nicht gefunden haben«, sagte Novack. »Für später ist Schnee gemeldet.«

Elliot starrte ungläubig in den blauen Himmel, aber die Kälte in der Luft und der frostige Geruch gaben seinem Kollegen recht. »Kann schon sein.« Er stand auf und klopfte sich die Nadeln von der Hose.

»Wir wären hier dann wohl fertig«, sagte Deputy Deramus und streckte die Hand aus. Elliot schlug ein.

»Ja, danke.«

Deramus verschwand mit Spartan im Wald und machte sich wieder auf den Weg in Richtung Straße. Wenige Augenblicke später zeichnete sich der Umriss des Vans der Rechtsmedizin zwischen den Baumstämmen ab.

»Glauben Sie immer noch, dass sie ein Zufallsopfer war?«, fragte Novack und blickte auf die blutige Brust des Mädchens.

Elliot drückte seinen Hut auf den Kopf, damit der Wind ihn nicht wegwehte. »Ich wüsste nicht, wovon ich sonst ausgehen soll. Wenn Sie eine Idee haben, warum jemand dieses Mädchen um sechs Uhr morgens beim Laufen erschossen haben könnte, dann raus damit.«

»Ja. Einen Unfall können wir auch ausschließen. Sie hatten recht – keine Bremsspuren.«

»Ich habe so etwas in meinem letzten Jahr in Austin gesehen«, sagte Elliot und rieb die Hände aneinander, um sie aufzuwärmen. Dr. Whitmore schien eine ganze Weile zu brauchen, um von der Straße zum Tatort zu gelangen. Elliot fragte sich, warum.

»Was, zufällige Schießereien am Straßenrand?«

»Es ging damals in Austin um Aufnahmeriten von irgendwelchen Gangs.« Elliot pflückte eine grüne Nadel von dem nächstbesten Baum ab und kaute darauf herum. Es roch nach Weihnachten und dem Schierlingstee, den ihm Kays Freunde von der indigenen Gruppe der Pomo angeboten hatten. Das machte alles besser.

»Als Mutprobe Menschen erschießen?«

»So in der Art, ja. Die Opfer waren zufällig ausgewählt, soweit wir das beurteilen konnten, und in den meisten Fällen haben wir die Schützen nicht erwischt.« Elliot sah sich um und musterte das Gelände. »Hier in Mount Chester gibt es keine Gangs. Wir sind zu weit weg, als dass jemand aus San Francisco herfahren und dieses Mädchen im Zuge eines Initiationsritus erschießen würde. Das wäre Quatsch und man würde in entsprechenden Kreisen nur darüber lachen.«

Novack kratzte sich an der Stirn. »Warum?«

Das Rascheln von Blättern und das Knacken zertretener Zweige kündigte die Ankunft des Rechtsmediziners an.

»Weil Bandenaufnahmerituale die Risikobereitschaft und den Mut der Anwärter beweisen sollen«, antwortete Dr. Whitmore an Elliots Stelle und näherte sich Taylors Leiche. »Ihr Potenzial für ein kühnes und lukratives Leben als Verbrecher. Es ist keine besondere Leistung, jemanden mitten im Nirgendwo zu erschießen. Kein Risiko ... ergo auch kein Ruhm.« Er stellte seine Tasche auf den Boden und zog den Reißverschluss auf. »Was haben wir denn hier?«

Als hätte man ihm ein Stichwort gegeben, verschwand Novack und schloss sich den anderen Deputies bei der Spurensuche an.

»Taylor Lorentz, neunzehn Jahre alt«, informierte Elliot den Doc. »Ihre Uhr hat heute Morgen um sechs Uhr siebenundvierzig einen schweren Sturz gemeldet.«

»Oh«, sagte Dr. Whitmore. Ein Hauch von Traurigkeit war in seinem Blick zu erkennen. Er ging neben der Toten in die Hocke und strich sanft eine Haarsträhne zurück, die der Wind über ihr Gesicht geweht hatte. »Ich kenne sie.« Er schaute Elliot über die Schulter an. »Ihre Mutter ist letztes Jahr gestorben, wissen Sie. Sie war eine enge Freundin meiner Frau. Ich habe dieses arme junge Ding bei der Beerdigung kennengelernt. Es war ein kalter Tag, genau wie heute, noch kein Schnee, aber nahe dran. Shelley hatte gehofft, dass Taylor den Kontakt zu uns halten und uns erlauben würde, ihr und ihrem Vater zu helfen. Er ist schwer krank.«

Elliot steckte die eiskalten Hände in die Taschen. »Es tut mir leid, Doc. Bitte richten Sie Ihrer Frau mein Beileid aus.«

Der Doc schüttelte den Kopf und knirschte mit den Zähnen. »In San Francisco könnte ich so etwas verstehen, mit all den Drogen, den Gangs und den Waffen. Ich weiß nicht, wie viele Opfer solch sinnloser Verbrechen ich während meiner Amtszeit dort auf dem Tisch hatte. Aber hier?« Er zog ein Einstechthermometer zum Messen der Lebertemperatur aus der Tasche, ließ aber die Hand zunächst zögernd über dem Unterleib des Mädchens schweben. »Wir sind hierhergezogen, um so etwas nie wieder sehen zu müssen.« Er beendete seine Tirade mit einem bitteren Schnauben, legte das Thermometer noch einmal ab und untersuchte erst die Wunden.

»Die Schusswunden liegen sehr dicht beieinander«, sagte Elliot. »Wurde aus nächster Nähe geschossen?«

Der Rechtsmediziner betrachtete die Einschusslöcher genau und legte etwas Haut frei. »Keine Blutspritzer, also würde ich sagen, aus mehr als einem halben Meter Entfernung.« Mit einer behandschuhten Hand zog er Taylors Handy vorsichtig aus der Tasche und drehte es dann um. Die Spitze des Projektils hatte das Gehäuse des Telefons vollständig durchdrungen, war aber stecken geblieben, bevor es Taylors Haut berührte. »Neun Millimeter. Bei weniger als einem Meter Abstand würde eine solche Kugel normalerweise mehrere Telefone durchschlagen, bevor sie stecken bleibt.« Er biss sich auf die Lippe und runzelte die Stirn. »Ich müsste ein paar Tests in meinem Labor durchführen, aber spontan würde ich sagen, dass diese Schüsse aus zehn bis zwanzig Metern Entfernung abgegeben wurden.«

Elliot pfiff anerkennend. »Sehr präzise für diese Entfernung, Doc. Das sieht man nicht oft.«

»Ja, das stimmt«, murmelte Dr. Whitmore und steckte das Telefon und die Kugel in einen Asservatenbeutel. »Ich kann mir nicht vorstellen, dass die Deputies die Tatwaffe hier im Gebüsch herumliegen sehen.« Er nahm das Thermometer wieder zur Hand und legte Taylors Unterleib frei. »Die Hornhauttrübung hat eingesetzt«, sagte er und schaute auf seine Armbanduhr. »Die Lebertemperatur deutet auf einen Todeszeitpunkt zwischen sieben und acht Uhr heute Morgen hin. Um wie viel Uhr hat ihre Smartwatch den Alarm ausgelöst?«

»Sechs Uhr siebenundvierzig«, antwortete Elliot.

»Nun, vermutlich ist sie genau in diesem Moment oder kurz darauf gestorben.« Dr. Whitmore reinigte das Thermometer und verstaute es in seinem Koffer. Dann kniete er sich neben den Kopf des Mädchens und winkte Elliot zu sich. »Helfen Sie mir bitte mal, sie umzudrehen.«

Als Taylors Rücken freigelegt war, untersuchte Doc Whitmore die Hautverfärbung an der Stelle, die zuvor noch auf dem Boden gelegen hatte. »Sie wurde geschleift; es sind einige Abschürfungen zu sehen. Die Projektile befinden sich noch im Körper.« Ächzend stand er auf. »Laden wir sie in meinen Wagen. Können Sie einen Deputy entbehren? Meine Assistentin hat gerade einen Zahnarzttermin.«

Elliot sah sich um, um jemanden zu finden, der dem alternden Rechtsmediziner helfen konnte. Dr. Whitmore war fast siebzig. Sein Haar war ganz weiß geworden, genau wie der ordentlich gestutzte Bart, aber er kam immer noch, um zu helfen, wenn es im County einen Mord oder einen verdächtigen Todesfall zu untersuchen gab.

Elliot überlegte, Novack um Hilfe zu bitten, aber der war nirgends zu sehen. Stattdessen sah er Farrell ein paar Meter entfernt und Hobbs noch ein Stück weiter.

»Denise«, rief er Deputy Farrell zu, »sagen Sie Hobbs, er soll dem Doc mit der Leiche helfen, okay?«

»Geht klar.«

»Wenn Sie hier sind, wer passt dann auf Mr Lorentz auf?«

Denise Farrell schaute Elliot an und zuckte mit den Schultern. »Mit dem schien alles in Ordnung zu sein. Ich dachte, Sie bräuchten uns alle hier draußen, um nach dem Opfer zu suchen.«

»Himmel, Arsch und Zwirn«, sagte Elliot und eilte in Richtung Highway. »Sie hatten nur eine einzige Aufgabe«, schimpfte er weiter, obwohl Deputy Farrell nicht mehr in Hörweite war. Es sah ihr nicht ähnlich, einen Auftrag zu ignorieren, also beschloss Elliot, es gut sein zu lassen.

Als er die Straße erreichte, fand er Mr Lorentz auf dem Asphalt sitzend vor, mit einer Hand abgestützt, als wollte er gerade versuchen, aufzustehen. Elliot schnappte sich sein Handy, betätigte die Kurzwahl zur Leitzentrale und eilte zu Mr Lorentz. »Lizzie, ich brauche so schnell wie möglich einen Rettungswagen am Tatort.«

Der Vater des Opfers hockte mit offenem Mund keuchend auf dem Boden und brachte gelegentlich ein paar kehlige Laute heraus. Er hatte so heftig geschluchzt, dass ihm die Luft weggeblieben war. Mit der zitternden freien Hand deutete er auf die Beschriftung des Vans der Rechtsmedizin.

»Meine Kleine ... sie ist tot«, klagte er. Tränen liefen ihm über das Gesicht und hinterließen Spuren auf seiner totenbleichen Haut.

»Es tut mir wirklich leid«, flüsterte Elliot. Er versuchte, ihm auf die Beine zu helfen, gab dann aber auf und setzte sich neben ihn auf den Asphalt. Das war besser, als wenn der Mann zusammenbrach und sich dabei verletzte. »Es ist Hilfe auf dem Weg, Mr Lorentz.«

»Nein«, sagte er. »Ich bleibe bei meinem kleinen Mädchen.«

»Sie sollten nicht mitansehen, wie sie in den Wagen verladen wird. Davon rate ich Ihnen dringend ab.« Elliot rutschte zur Seite und schob seinen eigenen Körper zwischen Lorentz und den Van, um die Sicht zu verdecken. »Sie sollten sich an die guten Zeiten erinnern, an das Lachen und den Sonnenschein. Nicht an ... das hier.«

Irgendwie fand Mr Lorentz die Kraft, Elliots Jackenrevers zu ergreifen und den dicken Stoff mit seinen knochigen, arthritischen Fingern zu zerknüllen. »Sagen Sie mir ... wie ist sie ...« Ein weiteres Schluchzen erstickte seine Stimme.

»Sie wurde erschossen«, antwortete Elliot so sanft wie möglich und wünschte sich, Kay wäre da. Sie würde wissen, wie sie dem trauernden Vater den Schmerz erträglicher machen konnte. »Sie war auf der Stelle tot.«

»Warum?«, flüsterte Mr Lorentz gequält. »Sie hatte heute gar nicht vorgehabt, laufen zu gehen. Niemand außer mir wusste, wo sie war.« Er hielt sich an Elliot fest, drehte sich um und sah ihn direkt an. »Versprechen Sie mir ...«

»Ich verspreche es«, sagte Elliot, der genug gehört hatte. »Ich werde nicht eher ruhen, bis ich den Täter finde und ihn dafür bezahlen lasse.«

Wenige Augenblicke später sah er dabei zu, wie die Sanitäter Gabriel Lorentz in den Krankenwagen verfrachteten. Er hielt eine Hand des Mannes zwischen seinen beiden Händen, während die Kollegen seinen Blutdruck maßen.

»Er ist Diabetiker«, informierte Elliot den Sanitäter, der die Werte überprüfte. »Er hatte heute schon einen Anfall. Gut, dass Sie es noch rechtzeitig geschafft haben.«

Der Mann schaute ihn stirnrunzelnd an.

»Gerade noch rechtzeitig.«

SIEBZEHN

ZEUGIN

Kay atmete hastig und ließ das Fenster ein paar Zentimeter herunter, um ein bisschen frische, kalte Luft hineinzulassen. Sie wollte um jeden Preis die Tränen herunterschlucken, die sie zu überwältigen drohten. Wut kochte in ihr hoch, ließ ihre Brust anschwellen und umfasste sie mit einem Würgegriff, den sie nicht abschütteln konnte.

»Warum, Brian?«, fragte sie und drückte das Gaspedal durch. »Warum hast du mich überhaupt geheiratet?«

Er schlug sich bestürzt mit den Händen auf die Oberschenkel. »Mensch, Kay, was soll ich denn jetzt sagen, hm?«

»Verdammte Scheiße, wie wäre es zur Abwechslung mal mit der Wahrheit? Das wird dich nicht umbringen.«

Er hielt inne und legte die Stirn wieder in die Hände. Wahrscheinlich überlegte er, was er sagen sollte, um ihr Engagement bei der Reinwaschung seines Namens nicht zu gefährden.

»Du warst etwas Besonderes«, flüsterte er. »Du wirst mir das wahrscheinlich nicht glauben, aber du bist immer noch etwas Besonderes für mich. Und du liegst mir sehr am Herzen.«

Kay schnaubte laut und ließ die Sirene aufheulen, um einen

langsam fahrenden Lastwagen aus dem Weg zu räumen. Sie wünschte, das Heulen wäre noch lauter. »Ja, genau. Und deshalb hast du Trost in Rachels Armen gesucht. Weil ich so besonders für dich war, dass du es kaum noch ertragen hast.«

»Nein, so war das nicht«, widersprach er flehend, schob den Kopf wieder nach vorn und sah sie statt über den Rückspiegel direkt an. »Sieh dich doch an. Du lässt alles stehen und liegen und hilfst mir, deinem betrügerischen Ex. Nur jemand wirklich Besonderes würde so etwas tun.«

Oder ein Naivling, dachte Kay. *Ein Vollidiot.*

»Aber ich war nicht besonders genug für dich, um mir treu zu bleiben, oder?« Ihre Stimme klang bitterer, als es ihr lieb war. Sie verstand ihre Bitterkeit nicht; bis zum heutigen Morgen hatte sie jahrelang nicht mehr an Brian gedacht, mit Ausnahme eines kurzen Moments, als sie letzten Freitag Rachels Sprachnachricht erhalten hatte. Aber die Wunde seines Verrats war immer noch da, blutend, roh, schmerzvoll, als wäre es erst gestern gewesen.

»Was soll ich sagen? Ich bin ein Windhund.« Er gluckste leise. »Das lag mir schon immer im Blut. Ich kann nicht damit aufhören.« Er streckte die Hand aus und berührte ihren Arm. »Aber du ...«

Kay zuckte zusammen und wich so weit zur Seite, wie sie konnte, ohne das Lenkrad loszulassen. »Fass mich nicht an.«

Er ließ sie augenblicklich los. »Es tut mir leid.«

Ein paar Kilometer lang schwiegen sie sich an. Kay konzentrierte sich darauf, die alten Erinnerungen zu verdrängen und sie in einem Schließfach in ihrem Kopf wegzusperren, auf dass sie nie wieder auftauchten. Etwas nagte aber immer noch hartnäckig an ihrem Herzen. Wie hatte sie sich nur so sehr in Rachel täuschen können? Sie war so ein ehrlicher, unbeschwerter Mensch gewesen, eine wahre Freundin. Warum war sie ihre Trauzeugin geworden, während sie mit Brian vögelte?

Ihr Blick fiel in den Rückspiegel und landete auf Brians

Gesicht. Er hatte die Augen geschlossen und seine Gesichtszüge entspannt; es sah aus, als würde er schlafen.

Der erfahrene Manipulator hatte sein Ziel erreicht und
konnte sich entspannen. Er hatte Kay beruhigt und ihr gesagt,
was sie hören musste, damit sie ihn nicht im ersten Revier, an
dem sie vorbeifuhren, absetzte und auf Nimmerwiedersehen
verschwand.

Denn Brian Hanlin bekam immer, was er wollte. Vielleicht
war es an der Zeit, seine Ehrlichkeit zu testen.

»Warum hat Rachel das alles durchgezogen?«

Er schlug die Augen auf. »Was genau?«

»Die Hochzeit, und alles. Meine Trauzeugin zu sein, den
ganzen Mädchenkram zu machen, so zu tun, als würde sie sich
für mich freuen, während sie mit dir geschlafen hat. Ich
verstehe einfach nicht, warum.« Brian rutschte in seinem Sitz
hin und her und fühlte sich sichtlich unwohl bei dieser Frage.
»Na ja, wenn du es unbedingt wissen willst – keine Ahnung,
warum du das nicht einfach auf sich beruhen lässt –, ich habe
sie dazu überredet.«

»Was? Warum?«

»Das musst du wirklich fragen?« Brian fluchte leise. »Damit
du nicht merkst, dass wir eine Affäre haben. Wenn sie aufgehört hätte, mit dir zu reden, wenn sie nicht deine Trauzeugin
hätte sein wollen, hättest du doch keine Ruhe gegeben, bis du
die Wahrheit herausgefunden hättest. Du warst eine ausge-
zeichnete Ermittlerin, Kay, schon bevor du tatsächlich zu einer
geworden bist.«

Kay schluckte schwer. »War sie damals schon schwanger?
Bei der Hochzeit?«

»Ich schätze, ja ... ungefähr im zweiten Monat. Was mich
anging, ich wusste es nicht. Sie hat es mir an dem Tag gesagt, als
wir aus den Flitterwochen zurückkamen.« Er kaute einen
kurzen Moment auf der Spitze seines Fingers herum, eine
Geste, die er sich von Kay abgeschaut hatte. »Sie war am Boden

zerstört, hat sich die Augen ausgeweint, als ich darauf bestand, dass sie zur Hochzeit erschien, als wäre nichts gewesen. Sie hat mich *angefleht*, sie nicht dazu zu zwingen.«

»Alles klar«, sagte Kay seufzend, »arme kleine Rachel aber auch. Entschuldige, dass mir im Moment nicht das Herz aus Mitleid aufgeht.«

Aber es ging *doch* auf, stellte Kay fest und blinzelte die Tränen zurück. Brian war zu beiden ein herzloses Arschloch gewesen, nicht nur zu Kay. Er hatte Rachel gezwungen, bei der Hochzeit ihres Liebhabers dabei zu sein und eine Rolle zu spielen. Es musste die Hölle für sie gewesen sein. Wie sehr wünschte sie sich, ihre Freundin hätte den Mut gehabt, ihr zu sagen, was vor sich ging.

»Sie hat mich angerufen«, verkündete Kay ruhig, als sie an einem Schild vorbeikam, das ankündigte, dass es noch einhundertzwei Kilometer bis Mount Chester waren.

Brian zuckte zusammen. »Wann?« Er drang wieder in ihren Bereich ein, indem er sich in den Raum zwischen den Vordersitzen lehnte.

»Letzte Woche, am Freitag. Sie hat mich mitten in einer Vernehmung erwischt, und ich konnte den Anruf nicht entgegennehmen, aber sie hat mir eine Nachricht auf der Mailbox hinterlassen. Als ich sie zurückrief, war es schon zu spät.«

»Davon wusste ich nichts. Hat sie dich schon einmal angerufen? Seit … damals?«

»Nein, nicht ein einziges Mal.« Kay überholte einen Sattelzug, der bis zum Rand mit reifen Tomaten beladen war. »Wie kommt es, dass ihre Tochter bei Mrs Epling ist?«

Brian lehnte sich gegen den Sitz und atmete tief durch. »Habe ich dir nicht erzählt, dass Rachel Zeugin einer Schießerei war? Sie wollte aussagen. Ich war noch auf der Arbeit, als es passiert ist. Als ich am Tatort ankam, hatte sie bereits mit den Kollegen gesprochen und ihnen erzählt, was sie gesehen hatte. Sie haben ihr das Versprechen abgenommen, am nächsten Tag eine offizielle Aussage zu Protokoll zu geben.«

»Du hast mir immer noch nicht gesagt, wie Rachels Tochter bei der Großmutter gelandet ist. Aber eins nach dem anderen: Erzähl mir von dem Verbrechen, das sie gesehen hat, und ihrer anschließenden Aussage.«

Brian stöhnte auf. »Langsam verschwimmt alles in meinem Kopf. Ich habe in letzter Zeit nicht viel Schlaf bekommen.« Er fuhr sich mit beiden Händen nacheinander durch die Haare. »Donnerstagabend hat sie am Straßenrand geparkt und gewartet. Dann ...«

»Worauf gewartet?«

Eine Pause. »Auf mich. Wir wollten uns zum Abendessen treffen, aber ich kam nicht rechtzeitig von der Arbeit weg. So ein Mistkerl hat uns seine Festnahme ordentlich erschwert.«

»Was hat sie noch mal gesehen?«

»Eine Schießerei aus einem vorbeifahrenden Auto, so eine Bandengeschichte. Es hat irgendeinen Drogendealer von der Straße erwischt. Aber zu allem Übel hatte Rachel Holly bei sich.«

»Okay, was ist dann passiert?«

»Die Polizei wurde gerufen. Zu dem Zeitpunkt hätte Rachel längst weg sein müssen, aber sie ist dortgeblieben. Sie hätte es besser wissen müssen, wer will schon als Zeugin in Bandenkriminalität verwickelt werden, aber ...«

»Wo war das? Welche Straßenecke?«

»In der Haight Street.« Er räusperte sich. »Ecke Gough Street.«

Eine schmerzhafte Erinnerung ließ Kay zusammenzucken. »Da waren wir früher ...«

»Ja, da ist das brasilianische Steakhaus, in dem wir gern gegessen haben. Rachel mochte das Lokal auch. Es ist gut.«

»Okay, egal«, sagte Kay und wünschte sich, es würde ihr

wirklich nichts ausmachen.»Also, die Polizei war da. Was ist dann passiert?«

»Unser Revier hat den Anruf entgegengenommen. Sie hat einen der Polizisten erkannt, einen Freund von mir, ist aus dem Auto gestiegen und hat angefangen, zu quasseln. ›Officer, Officer, ich habe alles gesehen.‹« Er hielt sich den Mund mit der Hand zu und unterdrückte ein Schluchzen. Sein Spott war nichts weiter als eine Maske, die seinen Schmerz überdecken sollte.»Als ich ankam, hatten sie schon ihre Aussage aufgenommen und einen Termin mit der Staatsanwaltschaft für den nächsten Morgen arrangiert, das ganze Drumherum. Zu diesem Zeitpunkt war es zu spät, sie zur Umkehr zu bewegen. Aber ich habe nicht aufgegeben.«

Ein Konvoi aus Lastwagen mit dem Walmart-Logo brauste in Richtung Süden vorbei, laut und schnell. Staub wirbelte in die Luft. Kay machte das Fenster wieder zu.»Was hast du dann gemacht?«

»Ich habe darauf bestanden, dass sie am nächsten Morgen ihre Aussage widerruft. Ich habe sie angefleht, der Staatsanwaltschaft zu sagen, dass sie sich an nichts mehr erinnern kann. Es ist mir immerhin gelungen, ihr gerade so viel Angst einzujagen, dass sie am Abend auf die andere Seite der Bucht zu ihrer Mutter gefahren ist, um Holly dort zu lassen. Ich bin währenddessen zum Revier zurückgefahren, um mehr über die Schießerei herauszufinden.« Brian hielt einen Moment lang inne, starrte ins Leere und schien seine Gedanken zu ordnen.»Du weißt schon, wer die Verdächtigen waren und wie riskant es für sie sein würde, als Zeugin auszusagen.«

»Ihr habt nicht mehr zu Abend gegessen?«

»Als der ganze Zirkus vorbei war, hatte das Lokal schon geschlossen. Aber wir hatten auch keinen Appetit mehr. Rachel ist mit Holly zu Mrs Epling gefahren. Ich zurück aufs Revier.« Ein weiterer Schluchzer brachte ihn ins Stocken.»Oh Gott ...«

»Was ist dann passiert?«, fragte Kay sanft.

»Wir hatten am nächsten Morgen einen Termin im Büro des Staatsanwalts. Rachel war früh da und hat nicht auf mich gewartet. Dumme kleine Gans ... In den zehn Minuten, die ich brauchte, bis ich dort war, hatten sie sie bereits überredet, auszusagen und mit Holly ins Zeugenschutzprogramm zu gehen. Kurz nachdem ich ankam, wurde sie schon dem US-Marshal vorgestellt, der sie mitnehmen sollte.«

»Was hat sie dazu bewogen, ihr das Zeugenschutzprogramm anzubieten? Das bietet man doch nicht direkt jedem an, der eine zufällige Schießerei auf einer Straße in San Francisco mitbekommt.«

Damit wollte Kay sagen, dass so etwas nur äußerst selten vorkam. Da die Mittel für WITSEC, so die Kurzbezeichnung des US-amerikanischen Zeugenschutzprogramms, begrenzt waren, mussten sich die Staatsanwälte in der Regel intensiv für Zeugen engagieren, um das Programm für sie durchzusetzen. Oder aber auch Detectives, wenn sie sich sicher waren, dass ein Zeuge andernfalls nicht aussagen und der Täter davonkommen würde. Aber es schien, als hätte Rachel sich nicht gescheut, eine Aussage zu machen.

»Ich weiß es nicht«, antwortete Brian schließlich mit von Trauer erfüllter Stimme. Bis dahin hatte er sich völlig verschlossen, aber das erneute Durchleben der Ereignisse schien ihm mehr zuzusetzen, als er sich eingestehen wollte. »In dem Moment, als ich dort auftauchte, haben sie dichtgemacht und gesagt, sie würden sie sofort in Schutzgewahrsam nehmen. Da ist sie aber noch einmal zurückgerudert und hat um ein paar Stunden gebeten. Um einen weiteren Tag Normalität, damit sie vor dem Untertauchen ihr Leben in Ordnung bringen konnte.« Er schüttelte ungläubig den Kopf, den Blick gesenkt, die Lippen fest aufeinandergepresst. »Sie wollten sie um sieben Uhr abholen.«

»Was ist dann passiert?«

»Sie ist zu ihrem Haus zurückgefahren, um sich fertigzumachen, und ich bin wieder aufs Revier, um ...«, er räusperte sich wieder, »nun ja, um in dem Fall herumzuspitzeln. Ich wollte wissen, was sie gesehen hat, und vor allem wen, dass sie in so großer Gefahr schwebte. Ja, immer wenn man sich bei einem Mord verquatscht, egal bei welchem, setzt man sein Leben aufs Spiel. Aber irgendetwas kam mir an der ganzen Situation komisch vor.«

Das stimmte tatsächlich; da musste Kay ihm beipflichten. Das Zeugenschutzprogramm war zu schnell angeordnet worden. Sie hatten sich geweigert, die Sache mit Brian zu besprechen, obwohl er ein Kollege und praktisch ein Familienmitglied der Zeugin war.

»Was ist dann passiert?«, fragte sie, obwohl Brian aussah, als ob er eine Pause bräuchte.

Im Rückspiegel konnte sie sehen, dass sein Kopf herabgesunken war. Als er sprach, konnte sie ihn kaum verstehen. »Ich habe sie gefunden, als ich dort ankam, so gegen sechs.«

»Oh, meine Güte, Brian. Ich wusste nicht, dass du sie gefunden hast. Es tut mir so leid. Das muss schrecklich gewesen sein.« Eine Träne kullerte aus Kays Augenwinkel. Ob er nun ein Schürzenjäger war oder nicht: Brian hatte all die Jahre eine Beziehung mit Rachel geführt; es musste ein verheerender Anblick für ihn gewesen sein.

»Ich habe sie in einer Blutlache auf dem Küchenboden gefunden. Der Tisch war gedeckt, das Essen unangetastet. Sie hatte uns einen Braten zubereitet. Weißt du, ich wollte nicht mit ihr in den Zeugenschutz. Wir wollten uns für eine Weile voneinander verabschieden.« Er schniefte und atmete tief durch, um sich zu beruhigen. »Sie wurde wie bei einer Hinrichtung aus nächster Nähe erschossen.«

»In den Hinterkopf?«, fragte Kay und verdrängte das Bild von Rachel, die tot auf dem Küchenboden lag, aus ihren Gedanken. »Nein ... Warum?«

»Weil die Polizei das doch normalerweise als Hinrichtung bezeichnet. Einen Schuss in den Hinterkopf.«

Er runzelte die Stirn und fuhr sich dann mit der Hand über das Gesicht. Kay warf bei jeder sich bietenden Gelegenheit einen Blick in den Spiegel und versuchte, seine Körpersprache zu lesen. »Du hast recht. Nein ... sie hat einen Schuss in die Stirn und zwei in die Brust abbekommen. Die Mörder waren gründlich.«

»Was hast du dann gemacht?« Kay sprach leise und widerstand dem Drang, seine Hand zu drücken und ihm Trost zu spenden.

»Ich habe den Notruf gewählt. Die Kollegen waren in ein paar Minuten da.«

Kay klammerte sich so fest wie möglich ans Lenkrad und konzentrierte sich. Sie brauchte Zugang zu den Beweismitteln, dem Tatort und den Zeugenaussagen. Keine Chance. Die Ermittlungen schienen von jemandem in aller Eile abgeschlossen worden zu sein. Demjenigen schien es egal zu sein, wen er anklagte, solang er sich nur möglichst schnell einem anderen Fall zuwenden konnte.

»Ist der Tatort schon freigegeben?«

»Ich weiß es nicht«, antwortete Brian mürrisch. »Ich war damit beschäftigt, vor meinen Kollegen wegzulaufen und mich vor dem Gefängnis zu bewahren.«

»Bist du vernommen worden? Offiziell?«

»Ja, direkt in der Nacht, als ich sie fand. Letzten Freitag.«

»Hattest du einen Anwalt dabei?«

Er rieb sich nervös die Stirn. »Nein ... das sind doch meine Kollegen. Ich dachte, ich könnte ihnen vertrauen. Ich war ein Narr. Scheißkerle«, murmelte er mit bitterer Stimme. »Sie wollen mir das Ganze anhängen. Gestern hat mich ein Freund von der Polizei vor dem Haftbefehl gewarnt. Ich bin abgehauen ... und dann direkt zu dir gefahren.«

Kay dachte eine Weile im Stillen nach. Es schien, als hätten sie die Ermittlung so überstürzt hinter sich gebracht, weil sie es eilig hatten, Brian einzusperren. Normalerweise würde allein der Autopsiebericht mehr Zeit in Anspruch nehmen als die fünf Tage, die seit letztem Freitag vergangen waren. In San Francisco reihten sich in der Rechtsmedizin zig Leichen auf, die manchmal wochenlang auf die Obduktion warteten. Brian hatte die tote Rachel gefunden, er hatte einen legitimen Grund gehabt, sie zu Hause aufzusuchen, und er hatte natürlich überall Fingerabdrücke hinterlassen ... Worum ging es hier wirklich?

»Haben sie die Mordwaffe gefunden?«

»Nicht dass ich wüsste.«

Sie brachte es nicht über sich, ihn zu fragen, ob alle seine Waffen noch an Ort und Stelle waren. Er war klug genug, das selbst herauszufinden. »Ich muss mir den Tatort ansehen. Wer ist der ermittelnde Detective?«

»Ein verbitterter alter Kauz, Detective Brockett. Er ist knallhart, ein Rohling und ziemlich engstirnig. Er hat zwanzig Jahre in der Marine gedient. Er wurde mal verdächtigt, Verbindungen zur örtlichen Mafia zu haben, aber es gab nie Beweise. Nur Geflüster, Zufälle, solche Geschichten eben.«

Na wunderbar. Der alte Kauz würde sie sofort vor die Tür setzen, wenn sie es wagte, um eine Zugangserlaubnis für den Tatort zu bitten. Wenn Brockett Dreck am Stecken hatte, wie Brian andeutete, musste sie aufpassen, dass sie es nicht noch schlimmer machte. Für sie beide.

»Da ist noch etwas«, sagte Brian, nur wenige Augenblicke nachdem sie am Ortsschild von Mount Chester vorbeigefahren waren. »Woher sollen die Mörder wissen, dass Rachel mir nicht mehr erzählen konnte, was sie in jener Nacht gesehen hat?«

Schwere Stille senkte sich über das Innere des Wagens.

»Das *können* sie gar nicht wissen«, fügte Brian dann resigniert hinzu. »Ich könnte ihr nächstes Ziel sein.«

ACHTZEHN

SUPPE

Das Geräusch von klapperndem Silberbesteck auf Porzellan weckte Holly aus einem tiefen Schlummer. Die Augen noch immer fest zusammengekniffen, stellte sie sich vor, wie Mommy in der Küche etwas Leckeres zu essen machte. Ihr Magen knurrte und erinnerte sie daran, dass sie hungrig war.

Sie lächelte, bevor sie die Augen öffnete und »Mommy?« rief. Dann streckte sie sich und wartete mit geschlossenen Augen auf den üblichen Kuss auf die Stirn.

Niemand antwortete. Niemand berührte ihre Haut mit zarten Fingern und weichen Lippen, die nach Erdbeeren dufteten.

Die Erinnerung an den Ort, an dem sie eingeschlafen war, drängte sich in Hollys Gedächtnis und weckte sie mit einem Mal brutal auf. Ihr Lächeln verschwand, als sie sich ruckartig aufsetzte und mit weit aufgerissenen Augen die Frau anstarrte, die neben dem Bett saß.

Sie war pummelig und atmete komisch durch den Mund, als wäre sie gerade einige Treppen hinaufgestiegen oder dem Bus hinterhergerannt. Sie war ganz in Schwarz gekleidet, trug ein kurzärmeliges Oberteil und einen schäbigen, zerknitterten

Rock, der an ihr hing, als wäre er viel zu groß. Ein winziges Kreuz an einer silbernen Kette lugte unter dem Oberteil hervor und hing auf ihrer großen Brust. Sie hatte ein rundes, verschwitztes Gesicht mit herunterhängenden Wangen, die an eine Bulldogge erinnerten. Ihre schwarzen Augen starrten Holly ungeduldig an.

Instinktiv rutschte das kleine Mädchen von ihr weg, bis an den hinteren Rand des Bettes.

Die Frau hatte sich einen Stuhl herangezogen. Ein Tablett mit einer Schüssel roter Suppe stand neben ihr auf dem Bett. Sie hatte die Suppe mit einem Löffel umgerührt, mit kurzen, ungeduldigen Bewegungen, die einige Tropfen auf das Tablett und einige weitere auf die Bettdecke befördert hatten. Alles roch danach. Neben der Schüssel lagen ein paar Scheiben Schwarzbrot, die einen uralten Eindruck machten und den Geruch von bitterem Getreide verströmten.

»Stell dich nicht so an«, sagte die Frau. »Du musst hungrig sein. Du hast schon lange nichts mehr gegessen, stimmt's?« Ihre raue Stimme erinnerte Holly an Cruella de Vil. Wahrscheinlich rauchte sie ebenso viel. Holly konnte den Rauch in ihrem Atem riechen.

Allerdings stimmte Hollys Magen ihr zu. Die Suppe roch nicht so gut wie die, die Mommy immer gemacht hatte, aber sie beschloss, es zu versuchen. Nur ein bisschen. Holly zog die Beine an, rutschte näher zum Tablett und nahm den Löffel in die Hand.

Sie war dickflüssig und roch nach Huhn, Tomaten und Paprika. Nach dem zweiten Löffel musste Holly zugeben, dass sie gar nicht so schlecht war. Sie schlürfte die Suppe hastig, aber dann hörte sie plötzlich auf. Mommy hatte gesagt, dass man nie etwas aus der Hand eines Fremden essen sollte. Es war nicht das erste Mal, dass Holly nicht gehorchte, aber es war wohl besser, aufzuhören, bevor es zu spät war. Mommy würde nur wütend werden.

»Nimm etwas Brot«, sagte die Frau. »Das füllt den Magen.«

Holly biss ein winziges Stück von einer Scheibe ab und stellte fest, dass das Brot genauso schlecht schmeckte, wie es roch. Aus Angst vor der Frau spuckte sie es nicht aus, sondern schluckte es mit einem Löffel Suppe hinunter, wich dann aber zurück und ließ den Löffel mit Bedauern in der Schüssel liegen.

»Wo ist Mommy?«

Die Frau seufzte und verdrehte die Augen, lächelte dann aber aufmunternd. »Ich hatte gehofft, du könntest es mir sagen.«

»Ist sie nicht hier?« Holly brach in Tränen aus. »Kommt sie nicht, um mich zu holen?«

»Was hast du gesehen?«, fragte die Frau, beugte sich über Holly und strich ihr das kastanienbraune Haar hinters Ohr.

Holly wich schluchzend zurück, umklammerte ihre Knie und verbarg ihr Gesicht.

»Als du deine Mutter das letzte Mal gesehen hast, was hast du da gesehen, Süße?« Die Stimme der Frau klang inzwischen wärmer, verständnisvoller. »Komm schon, deine Suppe wird kalt.«

»Ich war in der Küche, und Mommy hat Essen gemacht«, flüsterte Holly mit weinerlicher Stimme. Sie warf der Frau einen ängstlichen Blick zu. »Sonst habe ich nichts gesehen.«

»Aber du warst nicht in der Küche, als sie dich gefunden haben, *boba*.«

Holly gefror das Blut vor lauter Angst. Die Frau musste dabei gewesen sein, als sie aus dem Gartenschuppen geschlichen war, in dem sie sich hatte verstecken sollen. Sie musste gesehen haben, wie Holly ihrer Mutter nicht gehorcht hatte und auf den Baum geklettert war. Holly schlug das Herz bis zum Hals und sie legte ihre Hand darüber, um es zu beruhigen, wie Mommy es ihr beigebracht hatte.

Sie durfte der Frau nicht sagen, was sie gesehen hatte.

Die Frau erhob sich mit einem wütenden Stöhnen vom

Stuhl und setzte sich dann auf das Bett, näher zu Holly. Das Tablett kippte und beinahe wäre der Rest Suppe übergeschwappt, der noch in der Schüssel war. »*Dime*, wo hast du *tu puta madre* zuletzt gesehen?«

Holly begann heftig zu schluchzen. »Ich verstehe Sie nicht.«

Die Frau beugte sich so weit vor, dass ihre Nase nur Zentimeter von Hollys Gesicht entfernt war, und sie hielt das Kinn des Mädchens mit wurstdicken und ebenso fettigen Fingern fest. »Alles klar, dann muss ich es dir wohl buchstabieren. Wo warst du, als deine Mutter getötet wurde?«

Fassungslos verstummte Holly. Mommy konnte nicht tot sein. Sie war nur auf den Küchenboden gefallen. Sie würde bald aufstehen und sie holen kommen. Daran musste sie einfach glauben. Mommy hatte gesagt, wenn man nur ganz fest an etwas glaubte, würde es wahr werden.

Also musste sie daran glauben.

Sie würde aufhören zu weinen. Mommy ging es gut, und sie würde kommen. Es gab keinen Grund zu weinen. Sie musste daran glauben.

Nach einer Weile und einem Schwall weiterer Worte, die Holly nicht verstand, ging die Frau mit stampfenden Schritten aus dem Raum und nahm das Tablett mit. Sie knallte die Tür hinter sich zu und verriegelte sie von außen.

Zu Tode erschrocken hielt Holly den Atem an und lauschte angestrengt, während die schweren Schritte verklangen. Dann hörte sie, wie die Frau ein paar Worte zu jemandem sagte, einem Mann, der zu schnell und zu leise sprach, als dass sie ihn hätte verstehen können.

Auch das meiste von dem, was die Frau von sich gab, konnte sie nicht verstehen, aber dann musste sie die Stimme erhoben haben, denn ein paar Worte drangen deutlich zu ihr herein.

»Die kleine Schlampe sagt kein Wort. Ich würde eine stolze

Summe darauf wetten, dass *la chica* etwas gesehen hat, aber sie hat zu viel Angst, es mir zu sagen. Nach all dieser Zeit traut sie mir immer noch nicht, *estúpida*.«

Erschrocken lehnte Holly sich gegen die Wand, die Hand fest auf die Brust gepresst, um das verzweifelte Schlagen ihres Herzens zu beruhigen. Panik überkam sie, als ihr klar wurde, dass sie die Frau schon einmal gesehen hatte. Diese Suppe schon einmal gegessen hatte. Und auch die schreckliche Lüge, dass ihre Mutter tot sei, schon einmal gehört hatte.

Sie zwang sich, langsam zu atmen, so wie Mommy es ihr beigebracht hatte, drückte ihre Hand auf den kleinen Klumpen auf ihrer Brust und flüsterte, was Mommy ihr immer eingebläut hatte. Kein Essen von Fremden annehmen. Kein Wort sagen. Langsam atmen.

Wenn ich daran glaube, dass Mommy zurückkommt, dann kommt sie auch.

NEUNZEHN

ZUHAUSE

»Hier bist du sicher«, sagte Kay, als sie vor dem Polizeirevier von Franklin County anhielt.

Nach Brians Bemerkung über die potenzielle Gefahr für sein Leben hatte sie wie besessen in den Rückspiegel geschaut, um sicherzugehen, dass ihnen niemand folgte. Das war nicht der Fall. Ein paar Kilometer später atmete sie erleichtert auf, als sie an dem neuen La Quinta Inn & Suites Hotel vorbeifuhren, das im letzten Jahr gebaut worden war.

»Wir könnten hierbleiben«, hatte Brian zögerlich vorgeschlagen, nicht überzeugt und wohl wissend, dass seine Bitte sofort abgelehnt werden würde.

»Nein, das können wir nicht«, antwortete Kay. »Du bist ein Festgenommener in Polizeigewahrsam. Du kannst die Nacht nicht in einem Hotel verbringen. Du verbringst sie im Gefängnis. Du kennst doch die Regeln, verdammt noch mal.« Sie hatte genug von seinem unaufhörlichen Gezänk, seinem Beharren, seiner Weigerung, die Realität zu akzeptieren.

Kurz gesagt: Sie hatte genug von *ihm*.

»Um ehrlich zu sein, hatte ich gehofft, ich könnte mich hier im Niemandsland verstecken, während du herausfindest, wer Rachel getötet hat.« Brian beugte sich vor und steckte den Kopf wieder zwischen die Vordersitze. Im Augenwinkel sah sie sein Grinsen und roch die Minzbonbons in seinem Atem. »Ich hätte kein Problem damit, die ganze Übergabe und Anklageerhebung morgen zu überspringen.«

Kay fuhr weiter, erpicht darauf, die verbleibenden paar Kilometer hinter sich zu bringen und den Tag abzuhaken.

»Ich werde keinem Flüchtigen Unterschlupf gewähren, wenn ich die Möglichkeit habe, ihn kurzfristig im Knast zu parken«, erklärte sie stöhnend und verdrehte die Augen. »Und dieses Niemandsland, von dem du sprichst, ist mein Zuhause.«

Sie stellte den Motor ab und stieg aus dem warmen Geländewagen in die Abendkühle. Der kalte Wind jagte ihr Schauer über den Rücken. Dann öffnete sie Brian die Tür und bugsierte ihn in das Innere des Gebäudes.

Das Revier war fast menschenleer. Die Deckenleuchte im Flur und eine Schreibtischlampe im Büro der Leitstelle verbreiteten nur ein schwaches Licht, und es war unheimlich still. Es roch nach abgestandenem Popcorn und dem Kaffee von gestern. Der Geruch nach Bleichmittel drang aus den Toiletten, die Brian zuerst ansteuerte. Kay wartete draußen, bis er fertig war, und begleitete ihn dann zu einer der beiden Zellen.

Deputy Hobbs kam herbei und rieb sich die Augen. Den tiefen Falten in seinem verschwitzten Gesicht nach zu urteilen, war er irgendwo eingeschlafen, wahrscheinlich auf einem der Feldbetten im Vorratsraum.

»Hallo, Detective«, sagte er etwas schleppend. »Ich dachte, ich hätte etwas gehört.«

»Ich habe Ihnen einen Gast gebracht«, sagte Kay und fühlte sich auf einmal müde und schlapp.

Hobbs runzelte im schummrigen Licht die Stirn. »Ist das nicht ...«

Kay gluckste bitter. »Ja. Genau der.« Die Heimsuchung ihrer frühen Jahre. Sie schloss die Zelle ab und gab Hobbs den Schlüssel. »Behalten Sie ihn im Auge, vielleicht schwebt er in Gefahr. Er war in eine Bandenschießerei verwickelt. So etwas in der Art«, fügte sie hinzu, weil sie das Bedürfnis verspürte, mehr zu erklären, ihr aber die Energie dazu fehlte. »Und wenn er behauptet, ich hätte gesagt, er dürfe ruhig heraus, weshalb auch immer: Glauben Sie ihm nicht. Er muss die ganze Zeit über eingesperrt bleiben, bis ich ihn morgen Früh um sechs Uhr abhole und nach San Francisco bringe.« Sie seufzte und fürchtete sich vor einer weiteren langen Fahrt mit Brian auf dem Rücksitz. »Noch einmal.«

»Verstanden, Detective«, sagte Hobbs fröhlich. »Soll ich mich um etwas zu essen für ihn kümmern?« Seine Augen funkelten ein wenig. Wahrscheinlich suchte er nach einem Grund, auf Kosten des Sheriffs eine Pizza zu bestellen.

Kay unterdrückte ein Grinsen. »Ich würde sagen, ja. Bestellen Sie etwas.«

Brian hielt sich an den Gitterstäben fest und beobachtete den Austausch mit ungläubig aufgerissenen Augen.

»Ich fasse es nicht, dass du mich eingesperrt hast, als wäre ich ein Verbrecher, verdammt noch mal«, murmelte er. »Ich bin ein Bulle, und du kennst mich. Wir hätten in diesem beschissenen Hotel bleiben können, duschen, uns noch eine Nacht lang wie Menschen fühlen können, bevor sie mich morgen einsperren. Vielleicht komme ich da nie wieder raus, Kay. Die könnten mich dort drin aufschlitzen, bevor ich herausgefunden habe, wo die Pissoirs sind. Du weißt verdammt gut, was mit Polizisten im Gefängnis passiert.«

Normalerweise war er sehr auf sein Auftreten bedacht und benutzte keine Schimpfwörter, es sei denn, er bedrängte einen Verdächtigen. Jetzt war er müde, sichtlich verängstigt, vielleicht mit seinem Latein am Ende.

»Da drinnen bist du sicher«, sagte Kay und wich ein paar

Schritte von der Zelle zurück. »Deputy Hobbs wird sich gut um dich kümmern.«

Brian schlug mit der Hand so fest gegen die Gitterstäbe, wie er konnte. Sie klapperten ein wenig. »Komm schon, lass mich nicht hier! Es ist ja nicht so, als hätten wir nicht schon einmal miteinander geschlafen. Ich penne auch am Boden, wenn es sein muss.«

Lautes Gackern ertönte aus der angrenzenden Zelle. Ein schmutziges Gesicht mit blutunterlaufenen Augen, das fast vollständig hinter schweißnassen, schmutzigen Haarsträhnen versteckt war, lugte unter der Decke hervor. »Ärger im Paradies?«, fragte Brians Zellennachbar etwas undeutlich. Während er sprach, lag der Geruch von schalem Alkohol und Erbrochenem in der Luft.

»Wer ist das?«, fragte Kay.

»Alkoholmissbrauch in der Öffentlichkeit, hat Novack angeschleppt. Wir lassen ihn bis morgen Früh ausschlafen.«

»Fabelhaft«, schnauzte Brian. »Er stinkt nach Pisse, Kay.«

Der Betrunkene trat an die Seite seiner Zelle und streckte die Hand zwischen den Gitterstäben hindurch, sodass er fast Brians Schulter berührte. »Ich war noch nie mit einem Bullen zusammen eingesperrt. Willkommen im Kittchen. Hast du die Eier für ein Leben im Knast?« Er streckte den Arm so weit wie möglich aus, konnte Brian aber nicht berühren und fluchte leise. »Es ist gar nicht so schlimm, weißt du. Drei warme Mahlzeiten und ein Feldbett, selbst für Versager wie dich.« Dann gackerte er wieder und klatschte aufgeregt in die Hände. »Klar, du musst vielleicht ab und zu mal einen Schwanz lutschen, aber hey ...«

»Halt die Schnauze.« Brian funkelte ihn an und zog sich an das andere Ende der Zelle zurück, die Fäuste vor der Brust geballt, als wäre er zum Schlag bereit. »Kay, bitte ...«

»Ich wünsche dir eine gute Nacht, Brian. Ich schlage vor,

du ruhst dich etwas aus. Morgen ist ein langer und bestimmt nicht einfacher Tag.«

Sie klopfte Hobbs auf dem Weg nach draußen auf die Schulter und konnte es kaum erwarten, Brian, all die Erinnerungen und den nervtötenden Geruch seines verfluchten Rasierwassers loszuwerden.

Als sie hinaustrat, blieb sie am oberen Treppenabsatz stehen und atmete die kalte Luft ein, um ihre Lungen und ihren Geist zu befreien. Eine Weile schaute sie zum Sternenhimmel hinauf und wunderte sich, dass die Sterne in dieser Nacht noch klarer funkelten als sonst. Wahrscheinlich wegen der kalten Luft. Es erinnerte sie an ihre Wanderungen auf den Gipfeln des Mount Chester. Die Sterne sahen aus wie wunderschöne, weit entfernte Leuchtfeuer, die ihre Seele erwärmten.

Als sie den Blick vom Himmel löste, stand Elliot plötzlich da, lehnte an der Seite ihres Interceptors und starrte sie mit einem leisen Lächeln auf den Lippen an. Ihr Herz schlug schneller und es kostete sie all ihre Willenskraft, sich nicht in seine Arme zu stürzen und das Gesicht an seiner Brust zu vergraben.

»Ich habe mir schon Sorgen um dich gemacht«, sagte sie und konnte sich ein Schmunzeln nicht verkneifen. »Es ist nicht deine Art, auf eine Nachricht nicht zu antworten.«

Stirnrunzelnd schaute er auf sein Handy. »Ich habe keine Nachricht von dir bekommen. Ich wollte dich gerade anrufen, als ich gesehen habe, dass du wieder zurück bist. Da habe ich gedacht, ich warte lieber.« Kay glaubte, dass er ein wenig errötet war, aber das Licht der einzigen Laterne auf dem Parkplatz war zu gelb und schummrig, als dass sie es hätte sehen können. »Ich wollte sichergehen, dass es dir gut geht.«

Kay überprüfte ihr Handy und stieß auf die Nachricht, die sie getippt hatte. Sie hatte sie nicht fertig geschrieben und erst recht nicht abgeschickt. Brian hatte sie unterbrochen, und sie hatte irgendwie alles vergessen. Sie hob den Blick vom Display, sah Elliot an und lächelte entschuldigend. »Mein Fehler. Ich habe nicht auf Senden gedrückt.«

Er trat etwas näher heran. »Hast du schon was gegessen?« Er überprüfte kurz die Uhrzeit auf seinem Handy. »Ich wette, im Hilltop bekommen wir noch ein paar Burger.«

Kay grinste breit. »Abgemacht, Partner.«

ZWANZIG

ABENDESSEN

Er nahm den Geruch von frischen Pommes frites kaum wahr, ebenso wenig den köstlichen Cheeseburger, der auf einem großen weißen Teller vor ihm auf dem Tisch stand. Elliot konzentrierte sich nur auf Kays blasses Gesicht, ihren gequälten Blick, die dunklen Ringe unter ihren Augen, die sie am Morgen auf dem Schießstand noch nicht gehabt hatte. Noch vor vierzehn Stunden hatte seine Partnerin gelacht und gescherzt und ihren Waffentest im frühen Sonnenschein ganz ohne Sorgen bestanden.

Er könnte diesem Stück Scheiße, das wieder in ihr Leben gestolpert war, eine wertvolle Lektion erteilen. Ganz nach texanischer Art.

Kays Finger waren um die heiße Tasse Tee geschlungen, die sie anstelle ihres üblichen Biers bestellt hatte. Wie Elliot auch ignorierte sie ihr Essen, schien in Gedanken versunken zu sein und atmete den nach frischer Kamille duftenden Dampf ein.

Einen verdammten Tag, länger hatte dieser selbstgefällige Mistkerl nicht gebraucht, um ihr das Lächeln aus dem Gesicht zu wischen.

Kay blickte auf und sah Elliot einen Moment lang direkt an. Er konnte sich in diesen Augen verlieren; sie hatten eine Wirkung auf ihn, die er sich nicht erklären konnte. Mit einem zögerlichen Lächeln sagte sie: »Ich habe wirklich Hunger, weißt du.« Sie gluckste leise. »Ich verstecke es gut, aber ja.« Sie warf dem unangetasteten Teller einen Blick zu. »Das sieht toll aus.«

Elliot fuhr sich mit den Fingern durchs Haar und fragte sich, warum sie nicht ein einziges Mal einen Ex-Mann erwähnt hatte. Das hatte er sich heute schon tausendmal gefragt, aber keine Antwort darauf gefunden. Nur Vermutungen, Theorien und eine Prise Wunschdenken.

Aber sollte er erfahren, dass der Mistkerl ein Frauenschläger war, dann würde er ihn zu so feinem Hackfleisch verarbeiten, dass nur noch eine Prise Salz und Pfeffer fehlte.

»Kaufst du ihm seine Geschichte ab?«, fragte er, wobei er darauf achtete, sich seine Überlegungen nicht anmerken zu lassen. Kay sah ihn an.

»Wem? Brian?«

Elliot nickte und zuckte mit den Schultern. *Wem denn sonst?*

Kay biss sich einen Moment auf die Lippe. Wahrscheinlich überlegte sie, was sie sagen sollte, obwohl sie schon darüber nachgedacht haben musste. Seit dieser Ex auf der Türschwelle des Reviers aufgetaucht war, hatte sie sich zurückgezogen, war still und verschlossen geworden. Als ob ihr etwas peinlich wäre, als ob sie sich zutiefst schämte. Zwischen ihnen herrschte eine Spannung, die es früher nicht gegeben hatte, die ihre Verbundenheit, die keine Worte benötigte, nicht nur verdrängte, sondern fast spurlos verschwinden ließ.

»Das ist eine verdammt gute Frage«, sagte sie schließlich und stach mit der Gabel in eine Pommes, ohne sie in den Mund zu stecken. »Er ist ein Polizist. Ein anständiger Polizist. Er ermittelt meistens im Zusammenhang mit dem organisierten Verbrechen, Drogenhandel, Schmuggel und so weiter. In San

Francisco, wo viel auf dem Spiel steht.« Sie sah einen Moment lang zu Boden, das ganze Gesicht von Traurigkeit gezeichnet. »Die Frau, deren Mord ihm zur Last gelegt wird, war meine beste Freundin. Nun ja, ehemals beste Freundin.« Ihre Wangen färbten sich rot. »Seine Verlobte«, fügte sie mit sichtlichem Unbehagen hinzu, rutschte auf ihrem Platz hin und her und ließ die Gabel mit der aufgespießten Pommes an der Seite ihres Tellers liegen. »Und ehemalige Geliebte, als wir noch verheiratet waren.« Mit einem schmerzerfüllten Seufzer verstummte sie. Als sie ihn wieder ansah, standen ihr die Tränen in den Augen.

Oh, verdammt. Ja, der Mistkerl hatte eine ordentliche Tracht Prügel verdient, kein Zweifel. Vielleicht war der Knast genau das Richtige für den betrügerischen Dreckskerl.

»Es tut mir so leid, Kay«, sagte Elliot und griff nach ihrer Hand. Er drückte ihre eiskalten Finger, und sie erwiderte seine Berührung für eine Weile. Dann zog sie langsam die Hand zurück.

»Ist schon gut«, antwortete sie schließlich. »Alte Kamellen.« Sie nahm einen Schluck Tee und warf einen kurzen Blick auf die Gabel, nahm sie aber nicht. »Wie du siehst, gibt es nicht viele Gründe, ihm zu glauben oder ihm zu helfen. Aber er ist kein Mörder. Jedenfalls weist der Fall in eine ganz andere Richtung. So ist der Stand der Dinge.«

Er runzelte ein wenig die Stirn. Hatte sie in dem Fall bereits ermittelt? »Was weißt du bis jetzt?«

»Rachel, so heißt das Opfer«, klärte sie ihn auf, »hatte in der Nacht vor ihrem Tod die Erschießung eines Drogendealers beobachtet. Sie hat bei der Polizei eine Aussage getätigt, sich mit dem Staatsanwalt getroffen und sollte in der Mordnacht ins Zeugenschutzprogramm gehen.« Kay schüttelte den Kopf. »Mir fällt ehrlich gesagt kein einziger Grund ein, warum sie meinen Ex deswegen verhaften sollten. Die wollen ihm eine Falle stellen.« Die aufgespießte Pommes fand endlich den Weg zu ihrem Mund.

Kay kaute sie erst langsam, dann mit Begeisterung. »Das ist gut«, murmelte sie, als hätte sie noch nie Pommes im Hilltop Pub gegessen. »Erzähl mir von Taylor Lorentz«, bat sie und stach entschlossen in ein paar weitere Pommes. »Hast du sie gefunden?«

Ein langer Moment des Schweigens trat ein. Elliot schob seinen Teller beiseite.

»So schlimm, hm?«, fragte Kay sanft. Wie immer konnte sie in seinen Gedanken lesen wie in einem offenen Buch.

»Man hat ihr in die Brust geschossen und sie in die Schlucht hinter der Felsformation von Frozen Falls gezerrt.« Er fuhr sich wieder mit den Händen durch die Haare und merkte, dass seine Geste Kay schon alles verriet, aber das war ihm egal. »Es gibt kein offensichtliches Motiv und nichts, was auf etwas anderes als eine zufällige Schießerei am Straßenrand hinweisen würde. Wir haben Blut gefunden und wissen demnach, wo es passiert ist.«

Kay musterte ihn aufmerksam, runzelte leicht die Stirn und kaute konzentriert.

»Willst du damit sagen, dass jemand vorbeigefahren ist und sie einfach erschossen hat? Aber wozu? Aus Spaß? Einfach so?«

»Scheint so, ja.« Er nahm einen Schluck Bier. Die kühle Flüssigkeit löschte seinen Durst und milderte seine Angst ein wenig. »Niemand wusste, dass sie an diesem Tag joggen war; sie hat sich spontan dazu entschieden. Sechs Uhr morgens, da ist auch noch nicht viel Verkehr unterwegs.«

»Armer Mr Lorentz«, flüsterte Kay. »Wie nimmt er es auf?«

»Wie erwartet. Er ist im Krankenhaus; er hatte einen kompletten Zusammenbruch, als wir ihre Leiche fanden.«

»Wow. Was hast du jetzt vor?«

Elliot sah sie eine Weile an und nutzte ihren abgewandten Blick, um erneut ihr müdes Gesicht zu studieren, ihre hochgezogenen Schultern, die Blässe ihrer Haut. Wenn seine Partnerin jemals seine Hilfe gebraucht hatte, dann jetzt.

»Morgen früh rufe ich den Boss an und bitte um ein paar Tage Urlaub. Dann komme ich mit dir nach San Francisco.«

Sichtlich überrascht sah Kay zu ihm auf. »Was? Nein, Elliot. Das ist doch nicht nötig. Außerdem wird Logan ausrasten. Mit einem aktiven Mordfall auf dem Tisch kann er nicht beide Detectives entbehren. Aber ich danke dir vielmals.«

»Deine Angelegenheit, der Schlamassel, in dem dein Ex steckt, klingt für mich nach einem riskanten Fall. Du brauchst jemanden, der dir den Rücken freihält. Du weißt, dass du mir vertrauen kannst«, fügte er hinzu und fragte sich im selben Moment, warum er das sagte. Ihr Vertrauen in ihn hatte nie zur Debatte gestanden.

»Das weiß ich«, erwiderte sie mit einem warmen Lächeln und berührte sanft seine Hand. »Ich gerate schon nicht in Schwierigkeiten ...«

»Berühmte letzte Worte.«

Kay lachte. »Nein, ich meine es ernst. Ich darf sowieso nicht ermitteln. Ich will nur mit dem Staatsanwalt sprechen und ihn auf den anderen Fall aufmerksam machen. Auf die Schießerei, die Rachel mitangesehen hat.« Sie musste die Verwirrung in Elliots Gesicht gesehen haben, denn sie erklärte eilig: »Es sind verschiedene Staatsanwälte zuständig. Sie scheinen sich nicht gut auszutauschen. Was soll ich sagen – San Francisco eben. So was geht in der Hektik unter. Ich habe schon Schlimmeres gesehen.« Sie zuckte mit den Schultern und klaubte die letzten Pommes mit den Fingern auf. »Das ist alles, was ich tun kann. Aber du wirst hier gebraucht. Taylor Lorentz verdient deine volle Aufmerksamkeit, jetzt, solang der Fall noch frisch ist. Die ersten achtundvierzig Stunden, schon vergessen?«

Hartnäckig und unabhängig, kämpferisch und furchtlos. Diese Frau machte ihn wahnsinnig.

Elliot grinste, als ihm klar wurde, dass die Eigenschaften,

derentwegen er gerade verzweifelte, dieselben waren, die Kay so verdammt attraktiv machten.

»In Ordnung«, sagte er, wohl wissend, dass jeder Einspruch sofort zurückgewiesen werden würde. »Aber ruf mich an, wenn du mich brauchst. Ruf einfach an, auch wenn dir grundlos die Düse geht.«

»Alles klar«, antwortete sie, nahm einen ziemlich großen Bissen von ihrem Cheeseburger und kaute ihn mit halb geschlossenen Augen. Als sie heruntergeschluckt hatte, fragte sie: »Okay. Taylor Lorentz. Was hast du jetzt vor? Schon eine Spur?«

Elliot nahm einen weiteren Schluck Bier und starrte auf seinen unberührten Teller. Hunger begann ihn zu plagen. »Morgen besuche ich Doc Whitmore. Mal sehen, ob er schon etwas hat. Vielleicht haben wir ja Glück. Eine Kugel hat sich in ihrem Telefon verfangen, vielleicht sind da brauchbare Abdrücke drauf. Und sonst das Übliche, du weißt schon. Etwas über ihr Leben herausfinden. Wer einen Grund gehabt haben könnte, ihren Tod zu wollen. Vielleicht hat sie jemand verfolgt und die Gelegenheit genutzt, sie zu erschießen, als sie so früh am Morgen allein das Haus verließ, um durch ein verlassenes Waldstück zu joggen.« Er biss etwa ein Viertel des köstlichen, mit Käse überzogenen Hamburgers ab, kaute ihn schnell und spülte ihn dann mit einem weiteren Schluck Bier hinunter. »Wenn es keine Fingerabdrücke oder DNA-Spuren und keine wirkliche Verbindung zum Opfer gibt, haben wir Pech. Wenn es Zufall war ... finden wir vielleicht nie heraus, wer es getan hat.«

Das Zufallsszenario bereitete ihm eine Heidenangst. Er hatte in Austin an einem Fall mit einer solchen Schießerei gearbeitet, den er nicht abschließen konnte. Die Erinnerung an die Mutter des Jungen, die ihn dafür verantwortlich machte, dass der Mörder ihres Sohnes frei herumlief, verfolgte ihn noch immer. Der offene Fall hatte jahrelang auf seinem Schreibtisch gelegen. Dem kleinen Jungen, der aus einem vorbeifahrenden Auto erschossen worden war, war immer noch keine Gerechtigkeit zuteilgeworden.

Kay schüttelte den Kopf. »Zufall ist heute nicht mehr so ungewöhnlich wie früher, vor allem hier in unserer Gegend. Weit weniger Spuren als in einer Großstadt. Es fahren weniger Autos vorbei, wobei es natürlich auch weniger Kameras gibt.« Sie wischte sich die Finger an einer Papierserviette ab, beendete ihre Mahlzeit und schob den leeren Teller beiseite. »Wir finden den Täter schon, Partner, keine Sorge. Wenn Taylor ein zufälliges Opfer war, ist der Täter mit dem Auto gekommen. Er ist nicht gelaufen. Und Autofahren hinterlässt Spuren, denen wir folgen können.«

Elliot aß seinen Burger schnell auf und leerte sein Bier gleich im Anschluss. »Warum kommst du nicht morgen Früh zu einem Ausritt vorbei? Ich habe gehört, es soll wunderschön werden. Klarer Himmel, zwar ein bisschen kühl, aber noch kein Schnee.«

Bedauern überschattete ihr Gesicht. »Das schaffe ich nicht, Elliot. Nicht morgen. Verschieben wir es? Ich muss Brian um sechs Uhr morgens nach San Francisco bringen.«

»Der Kerl ist wieder hier?« Die hohe Tonlage seiner Stimme verriet ihn.

Kay wich seinem Blick aus. »Ja ... er ist im Moment in einer Zelle auf dem Revier. Er hatte keine Lust, die Nacht im Gefängnis in San Francisco zu verbringen, also hat seine Anwältin in ihrer unendlichen Weisheit stattdessen eine Übergabe für morgen Früh vereinbart. Und ich habe ihn solang am Hals.«

»Na gut, dann eben ein andermal«, antwortete Elliot, wobei ihm schmerzlich bewusst wurde, dass er mit den Zähnen knirschte. »Ich bin hier, wenn du Zeit hast.« Der Blick, den sie ihm zuwarf, war von Bedauern und noch etwas anderem geprägt, das er nicht ergründen konnte. Er war von einer gewissen Intensität, etwas, das ihn direkt im Herzen traf. Aber in diesem Moment stand Kay auf, bereit zu gehen, und er hatte keine Gelegenheit, herauszufinden, was es war.

Dieser selbstgefällige Mistkerl konnte gar nicht schnell genug wieder verschwinden.

EINUNDZWANZIG

SÜDWÄRTS

Ein unangenehmes Déjà-vu.

Dem Vortag so ähnlich, dass es sich völlig surreal anfühlte.

Das morgendliche Verlassen des Reviers mit Brian Hanlin im Schlepptau. Ein Streit am Geländewagen, weil er auf dem Rücksitz Platz nehmen musste. Ein Zwischenstopp beim Katse, um eine telefonische Bestellung von Kaffee und Croissants abzuholen, vom Inhaber auf den Parkplatz geliefert.

Diesmal wagte Tommy MacPherson keinen Blick in den Wagen und machte keine Bemerkungen über Kays Beifahrer.

Dann fuhren sie auf einem Highway voller beladener Sattelzüge in Richtung Süden.

»Lass uns wenigstens an einer Tankstelle anhalten, damit ich mich waschen kann«, bat Brian, fuhr sich mit der Hand über die Bartstoppeln und schaute angewidert drein. »Du hast ja keine Ahnung, wie die Leute heutzutage über dich urteilen, wenn du nicht perfekt rasiert bist. Nur Idioten glauben, dass sie mit ungepflegten Bärten, Man Buns und so einem Scheiß durchkommen, aber nicht ohne Grund haben die auch das Wort ›Incel‹ erfunden.«

Kay antwortete nicht. Das Letzte, was sie wollte, war ein

dreißigminütiger Halt an einer Chevron-Tankstelle mitten im Nirgendwo, damit Brian Toilettenartikel kaufen und sich dann ewig lange aufmotzen konnte. Sie war sich ziemlich sicher, dass sie ihn unrasiert ebenso schnell ins Gefängnis sperren würden wie perfekt gepflegt.

»Du weißt schon, unfreiwillig zölibatär«, erklärte er und stützte den Unterarm auf die Rückenlehne ihres Sitzes. Kay biss sich auf die Lippe, um ihn nicht anzuschnauzen. »Ich muss heute vor Gericht, um Himmels willen. Es ist schon schlimm genug, wenn ich in den Klamotten von gestern und mit dem Gestank eures Dorfknasts dort auftauche, aber ich kann nicht so vor Gericht erscheinen. Keine Frau ...«

»Ist das jetzt dein Ernst, Brian?«, schnauzte sie. »Du gehst ins Gericht, um Frauen bei deiner Anklageerhebung aufzureißen? Das ist deine größte Sorge?«

Er atmete schwer, sichtlich verärgert über ihre Bemerkung. »Auch Frauen können Richter sein, falls dir das nicht bewusst ist. Und wenn der Richter ein Mann ist, wäre es noch schlimmer, es sei denn, er ist zufällig ein Fan von Jason Momoa.«

Da hatte er recht. Seufzend schaute Kay auf das Display ihres Navis. Es sagte voraus, dass sie um acht Uhr fünfzehn ankommen würden, fünfundvierzig Minuten vor ihrem Termin. Vielleicht konnten sie wirklich zehn Minuten entbehren. Wenigstens würde Brian dann nach irgendeinem billigen Tankstellen-Aftershave riechen und nicht nach dem Dolce & Gabbana, das immer noch Erinnerungen weckte, die Kay nur allzu gern vergessen wollte.

»Ich bin mir ziemlich sicher, dass die Kaution doppelt so hoch ausfallen wird, wenn ich wie ein Verbrecher bei der Anklageerhebung erscheine. Das würdest du mir antun, Kay? Wo ich doch ohnehin nicht sicher bin, ob ich sie überhaupt bezahlen kann?«

»Ist ja gut«, sagte Kay und umklammerte das Lenkrad so

fest, dass ihre Gelenke schmerzten. »Wir halten an, damit du dich rasieren kannst.«

Blitzschnell drückte er ihr einen Kuss auf die Wange. »Du bist die Beste.«

»Mach das noch einmal, und ich zeige dich wegen tätlichen Angriffs auf eine Polizeibeamtin an«, drohte Kay mit tiefer, wutgeladener Stimme. Typisch, dass er sich einfach nahm, was er nicht bekommen konnte, und so lange darauf pochte und beharrte, bis sie so erschöpft war und die Nase voll hatte, dass sie nachgab.

»Kann ein Polizist für den Angriff auf einen anderen Polizisten verhaftet werden?«, fragte Brian gelassen und grinste breit, als Kay in eine Tankstelle abbog und an einer Zapfsäule hielt. Es war eine große, relativ neue Tankstelle am Rande von Redding.

»Du hast zwanzig Minuten«, sagte sie streng. »Danach werde ich dich da rauszerren, und es ist mir egal, wenn du dann nur halb rasiert sein solltest.«

Er war bereits gegangen und hatte die Tür hinter sich zugeknallt, winkte ihr aber noch zu, als er den Tankstellenshop betrat. Kay betankte den Interceptor und wartete dann mit einem ungeduldigen Blick auf die Uhr.

Achtzehn Minuten später kam Brian wieder heraus, in einem frischen Hemd, das er wahrscheinlich gerade gekauft hatte, mit einer neuen Krawatte, sauber rasiert und nach Old Spice duftend. Nicht sein typischer Duft, aber es passte. Als hätte ihm seine Sauberkeit Selbstvertrauen eingeflößt, ging er mit federndem Schritt, die Kleidung von gestern in einer durchsichtigen Einkaufstasche mit dem Logo der Tankstelle unter den Arm geklemmt.

»Und?« Er posierte für sie, bis sie mit einer knappen Geste auf den Geländewagen zeigte. »Was denkst du?«

Kay gab es nur ungern zu, aber der Unterschied war bemerkenswert. »Ja, so ist es besser.«

Sie ließ den Motor an, fuhr los und schnallte sich an, während sie auf das Gaspedal trat. »Du kommst mir übrigens nicht wie ein Elternteil vor«, sagte sie nach ein oder zwei Kilometern schweigsamer Fahrt.

»Ja, mein Lebensstil holt mich wohl ein.«

»Bist du wirklich wie ein Vater für Rachels Tochter?«, fragte Kay, obwohl sie die Antwort bereits kannte.

»Ich schicke immer pünktlich meine Unterhaltszahlungen, wenn du das wissen willst.«

»Das habe ich nicht gefragt.« Sie wartete eine Weile, um darüber nachzudenken, was ihr seit gestern Magenschmerzen bereitete. »Dein Kind hat gerade seine Mutter verloren, und dir scheint es recht zu sein, dass es bei der Großmutter geparkt wurde.«

Er zuckte mit den Schultern. »Ich bin ein gesuchter Verbrecher, Kay. Ich wäre ein Idiot, wenn ich ein unschuldiges achtjähriges Mädchen mit hineinziehen würde. Meine Tochter ist da, wo sie ist, besser aufgehoben.« Er räusperte sich. »Ich wette, vor dem Haus von Mrs Epling parkt ein Streifenwagen, der nur darauf wartet, dass ich so dumm bin, dort aufzukreuzen.«

Als sie sich der Stadt näherten, wurde der Verkehr immer dichter. Beunruhigt behielt Kay das Navi im Auge, während sie sich mit eingeschaltetem Blaulicht durch den Stau schlängelte.

»Aber du wolltest alles richtig machen? Rachel heiraten, deiner Tochter eine Familie schenken?«

»Ja.« Er vergrub das Gesicht in seinen Händen.

»Warum gerade jetzt, Brian? Nach all den Jahren? Was hat sich geändert?«

Er wich zurück. »Es war Holly, wirklich. Sie ist immer größer geworden, hat angefangen, Fragen zu stellen, und, ähm, sie hat es nicht verdient, sich um mich, also um uns zu sorgen.«

Als sie ihn reden hörte, wurde Kay klar, dass sie nicht weiter zu fragen brauchte; er war Rachel bestimmt nicht treuer gewesen als ihr. Wahrscheinlich hatte er sie dennoch geliebt, so sehr, wie er jemanden auf seine eigene, zutiefst egoistische und narzisstische Art eben lieben konnte.

Trotzdem war da noch etwas, das sie irritierte: der Deal mit dem Zeugenschutz, den die Staatsanwaltschaft so überstürzt mit Rachel eingegangen war. Niemand machte solche Deals mit Leuten, die nur die Beschreibung eines Fahrzeugs, ein Kennzeichen oder etwas Ähnliches anbieten konnten. War es ein bestimmtes, der Polizei bekanntes Kennzeichen, das sie erkannt hatte? Eine Art Spezialfahrzeug? Ein Prominenter?

»Wir haben noch etwa fünfundzwanzig Minuten, und ich habe noch mehr Fragen.« Kay warf einen Blick in den Spiegel und sah, dass Brian sich mit geschlossenen Augen zurückgelehnt hatte.

»Können wir die bitte überspringen? Ich muss mich auf das vorbereiten, was mir noch bevorsteht.«

»Was hat Rachel in dieser Nacht wirklich gesehen? Nur das Fahrzeug? Oder hat sie den Fahrer erkannt?«

Brian öffnete die Augen und starrte sie im Spiegel an. »Sie hat es mir nicht gesagt. Vermutlich, weil ich nicht gefragt habe.« Er hob seine Stimme immer weiter an, während er sprach. »Ich war zu sehr damit beschäftigt, ihr die Hölle heißzumachen, weil sie überhaupt mit den Bullen gesprochen hat.«

»Wann hat sich die Schießerei ereignet, die sie mitangesehen hat?«

»Donnerstagabend«, antwortete Brian mit einem frustrierten Seufzer. Das hatte er ihr schon einmal gesagt.

»Und was hast du gesehen?«

»Meine Güte ... du machst mich wahnsinnig mit diesen Fragen.« Er stöhnte, aber dann sprach er langsam und geduldig. »Als ich ankam, war sie hysterisch und hatte bereits eine Aussage gemacht. Ich habe nicht gehört, was sie gesagt hat, und konnte nur noch daran denken, diese Aussage rückgängig zu machen. Ich habe den Polizisten, der sie aufgenommen hatte, angefleht, es dabei zu belassen, aber er hatte sie bereits an die Staatsanwaltschaft weitergeleitet.«

»Und du hast keine Ahnung, was Rachel gesehen hat?«

»Nein!« Die Silbe knallte wie ein Peitschenhieb durch die angespannte Luft im Fahrzeug.

»Na gut«, antwortete Kay in beruhigendem Tonfall. Er erzählte immer dieselbe Geschichte, egal wie oft sie fragte oder wie sie ihre Fragen formulierte. »Und sie verdächtigen dich, weil ...« Sie ließ ihre Worte verklingen, in der Hoffnung, er würde sie aufgreifen und mit irgendeiner Spekulation fortsetzen.

»Ich würde sagen, ich werde gelinkt, also ist es im Grunde Korruption.« Brian fuhr sich mit der Hand über das Gesicht, als wollte er den Schleier der Angst zerreißen. »Es könnte auch schlampige Polizeiarbeit sein, persönliche Rachegelüste, einfach alles.« Er schaute einen Moment lang geistesabwesend aus dem Fenster. Das vertraute Stadtbild von San Francisco am frühen Morgen, wenn die Sonne den dichten Nebel der Nacht verdrängte, tauchte links von der Golden Gate Bridge auf, verziert vom goldenen Schimmer der Bucht. »Ich weiß nur, dass ich Rachel nicht getötet habe. Und ohne dich habe ich keine Chance. Wenn du nicht ...« Seine Stimme brach, und er verstummte. Er bedeckte das Gesicht mit den Händen, um seinen stockenden Atem zu verbergen. »Ich kann nicht glauben, dass sie weg ist. Ich will immer wieder zu ihrem Haus zurück und stelle mir vor, dass sie noch dort ist, lebendig, lächelnd. Aber sie ist nicht mehr da.« Ein erstickter Schluchzer schnitt ihm das Wort ab. »Und ich kann die Erinnerung an ihre Leiche nicht vergessen, die in einer Blutlache auf dem ...«

»Sei still, Brian«, flüsterte Kay. Im Rückspiegel hatte neben dem zerknitterten Gesicht ihres Ex-Mannes noch etwas anderes ihre Aufmerksamkeit erregt. Seit sie die Stadt erreicht hatten, folgte ihnen ein schwarzer Chevy Suburban ohne Kennzeichen an der vorderen Stoßstange, der sich konstant etwa dreißig Meter hinter ihnen hielt. Der Verkehr stockte und der Chevy hätte eigentlich zu ihnen aufschließen müssen.

»Was ist los?«, fragte Brian und drehte sich um, um nach hinten zu sehen. »Wie lange fährt der Wagen schon hinter uns her?«

»Seit wir die Brücke verlassen haben.«

In der angespannten Stille bog Kay ein paarmal rechts ab, um zu prüfen, ob der Geländewagen sie tatsächlich verfolgte. Auch als sie wieder in die Van Ness Avenue einbog, um zum Polizeirevier zu fahren, bog der Chevy hinter ihr ab.

Sie war einmal im Kreis gefahren. Jetzt hatte sie Gewissheit.

Stirnrunzelnd überprüfte sie das Navi. Sie waren noch zwölf Minuten vom Revier entfernt. »Ruf deine Anwältin an«, sagte Kay und schaltete die Sirene ein. »Sag ihr, dass wir verfolgt werden.«

Er hatte den dreißigsekündigen Anruf gerade beendet, als aus dem schwarzen Chevy das Feuer eröffnet wurde. Das Prasseln der Kugeln, die in die Karosserie des Interceptors einschlugen, erinnerte an riesige Hagelkörner bei einem Gewitter. Nur lauter.

Tödlicher.

Hinter ihnen verwandelte sich der Verkehr auf beiden Seiten der Straße in pures Chaos. Autofahrer, die in Panik gerieten oder einfach nur durch den Anblick eines unter Beschuss stehenden Polizeifahrzeugs abgelenkt waren, zerknautschten ihre Autos zu Haufen aus verbogenem Metall und blockierten die Zufahrt auf beiden Fahrbahnen. Ein Fahrzeug rammte einen Schulbus und schob ihn auf den mit Büschen bewachsenen Mittelstreifen. Er kippte um, während sich die Vorderräder noch in der Luft drehten. Ein anderer Bus prallte gegen einen Laternenpfahl auf dem Bürgersteig und knickte ihn um.

Ein Geschoss schlug in die Karosserie des Geländewagens

ein. Das Geräusch von zerbrechendem Plastik verriet Kay, dass es eines ihrer Rücklichter zerschmettert haben musste.

»Gib mir deine Waffe«, rief Brian und streckte die Hand aus. »Gib schon her und lass die hinteren Fensterscheiben herunter.«

Kay zögerte nur so lange, bis eine weitere Kugel das Blaulicht zertrümmerte, nur wenige Zentimeter über ihrem Kopf. Sie zog ihre SIG aus dem Holster und reichte sie Brian. »Zwing mich nicht, das zu bereuen«, sagte sie und gab Gas, als das Fahrzeug vor ihr auf den Bürgersteig auswich, um sie passieren zu lassen.

Brian begann nun seinerseits, auf den Chevy zu schießen, um ihn in Schach zu halten. Kay war sich nicht sicher, ob er jemanden darin getroffen hatte, vielleicht sogar den Fahrer. Die Windschutzscheibe des Chevys zersprang in eine Million Glassplitter, und der Wagen bog abrupt nach rechts ab und verschwand aus ihrem Blickfeld.

ZWEIUNDZWANZIG

FORENSIK

Um kurz vor neun fuhr Elliot auf den Parkplatz vor dem Gebäude, in dem die Rechtsmedizin untergebracht war. Es war kühl, nahe dem Gefrierpunkt. An den Stellen, die von den Sonnenstrahlen noch nicht erreicht worden waren, klebten letzte Spuren des Bodenfrosts am Gras. Nur zwei andere Fahrzeuge parkten dort: Dr. Whitmores blauer Acura und die Limousine seiner Assistentin.

Elliot atmete tief die frische Bergluft ein und machte sich auf den Geruch von menschlicher Verwesung und Formaldehyd gefasst, der ihn in der Leichenhalle erwartete. Er hatte seine Abneigung gegen den Autopsiesaal noch nicht ganz überwunden und würde es wahrscheinlich auch niemals tun. Der Anblick der Leichen, die auf den Untersuchungstischen unter grellem Licht ausgestellt waren, jagte ihm einen Schauer über den Rücken.

Und noch viel schlimmer war es, wenn das Opfer so jung und unschuldig war wie Taylor Lorentz. Die Ungerechtigkeit ihres Schicksals lastete schwer auf Elliots Seele und erfüllte ihn mit einem Gefühl der Ohnmacht, das er zutiefst hasste. Aber es würde nicht lange anhalten – nur so lange, bis er herausgefunden hatte, wer das Leben dieses Mädchens ausgelöscht hatte.

Elliot betrat das Leichenschauhaus mit entschlossenem Schritt und nahm den Hut ab, als sich die Tür hinter ihm schloss. Der Empfangsbereich war menschenleer, weshalb er direkt den Autopsiesaal durch die rechte Schwingtür betrat. Er ließ den Hut auf den nächstbesten Stuhl fallen und wandte sich an Dr. Whitmore.

»Guten Morgen, Doc«, sagte er. Der Arzt wandte den Blick nicht vom Mikroskop ab, sondern winkte nur kurz mit der Hand, als Zeichen, dass er Elliots Anwesenheit zur Kenntnis genommen hatte. Elliot beobachtete den gebeugten Rücken des Arztes, verlagerte sein Gewicht von einem Fuß auf den anderen und wartete geduldig. Er warf einen Blick zur Seite auf Taylors Körper, der unter einem weißen Laken nackt auf dem kalten Edelstahl lag, und wandte sich dann schnell ab, weil er das Gefühl hatte, dass sein Blick nichts als schamlose Neugierde war.

»Alles klar«, sagte Dr. Whitmore, stand auf und schob seinen vierbeinigen Hocker zur Seite, der gegen den klirrenden Autopsietisch stieß und dort zum Stehen kam. »Ich habe ein bisschen was für Sie.« Dr. Whitmore zog seine Handschuhe aus und warf sie in einen Mülleimer, der mit dem Symbol für Sondermüll gekennzeichnet war. »Den Todeszeitpunkt kennen wir; ich kann bestätigen, dass er mit dem Zeitpunkt des Notrufs, der von Taylors Uhr abgesetzt wurde, übereinstimmt. Todesursache, auch hier keine Frage. Schusswunde in der Brust.« Er stöhnte und stützte sich mit einer Hand auf seinem Oberschenkel ab, um seine Wirbelsäule aufzurichten. Wahrscheinlich forderte das lebenslange Kauern über Leichen, Autopsietischen und Laborgeräten seinen Tribut. »Beide Kugeln haben ihr Herz getroffen; sie war sofort tot.«

»Glücklicherweise, nicht wahr, Doc?«, fragte Elliot und bemühte sich, einen Hauch von Trost in der Tatsache zu finden, dass Taylor nicht lange hatte leiden müssen. Allerdings hätte sie erst gar nicht an diesem Ort liegen sollen. Mit neunzehn Jahren hatte ihr Leben gerade erst begonnen.

Offenbar empfand der Arzt dasselbe, denn er antwortete nicht, sondern schüttelte nur stumm den Kopf, die Lippen verbittert aufeinandergepresst.

»So ein sinnloser Verlust«, murmelte er. »Ich hoffe, ich kann Ihnen geben, was Sie brauchen, um Ihre Arbeit schnell und effektiv zu erledigen.« Er richtete seine Aufmerksamkeit auf den an der Wand montierten Bildschirm, drückte auf die Fernbedienung und ließ ein paar Fotos erscheinen. Taylors Handy, das verhindert hatte, dass die dritte Kugel ihre Brust durchbohrte. Eben dieses Projektil, herausgelöst und ordentlich auf einem Labortablett abgelegt. Dann erschien ein stark vergrößerter Abschnitt eines Fingerabdrucks, mit einer geraden Linie, die über die anderen Linien, Wirbel und Gabelungen verlief und in einer Art zerklüftetem Fleck endete.

Dr. Whitmore rückte näher an den Bildschirm heran und blinzelte.

»Den meisten Leuten ist nicht bewusst, dass sie beim Laden ihrer Magazine Fingerabdrücke auf Kugeln und Patronen hinterlassen. Vielleicht denken sie nicht daran, oder sie rechnen nicht damit, dass die Projektile, mit denen sie die Waffe laden, nach dem Schuss so ausgiebig untersucht werden. Nur Auftragskiller pflegen beim Laden ihrer Magazine Handschuhe zu benutzen. Sie entfernen sogar ihre Patronenhülsen.« Er hielt einen Moment inne und suchte in Elliots Blick nach einer unausgesprochenen Frage. »Wenn die Kugel ihr Ziel trifft, werden durch die Reibung am Körper des Opfers und das Blut, in das sie eindringt, alle Abdrücke zerstört.« Er zeigte auf die Spitze des Projektils, die aus dem zerbrochenen Gehäuse des Handys ragte. »In diesem Fall hat die Spitze des Geschosses das Gehäuse zerbrochen. Die Scherben und scharfen Kanten konnten dem Abdruck aber nicht viel anhaben.«

»Oh, das bedeutet diese Linie also? Hat ein Splitter den Abdruck zerkratzt?«

»Nein, das ist eine Narbe«, erklärte Dr. Whitmore und lächelte schelmisch. »Eine gut erkennbare Narbe, höchstwahrscheinlich an der Daumenspitze der dominanten Hand unseres Täters.« Er drückte auf die Fernbedienung und zeigte eine Patrone an, die mit Fingerabdruckstaub bedeckt war und einen brauchbaren Abdruck mit der gleichen auffälligen Linie zeigte, die quer über die Wirbel verlief. »Das ist der Abdruck.«

»Was ist das?«, fragte Elliot. Sie hatten am Vortag gesucht und im dichten Gras am Straßenrand keine benutzten Patronenhülsen gefunden.

»Deputy Novack war heute früh mit dem Metalldetektor seines Sohnes dort und hat das hier auf Höhe des Blutflecks im Graben gefunden.«

Elliot nickte und grinste. »Top, dieser Novack! Der junge Mann hat eine schillernde Zukunft vor sich. Seiner Optik zum Trotz«, fügte er hinzu und konnte sich ein Lachen nicht verkneifen. Darin steckten Erleichterung und Dankbarkeit, aber auch ein Hauch von Stolz.

»Es ist wirklich unheimlich, wie sehr er diesem Sheriff im Fernsehen ähnelt«, sagte Dr. Whitmore. »Ich habe mir ein paar Folgen angesehen, weil alle darüber gesprochen haben. Die Serie ist auch nicht übel. Auf jeden Fall hat Novack eine Hülse mit Fingerabdrücken gefunden. Nun, mit einem Teilabdruck zumindest, aber einem sehr markanten. Wie es scheint, hat der Schütze die beiden anderen Hülsen gefunden und verschwinden lassen. Diese dritte war tief im Dickicht versteckt; er muss die Suche danach aufgegeben haben. Novack kann Ihnen mehr dazu sagen.«

»Werden die Fingerabdrücke nicht durch die Hitze zerstört, der das Geschoss beim Abschuss ausgesetzt ist?«

Dr. Whitmore nickte mit einem flüchtigen Lächeln auf den Lippen. »Gute Frage. Manchmal schon, aber das hängt von einer ganzen Reihe von Faktoren ab. Der chemischen Zusammensetzung des Fingerabdrucks selbst und der Art und Weise, wie er mit dem Material der Patronenhülse reagiert hat – oder auch nicht. Dem Alter des Fingerabdrucks. Äußeren Bedingungen wie der Umgebungsfeuchtigkeit, der Temperatur, die während ...«

Elliot hielt abwehrend die Hände in die Luft. »Alles klar, Doc, ich hab's verstanden. Schon ein Treffer im AFIS?«

»Nein. Die Suche ist abgeschlossen, und die Fingerabdrücke unseres Täters sind nicht im System hinterlegt. Das bedeutet, dass er keine Vorstrafen hat, kein Staatsangestellter oder Anwärter auf einen solchen Posten ist, nicht im Militär gedient hat und es sich bei ihm auch nicht um einen Ausländer handelt, der nach 2003 einen befristeten oder dauerhaften Aufenthalt beantragt hat.« Eine kurze Pause folgte, während der Dr. Whitmore sich an der Stirn kratzte. »Wenn ich mich richtig an das Datum erinnere. Es könnte auch 2002 gewesen sein, als der Heimatschutz damit begann, von allen Ausländern bei ihrer Einreise in die Vereinigten Staaten Fingerabdrücke zu sammeln. Irgendwann kurz nach 9/11.«

»Was ist mit dem Projektil? Gab es irgendeine ballistische Übereinstimmung?«

»Das hätte ich Ihnen schon gesagt.« Dr. Whitmores Stimme klang ein wenig grimmig. »Reden wir jetzt erst einmal über Taylor«, sagte er und wandte sich dem Autopsietisch zu.

Elliot folgte dem Rechtsmediziner widerstrebend und hielt einen respektvollen Abstand zum Tisch. »Ich höre.«

»Die Leichenflecken bestätigen, dass sie unmittelbar nach dem Tod vom Tatort fortgezerrt und an der Fundstelle abgelegt wurde.« Dr. Whitmore hob den Arm des Mädchens an und zeigte Elliot einen violetten Fleck in der Nähe von Taylors Schulter. »Der Tox-Screen war unauffällig. Keine sexuellen Aktivitäten in letzter Zeit, und mit letzter Zeit meine ich in den letzten achtundvierzig Stunden. Es gibt allerdings ein paar unerwartete Befunde.« Er hob Taylors rechtes Handgelenk in die Luft. »Eine Spiralfraktur hier ...« Er deutete mit seinem Finger auf das Handgelenk und zeichnete neben der Haut Linien in die Luft. »Seit Kurzem verheilt, würde ich sagen. Muss vor zwei Monaten passiert sein, plus minus.« Er holte tief Luft, während sich tiefe Furchen über seine Stirn legten.

»Außerdem war sie in der achten Woche schwanger.«

»Schwanger?«, fragte Elliot. »Das habe ich nicht erwartet. Ihr Vater hat gesagt, dass sie keinen ...«

»Tja, Eltern erfahren so etwas nicht immer als Erste, vor allem, wenn das Mädchen jung und unverheiratet ist. Und Sie brauchen gar nicht zu fragen – die DNA des Fötus wird schon überprüft.«

Elliot nahm sich einen Moment Zeit zum Überlegen. Der Rechtsmediziner hatte eine zwei Monate alte Spiralfraktur und eine Schwangerschaft von ähnlicher Dauer erwähnt. »Glauben Sie, dass es da einen Zusammenhang gibt?«

Dr. Whitmore sah ihn mit freundlichem, müdem Blick an. »Das herauszufinden, ist Ihre Aufgabe. Ich kann nur Fakten und Beweise liefern. Aber der Bruch und der Zeitpunkt der Befruchtung liegen nahe genug beieinander, um eine Ermittlung in diese Richtung zu rechtfertigen. Dem Mädchen ist vor zwei Monaten etwas zugestoßen, das heftig genug war, um einen Knochen zu brechen.«

Der Rechtsmediziner drückte auf die Fernbedienung und klickte sich durch die Bilder, bis er die Röntgenaufnahmen von Taylors Handgelenk und Unterarm gefunden hatte. Er deutete auf die blassen weißen Umrisse auf dem Bildschirm. »Sehen Sie? Das passiert, wenn die Hand einer Person so verdreht wird«, er demonstrierte die Bewegung mit seiner freien Hand, »um jemanden zu überwältigen oder zu fixieren.«

»Aber könnte es sich nicht auch um eine Art Unfall gehandelt haben? Sie war ja sportlich aktiv.«

»Unfälle verursachen selten Spiralfrakturen im Handgelenk und im Unterarm, obwohl das vorkommen kann. Bei Skifahrern und Snowboardern passiert das, wenn ein Fuß im Schuh eingeklemmt ist und das Bein dadurch verdreht wird. Auch bei Fußballspielern. Aber bei Handgelenk und Unterarm, wie wir es bei Taylor sehen, würde ich darauf wetten, dass es kein Unfall war.«

Elliot musterte das Gesicht des Mädchens, als könnten ihre blassen Lippen die Geheimnisse ihres Ablebens verraten. Sie hatte bereits gesprochen, durch die Stimme von Dr. Whitmore.

»Ein paar Dinge noch«, fügte dieser jetzt hinzu. »Das Haargummi, das Sie am Tatort gefunden haben.« Er klickte mit der Fernbedienung, bis das braune Haargummi zu sehen war. »Ich sollte erwähnen, dass dieser synthetische Veloursstoff ziemlich klebrig ist, fast so schlimm wie Klett. Es waren alle möglichen Haare daran, und nicht alle gehörten zum Opfer, darunter ein kürzeres, dunkleres Haar, an dem noch der Follikel klebte. Die Analyse läuft gerade. Außerdem habe ich mehrere Katzen- und Hundehaare auf ihrer Kleidung gefunden, verschiedene Rassen, verschiedene Farben.«

»Ihr Vater hat etwas von Haustiersitting erwähnt, als ich bei ihnen zu Hause war.« Elliot ging seine Notizen durch. »Noch eine Frage, Doc. Konnten Sie herausfinden, aus welcher Entfernung die Schüsse abgegeben wurden?«

»Ah, ja«, sagte Dr. Whitmore und drehte sich zu seinem Computer um. »Ich wusste, dass ich etwas vergessen hatte. Die Entfernung hängt stark von der verwendeten Handfeuerwaffe ab. Je länger der Lauf, desto größer die Durchschlagskraft. Aber ich habe mir die Rillen der Kugel, die im Handy steckte, genau angesehen und mehrere mögliche Waffen in Betracht gezogen. Sie wissen, dass ich nicht gern Vermutungen anstelle oder mich auf irgendwelche Schätzungen verlasse. Ich bevorzuge ein handfestes Testergebnis. Solche ballistischen Vergleichstests könnten eine Weile dauern …«

Elliot lächelte. Der Rechtsmediziner war in seiner Herangehensweise sehr gründlich. »Nur Ihr Bauchgefühl, Doc, das ist alles, was ich im Moment brauche.«

Dr. Whitmore seufzte. »In Ordnung, aber zitieren Sie mich bitte nicht. Ich würde sagen, es wurde aus zwölf bis fünfzehn Metern Entfernung geschossen. Oh, und sie hatte Schmauchspuren an ihrer Schulter und in ihrem Nacken, wahrscheinlich vom Schützen, als er ihren Körper durch den Wald geschleift hat.«

Elliot bedankte sich bei dem Rechtsmediziner und verließ den Autopsiesaal. Er trat nach draußen in die kühle Brise des Dezembermorgens, atmete die kalte Luft ein und freute sich über den frischen Tannenduft. Er hatte ballistische Daten, Fingerabdrücke und DNA – damit sollte ein Fall einfach abzuschließen sein.

Aber das war bei Mordfällen leider eine Seltenheit.

DREIUNDZWANZIG

GETROFFEN

Nachdem sie den Rest des Weges zum Revier ohne Zwischenfälle zurückgelegt hatte, fuhr Kay auf den Parkplatz und schaltete die Sirene aus. Der zweite Anruf bei Brians Anwältin hatte Wirkung gezeigt. Das Polizeirevier Bezirk Nord war bereit für ihre Ankunft.

Mehrere Polizisten hatten hinter den offenen Türen ihrer Fahrzeuge Stellung bezogen, mit dem Rücken zum Gebäude, bereit für ein Feuergefecht mit möglichen Angreifern. Zwei Vans des Sondereinsatzkommandos waren an je einer Ecke des Gebäudes platziert worden, um es strategisch zu schützen. Auf dem Dach lagen mehrere Scharfschützen, die Waffen im Anschlag.

Kay hielt frontal vor dem Gebäude in der Mitte des Parkplatzes an und stellte den Motor ab. Sie blieb ruhig sitzen und wartete aufmerksam auf ein Signal der Einsatzkräfte. Etwas weiter links, am Maschendrahtzaun, parkte der BMW von Carly Hosking im Schatten eines großen Mammutbaums. Die Anwältin saß nicht hinter dem Steuer, sondern hatte das einstöckige Gebäude bereits betreten. Kluge Frau.

»Was jetzt?«, fragte Brian. Er klang fordernd, aber Kay

vermutete, dass dies nur vorgetäuschte Tapferkeit war, um seine Angst zu überspielen.

Leider hatte er recht gehabt. Wer auch immer Rachel getötet hatte, war jetzt hinter ihm her. Sie waren dabei, sich ihrer Risikofaktoren zu entledigen.

»Jetzt warten wir«, flüsterte Kay. »Mach es wie eine Maus, wenn die Katze im Haus ist. Bleib ruhig sitzen und gib keinen Laut von dir.«

Als Brians Telefon in der drückenden Stille klingelte, erschraken sie beide.

Brian fluchte leise. »Es ist Carly.«

»Stell sie auf Lautsprecher.«

Er gehorchte.

»Brian, ich habe Polizeichef Diaz hier bei mir.« Carlys Stimme klang ein wenig zittrig. Es folgten ein paar leise Geräusche, als die Anwältin das Telefon an Diaz weiterreichte.

»Detective Hanlin.« Eine selbstbewusste Männerstimme meldete sich mit dezentem spanischem Akzent und einem Hauch von Besorgnis.

»Ja, Sir«, antwortete Brian. »Bei mir ist Detective Sharp aus Franklin County. Sagen Sie uns, wie Sie die Sache angehen wollen.«

»Wir beobachten Sie, seit Sie die Kreuzung Van Ness Avenue und Greenwich Street passiert haben. Sie wurden nicht mehr verfolgt.«

»Gut zu wissen. Dürfen wir das Gebäude betreten?«

Ein Moment der Stille, dann ein Flüstern, das Kay nicht verstand. »Ja, bitte. Langsam. Nicht dass irgendeinem Anfänger vor lauter Hektik der Finger am Abzug zittert.«

»Verstanden«, antwortete Brian. »Wir bewegen uns langsam.«

Kay öffnete die Tür, wartete ein paar Sekunden und stieg dann aus dem Geländewagen aus. Sie sah sich vorsichtig um, konnte aber nichts Ungewöhnliches entdecken, außer zwei

Dutzend Polizisten und Sondereinsatzkräfte, die sich auf den Dritten Weltkrieg vorzubereiten schienen. Sie hielt den Atem an und lauschte: Vollkommene Stille in ihrer Nähe, nur leise Verkehrsgeräusche aus der Stadt. Der Abschnitt der Van Ness Avenue vor und hinter der Turk Street war abgesperrt und gesichert worden. Die Turk Street führte von der Van Ness aus in Richtung Westen. Sie war menschenleer.

Und doch fühlte sich etwas seltsam an. Kay spürte ein Kribbeln am Hinterkopf, und ihre Nackenhaare stellten sich auf. Vielleicht aus extremer Wachsamkeit oder Instinkt, denn schließlich konnte hier einiges schiefgehen. Langsam, um niemanden zu erschrecken, schloss sie die Fahrertür und öffnete dann die hintere Wagentür, um Brian herauszulassen.

Der stieg ebenso langsam aus und hielt zur Sicherheit die Hände in die Luft. Sie warteten noch ein paar Sekunden, während Kay die Hintertür schloss und noch einmal die Umgebung beobachtete, und machten sich dann auf den Weg in Richtung Revier.

Kay hörte, wie die Kugel durch die Luft sauste, und wollte Brian noch zurufen, er solle in Deckung gehen, doch bevor sie den Mund öffnen konnte, wurde sie von der Kugel durchbohrt, und ihr stockte der Atem. Durch die Wucht des Einschlags drehte sie sich auf der Stelle und verlor das Gleichgewicht. Sie griff nach Brians Arm, um ihn zu Fall zu bringen, aber er wehrte sich und hielt sie stattdessen aufrecht.

Im Bruchteil einer Sekunde wurde Kay bewusst, dass sie keinen Schuss gehört hatte. Nur das Zischen des sich nähernden Geschosses, das die Luft durchschnitt.

Ein Scharfschütze.

Dann hörte sie die zweite Kugel. Brian schrie auf, stürzte sich auf sie und brachte sie unter seinem Körpergewicht zu Fall. Er schirmte ihren Kopf mit den Armen ab, sein Gesicht direkt auf ihrem.

Ringsum ertönten Schüsse. Jemand rief: »Heckenschütze!«,

aber das hielt den Kugelhagel nicht auf. Der Scharfschütze konnte über einen Kilometer weit entfernt hocken, auf irgendeinem Dach, wo ihn kein abgefeuertes Geschoss erwischen würde. Wenigstens bot ihnen das Feuer der Kollegen Deckung und verschaffte ihnen wertvolle Zeit.

Kays linker Arm pochte schmerzhaft. Sie wand sich unter Brians Körper hervor und schaute ihm direkt ins Gesicht. Er keuchte schwerfällig und zuckte vor Schmerzen, aber lebte und war bei Bewusstsein. Kay begann, zum vorderen Teil des Interceptors zu kriechen, um dort Schutz zu suchen. Nur ein paar Meter. »Hat es dich schlimm erwischt?«

»Am Bein«, stöhnte Brian. Er hielt die Hand fest gegen den rechten Oberschenkel gepresst und Blut sickerte zwischen seinen Fingern hindurch. Die Kugel hatte sich durch sein Bein gebohrt und zwei blutige Löcher im glatten Stoff seiner Hose hinterlassen.

»Du wirst es überleben«, verkündete Kay und zerrte an seiner Jacke. »Wenn du deinen Arsch aus der Schusslinie bewegst.«

»Woher kommen die denn?«

Kay deutete nach Westen. »Von da drüben«, sagte sie und lehnte sich gegen die vordere Stoßstange des Fords. Sie waren durch den Geländewagen abgeschirmt und für den Moment in Sicherheit, saßen aber gleichzeitig fest. Sie lugte über die Motorhaube, um in Richtung Turk Street zu schauen, aus der die Kugeln ihrer Meinung nach herbeigeflogen waren. Sie beobachtete jedes Dach, das sie hinter den Kronen der Mammutbäume, die den Parkplatz säumten, erkennen konnte. »Ich kann nichts sehen.«

Brian saß direkt neben ihr und keuchte. »Bist du nicht froh, dass du bei mir bist?«

Kay gluckste. »Nicht im Geringsten.«

Das Kreischen platzender Reifen ein paar Hundert Meter

entfernt erregte ihre Aufmerksamkeit. Sie sprang auf und rannte auf die Straße.

»Bleiben Sie da unten«, hörte sie Diaz rufen. »Haltet euch zurück«, befahl er seinen Leuten mit Nachdruck in der Stimme. Ein paar Kugeln waren noch zu hören, während er den Befehl gab. »Stellung halten, verdammt noch mal!«

Kay stellte sich am Rande der Turk Street auf die Zehen-spitzen, teilweise abgeschirmt durch die Karosserie eines Liefer-wagens, und erhaschte einen Blick auf einen großen, schwarzen SUV, der so schnell um die Ecke bog, dass er fast auf die Seite kippte.

Nur Sekunden später fuhren mehrere Polizeiwagen los, um ihn mit Sirenengeheul zu verfolgen, hinterließen Reifenspuren auf dem Asphalt des Parkplatzes und den Geruch von verbranntem Gummi in der Luft.

Diesen Scharfschützen würden sie wahrscheinlich nie fangen.

Bisher war er ihnen die ganze Zeit zwei Schritte voraus gewesen.

VIERUNDZWANZIG

EIN LEBEN

Nicht zum ersten Mal besuchte Elliot das Haus der Lorentz'. Er war am Tag zuvor mit Mr Lorentz dort gewesen, um das Insulin und ein Kleidungsstück für den Spürhund zu holen.

Es war ein altes, kleines Bauernhaus, das in letzter Zeit sichtlich verfallen und Elliots eigenem Haus nicht unähnlich war. Es war einstöckig und lag relativ nah an der Straße. Das Haus war aus dicken Ziegelmauern und mit großen Fenstern gebaut worden, die einen Blick auf die dahinterliegenden Wiesen boten. Der Rasen vor dem Haus war von Unkraut überwuchert, aber auf ein paar Zentimeter heruntergestutzt. Der teilweise verrottete Zaun stand schief, ein paar Bretter hatten sich gelöst. Er würde bald unter der Wucht der winterlichen Böen zusammenbrechen.

Elliot klopfte an der Tür. Die Klingel war verrostet und hatte Sprünge, und er probierte gar nicht erst aus, ob sie funktionierte. Eine schwache Stimme, die er kaum wiedererkannte, sagte: »Herein. Es ist offen.«

Die Tür quietschte, als Elliot sie langsam aufstieß. Der Raum roch nach abgestandenem Zigarettenrauch, die Luft war bläulich und dick. Er trat ein, ließ aber die Tür hinter sich offen.

Ein bisschen frische Luft konnte nicht schaden. Mr Lorentz lag auf der Couch, die geschwollenen Beine über die Armlehne gelegt. Er trug dieselbe Kleidung wie am Vortag, die mit Schmutz und Gras von seiner Suche im Wald verdreckt war. Ein gerahmtes Foto lag mit der Vorderseite nach unten auf seiner Brust. Er hielt es fest in der Hand, und es hob sich mit jedem Atemzug.

Auf dem Beistelltisch zeugten eine leere Zigarettenschachtel und ein Aschenbecher, der bis zum Rand mit Kippen und Asche gefüllt war, davon, wie er die Nacht verbracht hatte. Eine leere Flasche billigen Bourbons vervollständigte den Anblick. Der Geruch von abgestandenem Alkohol und Schweiß war kaum wahrnehmbar unter der dicken Rauchschicht, die immer noch alles einhüllte.

Die Vorhänge waren geschlossen und die Atmosphäre im Raum düster. Elliot sah sich um, aber es gab keinen Hinweis darauf, dass der Mann etwas gegessen hatte, seit er aus dem Krankenhaus zurückgekehrt war. Keine Verpackungen, kein schmutziges Geschirr in der Spüle oder auf dem Esszimmertisch.

»Wann haben sie Sie entlassen?«

»Gestern Abend«, antwortete der Mann und schloss die Augen. »Ich wollte nicht über Nacht bleiben. Mein Platz ist hier, bei ihnen.«

Elliot brauchte nicht zu fragen. Mr Lorentz' Hand drückte das gerahmte Bild fester an seine Brust, während er sprach.

»Ich habe erwartet, dass Sie vorbeikommen und weitere Fragen stellen würden.« Seine Stimme war nur ein raues, schwerfälliges Flüstern. »Ganz andere Fragen als gestern.«

Elliot legte seinen Hut auf den Tisch und zog sich einen Stuhl heran. »Erzählen Sie mir von Taylor. Wie war sie so? Wie hat sie ihre Zeit verbracht?«

Eine Träne kullerte über das blasse Gesicht des Mannes. Er hielt die Augen geschlossen, als könnte er so die unerträgliche

Realität ausblenden. »Meine Frau ist letztes Jahr gestorben ... ich glaube, das habe ich schon erwähnt.«

»Ja, das haben Sie. Mein aufrichtiges Beileid. Ich kann mir nicht vorstellen, wie Sie sich fühlen müssen.«

Mit einer schwachen Geste und zittriger Hand bedankte er sich bei Elliot.

»Taylor hatte den Tod ihrer Mutter noch nicht richtig verarbeitet. Sie hat nichts gesagt, aber ich habe es gemerkt.« Ein unregelmäßiger Atemzug verließ seine Brust. »Ich habe den Job gewechselt, um jeden Abend zu Hause zu sein, auch wenn das eine Lohnkürzung bedeutete. Jetzt fahre ich nicht mehr auf achtzehn Rädern quer durchs Land, sondern liefere für weniger als die Hälfte des Lohns mit einem Pritschenwagen regionale Waren aus. Aber ich wollte nicht, dass meine Kleine allein mit dem Tod ihrer Mutter fertigwerden muss.«

Elliot stand auf und ging zur Spüle hinüber, suchte ein sauberes Glas und füllte es mit Wasser. Dann stellte er es auf den Couchtisch, in Reichweite des Mannes. Er rührte es nicht an; er öffnete nicht einmal die Augen, als er Elliot herumlaufen hörte.

»Sie hat die Highschool mit Auszeichnung abgeschlossen und war am College angenommen worden. Sie hat nächtelang gelernt, oft geweint, aber immer nur gesagt, sie wolle ihre Mutter stolz machen.« Eine weitere Träne löste sich unter dem geschlossenen Augenlid. »So war mein kleines Mädchen, Detective. Ein Engel. Ein gutes Kind.«

Seine Worte machten es für Elliot noch schwieriger, das zu sagen, was er sagen musste. Aber er hatte keine Wahl. »Was ich jetzt sage, wird Sie wahrscheinlich überraschen«, setzte er an. Sein Zögern brachte Lorentz dazu, die blutunterlaufenen, wässrigen Augen zu öffnen. »Taylor war schwanger.«

Der Mann setzte sich auf, lehnte sich gegen die Sofakissen und schob sich weiter in eine aufrechte Haltung. »Das glaube ich nicht. Das hätte ich gewusst. Mein kleines Mädchen hätte mir das doch gesagt.«

»Die Schwangerschaft war noch in einem sehr frühen Stadium«, sagte Elliot. Es konnte nicht schaden, wenn er gewisse Details wegließ. »Es ist gut möglich, dass sie selbst noch nichts davon wusste.«

»Oh.« Mr Lorentz schloss für eine Weile die Augen. »Aber sie war mit niemandem zusammen.«

»Sie hatte keinen Freund?«

»Nein.« Die Antwort kam schnell und entschlossen. »Sie war mit Lernen beschäftigt. Sprechen Sie mit ihrem Naturwissenschaftslehrer, Frank Livingston. Er hat sie dazu animiert, in seine Fußstapfen zu treten und Lehrerin zu werden, wenn sie mit ihrem Abschluss fertig ist.« Er bedeckte seinen Mund mit der Hand, als wollte er ein Schluchzen unterdrücken. »Ich kann nicht in der Vergangenheitsform über sie sprechen. Das geht einfach nicht.«

»Und abends? Ist sie ab und zu ausgegangen? Hat sie sich mit Freunden getroffen?«

»Sie hat sich um den Haushalt gekümmert, während ich gearbeitet habe und krank war und so. Abends hat sie als Haustier- und Haussitterin gearbeitet. Was auch immer sie an Jobs finden konnte. Sogar Rasenmäharbeiten hat mein kleines Mädchen angenommen, um ihren Teil beizusteuern. Mein Einkommen war gering. Ich war krank und habe mir eine Auszeit genommen, aber nicht, weil ich es wollte. Wenn mein Blutzucker zu hoch ist, muss ich zu Hause bleiben.«

»Ist es in Ordnung, wenn ich mich in Taylors Zimmer umsehe?«

Mr Lorentz nickte und deutete zur Rückseite des Hauses. »Es ist das letzte Zimmer dort hinten. Sie mochte es, morgens mit dem Blick auf den Wald aufzuwachen.«

Elliots Stiefel klapperten auf dem kargen, zerkratzten Hartholzboden im Flur. Taylors Zimmer war aufgeräumt und fast

klösterlich eingerichtet, ohne jegliche Dekoration, die darauf
schließen ließ, dass dort ein Teenager lebte. Das Bett war
gemacht und mit einer abgewetzten Decke mit einem Natur-
motiv bedeckt. Die minimalistischen Möbel beschränkten sich
auf einen kleinen Schreibtisch mit drei Schubladen aus altem,
verfärbtem und zerkratztem Holz und auf einen Holzstuhl mit
einer geraden Rückenlehne, die an ein Treppengeländer erinnerte. Früher mochte er lackiert gewesen sein, aber die Sitz-
fläche und die Kanten waren bis auf das Holz abgenutzt.

Auf der Schreibtischoberfläche stand ein zugeklappter
Laptop inmitten von ordentlich sortierten Unterlagen, Notiz-
heften und Psychologie-, Chemie- und Mathematik-Lehrbü-
chern. Auch einige Schreibutensilien lagen verstreut herum,
während Taylor weitere in einem alten Keramikbecher mit
abgebrochenem Henkel gesammelt hatte. Er war weiß und mit
der Karikatur einer Katze bedruckt, die in einer großen Tasse
saß. »CATPUCCINO« stand in schwarzer, fetter Schrift unter
dem Bild. Die Tasse schien dem Mädchen etwas bedeutet zu
haben, vielleicht ein Geschenk von jemandem, den Taylor
gerngehabt hatte.

Elliot öffnete leise die Schubladen und fand die üblichen
Schätze einer jungen Frau, die mit dem Leben haderte.
Mehrere Schmuckstücke in Modeschmuckqualität, allesamt
aus billigem Metall oder Plastik. Schulsachen nahmen die
große mittlere Schublade ein. In der letzten Schublade
befanden sich ein paar Fotos, die Elliot sich ansah. Taylor und
ihre Mutter vor der Talstation des Sessellifts am Mount Chester. Die ganze Familie, als Taylor etwa neun Jahre alt war,
irgendwo an einem Strand. Taylor und ein dürrer junger Mann
mit langen Haaren und einer Brille mit schmalem Gestell. Sein
Arm lag um die Schulter des Mädchens, er lächelte und sie
lehnte sich an ihn und genoss seine Nähe.

Elliot nahm das Foto mit dem unbekannten Mann sowie
Taylors Laptop an sich und ging zurück ins Wohnzimmer.

Mr Lorentz saß genauso da, wie Elliot ihn verlassen hatte, und nahm seine Anwesenheit nicht wahr.

Die Luft hatte sich ein wenig geklärt, und nun war es kühler im Haus. Elliot schloss die Haustür und ging dann zum Sofa hinüber.

»Mr Lorentz, könnten Sie sich bitte dieses Foto ansehen? Wissen Sie, wer dieser Mann ist?«

Er öffnete die Augen und sah sich das Bild an. »Das ist ein ehemaliger Klassenkamerad von Taylor. Ich weiß seinen Namen nicht mehr, und ich habe ihn schon lange nicht mehr gesehen.« Er runzelte die Stirn, als würde er sein Gedächtnis durchforsten. »Walter? Wally? So etwas in der Art.«

»Na gut. Wie ist es hiermit?« Elliot hielt den Laptop in die Luft. »Habe ich Ihre Erlaubnis, den hier mitzunehmen? Das könnte uns helfen, etwas Licht ins Dunkel zu bringen ...«

»Natürlich«, flüsterte Mr Lorentz. Er wirkte schwach, dahinsiechend. »Er ist nicht passwortgeschützt. Eine unserer Hausregeln.« Er lächelte kaum merklich. »Ich kann Ihnen Zugang zur Anrufliste ihres Telefons verschaffen.«

Elliot nahm alle Informationen, die er bekommen konnte, und schrieb die Benutzernamen und Passwörter für das Telefon und Taylors Social-Media-Konten auf.

»Wer hat meine Kleine getötet, Detective?«, fragte Mr Lorentz, als sie fertig waren. »Sie müssen doch inzwischen eine Ahnung haben.«

»Das habe ich noch nicht«, antwortete Elliot ehrlich. »Aber eins kann ich Ihnen sagen: Wir werden ihn kriegen und dafür sorgen, dass er für seine Taten büßt.« Ihre Blicke trafen sich wie zur Besiegelung eines Versprechens.

Dann schloss Mr Lorentz wieder die Augen.

»Schließen Sie die Tür hinter sich, wenn Sie gehen, Detective.«

Elliot wünschte sich, Kay wäre da, um Lorentz bei der Bewältigung seines Kummers zu helfen. Er wusste nicht, wie er damit umgehen sollte, zumindest war er nicht so gewandt wie Kay. Aber eines wusste er mit Sicherheit. Wenn er nichts sagte, würde er es bereuen. Vielleicht nicht sofort, aber vielleicht in ein oder zwei Tagen, wenn der Notruf für diese Adresse abgesetzt würde und die Sanitäter den Mann aufgrund eines hypoglykämischen Schocks für tot erklärten.

»Ich muss Sie um etwas bitten, Mr Lorentz«, sagte er mit Nachdruck. »Stehen Sie von der Couch auf und holen Sie sich etwas zu essen. Gehen Sie duschen. Leben Sie.«

Ein Schluchzen ließ die Schultern des Mannes erzittern. Langsam drehte er das gerahmte Foto, das er vor der Brust hielt, zu Elliot. Es zeigte seine verstorbene Frau, die auf einer Picknickdecke saß, und die junge Taylor, die ihre Arme um den Hals ihrer Mutter geschlungen hatte. Sie hatten ihre Wangen aneinandergelegt, das Lächeln voller Freude. Im Hintergrund der klare blaue Himmel und die Umrisse des Mount Chester.

»Sie waren der Sinn meines Lebens«, schluchzte er. »Ich habe nichts mehr.«

»Doch, das haben Sie«, sagte Elliot sanft, trat näher an den Mann heran und streckte ihm die Hand hin. »Sie wollen doch sicherlich miterleben, wie ich den Mörder Ihrer Tochter zur Rechenschaft ziehe.«

FÜNFUNDZWANZIG

STICHE

»Tut mir leid, Detective«, sagte die junge Sanitäterin, die wahrscheinlich sah, wie Kay zusammenzuckte. »Nur noch einen Augenblick, und sie werden gar nichts spüren, wenn ich sie gleich nähen werde.« Sie war eine athletische Schwarze Ende zwanzig mit einer lockigen schwarzen Haarmähne, die sie zu einem losen Pferdeschwanz gebunden hatte. Auf ihrem Namensschild stand ›Nia‹.

Kay biss die Zähne zusammen und versuchte, eine stoische Miene zu bewahren. Die Betäubung brannte wie die Hölle. Es tat nicht wirklich weh, aber es nervte und juckte, bevor die Taubheit einsetzte.

»Sie sollten ins Krankenhaus, Detective«, sagte die Sanitäterin, als sie schließlich die Nadel aus der Wunde zog. »Die Verletzung ist tief und blutet stark.«

»Ich kann nicht ins Krankenhaus«, murmelte Kay zum dritten Mal. »Verbinden Sie die Wunde einfach mit ein paar vernünftigen Kompressen, dann geht's schon wieder.« *Und kein Wort mehr vom Krankenhaus*, dachte sie, sagte aber nichts, um die junge Frau nicht zu verärgern, die mit scharfen chirurgischen Instrumenten in der Nähe ihrer offenen Wunde herum-spielte.

»Auf keinen Fall«, erwiderte Nia. »Ich muss die Wunde säubern und mit acht oder neun Stichen nähen.« Sie machte ein ernstes Gesicht, die dunklen Augen auf Kays blutende Schulter gerichtet. »Der Schuss ging hier direkt durch Ihren Deltamuskel. Wenn Sie den Arm jemals wieder anheben wollen, sollte ich das gleich erledigen.«

»Danke.« Kay atmete durch und war dankbar für den nach-lassenden Schmerz in ihrem Arm. Das Narkosemittel begann zu wirken. »Ich bin wirklich überrascht, dass Sie in der Lage sind, Wunden einfach so vor Ort zu versorgen.«

»Sind wir eigentlich nicht«, sagte Nia und lächelte für einen kurzen Moment angespannt. »Mein Kollege und ich haben eine Spezialausbildung und die nötigen Zertifikate, um Wunden vor Ort zu versorgen und zu nähen, aber die meisten Sanitäter können das nicht. Sie haben es vielleicht bemerkt ...« Sie hielt einen Moment inne und konzentrierte sich auf ihre Arbeit. »Mein Kollege Danny ist zu dem anderen Wagen gegangen, um Ihren, ähm, was auch immer, zu nähen. Den anderen Typen.« Sie lachte verlegen.

Inzwischen wussten sogar die Rettungssanitäter, wie sie und Brian zueinander standen.

»Danke.« Kay richtete den Blick nach vorne, eine bessere Option, als mitansehen zu müssen, wie ihre blutende Haut genäht wurde. »Wir sind in einer schwierigen Situation, sonst hätte ich das Angebot des Krankenhauses angenommen. Ich weiß es zu schätzen, dass Sie eine Ausnahme für uns machen.«

»Der Polizeichef hat seine Beziehungen spielen lassen«, antwortete Nia. »Wir dürfen das eigentlich nicht zulassen. Die Wunden könnten sich infizieren, überall ist Staub und dieser blöde Wind bläst ihn in jede noch so kleine Ritze.« Sie blickte missmutig auf ein heruntergefallenes Eichenblatt, das auf ihrem Schoß gelandet war. »Ich wünschte, Sie hätten sich von mir mit reinnehmen lassen, dann könnten wir wenigstens diese verdammten Türen schließen.« Sie schnitt den Faden ab, nachdem sie einen festen Knoten hineingemacht hatte. »Aber ich nehme an, sie haben den Kerl, der es auf Sie abgesehen hat, nicht geschnappt, und deshalb müssen wir improvisieren?«

»Ja, er ist entkommen. Er könnte überall sein; er könnte uns zum Krankenhaus folgen, um den Auftrag zu beenden, und das würde das Leben aller dort unnötig gefährden«, antwortete Kay und nutzte die Gelegenheit, sich ein wenig zu bewegen, da Nia gerade keine Nadel durch ihre Haut stach. Sie saß auf der hinteren Stoßstange des Krankenwagens, von wo aus sie sich umsehen und den Killer kommen sehen konnte. Vielleicht. Es sei denn, sie hörte nur noch eine Kugel durch die Luft sausen, und dann nichts mehr. Licht aus.

Sie litt schon unter Verfolgungswahn. Die Krankenwagen waren mit dem Heck zum Revier geparkt worden, und die Einsatzfahrzeuge boten zusätzlichen Schutz an den Seiten. Es musste schon ein verdammt guter Scharfschütze sein, wenn er es unter diesen Umständen noch einmal versuchte. Trotzdem hatte Kay sich geweigert, sich auf dem Revier oder im Krankenwagen bei geschlossenen Türen nähen zu lassen. Als hätte sie plötzlich eine Klaustrophobie entwickelt, wollte sie die Luft um sich herum spüren, um die Illusion aufrechtzuerhalten, sie könne die Gefahr kommen sehen.

Sie schaute nach links, wo der andere Sanitäter, Danny, sich um Brians Bein kümmerte. Ihr Ex-Mann lag auf der Trage, die Hände unter dem Kinn, und machte einen erbärmlichen und schmerzerfüllten Eindruck. Sie hatten einen Teil seines Hosenbeins abgetrennt und einen mehrere Zentimeter tiefen Riss in seinem Oberschenkel freigelegt.

»Detective Sharp, richtig? Oder ist es Dr. Sharp?«

Kay erkannte die Stimme des Polizeichefs und reichte dem Mann die Hand. »Im Prinzip beides.«

»Gustavo Diaz, Polizeichef«, stellte er sich höflich vor,

obwohl seine Augen Pfeile auf sie zu schießen schienen. Er musste neu sein; sie hatte ihn während ihrer Dienstzeit als FBI-Agentin in San Francisco nicht kennengelernt. »Also, was gibt es, Detective? Warum sind Sie hier? Als die Ex-Frau von Brian Hanlin? Als seine Psychiaterin?«

Kay musste grinsen. Sie stellte sich vor, wie Brian sie als seine Therapeutin traf, sich rücklings auf einem Sofa ausstreckte und über seine geheimsten Ängste sprach. Niemals. In dem Moment, in dem ihr Ex sich Hilfe für seine persönliche Entwicklung suchte, würde die Welt aufhören, sich zu drehen.

»Stehen Sie bitte still«, ermahnte Nia sie. Kay erstarrte und erinnerte sich an die gebogene Nadel, die immer wieder durch ihre Haut gestochen und wieder herausgezogen wurde.

»Ich bin nicht als Brians Ärztin hier, sondern nur als Freundin.«

Diaz stemmte die Hände in die Hüften. Er war ein schmächtiger, knochiger Mann mit schmalem Kiefer und schütterem Haar an den Seiten. »Wir brauchen Sie hier nicht, Detective. Sie haben ihn hergebracht, und das ist gut so. Jetzt ist es an der Zeit, dass Sie sich wieder hinter das Steuer Ihres Interceptors setzen und sich auf den Weg in Ihr Provinznest machen.«

»Oh, wow«, flüsterte Kay, erstaunt über das Ausmaß der Feindseligkeit. »Haben Sie Angst, ich könnte unangenehme Fragen stellen?«

Ihre Bemerkung ließ eine dunkle Röte im Gesicht des Mannes aufflammen. »Sie sind hier nicht zuständig.« Er trat einen Schritt näher, überragte sie und durchbohrte sie mit glühenden Blicken. »Wenn Sie auch nur auf irgendeine falsche Art und Weise nach dem Weg fragen, bevor Sie meine Stadt verlassen, werde ich Ihren Ausweis einkassieren. Habe ich mich klar ausgedrückt?«

Kay erwiderte seinen Blick mit einem offenen Lächeln. »Klar wie Kloßbrühe. Ich bin hier, um dafür zu sorgen, dass Brian sich wie besprochen ergibt, dass seine Anwältin anwesend ist und dass seine Rechte nicht verletzt werden.« Dann ließ sie ihr Lächeln verblassen und ein Ausdruck ruhiger Entschlossenheit trat auf ihr Gesicht. »Und dann werde ich die Mutter einer guten Freundin besuchen. Sie hat kürzlich ihre Tochter verloren. Der Besuch ist persönlich, nicht beruflich; ich werde ihr meinen Respekt erweisen.«

»Fertig«, verkündete Nia stolz, nachdem sie die Wunde bandagiert hatte. »Lassen Sie das so früh wie möglich von einem Arzt anschauen. Der wird Ihnen wahrscheinlich ein Antibiotikum verschreiben.«

Kay bedankte sich bei Nia und schritt an Diaz vorbei, ohne sich darum zu kümmern, dass sie bei dem kühlen Wetter nur noch einen Sport-BH trug. Ihr Oberteil war zerrissen und blutverschmiert und lag nutzlos auf dem Boden des Krankenwagens.

Kay ging mit schnellen Schritten und spürte Diaz direkt hinter sich, als sie bei Brians Trage stehen blieb. »Welcher Staatsanwalt hat Rachel nach der Schießerei befragt?«

»Detective«, rief Diaz, bevor Brian antworten konnte. »Das ist Ihre letzte Warnung. Gehen Sie jetzt, oder ich sorge dafür, dass Sie für den Rest Ihrer Karriere Strafzettel schreiben.«

»Sie wird nicht hören«, murmelte Brian mit einem Funkeln in den Augen in Diaz' Richtung. »Sie war mal FBI-Agentin, eine der besten hier in der Region. Das ist ihr zu Kopf gestiegen. Sie flehen sie immer noch an, wieder zurückzukommen, aber sie ist ein bisschen stur.«

Toll, Brian, dachte Kay. *Gieß noch Öl ins Feuer.*

Aber Diaz' veränderte Haltung deutete darauf hin, dass Brian genau wusste, was er tat. Seine Wut ließ ein wenig nach. »FBI oder nicht, es ist Zeit für Ihre Frau, nach Hause zu gehen.«

»Ich bin nicht seine Frau und das wissen Sie genau. Machen Sie sich nicht lächerlich. Ich muss mit dem US-Marshal sprechen, der für Rachels Fall zuständig ist«, sagte Kay und betastete die Wunde an ihrer Schulter durch den dicken Verband. Es tat nicht allzu sehr weh.

»Warum das, zur Hölle?«, blaffte Diaz.

»Rachels Tochter könnte in Gefahr sein, ihre Mutter ebenso. Sie müssen sofort in Schutzgewahrsam genommen werden.«

»Oh Gott«, murmelte Brian und vergrub das Gesicht in den Händen. »Du glaubst doch nicht, dass sie hinter meinem kleinen Mädchen her sind? Sie weiß doch von nichts. Und Mrs Epling auch nicht.«

Kay legte ihm beruhigend die Hand auf die Schulter. »Wir dürfen kein Risiko eingehen, Brian. Ich kümmere mich darum.«

»Sie werden sich ausschließlich darum kümmern, direkt nach Hause zu fahren, Detective. Sie haben hier nichts zu suchen und mischen Sie sich bitte nicht länger in meinen Fall ein. Wir kümmern uns selbst um unsere Angelegenheiten, und wir brauchen Sie ganz sicher nicht.«

»Welcher ist Ihr Fall, Chief?«, fragte Kay langsam und genoss es, ihn so aufgebracht und wütend zu sehen. Der Mann war ein sturer Narr oder vielleicht auch ein korrupter Polizist, der nur närrisch tat. »Welcher Fall ist Ihnen so egal? Der Mord an Rachel? Oder die Schießerei an der Straßenecke, deren Zeuge sie war?«

Sein Kiefer lockerte sich und seine Augen loderten vor Wut. »Das ist Ihre letzte Warnung, Detective. Ich schwöre Ihnen, ich hänge mich ans Telefon.«

Kay grinste breit. »Ich breche keine Gesetze. Tätigen Sie so viele Anrufe, wie Sie wollen. Ich bin schließlich nicht hier, um Ihren Job zu erledigen, Chief.«

»Sie glauben also, Sie können hier einfach reinspazieren und herumschnüffeln, und schon wird die Anklage gegen Ihren Mann fallen gelassen? Sie müssen uns für absolute Idioten halten!«

»Das haben Sie gesagt, nicht ich«, erwiderte Kay gelassen. Sie hielt einen Augenblick inne, um sich zu sammeln. »Ich mache nur meinen Job als Freundin der Familie und mache mir berechtigte Sorgen um das Wohlergehen aller. Wir wurden heute fast umgebracht, Chief. Wenn Ihnen das nicht zeigt, dass an Ihrem sorgfältig konstruierten Fall gegen meinen Ex-Mann etwas faul ist, dann weiß ich auch nicht weiter. Ich werde keinen weiteren Moment damit verschwenden, Sie zu überzeugen.«

»Gut!« Diaz schlug die Hände zusammen und rieb sie dann in einer Geste der gespielten Begeisterung. Tiefe Furchen zogen sich über seine Stirn. »Dann können Sie jetzt nach Hause gehen, oder ich lasse Sie verhaften.«

Er machte einen bedrohlichen Schritt auf sie zu. Kay wich keinen Zentimeter zurück.

»Mit welcher Begründung?«, fragte sie mit einem freundlichen Lächeln.

»Ermittlungsarbeiten ohne Zuständigkeit.«

»Nein«, widersprach Kay strahlend. »Ich bin eine einfache Bürgerin, die mit den örtlichen Beamten über ein mögliches Verbrechen sprechen möchte, bei dem es um die Sicherheit eines achtjährigen Mädchens geht. Sind Sie sicher, dass Sie mich aufhalten wollen?« Sie legte provozierend den Kopf zur Seite. »Stellen Sie sich diese Schlagzeile mal vor ... Das ist ein Karrierekiller.«

Diaz stöhnte und ballte die Hände nur Zentimeter von ihrem Gesicht entfernt zu Fäusten, ließ dann aber die Arme sinken. »Dann schicke ich Ihnen Detective Brockett vorbei. Sie wissen schon, zu Ihrer eigenen Sicherheit.« Diaz grinste boshaft. Er wusste das Spiel genauso gut zu spielen wie Kay.

»Nicht, solang ich nicht verhaftet bin, Chief.«

Detective Brockett näherte sich Brian, als dieser aufstand und beim Belasten seines Beins schmerzerfüllt das Gesicht verzog. Carly Hosking klackerte ein paar Meter hinter ihm her und hatte Mühe, mit den großen Schritten des ehemaligen Marinesoldaten mitzuhalten.

»Kommst du jetzt allein zurecht?«, fragte Kay und tätschelte den Unterarm ihres Ex-Mannes.

»Immer«, antwortete Brian. Er war blass und zitterte im frischen Wind. »Kümmere dich um meine Tochter, Kay. Ich werde schon wieder. Und Kay?«

»Ja?«

»Der Name des Staatsanwalts ist Leonetti. Palmer Leonetti. Er kümmert sich hauptsächlich um das organisierte Verbrechen.«

»Verstanden.«

Detective Brockett begann, Brian seine Rechte vorzulesen. Kay hätte schwören können, dass er es insgeheim genoss. Seine Stimme verriet ihn. Sie beobachtete Brockett eine Weile lang. Er war ein großer, gut gebauter Mann um die sechzig, sehnig und erbittert, mit einem Kurzhaarschnitt, der kaum verbergen konnte, dass sein graues Haar schon recht schütter war. Eine randlose Brille ließ seine Augen ein wenig größer erscheinen, als sie waren. Ein Schnurrbart bedeckte seine Oberlippe, aschgrau, leicht gelblich eingefärbt vom Zigarettenrauch.

Brockett würde keine Einzelheiten über den Fall preisgeben und auch nicht verraten, wieso er nach der heutigen Schießerei dennoch auf die Verhaftung bestand. Er wirkte nicht wie jemand, mit dem gut Kirschen essen war.

Vielmehr wirkte er wie ein zäher alter Hund.

SECHSUNDZWANZIG

FREUND

Die Sekretärin der Franklin High, eine pummelige kleine Frau mit Knopfaugen und einem lasziven Lächeln, hatte keine Schwierigkeiten, Taylors Freund anhand des Fotos zu identifizieren, das Elliot ihr vorlegte.

»Oh, den kenne ich«, sagte sie, lächelte schief und warf Elliot einen Blick über die Ränder ihrer Brille zu. »Was hat er angestellt?«

»Nichts, soweit ich weiß«, antwortete Elliot. Die Aufregung auf dem Gesicht der Frau machte der Enttäuschung Platz. Leider würde ihr der Besuch des Detectives in der Schule nicht viel Material für Klatsch und Tratsch einbringen. »Ich brauche nur seinen Namen und eine Adresse, wenn Sie die haben.«

»Das habe ich, Detective, und noch viel, viel mehr«, sagte sie, klimperte mit den Wimpern, senkte den Blick und flirtete ganz offensichtlich mit ihm. Elliot war es unangenehm, so direkt im Fokus weiblicher Aufmerksamkeit zu stehen, vor allem, wenn es sich nicht um jemanden handelte, den er um ein Date bitten würde.

Sie blickte auf den Bildschirm und tippte etwas mit ihren perfekten rotglänzenden Fingernägeln. Dann wandte sie ihre

Aufmerksamkeit wieder Elliot zu. »Walter Edward Finley ist sein Name.« Sie gab ihm die Adresse und fügte dann in einem leisen, verschwörerischen Flüsterton hinzu: »Ich habe gehört, dass er als Holzfäller oben auf dem Berg arbeitet, wo sie Bäume für den neuen Hotelparkplatz fällen. Er taugt nicht gerade fürs College, wenn Sie verstehen, was ich meine.«

Die Fahrt zum Winter Lodge Hotel dauerte etwa zwanzig Minuten, aber Elliot schaffte es in einer Viertelstunde. Er fand das Holzfällerteam ohne Probleme; das Geräusch von Kettensägen und fallenden Baumstämmen hatte er schon aus mehreren Kilometern Entfernung hören können.

Ein Vorarbeiter deutete auf einen mageren Jungen mit langen Beinen und verschwitzten, lockigen Haaren, die unter einem weißen Schutzhelm hervorlugten. Die jugendlichen, weichen Stoppeln seines Dreitagebarts hinterließen zwar einen dunklen Schatten entlang der Oberlippe des jungen Mannes, ließen ihn aber nicht einen Tag reifer erscheinen, als er es mit seinen knapp zwanzig Jahren war.

Er war damit beschäftigt, Äste von Baumstämmen abzusägen, um sie für den Weitertransport vorzubereiten. Seine Kettensäge, die er gekonnt führte, erfüllte die Luft mit dem Duft von frisch geschnittenem Kiefernholz und Sägemehl.

Mit einem Klopfen auf die Schulter erregte Elliot die Aufmerksamkeit des jungen Mannes. Die Kettensäge hörte auf zu surren und wurde auf dem Boden abgestellt.

»Detective Elliot Young, Polizeirevier Franklin County«, stellte er sich vor und hielt für einen kurzen Moment seine Dienstmarke in die Höhe. »Walter Finley?«

Der Junge hielt seinem Blick unbeeindruckt stand. »Ja. Was gibt's?«

»Ich muss Ihnen ein paar Fragen über Taylor Lorentz stellen«, sagte Elliot.

Finley nahm den Schutzhelm ab und wischte sich mit dem Handrücken den Schweiß von der Stirn. »Okay? Warum das?«

»Es tut mir leid, Ihnen das sagen zu müssen, aber Taylor wurde gestern Morgen tot aufgefunden.«

Der Schutzhelm fiel klappernd zu Boden. Der Kiefer des Mannes sank ein wenig herab und sein Kinn erzitterte. Er wandte kurz den Blick ab und schaute dann voll Trauer auf seine Stahlkappenstiefel. »Dann war sie das, da unten bei Frozen Falls? Das wusste ich nicht.« Er schlug die Hände vor der Brust zusammen, als würde er beten.

»Was können Sie mir über sie sagen?«

»Wie ist sie gestorben?« Walter legte eine Hand auf die Stirn, immer noch schockiert über die grausame Nachricht.

»Schnell«, antwortete Elliot und weigerte sich zunächst, zu viele Details zu nennen. »Ihr wurde in die Brust geschossen.«

»Ich habe sie seit etwa sechs Monaten nicht mehr gesehen.« Finley biss sich nervös auf die Lippe. »Wir haben Schluss gemacht, als wir mit der Schule fertig waren. Wir gingen getrennte Wege.«

»Warum? Es ist ja nicht so, dass ihr Hunderte von Kilometern voneinander entfernt lebt.«

»Nicht diese Art von getrennten Wegen, Sir.« Offensichtlich verlegen verlagerte der Junge sein Gewicht von einem Fuß auf den anderen. »Es war der Weg, den sie sich ausgesucht hat.«

»Was, aufs College zu gehen?«, fragte Elliot spöttisch.

Der junge Mann seufzte verbittert. »Sie hat gestrippt, wenn Sie es genau wissen wollen«, erklärte er und senkte die Stimme, obwohl niemand sie hören konnte. Der nächste Holzfäller war mindestens zwanzig Meter entfernt und arbeitete mit einer Kettensäge, die doppelt so groß war wie die von Finley.

»Gestrippt? Also in einem Club getanzt?«

»Wenn Sie es so nennen wollen, bitte.«

»Ihr Vater sagte, sie habe auf Häuser und Tiere aufgepasst, so was in der Art. Und dass sie aufs College ging.«

Finley musterte seine schmutzigen Fingernägel mit Interesse. »Das hat sie auch gemacht, die Sache mit dem College.

Und sie hat ein wenig babygesittet, ein bisschen, aber vier Nächte pro Woche ging sie *tanzen*.« Er betonte das Wort, als würde er Elliot einen persönlichen Gefallen tun, indem er es nicht Strippen nannte. »Verstehen Sie mich nicht falsch«, fügte er schnell hinzu, schlug die Hände zusammen und drehte und verknotete seine Finger, als wollte er sie brechen. »Ich weiß, warum sie es getan hat. Es ging ihnen finanziell schlecht. Ihre Mutter ist an Krebs gestorben, nachdem sie alle Ersparnisse in Arztrechnungen gebuttert hatten. Ihr Vater ist krank und kann sich sein Insulin nicht mehr leisten. Er darf nicht arbeiten, wenn sein Blutzucker zu hoch ist, weil ihm schwindlig wird und er ohnmächtig werden könnte und so. Dann lassen sie ihn nicht mehr fahren. Die arme Taylor konnte es kaum erwarten, mit der Schule fertig zu sein, damit sie anfangen konnte, etwas Kohle nach Hause zu bringen.«

»Wann hat sie angefangen, ähm, zu strippen? Und wo?«

Der junge Mann hatte sich in Fahrt geredet und kickte gelegentlich die Spitze seines Stahlkappenstiefels in den Dreck. »Ich habe meine Hilfe angeboten. Das hier wird gut bezahlt, fast dreißig Mäuse die Stunde, plus Zusatzleistungen. Sie hätte bei mir einziehen können, hätte weiter auf Tiere aufpassen und studieren können, und sie hätte ihrem Vater helfen können, über die Runden zu kommen. Aber sie hat gelogen und hinter meinem Rücken angefangen, dort zu arbeiten, in diesem verfluchten Laden.«

»Wo?«

»Im, ähm, im Velvet Puss.« Er senkte den Blick und wurde rot, verlegen, als er den Namen des Clubs aussprach. »Ich habe es nicht ertragen ... all diese Männer, auch manche, mit denen ich zusammenarbeite, und alle haben sie berührt und angegafft. Ich bin einfach meinen eigenen Weg gegangen, das ist alles.«

»Niemand verurteilt Sie«, sagte Elliot, der sah, was der junge Mann durchmachte. Wahrscheinlich gab er sich auch noch die Schuld an Taylors Tod. »Hat sie die ganze Zeit weiter als Babysitterin gearbeitet?«

»Wir haben schon eine Weile nicht mehr miteinander gesprochen. Früher hat sie das getan, so hat sie es mir zumindest gesagt. Sie hat mich angelogen, und ihren Vater auch.« Er kratzte sich unter seinem verschwitzten Haar und blickte zum Gipfel des Berges, der mit frischem, weißem Schnee bedeckt war und sich perfekt vom blauen Himmel abhob. »Ich bin vielleicht der größte Idiot in dieser Stadt, aber ich habe sie immer für das respektiert, was sie getan hat. Ich habe sie nie verachtet ... ich habe sie respektiert.«

»Wie kommt das?«

»Sie hat getan, was sie tun musste, um für ihre Familie zu sorgen, deshalb. Sie hat sich nie beklagt, nie geweint, sie hat es einfach getan. Taylor war stärker als die meisten Männer hier auf diesem Berg. Sie hatte Mumm.«

»Wussten Sie, dass sie schwanger war?«, fragte Elliot.

Finley starrte ihn ungläubig an. »Nein ... woher sollte ich das wissen? Wir haben seit Juni oder so nicht mehr miteinander gesprochen.«

»Sind Sie sich da sicher?«, hakte Elliot nach, obwohl er nicht glaubte, dass dieser junge Mann derjenige war, der Taylor geschwängert und ihr dabei vielleicht auch noch die Knochen gebrochen hatte.

Finleys Lippen kräuselten sich für einen Moment, als er eine verächtliche Grimasse zog. Mit einer schnellen Geste riss er sich ein paar Haare aus und hielt sie in die Luft. »Hier. Nehmen Sie die. Schließen Sie mich aus. Ich kenne mich mit DNA und solchem Zeug aus. Ich will nicht, dass Sie Ihre Zeit mit mir verschwenden, anstatt Taylors Mörder zu schnappen.«

Elliot nahm ein Beweismitteltütchen heraus und versiegelte die Haarsträhne darin. »Danke, Mr Finley.«

»Mr Finley ist mein Vater. Ich bin Walter.«

»Walter. Ihr Verlust tut mir wirklich leid.« Elliot schüttelte die Hand des jungen Mannes und wandte sich zum Gehen.

»Ich habe sie schon vor langer Zeit verloren«, sagte der noch, aber die Traurigkeit in seiner Stimme widersprach seinen Worten. »Ich schlage vor, Sie stellen dem Manager des Stripschuppens ein paar Fragen. Vielleicht überprüfen Sie die Überwachungsvideos. Es heißt, dass dort viel mehr abgeht als nur *Tanz*.«

Er nahm seinen Schutzhelm und setzte ihn sich auf den Kopf. Dann startete er die Kettensäge und fing wieder an, einen Ast nach dem anderen abzusägen, ganz systematisch.

Als Elliot sein Auto erreichte, blickte er noch einmal zurück zu Walter Finley. Er hatte seine Kettensäge wieder abgesetzt und saß schluchzend auf dem umgestürzten Baumstamm.

Elliot kämpfte gegen ein starkes unheilvolles Gefühl an, startete den Motor und wollte gerade losfahren, als eine SMS von Lizzie seine Aufmerksamkeit erregte.

Kay wurde angeschossen, aber ihr geht es gut. Kein Grund zur Sorge.

Elliot drückte das Gaspedal durch und fuhr vom Gelände, wobei er eine Wolke aus Kieselsteinen und Staub in die Luft schleuderte. »Dieser aalglatte Hurensohn, aalglatter als eine gekochte Zwiebel«, murmelte er. »Ich wusste, dass er nur Ärger mit sich bringt.«

SIEBENUNDZWANZIG

GEFÄNGNIS

In seinen über fünfzehn Jahren als Polizist hatte er unzählige Täter hinter genau diese Gitterstäbe gebracht, und er war mit der zerkratzten gelblichen Farbe und dem Gestank von menschlichen Exkrementen und Verwahrlosung vertraut. Jetzt zuckte Brian zusammen, als die Tür hinter ihm zufiel und ihn einsperrte, zugeschlagen von einem Deputy, den er gut kannte.

»Es ist nur so lange, bis man Sie zu Ihrer Anwältin lässt, Detective«, sagte der junge Deputy entschuldigend.

Stöhnend setzte Brian sich auf die Liege und drückte auf seinen Oberschenkel, um den Verband an Ort und Stelle zu halten, als würde er sich lösen, wenn er ihn nicht festhielt. Der Schmerz ließ nach, sobald er sein verwundetes Bein entlastete, aber er war unruhig und ängstlich. Er stützte sich mit der Hand ab, stand wieder auf und begann, durch die kleine Zelle zu humpeln, wobei er sich gelegentlich an den kalten Gitterstäben festhielt.

Ein anderer Beamter kam ein paar Minuten später mit einem Hershey-Schokoriegel und einer Cola vorbei. Er steckte beides durch die Gitterstäbe und schaute nach links und rechts, als würde er gegen das Gesetz verstoßen, wenn er ihm zu essen gab. Brian verstand das; jeder Kontakt mit ihm war Karrierekryptonit für einen Polizisten, der auf der Seite der Machthaber, von Diaz und seinen Lakaien, stehen wollte.

Keiner von diesen Typen scherte sich um Beweise. Er hatte zweimal bei Diaz darum gebeten, zu erfahren, was sie gegen ihn in der Hand hatten, warum er verhaftet wurde.

»Warum sind Sie geflohen, wenn Sie unschuldig sind?«, hatte Diaz gefragt, während Brockett, dieses braunäugige Stück Abschaum, nur gekichert hatte.

»Ich bin nicht geflohen«, hatte Brian geantwortet. »Als ich erfuhr, dass ein Haftbefehl gegen mich vorliegt, habe ich mich entschieden, mich in einem Revier zu stellen, in dem die Polizisten ehrlich sind. Haben Sie ein Problem damit?«

Diaz hatte ein selbstgefälliges Grinsen aufgesetzt, das Brian ihm am liebsten mit einem gut platzierten Schlag aus dem Gesicht gewischt hätte.

»Nun, es sollte ihnen etwas ausmachen«, fuhr Brian unbekümmert fort. Diaz auf die Palme zu bringen, beruhigte irgendwie seine Nerven. Er hoffte, dass der Polizeichef einen Fehler machen würde, wenn er wütend genug war, und dass sein sorgfältig erbautes Schloss aus krummen Karten zusammenfallen würde. »Sie sollten vor Ihrer eigenen Haustür aufräumen, Chief, und in den obersten Reihen anfangen.«

Diaz hatte gelacht und war ohne ein Wort gegangen. Das war fast eine Stunde her. Seitdem waren seine Fingerabdrücke genommen und verarbeitet worden, und seine Kleidung war durch einen orangefarbenen Overall ersetzt worden, der nach Bleiche stank, während Carly Hosking versuchte, seine Anklageverlesung zu verlegen. Ursprünglich war der Termin für die Mittagszeit angesetzt worden, doch die morgendliche Schießerei hatte ihre Pläne um mehrere Stunden verzögert. Es hatte sich herumgesprochen, dass der Richter ein Problem mit Fällen hatte, die nicht zum vereinbarten Zeitpunkt erschienen, und nicht bereit war, noch am selben Tag neue Termine anzusetzen.

Ein anderer junger Polizist kam vorbei und drückte Brian diskret ein gerolltes Magazin in die Hand. »Viel Glück«, flüsterte er, bevor er wieder verschwand.

Aber Brian konnte nicht lesen. Das Licht in der Zelle war schwach, und er war mit seinen Gedanken ganz woanders.

»Geschafft.« Carlys fröhliche Stimme überraschte ihn. »Heute um drei.«

Brians Gedanken waren für eine Weile abgeschweift und er hatte versucht, sich aus dem, was er in den letzten Tagen von Brockett und Diaz gehört hatte, etwas zusammenzureimen, das seinen Haftbefehl erklären könnte. Er grübelte unentwegt darüber nach, obwohl ihm klar war, dass das Wahnsinn war. Er würde es wahrscheinlich erst herausfinden, wenn Carly Zugang zu den Beweismitteln erhalten hatte, vielleicht nicht einmal dann.

»Gehen wir«, sagte sie und wartete darauf, dass ein Deputy die Zellentür aufschloss. »Ich muss dir vorher noch ein paar Fragen stellen.«

Brian humpelte hinter ihren perfekt schwingenden Hüften her, die von einem so engen Rock umhüllt wurden, dass er unter dem dunkelblauen Stoff einen Tanga oder vielleicht auch gar nichts vermutete. Sie betraten einen der Vernehmungsräume, und Brian weigerte sich, Platz zu nehmen.

Der Raum war klein und in einem verblassten Beigeton gestrichen. In eine der Wände waren Obszönitäten geritzt worden, einige davon waren um grafische Darstellungen männlicher Sexualorgane und die namentliche Nennung mehrerer Polizisten ergänzt worden. Einmal die Woche blieben die Hausmeister länger und versuchten, die Kratzer mit frischer Farbe zu überdecken, aber Spuren davon blieben.

Carly überprüfte die Überwachungskamera und warf dem halbdurchlässigen Spiegel einen misstrauischen Blick zu.

»Kameras, Mikrofone aus«, wies sie den Deputy mit rauer Stimme an. »Oder ich kriege Sie und Ihren Vorgesetzten dran, weil Sie die Rechte meines Mandanten verletzt haben.« Der Deputy nickte verlegen, verließ den Raum, und schloss die Tür hinter sich.

Carly zog sich einen Stuhl heran und stellte ihn so hin, dass sie der Kamera und dem Spiegel den Rücken zuwandte. Dann forderte sie Brian auf, den anderen Stuhl an ihre Seite zu ziehen, nicht auf die gegenüberliegende Seite des Tischs, wie es das Protokoll vorschrieb.

»Lass uns über das Plädoyer sprechen«, sagte sie und kam in ihrer typischen Art direkt zur Sache. »Nicht schuldig, nehme ich an?«

»Natürlich nicht«, entrüstete sich Brian. Er sah auf die Uhr. Sie hatten noch fast zwei Stunden bis zur Anklageverlesung zu überbrücken.

»Wie sieht es mit der Kaution aus?«, fragte sie und überprüfte die Notizen auf ihrem Handy. »Kannst du eine halbe Million aufbringen?«

Er stieß einen Pfiff aus. »Als ob das Geld auf Bäumen wachsen würde, Carly. Was zur Hölle? Drück sie besser runter. Einhundert, vielleicht einhundertfünfzigtausend kann ich schaffen, aber fünfhundert? Nie im Leben.«

»Gibt es Freunde oder Verwandte, die ich anrufen soll?« Sie warf ihm einen kurzen, aufbauenden Blick zu.

»Nein.« Er schlug die Hände zusammen und knetete sie kräftig. »Hol mich lieber hier raus, Carly. Ich kann nicht in den Knast. Die werden mich da drin umbringen.«

Sie atmete tief durch und sah ihn streng an. »Die Übergabe und die Anklageerhebung, Brian. Das haben wir doch besprochen. Darauf haben wir uns geeinigt.«

»Carly, ich kann nicht ...«

»Ich kann deinen Fall nicht übernehmen, und du weißt

auch warum.« Sie presste kurz die Lippen aufeinander und sagte dann mit gesenkter Stimme: »Den Leute, die ich normalerweise vertrete, wird es nicht gefallen, wenn ich einen Polizisten verteidige. Das kann ich nicht riskieren. Ich habe zwei Kinder.« Sie drückte seine Hand zur Ermutigung. »Aber ich werde dir ein paar gute Anwälte empfehlen, die die Aufmerksamkeit brauchen und dich vielleicht pro bono vertreten.«

Er schnaubte. »Aufmerksamkeit, hm? Das ist heutzutage meine Währung?«

Sie zog die Hand zurück. »Glaube nicht, dass dein Fall keine Schlagzeilen macht, egal wie er ausgeht.«

Brian reagierte nicht; mit hängendem Kopf und hängenden Schultern starrte er auf seine Hände und fragte sich, wie viele Jahre er noch würde Ketten tragen müssen. Carly war das egal. Sie hatte kein Problem damit, ihn wie ein Tier im Käfig zurückzulassen, während sie sich wieder San Franciscos Nest von Berufsverbrechern widmete, denen sie eintausend Dollar pro Stunde abknöpfen konnte.

»Was hast du auf dem Herzen?«, fragte sie und setzte ein professionelles Lächeln auf.

»Meine Tochter. Ich muss wissen, dass sie in Sicherheit ist.«

»Oh«, sagte Carly und ihr Lächeln verschwand. Ihre kalte Hand fand die seine und drückte sie sanft. »Kümmert sich deine Ex nicht darum?«

»Ich mache mir Sorgen um sie«, antwortete Brian und ignorierte die Frage der Anwältin. »Ich dachte, wir wären in Sicherheit, ich, Holly, Kay ...« Seine Worte erstarben, als seine Stimme brach. »Aber Kay und ich wären heute fast gestorben, Carly. Es ist ein Wunder, dass wir so glimpflich davongekommen sind. Ich kann nicht davon ausgehen, dass sie nicht auch hinter Holly her sind. Das Risiko kann ich nicht eingehen.«

»Was genau meinst du?«

Er sah sie eindringlich an. »Wer auch immer diese Leute sind, sie haben schon einmal getötet, und sie werden nicht zögern, es wieder zu tun.« Er schluckte schwer. »Vielleicht ist es das Beste, wenn du mich nicht vertrittst, Carly. Sie werden hinter mir und allen anderen, die damit zu tun haben, her sein, wieder und wieder, bis ihr Job erledigt ist.«

ACHTUNDZWANZIG

ORGANISATION

Das Büro des Staatsanwalts von San Francisco war nur eine kurze Autofahrt vom Revier entfernt. Kays einziger Zwischenstopp war ein Bekleidungsgeschäft, in dem sie ein neues, weißes Hemd und ein blaues Sweatshirt mit Reißverschluss erstand. Kay atmete erleichtert auf, als sie das Gebäude betrat, nachdem sie kurz darüber nachgedacht hatte, sich eine frische Tasse Kaffee zu holen. Starbucks lag an der anderen Ecke des Blocks, praktisch und verlockend.

Schließlich hatte sie es sich aber anders überlegt. Die Schießerei von vorhin hatte ihre Nerven mehr strapaziert, als sie zugeben wollte, und sie misstrauisch und nervös gemacht, sodass sie jedes Dach und jeden schwarzen Geländewagen, der vorbeifuhr, misstrauisch beäugte.

In dem grauen, düster wirkenden Gebäude wurde sie zum Büro von Staatsanwalt Leonetti geführt, nachdem man ihr ein paarmal versichert hatte, er sei beschäftigt und könne sie wahrscheinlich nicht ohne Termin empfangen.

Vermutlich stimmte das sogar, aber das hielt Kay nicht davon ab, an seine offene Tür zu klopfen. Leonetti saß hinter einem großen Schreibtisch, der mit Stapeln von Ordnern und

Papieren bedeckt war. Er hatte die Ärmel seines Nadelstrei-
fenhemds hochgekrempelt und seine Krawatte gelockert.
Offenbar war er in die Lektüre eines Falls vertieft. Kay
erkannte ihn vage wieder; ihre Wege mussten sich irgendwann einmal auf dem Gang eines Gerichtsgebäudes gekreuzt
haben.

Das Büro war groß und besaß ein Fenster, dessen Jalousien
er fast komplett geschlossen hatte, um seinen Arbeitsplatz vor
der Sonne zu schützen. Die Schreibtischlampe verbreitete ein
gelbliches Licht. Sie war alt und abgenutzt; er musste sie
zusammen mit dem Rest der Möbel geerbt haben. An der
hinteren Wand, neben dem Fenster, hing eine große Tafel. Sie
war mit aufgeklebten Bildern und hingekritzelten Notizen
übersät, welche die Hierarchie einer Verbrecherorganisation
abzubilden schienen.

Kay blieb in der Tür stehen und wartete einen Moment,
dann klopfte sie erneut. Leonetti blickte von seinen Unterlagen
auf. »Oh«, sagte er, ließ die Akte sinken und stand schnell auf.
»Sie sind das.« Er bat Kay herein und reichte ihr die Hand.
»Wir haben gerade über Sie und Hanlin und die Schießerei
gesprochen. Es ist überall in den Nachrichten.«

»In den Nachrichten? Die kennen unsere Namen?« Kay
dachte an Elliot und wie er reagieren würde, wenn er hörte,
dass sie angeschossen worden war.

»In dieser Stadt kann man nichts geheim halten, schon
vergessen?« Der große, dunkelhaarige Mann lächelte und
deutete auf die beiden Ledersessel vor seinem Schreibtisch. Er
musste bemerkt haben, dass sie sich über seine Ungezwungen-
heit wunderte, denn er fügte hinzu: »Sie erinnern sich vielleicht
nicht, aber ich habe einige der Fälle verfolgt, an denen Sie als
FBI-Agentin gearbeitet haben. Sie waren sehr gut dokumentiert
und mit Beweisen belegt. Es war ein Leichtes, Ihre Täter zu
verurteilen.«

»Ah, das erklärt, warum Sie mir bekannt vorkommen«,

erwiderte Kay ein wenig verlegen, weil sie sich nicht besser an ihn erinnerte. »Es tut mir leid ...«

»Keine Sorge, Detective. Ich war damals ein Neuling und saß auf der zweiten Bank.« Er faltete die Hände ordentlich auf dem Schreibtisch. »Was kann ich für Sie tun?«

»Sie haben gehört, was heute Morgen bei der Schießerei passiert ist«, sagte Kay und hatte das Gefühl, auf Eierschalen laufen zu müssen. »Hören Sie, ich bin hier nicht zuständig, und ich bin nicht hier, um Ihnen oder jemand anderem Ärger zu machen.« Er nickte zustimmend. Seine intelligenten Augen schauten konzentriert und interessiert. »Ich möchte nur wissen, was Rachel in der Nacht der Schießerei oder am nächsten Morgen ausgesagt hat.« Kay hielt inne, gab ihm einen Moment Zeit zu antworten, aber er hatte seine hohe Stirn bereits in Falten gelegt und die Lippen fest aufeinandergepresst. »Es ist eine große Bitte, das weiß ich, aber ...«

»Lassen Sie mich Ihnen etwas zeigen, Detective«, sagte Leonetti, stand auf und deutete auf die Tafel neben seinem Schreibtisch. »Das sind die Leute, mit denen wir es zu tun haben.« Er tippte mit der Fingerspitze gegen die Tafel. »La Vida Sangrienta. Erinnern Sie sich an sie?«

Der Name der gefürchteten Gang aus San Francisco kam jedem bekannt vor, der in den letzten zehn Jahren in der Stadt in der Strafverfolgung gearbeitet hatte. Dennoch hatte Kay das Bedürfnis, ihre nur oberflächlichen Kenntnisse über die kriminelle Organisation zu rechtfertigen. »Ich habe in einer anderen Abteilung gearbeitet, in der Verhaltensanalyse.«

»Ja, ich erinnere mich«, antwortete er. »Sie hatten hauptsächlich mit Serienmördern zu tun. Das hier sind Psychopathen, die sich an Geld und Blut berauschen und Menschen mit Straßendrogen umbringen.« Er tippte wieder auf die Tafel, näher an die Spitze der Hierarchie. Mit einem roten Marker war ein Rechteck gezeichnet worden, darin ein Fragezeichen. Darüber stand in Druckbuchstaben der Name BARRACUDA.

»Dieser Mann ist ihr Boss. Niemand konnte dem Anführer von La Vida Sangrienta bislang einen Namen oder ein Gesicht zuordnen. Wir haben jedem Bandenmitglied, das wir bisher erwischt haben, einen Deal angeboten. Wir haben versucht, Informationen zu erzwingen, sie sogar zu kaufen. Nichts ... nur die Erkenntnis, dass diese Leute den Barracuda mehr fürchten als uns.« Er hielt einen Moment inne. »Wir wissen, dass dieser Mann, Barracuda, den Kampf zwischen zwei anderen Banden angezettelt hat, sie geschwächt und dann die Macht übernommen hat, indem er die kläglichen Reste unter seiner Herrschaft vereinte.«

Kay betrachtete die Tafel mit großem Interesse. Direkt unter dem Barracuda-Rechteck befand sich ein weiteres Rechteck mit dem Wort CIGUATERA darüber und einem Fragezeichen hinter den Blockbuchstaben sowie einem weiteren Fragezeichen im Inneren, wo das Foto des Mannes hätte kleben sollen.

Eine dritte Reihe enthielt verschiedene Fotos von Bandenmitgliedern, die alle identifiziert worden waren. Der erste Mann, Edmundo Buendia, war mit zwei Fotos vertreten. Eines davon war eine Nahaufnahme seiner Gesichtstätowierung, vier Tränen, die unter dem linken Augenwinkel auf dem Wangenknochen und darunter verteilt waren. Eindeutig aus dem Gefängnis. Die Daten unter seinem Namen bestätigten seine Knastzeiten. Der zweite Mann war Jose DeFranco, Spitzname Big J, ein übergewichtiger Latino in orangefarbener Gefängniskleidung, der vor einigen Jahren für sein Verbrecherfoto posiert hatte. Der dritte war ein weiterer Latino, Trinidad Cuadrado, Spitzname The Square.

Die vierte Reihe enthielt eine Kombination aus Porträts und leeren Kästchen. Über jedem der Fotos stand in roter oder schwarzer Schrift ein Name. Zwei waren mit einer diagonalen roten Linie durchgestrichen, und unter den Namen war ihr Todesdatum vermerkt. Auf anderen Gefängnisfotos war das

Datum der Verhaftung und der Ort, an dem sie einsaßen, notiert worden.

Die Hierarchie setzte sich in zwei weiteren Reihen fort, wobei jedes Kästchen entweder ein Foto mit einem Namen oder ein Fragezeichen enthielt. Die meisten Bandenmitglieder waren jedoch identifiziert worden. Die Kästchen waren mit anderen Kästchen in anderen Reihen durch schwarze Linien verbunden. Einige der Linien waren mit Kommentaren zu Fällen, Ereignissen oder zugehörigen Fallnummern versehen.

Der Anblick des Whiteboards weckte Erinnerungen. In ihrem Büro beim FBI hatte Kay auch so eine Tafel besessen, die sie die Gaga-Wand genannt hatte. Vor allem, weil sie beim Versuch, die Opfer mit den Tätern und ihren Daten in Verbindung zu bringen, Gefahr lief, völlig gaga zu werden, wenn sie nicht regelmäßig den Blick abwandte.

»Wow«, flüsterte Kay und betrachtete die Gaga-Wand des Staatsanwalts. »Ich fasse es nicht, wie viele davon noch unbekannt sind.« Sie richtete den Blick auf den Staatsanwalt. »Glauben Sie, dass WITSEC kompromittiert wurde? Hat jemand Rachels Identität als Zeugin der Schießerei letzte Woche durchsickern lassen?«

Leonetti ließ den Kopf hängen. »Ich weiß es nicht.« Er klang aufrichtig. »Das habe ich mich auch gefragt. Es könnte jemand von der Polizei aus dem Bezirk Nord gewesen sein, oder sogar jemand von hier, aus meinem eigenen Revier.« Er hob den Blick und hielt ihn auf die Tafel gerichtet. Die Frustration in seinem Gesicht war unverkennbar. »Ich habe darüber nachgedacht, alle einem obligatorischen Lügendetektortest zu unterziehen, aber was würde das bringen? Diese Tests sind aus gutem Grund vor Gericht nicht zulässig, sie sind nicht zuverlässig.«

»Ich habe Angst, dass sie hinter Rachels Tochter und ihrer Mutter her sind. Wir müssen etwas tun, um die beiden zu schützen. Ich glaube nicht, dass die Leute, die heute auf uns geschossen haben, mit ihrer Säuberungsaktion schon fertig sind.«

»Dank der Medien wissen sie, dass ihr Job noch nicht erledigt ist«, brummte er. »Machen Sie keinen Fehler, Detective, sie werden zurückkommen. Und jetzt stehen Sie auf deren Abschussliste, nur weil Sie mit Brian Hanlin im selben Auto saßen.«

Das hatte ihr gerade noch gefehlt: auf der Abschussliste einer Bande zu stehen, dank ihres Ex-Mannes, für eine Angelegenheit, mit der sie eigentlich nichts zu tun hatte.

»Wie können wir Rachels Familie helfen?« Sie hielt inne, um dem Staatsanwalt Zeit zum Nachdenken zu geben. Seine Stirn war von einem permanenten Stirnrunzeln zerfurcht und sein Kiefer angespannt, aber er sagte nichts. »Um ehrlich zu sein, war ich überrascht, dass Sie Rachel so schnell in das Programm aufgenommen haben. Hat sie etwas unterschrieben? Eine Erklärung, irgendetwas, das mich in die richtige Richtung weisen würde, so ganz inoffiziell?«

Leonetti und sie hatten schon miteinander zu tun gehabt; sie waren über vergangene Fälle und gemeinsame Interessen verbunden. Doch jetzt hielt sie den Atem an und wartete auf die Antwort, die durchaus aus einer Aufforderung bestehen konnte, das Büro zu verlassen, gefolgt von einem Vortrag über die Rechtsprechung und dem Versprechen, dass er eine formelle Beschwerde beim US-Justizministerium einreichen würde. Aber Leonetti starrte mit einer ungewöhnlichen Intensität auf die Tafel, als ob er darüber nachdenken würde, was er tun sollte. Als ob er herausfinden wollte, ob Kay vertrauenswürdig war.

»Rachel muss Ihnen etwas erzählt haben«, betonte sie mit weicher, beruhigender Stimme.

Er tippte auf eines der Gesichter, die in der untersten Reihe seiner Gaga-Wand klebten. Es war mit einer roten diagonalen Linie durchgestrichen, und unter dem Namen stand das

Todesdatum. »Oliver ›Ollie‹ Galaz war das Opfer der Schießerei, der Rachel Epling letzte Woche beiwohnte. Er stand ganz
unten in der Rangordnung von Vida Sangrienta. Er war ein
Straßendealer, der aufgestiegen und zum Anführer des Viertels
befördert worden war. Gerüchten zufolge wurde er noch am
Tag zuvor mit einem Polizisten gesehen. Mein Ermittler hat
sich mit den Polizeirevieren in Verbindung gesetzt, und in der
Tat hatte Galaz Informationen über eine vermisste Prostituierte
durchsickern lassen, die in demselben Viertel arbeitete. Am
nächsten Tag wurde er erschossen. Die Botschaft ist klar:
Niemand von La Vida Sangrienta darf mit einem Polizisten
sprechen.«

Kay runzelte die Stirn. »Ich bin mir nicht sicher, ob ich
verstehe, inwiefern Rachel bei all dem eine Rolle spielt.«

Leonetti stützte die Hände auf die Oberschenkel und
betrachtete eine Weile das Muster des Teppichs. »Ich vertraue
Ihnen etwas an, Detective.« Er nahm kurzen Blickkontakt mit
ihr auf, und sie nickte. »Rachel kam am Freitagmorgen in mein
Büro, bereit, eine Aussage zu machen. Das Zeugenschutzprogramm war zu diesem Zeitpunkt noch gar nicht im Gespräch.
Aber sie tat genau das, was Sie taten, als sie hier eintraf. Sie
starrte eine Weile auf das Whiteboard. Ich konnte sehen, wie
sie blass wurde und zitterte. Ich dachte, sie würde in Ohnmacht
fallen.« Er gluckste leise. »Stattdessen zeigte sie direkt auf den
Namen Barracuda und sagte: ›Ich glaube, ich weiß, wer das ist.
Er war es, den ich gestern Abend gesehen habe, der Schütze,
der den jungen Mann getötet hat.‹«

»Wow ... ich weiß nicht, was ich sagen soll.« Woher sollte
Rachel wissen, dass der Mann, den sie in jener Nacht gesehen
hatte, der Anführer der Bande war? Das Mädchen, das sie einst
gekannt und geliebt hatte, war eine sanftmütige, lebenslustige
Psychologiestudentin gewesen, die Angst vor Gewitter und
plötzlichem Klopfen an der Zimmertür hatte. Vor dunklen
Gassen und Taxifahrern, die sich nicht täglich rasierten. Sie

war ein Angsthase. Sie kannte nicht einmal annähernd auch nur einen Namen eines Gangmitglieds.

Leonetti schüttelte den Kopf. »Dann zeigte sie auf das hier«, er tippte auf die einzelne, leere Box in der zweiten Reihe, »und sagte: ›Ciguatera‹ ist keine Person. Es ist das, was passiert, wenn man dem Barracuda in die Quere kommt. Es ist das Gift, das dich tötet, und davon gibt es kein Entkommen.‹ Sie hatte den Polizisten bereits die Beschreibung des Fahrzeugs gegeben, das in die Schießerei verwickelt war, und es passte zu dem, welches wir als eines von Barracudas bevorzugten Fahrzeugen ausgemacht hatten.«

»Aber das ergibt keinen Sinn«, sagte Kay, immer noch schockiert von dem, was sie erfahren hatte. »Warum sollte der Chef einer so mächtigen Organisation alles riskieren und einen kleinen Drogendealer erschießen? Ich bin mir sicher, das Oberhaupt von La Vida Sangrienta hat Dutzende von Handlangern, die seine Befehle gern ausführen.«

Leonetti zuckte mit den Schultern. »Vielleicht wollte er damit ein Exempel statuieren.«

»Jetzt verstehe ich, warum Sie sofort die WITSEC-Dokumente aus der Schublade gezogen haben.«

»Das habe ich. Ich rief einen US-Marshal an und arrangierte ein Treffen. Aber das hatte den gegenteiligen Effekt. Anstatt Rachel Epling davon zu überzeugen, dass wir sie beschützen würden, bekam sie Angst. Ihr muss klar geworden sein, was ihr bevorstand. Sie ist zurückgerudert, widerrief, aber wir blieben dran. Schließlich willigte sie ein, uns zu sagen, was wir wissen wollten, und begann, die Dokumente zu unterschreiben. Dann kam Brian Hanlin, und wir hörten mit der Befragung auf.« Er ballte die Hände zu Fäusten und steckte sie in die Taschen. »Ich wollte sie nicht noch einer Person aussetzen, obwohl ich sicher bin, dass er schon alles weiß. Aber er will nicht reden.« Leonetti gluckste und sagte mit Bitterkeit in der Stimme: »Ich kann es ihm nicht verdenken; ich würde wahrscheinlich auch nicht reden. Das Zeugenschutzprogramm ist kein Zuckerschlecken. Es verändert das ganze Leben, und nicht zum Besseren.«

»Dann haben Sie Rachel gehen lassen?« Kay konnte nicht glauben, dass er so einen Anfängerfehler gemacht hatte.

»Sie hat darauf bestanden.« Er räusperte sich und fügte dann hinzu: »Nein. Sie hat uns *erpresst*, damit wir sie gehen ließen und ihr noch ein paar Stunden Zeit gaben, um ihr Leben in Ordnung zu bringen, wie sie es nannte, bevor sie und ihre Tochter abgeholt würden. Das war ihre Bedingung für die Zustimmung zur Aussage. Sie wollte jemanden anrufen, der für das FBI arbeitet. Ich nehme an, dass ...«

Kay zeigte auf sich selbst. »Sie hat mir eine Sprachnachricht hinterlassen. Ich war in einer Vernehmung und konnte nicht ans Telefon gehen. Später habe ich sie zurückgerufen, aber da war es schon zu spät.«

»Hat sie etwas gesagt, das wir gebrauchen können?«

Kay spielte Rachels Voicemail ab. Leonetti hatte sich das verdient. Er hörte zu, sichtlich interessiert an dem Bedauern, das Rachel in der Nachricht ausgedrückt hatte, aber dann schien er zu begreifen, was Sache war.

»Das wird mir ja jetzt erst klar: Hanlin war früher Ihr Mann und Rachel war früher Ihre College-Freundin. Das haben sie in den Nachrichten gesagt. War Rachel Epling ...«, setzte er an, hielt dann aber inne.

Kays Kehle wurde trocken. »Ist schon gut. Alte Geschichte.« Sie warf der Gaga-Wand einen weiteren Blick zu. »Sie haben also nie erfahren, was sie Ihnen sagen wollte? Wer der Barracuda ist?«

»Nein. Alles, was sie uns auf einer unterschriebenen Erklärung mitteilte, waren Marke und Modell des Fahrzeugs und ein paar Ziffern des Nummernschilds. Es war ein schwarzer Chevy Suburban. La Vida Sangrienta benutzt die oft.«

Das war also der Heckenschütze. Brian hatte recht; sie

würden nicht aufhören, bis sie alle tot waren. Brian, Holly, Rachels Mutter. Und sie selbst.

»Und dann hat sie noch etwas gesagt«, fügte Leonetti hinzu, »nämlich, dass sie ein rotes Leuchten gesehen habe, als der Schütze die Hand aus dem Fenster gestreckt hat, um die Waffe abzufeuern. Ich habe angemerkt, dass es ein Laserpunkt gewesen sein könnte, aber sie sagte nein, es sei etwas anderes gewesen, etwas, das näher am Auto war, nicht am Opfer. Wir wussten nicht, was wir davon halten sollten, und sie schien es auch nicht richtig einordnen zu können. Vielleicht war es die Spiegelung der Bremslichter eines anderen Autos. Wer weiß.«

»Danke, dass Sie mir das anvertraut haben«, sagte Kay, die allmählich eine gewisse Müdigkeit in den Knochen spürte. Der Tag war anstrengend gewesen, und er war noch nicht zu Ende. »Könnten Sie mir bitte sagen, wie ich den US-Marshal finden kann, der ...«

»Einen Augenblick«, antwortete Leonetti und drückte eine Taste auf seinem Telefon. Als seine Assistentin abnahm, sagte er: »Schicken Sie bitte Debra her.«

»Was passiert jetzt?«, fragte Kay, während sie warteten.

Leonetti hatte Mühe, ein enttäuschtes Seufzen zu verbergen. »Es gibt niemanden mehr, der aussagen kann. Wenn wir Rachels Familie in das Programm aufnehmen, ist für sie kein Ende in Sicht. Es könnte Jahre dauern ... Und wir haben einen Maulwurf, den wir nicht identifizieren können, weder hier noch im Bezirk Nord. Wir stecken verfahrenstechnisch in einer Zwickmühle.«

Ein kurzes Klopfen an der Tür, und Leonetti winkte eine Frau um die dreißig herein. Sie trug schwarze Einsatzkluft und eine kakifarbene Weste mit dem Abzeichen ihres Dienstes. Sie schüttelte Kay freundlich die Hand. »US-Marshal Debra Buscher.«

Kay musterte sie einen kurzen Moment lang. Die Frau hielt

ihrem Blick offen stand. »Ich glaube, Rachel Eplings Mutter und Tochter sind in Gefahr. Ich brauche Ihre Hilfe ...«

»Gehen Sie«, sagte Leonetti, als Debra ihn um Erlaubnis bittend ansah.

Innerhalb weniger Augenblicke waren sie auf dem Weg zum Haus der Eplings.

Kay hoffte, dass sie nicht zu spät kamen.

NEUNUNDZWANZIG

VELVET

Elliot hatte Kay ein Dutzend Mal angerufen und war jedes Mal auf der Mailbox gelandet. Ihm fiel nichts ein, was er aufsprechen konnte. Er wollte doch nur ihre Stimme hören, um herauszufinden, ob es ihr gut ging.

Auf der Fahrt vom Berg herunter rang er eine Weile mit sich selbst. Sollte er Novack mit den Ermittlungen beauftragen und nach San Francisco fahren, um Kay den Rücken zu stärken? Sie hatte ihm ausdrücklich gesagt, er solle hierbleiben. Aber was, wenn sich die Dinge seitdem geändert hatten und sie ihn brauchte?

Als das Telefon klingelte, drückte er auf den Knopf am Lenkrad, ohne auf den Monitor zu schauen.

»Elliot?« Kays Stimme durchbrach die Stille in seinem Wagen. Sie klang besorgt, angespannt, aber sie war es. Sie lebte.

Elliot atmete auf. Das Gefühl der Erleichterung war berauschend. »Kay.« Er hielt einen Moment lang inne und suchte nach den richtigen Worten. »Ich wollte dich gerade ...«

»Ich habe versucht, dich vorhin anzurufen, aber hier ist alles durcheinandergeraten. Ich wurde aufgehalten, und ...«

»Ich habe gehört, du wurdest angeschossen. Geht es dir gut?«

»Ja, es ist nur eine oberflächliche Verletzung. Nichts, worüber man sich Sorgen machen müsste.«

»Ich bin drauf und dran, Novack auf den Fall anzusetzen und mir einen Tag Urlaub von Logan genehmigen zu lassen. In spätestens drei Stunden bin ich da.«

»Nein, Elliot, tu das nicht.« Kay klang fast panisch, verzweifelt. »Ich reise ohnehin bald ab«, fügte sie hinzu, wobei das Zögern in ihrer gehetzten Stimme verriet, dass sie Elliot etwas verschwieg. Andere hätte sie damit vielleicht täuschen können, aber nicht ihn.

Sie wollte ihn einfach nicht dabeihaben und war nicht bereit, das ehrlich zuzugeben.

»Wohin fährst du?«, fragte er und ließ langsam die Luft aus seinen Lungen entweichen wie aus einem Luftballon nach einer Party.

»Ich meinte, ich bin fast fertig und fahre dann nach Hause.«

»Du bist schon fertig dort?« Er versuchte zu verbergen, wie erleichtert er über ihre Worte war, aber es gelang ihm nicht. Seine Stimme klang fröhlich, wie die eines Teenagers auf dem Weg zu einem Date.

Ein Moment der Stille folgte. »Ich fahre zu Rachels Mutter, um sie und ihre Enkelin in Schutzgewahrsam zu nehmen. Ich habe eine Kollegin von den US-Marshals dabei.«

»Ist sie im Auto bei dir?«

»Nein«, sagte Kay lachend. »Sie folgt mir in ihrem eigenen Wagen. Sie wird Holly und Mrs Epling mitnehmen, und dann fahre ich wahrscheinlich gleich nach Brians Anklageerhebung nach Hause. Hier kann ich nicht mehr viel tun.«

»Wird er immer noch angeklagt?«

»Ja.« Sie wirkte wieder angespannt, das Lachen war verklungen. »Wenn sie die Schießerei von heute nicht davon abbringen konnte, dann weiß ich nicht, was noch passieren muss.« Sie verstummte. In dem Schweigen zwischen ihnen schwangen zahlreiche unausgesprochene Fragen mit. »Wenn Brian heute auf Kaution freigelassen wird, kann er die Dinge selbst in die Hand nehmen. Es gibt keinen Grund für dich, hierherzukommen.«

Er glaubte kein Wort von dem, was sie sagte. Vielleicht stimmte das, was sie gesagt hatte, die Anklageverlesung, die Freilassung von Mr Völlig-Daneben auf Kaution und all das, aber sie wollte ihn aus einem anderen Grund nicht dabeihaben. Dieser Grund färbte ihre Stimme mit kaum wahrnehmbarer Panik.

»Wenn sich etwas ändert, sitze ich in meinem Auto und fahre so schnell Richtung Süden, dass ich gestern ankomme. Das weißt du, ja?«

Er glaubte, sie schniefen zu hören. »Ja, das weiß ich«, flüsterte sie. »Wir sprechen uns bald, ja?«

»Pass auf dich auf, Partnerin«, antwortete er, aber sie hatte bereits aufgelegt und ließ ihn mit der Frage zurück, was um alles in der Welt geschehen sein musste, dass Kay Sharp so verweint klang.

Er fragte sich immer noch, was sie zu verbergen hatte, als er die Stadt erreichte. Ein paar Minuten später fuhr er auf den Parkplatz des Velvet Puss. Der Club öffnete jeden Abend um sechs Uhr, aber es parkten bereits mehrere Autos dort, darunter ein blauer Audi Q7, der Wagen des Besitzers.

Larry Melby war Elliot schon einmal über den Weg gelaufen. Er war ein schmieriger Fünfzigjähriger mit Gewichtsproblemen und fettigem Haar, das in Spitzen abstand. Er war schon ein paarmal verhaftet worden. Der letzten Anklage, die seine dritte gewesen wäre, konnte er entgehen, indem er behauptet hatte, er habe nicht gewusst, dass in seinem Club mit Drogen gehandelt wurde. Novack hatte ihn festgenommen, aber später hatte Melby einen Deal mit dem Staatsanwalt abgeschlossen, indem er einige Namen von Kleindealern nannte. Im Gegenzug wurden alle Anklagen gegen ihn fallen gelassen.

Die Tür war verschlossen. Elliot musste mit der Faust dagegenhämmern, bis er endlich die Aufmerksamkeit eines jungen Mannes erregte, der dort als Barmann arbeitete. Der Typ öffnete die Tür allerdings nicht, sondern warf nur einen finsteren Blick auf Elliots Dienstmarke und verschwand dann im hinteren Teil des Gebäudes. Kurze Zeit später tauchte Melby auf.

Bekleidet mit einem Paar Levi's mit Hosenträgern und einem weißen, ärmellosen T-Shirt starrte er Elliot durch die Glastür mit verächtlichem Gesichtsausdruck an. »Machen Sie auf, Melby«, forderte Elliot. »Ich habe keine Zeit für so einen Zirkus.«

Elliots Bemerkung verstärkte nur die Herablassung in den blutunterlaufenen Augen des Mannes, aber er öffnete die Tür. »Es geht um Taylor, hm?«

»Sie wissen davon?«

»Nicht aufgrund irgendeiner polizeilichen Gefälligkeit, nein.« Melby spuckte auf den Boden und verfehlte Elliots Stiefel nur um ein paar Zentimeter. »Einige meiner Kunden haben sich gestern Abend unterhalten, als sie nicht aufgetaucht ist. Sie hatten es in den Nachrichten gesehen.«

Verdammte Journaille. Sie gaben Abschaum wie Melby immer wieder die Zeit, sich vorzubereiten, Beweise zu vernichten und die Lügen zu proben, die er Elliot gleich vortragen würde. Melby trat zur Seite und ließ ihn ein. Der Club war *a giorno* mit weißem Neonlicht beleuchtet, und mehrere Angestellte schrubbten die Böden, die Tische, die Theken, einfach alles. Sie benutzten Eimer mit schmutzigem, fast schwarzem Wasser und gaben sich keine große Mühe bei ihrer Arbeit. Das Ergebnis war eine Schicht, die schmierig glänzte und sich zu dem über Jahre angehäuften Schmutz gesellte.

Es stank nach abgestandenem Schweiß, Rauch und Dreck. Die Deckenlampen, die für die Wartungszeiten im Club vorgesehen waren, verbreiteten einen schwachen Lichtschein. Das beschissene Belüftungssystem des Gebäudes war wahrscheinlich nicht in der Lage, den Rauch zu bewältigen, den die Gäste in der Nacht dort hinterließen. Als einer der wenigen Orte in der Gegend, an denen das Rauchen noch erlaubt war, hatte der Club an Popularität gewonnen, als der Staat Kalifornien das Qualmen in Restaurants und Bars verboten hatte. Im Laufe der Zeit hatte der Rauch die Wände und die Decke verfärbt und dem Club ein verwittertes, heruntergekommenes Flair verliehen.

»Glauben Sie mir, es sieht besser aus, wenn die Musik läuft und die Mädels da oben mit ihren strammen Hintern wackeln«, sagte Melby, lachte herzhaft und drückte eine Hand auf seinen hüpfenden Bauch, als wollte er ihn an Ort und Stelle halten. »Ich bin mir sicher, dass es in Texas auch solche Schuppen gibt, nicht wahr, Detective? Kein Grund, die Nase über meinen zu rümpfen.«

Elliot ignorierte die Bemerkung. »Wann haben Sie Taylor das letzte Mal gesehen?«

Melby kratzte sich mit den pummeligen Fingern an seinem fleckigen Ziegenbart. »Vorgestern. Wir haben nur montags geschlossen.«

»Haben Sie mitbekommen, ob es jemand auf sie abgesehen hatte? Ihr das Leben schwer gemacht hat?«

Er verdrehte die Augen. »Ab und zu gibt es Typen, die die Hausregeln nicht kennen, aber dafür habe ich meine Türsteher. Ich kümmere mich um meine Mädchen. Talente wie Taylor sind in dieser Gegend schwer zu finden. Man wird sie vermissen.« Er verzog die dicken Lippen zu einem anzüglichen Grinsen.

»Als was genau hat sie denn für Sie gearbeitet?« Elliot

musterte die Decke über der Bühne Zentimeter für Zentimeter, bis er fand, wonach er suchte.

»Sie hat getanzt. Was denn sonst?« Melby lachte schnaubend. Wahrscheinlich hielt er Elliot für einen Vollidioten.

»Wie wäre es, wenn Sie mir ein Video zeigen würden?«, fragte Elliot und deutete auf die Kamera, die auf die Edelstahlstange in der Mitte der Bühne gerichtet war. »Von Taylor, meine ich?«

Melby starrte ihn giftig blinzelnd an. Vermutlich dachte er darüber nach, welche Konsequenzen er zu befürchten hatte, wenn er sich weigerte. Dann winkte er Elliot mit sich und schlenderte in den hinteren Teil des Clubs. Elliot studierte einen Moment lang den Grundriss des Raums und merkte sich die Platzierung aller Videokameras, bis ein Angestellter die Aufzeichnungen fand und sie auf Melbys Computer aufrief.

»Hier«, lenkte Melby Elliots Aufmerksamkeit mit seiner rauen, ungehobelten Stimme wieder auf sich. »Viel Vergnügen mit der Gratisshow.«

Elliot musste all seine Willenskraft aufbringen, um seine Faust nicht in Melbys dreckigem Maul zu versenken. Er sah sich das Video im Stillen an und schwor sich, Melby eines Tages hinter Gitter zu bringen. Der Mann hielt sich an alle Gesetze, aber das änderte nichts daran, wer er war. Wenn er sich eines Tages auch nur den kleinsten Ausrutscher leistete, würde Elliot zur Stelle sein und ihm den Arsch aufreißen. Und aller guten Dinge waren drei: Bei der dritten Anklage würde er nicht mehr so leicht davonkommen.

Der Computerbildschirm wies fettige Fingerabdrücke auf, wo Melby ihn mehrmals berührt haben musste, aber er war groß genug, dass Elliot das Geschehen auf dem Bildschirm genauestens verfolgen konnte. Taylor tanzte und zog sich lasziv aus, ohne den Buhrufen, dem Jubel und dem Gejohle Aufmerksamkeit zu schenken. Ab und zu griff ein Gast mit Dollarscheinen in der Hand nach ihr, und sie tänzelte näher heran, schwang die Hüften und ließ den Mann die Scheine unter den Rand ihres Bikinis schieben. Eine andere Tänzerin trat etwa zwei Meter links von ihr auf, kaum sichtbar auf dem Bildschirm. Sie war genauso jung wie Taylor, kaum achtzehn Jahre alt. Elliot spulte die Aufnahmen vor, bis er bemerkte, dass sich mehrere Männer zu zwei Gruppen zusammengeschlossen hatten, zwei Männer auf Taylors Seite, drei in der Ecke der anderen Tänzerin. Beide Gruppen grölten laut und hielten Geldbündel in die Luft. Der Rest der Menge war wie elektrisiert und jubelte den beiden Teams zu, als würden sie Fußball schauen.

Melby wurde immer unruhiger und starrte nervös auf den Bildschirm. »Genug gesehen? Ich muss mich um mein Geschäft kümmern.«

»Was ist denn hier los?«, fragte Elliot und deutete auf die beiden Gruppen von Männern.

»Das? Das ist gar nichts.« Er machte eine abweisende Geste mit der Hand. »Kommen Sie, gehen wir.«

»Klären Sie mich auf«, verlangte Elliot mit tiefer, bedrohlicher Stimme. »Verdammter Mistkerl«, murmelte Melby kaum hörbar. »Das ist für private Lapdances«, sagte er schließlich. »Wenn Kunden einen privaten Lapdance wollen, müssen sie dafür bieten.« Er presste verärgert die Lippen zusammen. »Nichts Illegales; ich habe meinen Anwalt gefragt. Meine Mädchen machen jeweils nur einen pro Nacht.«

Elliot spürte, wie sein Blut zu kochen begann. »Sind das wirklich Lapdances? Oder soll ich Sie wegen Zuhälterei anzeigen? Ich bin mir ziemlich sicher, das wäre ein Blumenpflücken für die Staatsanwaltschaft; Sexsklavenauktionen gelten als Menschenhandel.« Melby starrte Elliot verwirrt an. »Das sind zwanzig Jahre, Melby. Sie werden Windeln brauchen, wenn Sie wieder rauskommen.«

Melby streckte die Hand aus, als wollte er Elliot aufhalten. »Nein, nein, Detective, ich schwöre, das sind nur Lapdances, okay? Nichts weiter.«

»Ich will ein Video von dieser Privatvorstellung sehen. Sofort.«

Melby schüttelte den Kopf so heftig, dass seine Wangen wackelten. »Tut mir leid: Das ist nicht möglich. Was hinter verschlossenen Türen passiert, geht mich nichts an. Dafür bezahlen die Kunden: sie wollen einen privaten Tanz mit einem Mädchen ihrer Wahl.«

Elliot starrte Melby einen Moment lang an. Es würde ein paar Anrufe und ein paar Durchsuchungsbefehle brauchen, aber er würde diesen Ort zerlegen, bis er die Wahrheit herausfand.

Ein schleimiger Mistkerl wie Melby respektierte bestimmt niemandes Privatsphäre. Elliot zeigte auf den Bildschirm. »Ich möchte mit dieser Tänzerin sprechen. Verraten Sie mir ihren Namen?«

DREISSIG

HOLLY

Die Fahrt durch die Straße, in der Ciara Epling wohnte, weckte schöne und schmerzhafte Erinnerungen. Das Erntedankfest vor acht Jahren, bei dem Kay von Rachels Schwangerschaft erfahren hatte, hatte dort stattgefunden, in dem gemütlichen Bungalow mit Zitronengrasbüscheln und Zitrusbäumen, die am Rande der Einfahrt gepflanzt waren. Zuvor waren hier zahllose Sonntags- und Feiertagsessen oder einfach nur Abende abgehalten worden, an denen Rachel und sie heiter empfangen wurden und ihren Wunsch nach einem selbstgekochten Essen stillen konnten.

Kay schlug das Herz bis zum Hals, und sie befürchtete, dass sie zu spät kamen. Als sie sich näherte, sah sie ein Einsatzfahrzeug vom Polizeirevier Bezirk Nord vor dem Haus parken und atmete erleichtert auf. Chief Diaz hatte es ernst gemeint, als er gesagt hatte: »Wir kümmern uns um unsere eigenen Angelegenheiten.«

Kay hielt am Bordstein an und wartete, bis Debra zu ihr aufgeschlossen hatte. »Ich gehe rein und bereite alles mit Ciara vor«, sagte Kay. »Sie können gern mitkommen, aber Sie sollten wissen, dass Ciara eine gute Freundin ist, die ich schon lange nicht mehr gesehen habe. Nicht nur irgendein Fall.«

Debra war eine Frau von wenig Worten. Sie nickte und wartete, bis Kay ihr den Weg wies.

Sie läutete an der Tür, ein wenig ängstlich bei dem Gedanken, Ciara wiederzusehen. Sie hatte die Frau vermisst, deren Freundlichkeit und Gastfreundschaft sie zu College-Zeiten genossen hatte. Ihr Zerwürfnis mit Rachel hatte einen hohen Tribut gefordert, auch hinsichtlich ihrer Beziehung zu Ciara. Obwohl sie Rachels Mutter sehr schätzte, hielt Kay es für das Beste, nach der Scheidung einfach aus ihrem Leben zu verschwinden. Alles andere wäre unangenehm gewesen.

Ciara öffnete die Tür. Ihr Gesicht hellte sich auf, als sie Kay erkannte. »Ach, mein liebes Mädchen«, sagte sie und breitete die Arme aus. Ganz unerwartet wurde Kay in eine vertraute Umarmung gehüllt, wie sie sie in den letzten Jahren schrecklich vermisst hatte.

»Ciara, das mit Rachel tut mir so leid«, flüsterte sie, als sie sich von ihr löste.

Trauer überschattete das Gesicht der Frau wie eine dunkle Regenwolke. »Ich weiß«, sagte sie leise. »Ich hatte gehofft, du würdest vorbeikommen.« Sie trat zur Seite und lud Kay und Debra ins Haus ein. Sie wirkte ein wenig irritiert und warf Debras Kluft einen fragenden Blick zu.

»Ciara, das ist US-Marshal Debra Buscher«, stellte Kay sie vor, während sie die Tür hinter sich schloss.

Mit besorgtem Blick schüttelte Ciara Debras Hand. »Was ist denn los?«

»Komm, setzen wir uns«, bat Kay, die zögerte, die arme Frau so abrupt mit den erschütternden Neuigkeiten zu überraschen. Sie hatte viel durchgemacht; ihr gezeichnetes Gesicht und die dunklen Ringe unter den Augen zeugten von ihrem Kampf mit der Trauer.

Ciara war schwarz gekleidet und trug keinen anderen

Schmuck als ein kleines Kreuz an einer Silberkette. Sie hatte ein paar Pfunde zugenommen, seit Kay sie das letzte Mal gesehen hatte und bewegte sich langsam, als ob sie mit Arthritis zu kämpfen hätte. Ihr ehemals leuchtend rotes Haar war durch zahlreiche weiße Strähnen zu einem sanfteren Farbton verblasst. In dem Wohnzimmer, an das Kay sich so gut erinnerte, setzte Ciara sich in ihren üblichen Sessel und deutete auf die Couch. »Setz dich hin und sag mir, was los ist.«

Kay nahm nicht sofort Platz. Stattdessen ging sie zu dem kleinen Kamin hinüber. Der schmale Marmorkamin war mit gerahmten Bildern geschmückt. Rachel und ihre Mutter an Rachels Geburtstag, ein Jahr vor Kays Hochzeit. Rachel mit Kay, gekleidet für eine Party, bunte Luftschlangen im Haar. Rachel mit einem lachenden rothaarigen Mädchen mit strahlend blauen Augen und Sommersprossen auf der Nase.

Kay nahm das Bild in die Hand und betrachtete es genau, wobei ihr die Ähnlichkeiten zwischen Mutter und Tochter sofort auffielen. Sie hatten das gleiche Lächeln, das gleiche Grübchen im Kinn, die gleiche Fröhlichkeit in den Augen.

»Das ist Holly Flynn Epling«, sagte Ciara. »Mein Augenstern.«

»Flynn?« Kay lachte. »Das ist ein ungewöhnlicher Name für ein Mädchen, nicht wahr?«

»Das stimmt, aber eigentlich auch wieder nicht. Das ist Irisch und bedeutet ›Nachfahre des Rothaarigen‹«, erklärte Ciara und malte Anführungszeichen mit den Fingern in die Luft. »Aber er kann für beide Geschlechter verwendet werden.«

»Sie ist wunderschön«, sagte Kay und spürte ein Ziehen in ihrem Herzen. Sie fragte sich, wie ihr Leben verlaufen wäre, wenn sie Brians Kind ausgetragen und eine normale Ehe geführt hätte. Sie betrachtete wieder das Gesicht des kleinen Mädchens und konnte keine Ähnlichkeit mit Brian feststellen, als ob es nur das Kind der Mutter wäre. »Ich freue mich schon darauf, sie kennenzulernen.«

Ciara nickte und lächelte schüchtern. »Meine Tochter hat immer bereut, was sie dir angetan hat«, flüsterte sie, die Stimme von Kummer gezeichnet. »Ich wollte dich anrufen, um dich zu bitten, dich nicht von uns zu entfremden, aber ich dachte, es wäre vielleicht zu schmerzhaft für dich, mit mir zu sprechen.«

Kay ging hinüber, hockte sich neben Ciaras Sessel und drückte ihre Hand. »Ich habe dich auch vermisst.«

»Hast du meiner Tochter verziehen, dass sie deine Ehe ruiniert hat?« Ciaras Stimme klang sanft, unaufdringlich. »Ich würde es dir nicht verübeln, wenn dem nicht so wäre.«

»Das habe ich schon vor langer Zeit«, antwortete Kay. »Ich glaube nicht, dass es wirklich Rachels Schuld war.«

»Du bist zu freundlich, meine Liebe. Du warst immer nett. Bist du wieder verheiratet?«

»Nein.« Kay wandte den Blick ab. »Ich glaube nicht, dass das ganze Konzept der Ehe das Richtige für mich ist. Mein Job und das Leben, das ich führe, mit all seinen Risiken – ich glaube nicht ...«

Ciara berührte Kays Gesicht, dann strich sie ihr sanft durch das Haar. »Lass dein gebrochenes Herz nicht dein Wesen bestimmen, Kay Sharp. Du verdienst es, glücklich zu sein. Du verdienst eine Familie.« Eine Träne lief über Ciaras Gesicht. Sie wischte sie weg und zwang sich zu einem Lächeln. »Sie wollte nie, dass du leiden musst. Das hat sie mir oft gesagt, wenn sie mich gefragt hat, wie sie damit leben sollte, was sie getan hat. Diese ganze Sache hat sie ebenso heruntergezogen wie dich, meine Liebe. Manche Männer sind so.« Ein Schluchzen ließ Ciaras Atem stocken. »Wenn sie heute hier wäre, würde sie dich um Vergebung bitten und für deine Heilung beten.«

»Ich weiß«, antwortete Kay und legte ihr Gesicht in die warme Hand von Rachels Mutter. Tränen brannten in ihren

Augen und die Dämme drohten zu brechen. »Wenn sie damals nur mit mir über Brian gesprochen hätte, und über das, was zuletzt in ihrem Leben passiert ist. Vielleicht hätte ich etwas tun können ...«

»Mach dir keine Vorwürfe, Kay. Es war Gottes Wille, sie zu sich zu holen, und du hättest nichts dagegen tun können. Aber ich vermisse meine Kleine so sehr«, flüsterte sie. »Ich weiß nicht, wie ich in einer Welt ohne sie leben soll.«

Einen Moment lang teilte Kay Ciaras tränenerfülltes Schweigen. Sie schien Debra vergessen zu haben, und Kay fürchtete den Moment, in dem sie die Frau und ihre Enkelin entwurzeln und in den Strudel des Zeugenschutzes werfen musste.

»Brian, ähm, er hat Rachel betrogen.« In Ciaras sanfter Stimme zeigte sich ein Hauch Bitterkeit. »Genau wie er dich betrogen hat. Ich habe versucht, Rachel davor zu warnen, seit sie mir gestanden hatte, dass sie von ihm schwanger war. Ich war entsetzt, habe mich um dein Seelenheil gesorgt und hatte Angst um das Glück meiner Kleinen. Ich wusste, er würde sich niemals ändern, das tun Männer einfach nicht.«

»Das ist jetzt vorbei«, antwortete Kay leise. »Das spielt keine Rolle mehr. Ich weiß, dass Brian sie sehr geliebt hat. Auf seine eigene Art, die nicht immer Treue beinhaltete, hat er sie trotzdem geliebt.« Ciaras skeptischer Blick suchte den von Kay. »Sonst wäre er ja nicht mit ihr verlobt gewesen.«

»Darüber war ich nicht gerade glücklich.« Ciara verschränkte die Arme vor der Brust und zog eine Schnute. »Er ist kein ehrlicher Mensch, und ich wusste, dass er sie unglücklich machen würde, genau wie dich damals. Aber es war schon lange überfällig, dass er aus meiner Tochter eine ehrliche Frau machte.«

Kay biss sich auf die Lippe und runzelte die Stirn.

»Brian sagte, sie wollten im Dezember heiraten, am ersten Weihnachtstag.«

»Ich weiß, dass er der Vater meines Enkelkindes ist, aber ich habe große Zweifel an ihm. Einem Betrüger kann man nie trauen, nicht einmal, wenn er aus dem Evangelium zitiert. Ich habe das nur wegen Holly gutgeheißen. Charakter hin oder her, er ist der Vater des Mädchens.«

»Was weißt du über die Umstände von Rachels Tod? Was hat man dir erzählt?«

»Brian hat mir erzählt, dass jemand in ihr Haus eingedrungen ist und sie erschossen hat.« Ciaras Stimme brach. »Das ist alles, was ich weiß.« Sie sah Kay mit flehenden Augen an. »Weißt du mehr?« Dann warf sie einen schnellen Blick auf Debra, die ungeduldig auf der Sofakante saß und leise mit dem Absatz ihres Stiefels auf den Perserteppich tappte. »Bitte sag mir, was du weißt. Alles. Bitte.«

Kay holte tief Luft und drückte Ciaras Hand. »Rachel war letzte Woche Zeugin einer Schießerei, die sich im Zusammenhang mit Drogenkriminalität ereignet hat. Sie hat mit der Polizei darüber gesprochen, was sie gesehen hat. Sie war bereit, auszusagen, und ich glaube, dafür haben sie sie umgebracht.«

»Oh mein Gott.« Ciara schlug die Hand über den offenen Mund, aber das Schluchzen kam trotzdem heraus. »Sie hat mir erzählt, was sie in der Nacht gesehen hat, als es passiert ist. Sie kam gleich danach hierher und zitterte immer noch wie Espenlaub. Sie war so tapfer, mein kleines Mädchen.«

»Ja, das war sie.« Kay erinnerte sich daran, wie Rachel auf dem College gewesen war, bevor das Leben sie entzweit hatte, bevor Brian ihnen beiden zugestoßen war. Mutig, wenn es um die wichtigen Dinge im Leben ging, und zu Tode erschrocken beim kleinsten Geräusch. »Brian wurde des Mordes an ihr angeklagt«, fügte sie sanft hinzu.

Ciara schaute sie ungläubig an. »Brian? Was? Wenn du sagst, es war diese Drogenschießerei, bei der sie Zeuge war, warum dann er?«

»Ich bin mir sicher, er wird bald freigesprochen, keine Sorge.«

Die Frau starrte eine Weile nachdenklich ins Leere, ihre Schultern hoben und senkten sich unter ihren schweren Atemzügen. »Er ist ein Betrüger, und ich bin nicht begeistert von Brian Hanlin, aber ich kann mir nicht vorstellen, dass er meine Kleine umgebracht hat. Das kann einfach nicht wahr sein.«

»Ciara, da ist noch mehr«, sagte Kay, drückte sanft die Hand der Frau und zwang sie, sich zu konzentrieren. Die Angst stand ihr in die Augen geschrieben, die Angst vor dem, was Kay noch zu sagen hatte. »Wir müssen dich in Schutzgewahrsam nehmen. Draußen steht ein Polizeiauto, das für deine Sicherheit sorgt, aber wir müssen jetzt gehen.«

»Warum mich?«

Kay schluckte und drückte ihre Hand, in der Hoffnung, dass ihre Geste der Frau Mut und Stärke einflößen würde. »Heute gab es wieder eine Schießerei. Die gleichen Leute, die Rachel getötet haben, waren auch hinter Brian und mir her. Wir wurden beide angeschossen, aber wir hatten Glück.«

Ciara keuchte. »Du bist verletzt? Warum hast du mir das nicht gesagt?«

»Ist schon gut. Es ist nur ein Kratzer«, sagte Kay und legte die Hand auf ihre Schulter, wo sich der Verband durch den Stoff ihres Sweatshirts abzeichnete. »Brian wurde am Bein getroffen, aber er wird auch wieder gesund.«

Ciara wandte den Blick zu Debra und flüsterte: »Oje. Meinst du, sie könnten hierherkommen?« Ihre zitternde Hand wanderte wieder zu ihrem Mund.

»Vor eurem Haus steht ein Polizeiauto, und Debra ist auch hier. Sie wird dich und Holly mitnehmen ...«

Ciaras Kinnlade fiel herunter, und sie riss panisch die Augen auf. Ihre Pupillen wurden groß und dunkel. »Was soll das heißen, Holly? Sie ist nicht hier!«

Ihre schrillen Worte ließen Kay das Blut in den Adern

gefrieren. Debra sprang auf, bereit, einen unsichtbaren Feind zu bekämpfen.

»Nicht?« Kay schluckte und spürte, wie ihre Kehle trocken wurde. »Ist Rachel nicht nach der Schießerei, die sie miterlebt hat, hierhergekommen?«

»Ja, um sich zu verabschieden. Sie wollte mit Holly ins Zeugenschutzprogramm gehen. Ich dachte, die US-Marshals hätten Holly schon abgeholt«, schluchzte Ciara und beugte sich auf dem Sessel nach vorn, als könnte ihr Rückgrat sie nicht mehr tragen. Sie zerrte an ihrem Kragen, als würde sie ersticken. »Oh Gott, nein ... Ich dachte, sie wäre in Sicherheit. Mein armes kleines Mädchen ... Oh, Herr, erbarme dich.«

»Wir werden sie finden«, sagte Kay und warf Debra einen besorgten Blick zu. Sechs Tage waren vergangen, seit Holly verschwunden war, und niemand schien etwas davon zu wissen. Aber warum wusste niemand, dass sie verschwunden war? »Wer hat dich von Rachels Tod benachrichtigt?«

»Brian«, flüsterte sie. »Er hat mir gesagt, dass sie Rachel aufgesucht haben, bevor er nach Hause kam, und ...«

Kay erinnerte sich, dass Brian gesagt hatte, Rachel habe Holly nach der Schießerei zu ihrer Mutter gebracht. Er war davon ausgegangen, dass Holly dort war. »Wollte er Holly sehen?« Ciara schüttelte den Kopf. Tränen tropften ihr aus den Augen und befleckten ihre schwarze Bluse. »Hast du ihn in jener Nacht nach Holly gefragt, nachdem er dir gesagt hatte, dass Rachel tot ist?«

»I-ich kann mich nicht erinnern«, wimmerte sie und rang verzweifelt die Hände. »Ich stand unter Schock ... ich muss ihn gefragt haben ... ich weiß es nicht.« Sie wischte sich mit den Händen über die Augen. »Rachel sagte mir, dass sie und Holly in Sicherheit seien und dass es einen weiblichen US-Marshal gebe ...« Ihre Stimme verstummte, als ihr klar wurde, wer Debra war. »Das sind Sie, nicht wahr?«

»Ja, Ma'am«, antwortete Debra. »Mein herzliches Beileid.«

»Ich dachte, Holly wäre bei Ihnen. Rachel hat mich am Tag ihres Todes gegen drei Uhr angerufen. Sie sagte mir, Holly sei in Sicherheit, und ich solle mir keine Sorgen machen. Sie sagte mir, dass wir eine Zeit lang nicht miteinander reden könnten, nicht einmal am Telefon. Ich hätte niemals gedacht ...«

»Das ist richtig«, erklärte Debra schlicht. »Das Programm erlaubt keine Telefonate mit Familie oder Freunden. Telefonate können zurückverfolgt werden.«

Ciara kniff die Augen zusammen, als wollte sie sich der Realität entziehen. »Ich hätte Brian nach Holly fragen sollen. Vielleicht habe ich es auch getan, ich weiß es nicht.« Ein schmerzhafter Schluchzer drang aus ihrer Brust.

»Wir werden sie finden«, versprach Kay, nahm ihre Hand und half ihr auf. »Aber jetzt müssen wir gehen. Pack einen kleinen Koffer mit dem Nötigsten, ein paar Kleidern, deinen Medikamenten, ein oder zwei persönlichen Gegenständen, und dann bringt Debra dich an einen sicheren Ort.«

Ciara stand auf und sah Kay an. Das Zittern ihres Kinns verriet, dass sie die Tränen kaum zurückhalten konnte. »Versprich mir, dass du dich um Holly kümmerst. Sie ist alles, was ich noch habe.«

»Ich verspreche es.« Kay umarmte Ciara fest. Dann sah sie zu, wie sie das gerahmte Foto von Rachel und Holly als ersten von mehreren Gegenständen aufhob.

Als Ciara in ihr Schlafzimmer ging, um zu packen, rief Kay das Revier vom Bezirk Nord an und fragte nach Detective Brockett.

»Hier spricht Brockett«, sagte die raue Stimme des Mannes. »Mit wem spreche ich?«

»Hier ist Kay Sharp, die Ex-Frau von Brian Hanlin.«

»Tja, so sind sie, die Exen. Wie ein Bumerang kommen sie immer wieder zurück«, brummte er.

Kay ignorierte seine Bemerkung. »Wir haben ein ernstes

Problem, und ich verlange, dass Sie es bis nach Brians Anklage-erhebung für sich behalten.«

»Sie *verlangen* es?« Er lachte herzhaft. »Nun, wenn Sie das *verlangen*, dann werde ich dem wohl nachkommen. Auf Wiedersehen, Detective. Suchen Sie sich ein Leben in Ihrer eigenen Postleitzahl.«

»Warten Sie, legen Sie nicht auf«, sagte Kay schnell. »Wussten Sie, dass Rachels Tochter vermisst wird?«

Das lange, verwirrte Schweigen, das folgte, sagte alles.

EINUNDDREISSIG

PLAN

Es gab eine Stelle am kargen Kamin, wo Holly hören konnte, worüber die Erwachsenen stritten. Sie redeten nicht einfach, sie stritten immer, und jedes Gespräch endete mit Schreien und Fluchen und vielen Worten, die sie nicht verstand.

In dem Moment, in dem die Frau ihr Zimmer verließ und die Tür abschloss, sprang Holly aus dem Bett, ging dorthin und legte das Ohr an die Wand. Eine Zeit lang hörte sie nur die schweren Schritte der Frau, die die Treppe hinauf und in die Ferne verschwanden.

Geduldig wartete sie, bis ihre nackten Füße auf dem kalten Betonboden froren. Ein weiterer Tag war vergangen, ein weiteres Mal war das Sonnenlicht aus dem kleinen Fenster, an dem die Schnecke lebte, verschwunden. Die Frau hatte ihr heute zweimal Essen gebracht, das erste Mal am Morgen, etwas altes Brot mit Erdnussbutter und Marmelade. Holly hatte nicht viel gegessen, gerade so viel, dass sie nicht angebrüllt wurde. Die Frau hatte ihr viele Fragen gestellt, wie schon zuvor, aber sie hatte nichts gesagt. Regeln waren Regeln, und sie hatte nicht vor, sie zu brechen.

Aber Mommy war noch nicht gekommen, um sie zu holen.

Sie hatte mit aller Kraft daran geglaubt, so wie Mommy es ihr beigebracht hatte, und trotzdem war nichts passiert. Der ganze Tag war auf diese Weise vergangen. Sie wartete auf Mommy, kämpfte mit ihrer Angst und versuchte, nicht zu zittern und zu weinen. Sie musste tapfer sein.

Dann kam die Frau zurück, als das Licht im Zimmer zu verschwinden begann. Sie brachte eine Schüssel mit heißer Suppe und hatte wieder eine Menge Fragen. Diesmal war sie wütend.

»*Basta de esta mierda*«, hatte sie gerufen, als sie die Tür öffnete. »Du wirst mir sagen, was ich wissen will, oder ich schlage dich mit diesem Gürtel.« Sie hatte an ihrem Hosenbund gezerrt, wo sich ein breiter Ledergürtel durch die Schlaufen ihrer schmutzigen Jeans schlängelte. »Wann hast du deine Mutter zuletzt gesehen?«

Holly zitterte, umklammerte ihre Knie und verbarg ihr Gesicht vor dem hässlichen Blick der Frau. Das musste ihr missfallen haben, denn sie griff nach Hollys rotem Haar und zwang sie, ihr in die Augen zu sehen.

»Sag mir, was ich wissen muss, du kleines Miststück. Hast du gesehen, wer deine Mutter erschossen hat?«

Holly kniff die Augen zusammen und begann laut zu weinen. Ihre Brust zuckte krampfhaft. »Nein, das ist nicht wahr«, schrie sie, nachdem ihr Schluchzen etwas nachgelassen hatte. »Mommy kommt und holt mich. Du wirst schon sehen.«

»*Tu madre* ist tot«, sagte die Frau, ließ Hollys Haar los und stieß sie hart weg. Sie fiel keuchend auf den Rücken und rutschte dann zurück, bis sie die Wand erreichte.

»Nein«, schrie Holly, als ihre Tränen versiegten. »Das ist nicht wahr.« Die Frau war böse. Sie hatte nicht vor, ihre Suppe anzurühren.

»Sie ist tot, *estúpida*, und du wirst hier eingesperrt bleiben, bis du dich an alles erinnerst, was passiert ist.«

Holly stieß die Suppenschüssel mit einem Tritt auf den Boden und schrie: »Nein!«

Die Hand der Frau landete hart in ihrem Gesicht. Sie fiel auf die Seite, sah Sterne und schluchzte, obwohl sie sich geschworen hatte, nicht mehr zu weinen.

Die Frau zerrte sie an den Haaren hoch und zeigte ihr die verschüttete Flüssigkeit auf dem Boden. »Das wirst du jetzt sauber lecken, du verdammtes Schwein.« Dann drückte sie sie so fest zu Boden, dass ihre Knie zu bluten begannen.

Holly wagte es nicht, sie anzuschauen oder aufzustehen. Keuchend wartete sie auf einen weiteren Schlag, aber der kam nicht. Nach einer Weile zog sie sich in den hinteren Teil des Zimmers zurück und kletterte auf das Bett. Der Boden war zu kalt.

Dann schaute sie auf.

Die Frau starrte sie an, mit einem tiefen Stirnrunzeln im Gesicht und einem hasserfüllten Blick, wie Holly ihn noch nie gesehen hatte. Dann drehte sie sich um und verließ den Raum, wobei sie Worte murmelte, die Holly nicht verstand.

Sobald sie hörte, wie der Schlüssel im Schloss umgedreht wurde, huschte sie zum Kamin, um zu hören, was die Hexe oben sagte. Sie würde bestimmt verraten, dass sie die Suppe absichtlich verschüttet hatte.

Eine Zeit lang hörte sie gar nichts, dann folgten ein paar schwache Schritte und eine Männerstimme fragte: »Weiß sie etwas oder nicht?«

»Das kleine Biest weiß etwas, sagt es aber nicht. Sie traut mir nicht, und ich verschwende meine Zeit mit ihr. Sie ist starrköpfig. Morgen werde ich ihr eine reinhauen und sie zum Reden bringen. Weißt du, was sie getan hat?«

»*Hija de perra*«, antwortete der Mann. Er klang wütend. Holly zitterte und wimmerte leise. »Es ist mir egal, was sie getan hat. Mich interessiert nur, was sie gesehen hat.«

»Ich weiß es nicht, verstanden?«, rief die Frau. Jetzt war

auch sie wütend, wütender als sie es wegen der verschütteten Suppe gewesen war.

»Du weißt, was passieren muss.«

»Bitte, Edmundo, sie ist doch nur ein Kind.« Schwere Schritte verrieten Holly, dass die Frau im Obergeschoss auf und ab ging. »Selbst wenn sie etwas gesehen hat, wird sie niemanden bei einer Gegenüberstellung identifizieren können. Du solltest dir keine Sorgen machen.«

»Willst du mich tot sehen?« Der Mann hatte seine Stimme so sehr erhoben, dass es klang, als stünde er direkt vor der Tür, was Holly erschreckte. »Ist es das? Willst du, dass sie mich am Straßenrand umbringen oder hier, in diesem Haus, mitten in der Nacht?« Einen Moment lang hörte Holly nur Schweigen. »Dann kümmere dich darum, oder ich werde es tun. Schieß ihr eine Kugel in den Kopf. Hier, nimm meine Waffe. Sie hat einen Schalldämpfer.«

Holly lauschte noch ein wenig, aber nichts geschah. Kein weiteres Wort von oben, kein Flüstern oder Fluchen. Mit klopfendem Herzen in der Brust kletterte Holly ins Bett und rollte sich zitternd auf die Seite, die eiskalten Hände zwischen die Knie geklemmt, um sie warm zu halten.

»Mommy kommt mich abholen«, flüsterte sie sich selbst Mut zu.

Aber in ihrer Stimme und in den vielen Gedanken, die ihr durch den Kopf schossen, regten sich erste Zweifel, die ihr das Blut gefrieren ließen.

Was, wenn nicht?

ZWEIUNDDREISSIG

NAME

»Wie zum Teufel konnte sie verschwinden?« Brocketts wütende Stimme durchbrach die Stille in Kays Geländewagen. »Wie kommt es, dass niemand etwas davon wusste?«

»Das ist eine sehr gute Frage, Detective.« Kay ließ den Motor an und fuhr los. Sie war bereits spät dran für die Anklageerhebung. »Soweit ich weiß, dachte Brian, dass Rachel das Kind am Tag der Schießerei bei ihrer Mutter gelassen hatte. Und Mrs Epling glaubte, das Mädchen sei bereits im Zeugenschutz. Offenbar hatte Rachel ihre Mutter an dem Tag, an dem sie starb, gegen drei Uhr nachmittags angerufen und ihr gesagt, Holly sei in Sicherheit.«

Sie hörte das Klackern einer Tastatur am anderen Ende der Leitung. »Moment mal, das kann ich überprüfen. Ich habe die Telefonaufzeichnungen des Opfers«, murmelte Brockett. »Ja, das Telefonat um drei Uhr hat tatsächlich stattgefunden. Aber warum zum Teufel hat sie hinsichtlich ihrer Tochter gelogen?«

»Vielleicht wollte sie, dass sich ihre Mutter keine Sorgen um das kleine Mädchen macht.« Kay verließ das ruhige Viertel in Richtung Bay Bridge. Um fast drei Uhr nachmittags würde hier die Hölle los sein. Selbst mit eingeschaltetem Blaulicht und

Sirenen würde sie es schwer haben. In der Ferne war das Stadtbild von San Francisco in den goldenen Schimmer der Nachmittagssonne gehüllt, und die hohen Wolkenkratzer begannen zu leuchten und sich im ruhigen Wasser der Bucht zu spiegeln.

»Im Moment kann ich nur spekulieren, Detective, und das hilft uns nicht.«

»Verdammt richtig, das tut es nicht. Ihr Job ist erledigt. Sie haben mich benachrichtigt und sind damit hier fertig. Fahren Sie nach Hause, Miss Sharp.«

»Entweder Dr. Sharp oder Detective, und nein, noch nicht. Ich gehe zu Brians Anklageerhebung. Bitte sagen Sie ihm nicht, dass seine Tochter vermisst wird. Er soll sich erst einmal auf seine Entlassung konzentrieren.«

Ein langer Moment des Schweigens, dann ein frustriertes Stöhnen. »Er ist schon weg, aber na gut. Sagen Sie es ihm. Fragen Sie ihn, wie es kommt, dass er sechs Tage nach dem Mord an seiner Verlobten weder die Neugier noch das Interesse gezeigt hat, mit seinem Kind zu sprechen. Wie er das wohl erklären wird?«

Genau das hatte Kay sich auch gefragt, aber sie hatte bereits eine Vermutung. »Er hat nicht gerade das Zeug zum Vater des Jahres, Detective. Soweit ich es verstanden habe, hatte er keine enge Beziehung zu Holly. Ich war lange genug mit ihm verheiratet, um zu wissen, dass für Brian Hanlin nur eine Person auf der ganzen Welt zählt, und das ist ...«

»Brian Hanlin selbst, schon verstanden.«

»Wollen Sie das FBI einschalten?«, fragte Kay und bog in die Auffahrt zur Autobahn ein. »Soll ich dort anrufen?«

»Nicht Ihre Aufgabe. Wenn Sie irgendetwas Neues erfahren, halten Sie mich auf dem Laufenden«, fügte er hinzu und sprach mit leiser, gequälter Stimme, als würden ihm die Worte körperliche Schmerzen bereiten: »Gehen Sie nirgendwo anders hin als zum Gericht; denken Sie keine Sekunde daran, zu ermitteln. Ist das klar?«

Kay grinste leise über Brocketts nicht ganz ungerechtfertigten Drang, sein Revier zu markieren. »Sicher.«

Ohne Vorwarnung wurde der Anruf beendet. Sie konnte sich vorstellen, wie Brockett den Hörer auf die Halterung knallte, ein therapeutischer Luxus, den Mobiltelefone nicht boten. Sie schaltete die Sirene ein und schlängelte sich durch den Verkehr zum Strafgerichtshof von San Francisco.

Mit leichter Verspätung betrat sie den Verhandlungssaal. Brian, der einen ihr unbekannten Anzug mit weißem Hemd und passender Krawatte trug, war aufgefordert worden, sich zu erheben. Der Richter, ein Mann in den Sechzigern mit einer krummen Nase und Augen wie ein Geier, starrte ihn durch die dicken Gläser seiner Brille an. Sie musste an den Schläfen locker sitzen oder zu breit für ihn sein, denn alle paar Sekunden schob er den Steg mit einer schnellen Geste nach oben.

Die Aufmerksamkeit des Richters galt Carly Hosking. Sie stand neben ihrem Mandanten und wartete geduldig. »Miss Hosking, ist Ihr Mandant bereit, sich zu diesem Zeitpunkt zu bekennen?«

»Ja, Euer Ehren.«

Der geierhafte Blick wanderte nach links. »Nun, Mr Hanlin, worauf plädieren Sie?«

»Nicht schuldig, Euer Ehren.« Brians Stimme klang stark, entschlossen, unschuldig.

»So eingetragen«, bestätigte der Richter. »Kaution, Anwälte?«

Die Staatsanwältin ergriff als Erste das Wort. Kay kannte die ehrgeizige, aufstrebende Donna McCollister noch aus ihren Jahren beim FBI in San Francisco. Sie war hochintelligent, aber skrupellos und wollte nur gewinnen, um eine großartige Verurteilungsbilanz vorweisen zu können, wenn die Zeit gekommen war, für die Bundesstaatsanwaltschaft zu kandidieren. Gerechtigkeit war für sie zweitrangig, wenn sie überhaupt eine Rolle spielte.

»Die Anklage beantragt die Wiederaufnahme des Verfahrens, Euer Ehren. Der Beschuldigte ist des brutalen Mordes an einer jungen Frau angeklagt, mit der er eine Liebesbeziehung hatte. Er verfügt über die Mittel zu fliehen und über das Wissen und die Fähigkeit, sich der Festnahme zu entziehen.«

Der Richter schob sich die Brille auf die Nase. »Verteidigung?«

»Wir beantragen die Freilassung unter Auflagen, Euer Ehren. Mein Mandant ist ein fest angestellter Detective bei der Polizei von San Francisco und hat ein tadelloses Führungszeugnis vorzuweisen. Er stellt kein Risiko dar. Nachdem er von dem Haftbefehl erfahren hatte, stellte sich mein Mandant freiwillig. Außerdem untermauert die Schießerei von heute Morgen die Tatsache, dass der Mord, der ihm vorgeworfen wird, mit Bandenkriminalität zusammenhängt ...«

»Wir verhandeln den Fall jetzt nicht, Frau Anwältin. Es geht nur um Kautionsempfehlungen. Und ich habe genug gehört.«

Hosking presste unter dem strengen Blick des Richters für einen kurzen Moment die Lippen zusammen. »Ja, Euer Ehren.«

»Die Kaution wird auf sechshunderttausend Dollar festgesetzt.« Der Hammer fiel. Wenige Augenblicke später verließ der Richter den Saal. Brians Anklageerhebung war vermutlich die Letzte, die heute auf dem Plan gestanden hatte.

Ein Ausdruck der Bestürzung überschattete Brians Gesicht. »Das heißt, ich muss jetzt sofort sechzig Riesen berappen? So viel habe ich nicht auf der hohen Kante«, sagte er zu Carly. Er schien Kays Anwesenheit nicht zu bemerken. »Hilf mir mal, Carly.«

»Brian«, sagte Kay und berührte seinen Arm, um seine Aufmerksamkeit zu erregen.

Er drehte sich um und strahlte, als er sie sah. »Gut, dass du da bist. Kannst du mir etwas Geld leihen, bis ich nach Hause komme?«

Das war so typisch für ihn. Eigentlich hätte er dankbar sein sollen, fürs Erste nur zehn Prozent der Kaution aufbringen zu müssen. »Nein, Brian, habe ich nicht. Du wirst dir etwas einfallen lassen müssen. Ich arbeite jetzt als Polizeibeamtin auf dem Land und verdiene so gut wie nichts.«

Auf Carlys Lippen zeichnete sich ein selbstgefälliges Lächeln ab. Wahrscheinlich würde allein ihr Hosenanzug Kays komplettes Monatseinkommen verschlingen, wenn es denn dafür ausreichte. »Ich kümmere mich darum«, sagte die Anwältin und drückte Brians Hand einen Moment zu lange. »Zahl mir das Geld zurück, wenn du wieder zu Hause bist.«

Kays Augenbraue hob sich, aber ihre Fragen waren für eine andere Zeit und einen anderen Ort bestimmt.

Zwei Justizwachtmeister näherten sich, bereit, Brian zurück in den Arrest zu bringen. Kay versperrte ihnen den Weg und sagte hastig: »Wusstest du, dass Holly verschwunden ist?«

Brian schlug die Hand vor den Mund und starrte sie ungläubig an. »Seit wann? Haben sie sie erwischt?«, rief er und zog damit die allgemeine Aufmerksamkeit auf sich. »Du hast es versprochen, Kay, du hast gesagt, es würde ihr gut gehen.«

»Sie ist seit Freitag verschwunden, Brian, ich hätte gar nichts mehr tun können. Brockett geht der Sache nach. Das FBI wird eingeschaltet.«

Er starrte sie an, als könnte er nicht verarbeiten, was er gerade gehört hatte.

»Brockett ist korrupt. Er ist derjenige, der mich reingelegt hat. Er wird Holly nicht finden. Das ist ihr Todesurteil.« Brian packte Kays Unterarm, drückte fest zu und sah sie mit panisch geweiteten Augen an. »Ich kann sie nicht auch noch verlieren.«

Er war völlig außer sich, aber Kay konnte es ihm nicht verdenken. »Das FBI ist involviert. Die sind gut in so etwas.«

Er schnaubte, den Blick voller Verachtung. »*Ich* sollte da draußen sein und nach ihr suchen. Nicht Brockett, nicht das verdammte FBI.«

»Wie kommt es, dass du sie nach Rachels Tod nicht ange-rufen hast?«

Brian sah sie an, als verstünde er die Frage nicht. »Du meinst Holly? Warum ich sie nicht angerufen habe? Das willst du wissen?« Er fuhr sich hektisch mit den Händen über das Gesicht. »Herrje, Kay!«

Kay nickte. »Ich hätte erwartet, dass du deine Tochter und Ciara anrufst, um nach Rachels Tod etwas Zeit mit ihnen zu verbringen. Menschen, die trauern, verbringen normalerweise gern Zeit miteinander.«

Er schüttelte energisch den Kopf. »Ich nicht. Ich bin förm-lich durchgedreht, Kay. Ich war derjenige, der Rachel gefunden hat, schon vergessen?« Er lief unruhig und hinkend hin und her, eingesperrt auf diesem kleinen Fleck neben dem Tisch der Verteidigung. »Und was hätte das für einen Unter-schied gemacht? Die alte Frau hasst mich, das war nie ein Geheimnis. Sie hasst mich deinetwegen. Wegen dem, was dir passiert ist. Und Holly ... wir sprechen nicht so oft miteinan-der. Ich weiß nicht, wie ich ein guter Vater sein kann, aber ich versuche es. Ich hatte gehofft, wenn wir zusammenleben, würden wir ein stärkeres Band knüpfen, Holly und ich.« Er packte Kay an den Schultern und drückte fest zu, sodass ihre Wunde schmerzte. »Du musst mich hier rausholen, Kay, bitte. Ich muss mein Kind finden. Ich weiß, wo ich sie suchen muss.«

Kay zuckte zusammen und wich zurück. Brian ließ sie schnell los, flüsterte eine hastige Entschuldigung, aber sein Blick bohrte sich verzweifelt in ihre Augen, immer noch flehend. Ein Wachtmeister griff nach seinem Arm, aber er riss sich los. »Lasst mich los«, sagte er und sah sich um, als ob er einen Ausweg suchte. »Sie haben meine Tochter entführt.«

Die Justizbeamten schenkten ihm keine Beachtung. Mit geschickten Bewegungen fixierten sie seine Hände auf dem Rücken und legten ihm ein Paar Handschellen an. Dann zogen sie ihn weg, hielten ihn an den Armen fest, während er um sich trat und schrie.

»Kay«, schrie Brian, als sie fast an der Tür waren. »Hol mich hier raus! Ich weiß, wer mein kleines Mädchen hat.«

Einen Moment lang fragte sie sich, ob er wirklich wusste, wer Holly entführt hatte. Ob er einen Verdächtigen im Sinn hatte? Oder nur die Organisation La Vida Sangrienta als Ganzes? Sie konnte seine Freilassung nicht abwarten, nicht, wenn das kleine Mädchen seit sechs Tagen verschwunden war.

Als sich die Tür hinter den beiden Wachtmeistern schloss, die Brian zurück in die Zelle brachten, waren Kay und Carly die Einzigen, die noch im Gerichtssaal zurückblieben.

»Was passiert jetzt?«, fragte Kay.

Die Anwältin sammelte alle ihre Sachen ein und holte ihr Scheckbuch aus der Tasche. Dann stellte sie einen Scheck über sechzigtausend Dollar aus und riss ihn mit fachmännisch manikürten Fingern an der Perforationslinie ab. »Jetzt zahlen wir das hier ein. Die Bearbeitung wird etwa eine Stunde dauern, dann lassen sie ihn gehen.«

Sie hatten keine Zeit zu verlieren. Kay lächelte und sah Carly an, als wäre sie die Heldin des Tages. »Das ist absolut wunderbar. Sie sind eine wahre Freundin, genau das, was Brian jetzt braucht. Darf ich Sie bitten, ihn zu Hause abzusetzen, wenn er freigelassen wird? Ich muss erst noch etwas erledigen, dann rufe ich ihn an.«

Sie verschwand, bevor die verblüffte Anwältin Nein sagen konnte. Zurück in ihrem Wagen wählte Kay Brocketts Nummer.

DREIUNDDREISSIG

CARMELA

Das Mädchen, kaum achtzehn Jahre alt, wurde blass, als es Elliots Marke sah. Mit angstgeweiteten Augen trat sie instinktiv einen Schritt zurück und hob die Hand, als wollte sie ihn davon abhalten, noch näher zu kommen.

Sie trug ein schwarzes, ärmelloses Pailletten-Top, ein winziges schwarzes Bikinihöschen und weiße Strümpfe mit schwarzen Streifen, wie sie ein Schulmädchen tragen würde, nur viel höher, bis zur Mitte ihrer Oberschenkel. Lächerlich hohe Plateaus mit durchsichtigen Absätzen und Riemen vermittelten den Eindruck, als würde sie in der Luft gehen. Elliot fragte sich, wie sie es schaffte, auf diesen Dingern zu laufen oder zu tanzen, ohne sich das Genick zu brechen.

»Kein Grund zur Sorge«, sagte Elliot. »Ich habe nur ein paar Fragen zu Taylor, das ist alles.« Die junge Frau wirkte erleichtert.

Melby saß an seinem Schreibtisch und beobachtete die Unterhaltung mit einer bedrohlichen Grimasse.

»Melby, wäre es möglich, dass wir hier unter vier Augen miteinander sprechen?«, bat Elliot, bevor er zur Tür ging und sie aufhielt, um seinen Worten Nachdruck zu verleihen.

»Sie ist meine Angestellte«, wehrte der Mann ab. »Ich habe das Recht zu ...«

»... zu schweigen?«, ergänzte Elliot, wobei die Drohung, die er durch seinen Tonfall und die leichte Neigung seines Kopfes zum Ausdruck brachte, unmissverständlich war. Melby verstand und verließ eilig den Raum, nicht ohne die Tür hinter sich zuzuschlagen.

»Uff«, sagte Elliot und lehnte sich an Melbys Schreibtisch. »Und schon ist die Luft besser, nicht wahr?«

Das Mädchen lächelte. »Viel besser, ja.« Sie hatte ein nettes Lächeln und langes, braunes Haar mit einigen blonden, herausgewachsenen Strähnen.

»Helfen Sie mir, herauszufinden, was mit Taylor passiert ist?«

Das Mädchen schaute sich um, als wollte es sich vergewissern, ob es möglich war, frei zu sprechen. »Er hat überall Kameras.«

»Ich glaube nicht, dass er sein eigenes Büro verwanzt, oder?«

Elliot hatte vorhin nachgesehen und nichts gefunden, aber er wollte sichergehen.

»Wir machen Musik an und sprechen leise. Das sollte funktionieren. Ist das in Ordnung für Sie?«

Sie zögerte, immer noch verängstigt. »Ich weiß nicht.« Ängstlich biss sie sich auf die Lippe. »Ich habe gesehen, was seine Kameras können. Die Musik im Club ist laut, und trotzdem kann er aufzeichnen, was die Leute sagen.« Sie warf den Wänden einen weiteren misstrauischen Blick zu. »Der Laden ist eine Bruchbude, aber seine Technik ist superteuer.«

Seltsam. Was Elliot bisher gesehen hatte, wirkte nicht wie eine erstklassige Videoausstattung. Eher wie Zwanzig-Dollar-Kameras von eBay, direkt aus China. Was zur Hölle wollte Melby aufzeichnen, das eine solche Investition wert war? Wen interessierte es, worüber diese Mädchen untereinander sprachen?

»Dann gehen wir nach draußen.« Elliot hätte sie gern auf das Revier gebracht, aber er wollte Melbys Büro nicht verlassen, bevor die Deputies mit den Durchsuchungsbefehlen eintrafen, um alle Beweise, alle Aufnahmen, die er gemacht hatte, zu konfiszieren. Er vertraute nicht darauf, dass Melby in der Zwischenzeit nicht alle Beweise für Taylors Aktivitäten im Club vernichten würde.

Elliot ging auf die Tür zu, aber die junge Frau hielt ihn auf. Sie huschte hinter Melbys Schreibtisch, wo mehrere Fenster hinter einem hässlichen Vorhang verborgen waren, dessen dunkelblauer Stoff mit den Silhouetten von Pin-up-Girls bedruckt war, die in grellen Rot-, Gelb-, Grün- und Magenta-tönen leuchteten. Sie zog die Vorhänge auf und öffnete eines der großen Fenster mit einiger Mühe, gerade als Elliot ihr helfen wollte.

Das Tageslicht brach durch das Halbdunkel des Büros. Der in der dicken Luft schwebende Rauch und Staub wirbelte auf und lichtete sich von Sekunde zu Sekunde mehr. Es war, als hätten sie eine Gruft geöffnet, die seit Tausenden von Jahren kein Licht mehr gesehen hatte.

Die junge Frau bedeutete Elliot, ihr zu folgen, schwang ein Bein über die Fensterbank und kletterte nach draußen, wobei sie sich am Fensterrahmen festklammerte, bis ihre hochhackigen Sandaletten festen Halt fanden. Das Fenster ging auf ein leicht bewaldetes Gebiet hinaus. Sorgfältig achtete sie darauf, wo sie hintrat, und entfernte sich gut zwanzig Meter von dem Gebäude, bevor sie sagte: »Ich bin übrigens Carmela.« Sie lächelte unbeholfen und streckte eine dünne Hand mit langen Fingern und bunten Acrylnägeln aus. »Jetzt können wir reden.«

»Ich danke Ihnen. Standen Sie und Taylor sich nahe?«

Sie zuckte mit den Achseln, wobei sich ihre dünnen,

knochigen Schultern durch den paillettenbesetzten Stoff ihres Oberteils abzeichneten. Im Tageslicht bemerkte Elliot, dass ihre Kleidung abgenutzt wirkte, hier und da Pailletten fehlten und der Stoff dünn und an manchen Stellen eingerissen war. »Wir sind die einzigen Tänzerinnen hier, und sie war nett, nicht so wie einige der Miststücke, mit denen ich früher zusammengearbeitet habe.«

»Wie alt sind Sie?«, fragte Elliot, überrascht von ihrer Formulierung. Sie sprach wie ein alter Hase.

Carmela errötete unter dem schweren Make-up. »Fast neunzehn.«

»Und wie lange machen Sie das schon?«

Angst verschleierte ihren Blick. »Bitte, zwingen Sie mich nicht, darüber zu sprechen«, flüsterte sie. »Ich will keinen Ärger.«

Elliot beschloss, es dabei zu belassen. Es überraschte ihn nicht, dass Melby minderjährige Mädchen als Tänzerinnen anstellte. Er hob die Hände, um Carmelas Ängste zu beschwichtigen. »Alles in Ordnung. Verraten Sie mir nur, was Sie mir sagen wollen.« Sie nickte mit einem dankbaren Lächeln. »Ich habe ein Video gesehen. Taylor tanzt, und mir ist aufgefallen, dass ganze Männergruppen ihr Geld für Lapdances angeboten haben. Ist das normal hier?«

Offensichtlich verlegen wandte Carmela den Blick ab. »Ja«, murmelte sie. »Melby lässt sie auf uns bieten. In anderen Clubs würden sie uns einfach mehr Trinkgeld geben, und wir würden den Lapdance direkt vor Ort für sie machen.«

»Wie läuft das ab?«, fragte Elliot sanft. Carmela rang die Hände und schaute sich ab und zu um, als ob sie damit rechnete, erwischt und dafür bestraft zu werden, dass sie mit Elliot sprach.

Sie biss sich auf die Lippe und schien zu überlegen, was sie sagen sollte. »Er inseriert in den lokalen Medien. Ziemlich raffiniert. Die Anzeigen klingen wie: ›Schnapp dir das Mädchen deiner Träume, nur heute Nacht‹. Das macht er so ein- oder zweimal in der Woche.«

»Nicht jeden Tag?«

Das Mädchen lachte bitter auf. »Wir würden es nicht lange aushalten, wenn es jeden Tag passieren würde. Wir ertragen es ja so schon kaum.«

Ihre Worte verwirrten Elliot. Melby hatte ganz anders gesprochen. »Was geschieht dann?«

Sie ließ den Kopf hängen. Mit zitternden Fingern schob sie eine lange Haarsträhne hinter ihr Ohr. Eine Träne fiel ihr von den Wimpern und verschmierte ihr Make-up. »Wenn es zur Versteigerung kommt, sind die Gäste schon betrunken oder high, bereit, einander an die Gurgel zu gehen, um etwas zu erleben.« Sie warf Elliot einen kurzen Blick zu, dann sah sie weg, sichtlich beschämt. »Dann bieten sie. Der Gewinner bekommt das Mädchen seiner Wahl, der Zweitplatzierte das andere.« Sie ging auf und ab, ein wenig unsicher mit ihren Absätzen auf dem weichen, mit Nadeln und Zapfen bedeckten Boden. »Dann tanzen wir.« Sie presste die Lippen aufeinander und sah Elliot einen Moment lang an, der Blick von unaussprechlichem Schmerz erfüllt.

»Was passiert in den Hinterzimmern, Carmela?«

Sie schniefte, wandte den Blick ab und zögerte, zu sprechen. »Die meisten Kunden sind in Ordnung. Sie schauen nur zu, manchmal haben sie seltsame, widerliche Forderungen oder wollen ein Happy End, aber meistens fassen sie uns nicht an. Andere sind schrecklich. Gewalttätig, außer Kontrolle.« Sie kämpfte mit Mühe gegen die Tränen an, atmete ein paarmal tief durch und blinzelte schnell. »Melby ist es egal, was sie mit uns anstellen, solang sie dafür bezahlen. Er nimmt das Geld und schließt die Tür, und zwanzig Minuten lang sind wir da drin mit ihnen allein. In der Zeit können sie mit uns machen, was sie wollen. Es gibt keinen Türsteher, keinen Fluchtweg. Selbst wenn wir schreien, werden wir von der Musik im Club übertönt.«

Elliot ballte die Hände zu Fäusten und steckte sie in die Taschen. Dafür würde er Melby büßen lassen. Er verspürte den Drang, zurück in den Club zu rennen und dem Typen Handschellen anzulegen, aber er hatte noch ein paar Fragen an Carmela. Melby würde nicht weglaufen.

»Wussten Sie, dass Taylor schwanger war?«

Carmela schüttelte den Kopf, dann berührte sie sanft mit dem Finger ihr Auge, wo eine frische Träne ihren Eyeliner zu verwischen drohte.

»Vor etwa zwei Monaten hat sie sich das Handgelenk gebrochen. Sagt Ihnen das etwas?«

Das Mädchen blickte in Richtung des Parkplatzes, wo schon die ersten Gäste ankamen. Es war noch nicht sechs Uhr und noch hell, aber die Schatten waren schon länger geworden.

Ein Schauer durchlief Carmelas schlanken Körper. »Vor zwei Monaten ging ein Auktionstanz wirklich schief«, sagte sie und starrte auf den Boden. »Taylor hat nach dieser Nacht tagelang geweint und ist nicht zur Arbeit gekommen. Melby hat nichts dazu gesagt, was seltsam war. Wenn man einmal nicht aufkreuzt, setzt er einen normalerweise vor die Tür.« Sie verschränkte kurz die Hände und schließlich die Arme vor der Brust und zitterte. Es war kühl, fast schon eisig, und sie war nur mit dem dünnen, ärmellosen Oberteil bekleidet.

Elliot zog seine Jeansjacke aus und legte sie um die Schultern des Mädchens. Sie lächelte dankbar. »Wollen wir reingehen?«, fragte er.

Sie schüttelte den Kopf. Ihre langen Ohrringe klirrten. »Als sie zurückkam, war ihr Handgelenk bandagiert, und mit dickem Make-up hatte sie blaue Flecken im Gesicht, an den Oberschenkeln und an ihrem anderen Handgelenk kaschiert. Quasi überall. Ich glaube, sie wurde in dieser Nacht vergewaltigt.« Carmela unterdrückte ein Schluchzen. »Da war ein Mann in dieser Nacht, ein Stammgast. Melby hat Taylor dafür bezahlt, den Vorfall, wie er es nannte, nicht zu melden. Er versprach ihr, dass er den Mann nicht mehr in den Club lassen würde. Ich war dabei. Ich habe gehört, was er gesagt hat. Und ich weiß, dass er sie bezahlt hat. Ich kann Ihnen sogar sagen, wie viel.« Sie warf Elliot einen entschuldigenden Blick zu, als ob irgendetwas davon ihre Schuld wäre. »Melby ließ es so klingen, als sollte sie dankbar für den Übergriff sein, als würden wir so das ganz große Geld verdienen.«

»Wer war er, Carmela?«

»Ich weiß es nicht«, antwortete sie, und ihre Stimme klang traurig. »Melby hat geschworen, dass der Kerl keinen Fuß mehr in den Club setzen würde, aber er war wieder da. Er hat kein Mädchen mehr angemacht, aber er saß in der Menge, schweigend, und starrte Taylor seltsam an, wie ein Psychopath. Kein Applaus, kein Trinkgeld, keine Annäherung.« Sie wandte sich dem Club zu. »Ich kann Ihnen den Gast auf dem Video zeigen. Er war Dienstagabend da.«

Sie gingen zurück, und bevor Carmela über die Fensterbank zurück in Melbys Lokal klettern konnte, reichte Elliot ihr die Hand zur Unterstützung. Sie nahm sie dankend an. Dann blieb sie vor dem Monitor stehen und drückte auf die Abspieltaste. Wenige Augenblicke später hielt sie das Video an und zeigte auf das Gesicht eines Mannes in der Menge, die die Tanzbühne umringte.

Er saß auf einem Stuhl, lehnte sich zurück und verschlang das junge Mädchen mit seinen Blicken. Elliot spielte das Video ab und beobachtete den Mann, der den ganzen Tanz über völlig regungslos vor sich hin starrte. Er zündete sich keine Zigarette an, nahm keinen Schluck von seinem Getränk. Nichts. Er starrte sie einfach nur an.

Elliot zückte sein Handy und machte ein Foto, auf dem das Gesicht des Mannes mittig zu sehen war.

»Hier, danke«, sagte Carmela und reichte ihm seine Jacke zurück.

»Sie wissen ja, dass wir Melby dafür festnehmen, oder?«
Elliot zog die Jacke an. Sie roch nach Jasmin, Make-up und
Körperlotion. »Heute Abend noch. Sie können nach Hause
gehen, wenn Sie wollen.«

Carmela nickte und schlang die Arme um ihren Körper.
»Dann werde ich wohl arbeitslos.« Sie seufzte und zuckte mit
den Schultern. »Ich brauche das Geld. Aber ich schaffe diese
privaten Lapdances nicht mehr. Nicht nach dem, was Taylor
zugestoßen ist.«

»Sie werden etwas anderes finden, Carmela«, sagte er und
reichte ihr seine Visitenkarte. »Sie sind eine starke Frau. Wenn
Sie sich an etwas erinnern oder Hilfe brauchen, rufen Sie mich
gern an.«

»Danke, Detective. Sie sind ein netter Mann. Eines Tages
werden Sie eine Frau sehr glücklich machen. Sie ist zu benei-
den.« Carmela verließ das Büro und klackerte auf ihren
Absätzen zur Rückseite des Gebäudes.

Elliot ging auf Melby zu, als Novack und zwei weitere
Deputies mit Unterlagen in den Händen den Club betraten.
Elliot legte dem Clubbesitzer eine Hand auf die Schulter. »Ich
verhafte Sie wegen Beteiligung am Sexhandel. Deputy Novack,
bitte setzen Sie ihn über seine Rechte in Kenntnis.«

Melby fiel die Kinnlade herunter. »Sie haben es versprochen«, murmelte er und schlug für einen Augenblick wild um
sich, bis der Deputy seine Arme festhielt und ihm Handschellen anlegte. »Sie Mistkerl, Sie haben es versprochen«,
schrie er, als sie ihn zu Novacks Interceptor führten.

Der Parkplatz war fast leer. Alle Gäste waren beim ersten
Anblick eines Polizeiautos verschwunden. Nachdem Novack
die Tür zugeschlagen und Melby auf dem Rücksitz eingesperrt
hatte, wandte er sich an Elliot. »Was jetzt, Detective?«

»Nehmen Sie diesen Schuppen auseinander. Finden Sie
jede Kamera und sichern Sie sämtliches Videomaterial und
jede Festplatte. Überprüfen Sie die Hinterzimmer gründlich.«

»Verstanden, Detective«, sagte Novack und wies seine beiden Kollegen an, das Gelände zu sichern und mit der Durchsuchung zu beginnen.

Elliot wollte sich gerade auf den Weg zurück zum Revier machen, als ihm eine schnellere Methode einfiel, seinen Verdächtigen zu identifizieren. Er näherte sich Novacks Interceptor, öffnete die Hintertür und hielt Melby das Telefon vor die Glupschaugen. »Ich will seinen Namen.«

Melby grinste. »Was bekomme ich dafür?«

Elliot packte Melby am Kragen und drückte zu, bis er röchelte. »Sie können Ihre Anklageliste erheblich verkürzen. Ich lasse die Anklage wegen Sexhandels fallen.«

»Und ich soll Ihnen vertrauen?« Melby spuckte auf Elliots Stiefel. »Sie sind ein lügender Sack Schweinescheiße.«

»Oder ich füge der Liste weitere Anklagen hinzu und empfehle, dass Sie alle nacheinander absitzen.«

»Scheißkerl«, murmelte Melby.

»In Ordnung, ich wünsche Ihnen ein schönes Leben im Knast«, sagte Elliot und wandte sich zum Gehen.

»Darrell Bates«, rief Melby. »Das ist sein Name. Er ist ein hochkarätiger Geschäftsmann, mehr weiß ich nicht. Und Sie halten Ihr Versprechen besser ein.«

Elliot knallte ihm die Tür vor der Nase zu.

VIERUNDDREISSIG

BROCKETT

Das Polizeirevier Bezirk Nord in San Francisco lag nur ein paar Blocks westlich des Gerichtsgebäudes. Kay raste so schnell sie konnte dorthin und fuhr auf den Parkplatz des Reviers, als Brockett das Gebäude verließ und auf sein Fahrzeug zusteuerte.

Sie stellte den Motor ab und hastete ihm entgegen, wobei die heftige Bewegung ihre Schulter empfindlich pochen ließ und sie an ihre Wunde erinnerte. »Detective«, rief sie und winkte, um Brocketts Aufmerksamkeit zu erregen.

Er verringerte den Abstand mit einem zügigen Schritt, der für jemanden in seinem Alter und mit seiner kräftigen Statur ein wenig grotesk wirkte, blieb direkt vor ihr stehen und stützte die Hände auf seine Oberschenkel. »Was jetzt?«

Kay bemerkte, dass er eine kugelsichere Weste unter seiner altmodischen braun karierten Jacke trug. »Haben Sie den Tatort schon freigegeben?«

»Das Haus von Rachel Epling?«

Sie nickte.

»Nein, er ist noch versiegelt. Die Spurensicherung braucht mehr Zeit. Es gibt Fragen zum Zeitpunkt, zu dem bestimmte Fingerabdrücke hinterlassen worden sind.«

»Ich brauche Zugang.« Ihre Worte entfachten sofort seine Wut. Kay konnte sehen, wie seine Augen zornig glitzerten. »Sie suchen nach Holly, richtig? Und sprechen mit den Leuten auf der Straße, Ihren Informanten, ja?«

»Was wollen Sie, Dr. Sharp? Sie haben genug getan. Jetzt müssen Sie gehen.«

Kay faltete die Hände in einer flehenden Geste. »Hören Sie, ich kenne Rachel und Brian sehr gut. Die eine war meine beste Freundin und der andere mein Mann. Vielleicht sehe ich Dinge, die Sie übersehen haben, Dinge, die nur ich wahrnehme oder verstehe.«

Brockett stieß ein frustriertes Stöhnen aus. »Ja, weil wir Polizisten aus San Francisco verdammte Idioten sind, die nicht wissen, wie sie ihren Job machen sollen. Gut, dass Sie vorbeigekommen sind.« Seine Stimme triefte nur so vor Gift. »Sie verschwenden meine Zeit, und das kleine Mädchen kann sich die Zeit, die Sie verschwenden, nicht leisten«, schleuderte er ihr über die Schulter entgegen und entfernte sich schnell.

»Das letzte Mal, als Sie dort waren, haben Sie nicht nach einem vermissten Kind gesucht«, rief Kay und eilte ihm hinterher.

Er erstarrte auf der Stelle und drehte sich dann langsam zu ihr um. »Was sagen Sie da?« Er warf ihr einen bösen Blick zu, sichtlich ungeduldig.

»Ich will damit sagen, dass das nicht nur der Tatort von Rachels Mord ist. Ich glaube, es ist auch der Ort von Hollys Entführung. Niemand wusste, dass sie verschwunden war. Lassen Sie mich nach Hinweisen suchen, wer sie entführt haben könnte.«

»Wir haben alles untersucht. Reifenspuren, Fingerabdrücke, Blutspritzer. Wir haben nichts übersehen. Sie mögen uns zwar für welche halten, aber wir sind keine Idioten.«

»Das habe ich auch nie behauptet, Detective. Ich sage nur, wenn wir verstehen wollen, wer sie entführt hat und warum, müssen wir uns den Tatort noch einmal ansehen. Und Sie haben Besseres zu tun, als mit diesen Informanten zu sprechen. Während ich im Moment nicht viel zu tun habe.«

»Wie praktisch.« Der Sarkasmus in seiner Stimme war unüberhörbar.

»Ich kann mir nicht erklären, warum sie Holly nicht auch getötet haben«, gestand Kay. Die Frage beschäftigte sie, seit sie erfahren hatte, dass das kleine Mädchen vermisst wurde. »Das ist das erste Mal, dass ich von einem Anschlag auf einen wichtigen Zeugen höre, bei dem andere Risikofaktoren einfach ignoriert werden.«

Sein Stirnrunzeln ließ ein wenig nach. »Fahren Sie fort.«

»Ein Kind zu entführen ist kein leichtes Unterfangen. Sie schreien, sie treten, sie machen einem die Hölle heiß. Die DNA eines jeden Menschen ist fest darauf programmiert, auf die Hilferufe von Kindern zu reagieren. Ich weiß, dass Sie anders denken, Detective, und davon ausgehen, dass Brian Hanlin Rachel erschossen hat, aber wenn ich mir die Beweise ansehe, sehe ich Gangmitglieder, die dabei sind, nach der Erschießung des Drogendealers letzte Woche hinter sich aufzuräumen.«

»Und?«

»Spielen Sie dieses Szenario einmal mit mir durch. Nehmen wir an, es wurde ein Gangmitglied damit beauftragt, die Zeugen der Schießerei von letzter Woche zu eliminieren. Können Sie sich irgendein Szenario vorstellen, egal wie weit hergeholt es sein mag, in dem das Mitglied entscheidet, das kleine Mädchen zu entführen, anstatt es am Tatort zu erschießen?«

Brockett brach den Blickkontakt ab und stampfte aufgebracht mit dem Fuß auf. »Der Täter hat ein Gewissen entwickelt? Sein persönlicher Ehrenkodex hält ihn davon ab, Kinder zu töten?«

»Und dann hat er sie mitgenommen, ohne dass jemand

etwas mitbekommen hat? Um dann was mit ihr zu tun?« Es folgte ein Moment des Schweigens.

»Wie soll es denn sonst gewesen sein?«

»Vielleicht hat sie sich irgendwo versteckt und hat Angst, sich zu zeigen. Oder ihre Mutter hat sie zu einer engen Freundin gegeben, damit sie sich um sie kümmert, bis sie bereit ist, ins Zeugenschutzprogramm zu gehen. Bis Debra sie abholen kommt.«

»Debra, hm? Meine Güte, wie gut Sie sich in diesen Fall eingearbeitet haben. Sie wissen alles.« Er strich sich mit den Fingerspitzen über den Schnurrbart. »Ich hätte schwören können, dass man Sie gewarnt hat, sich aus der Sache heraus-zuhalten.«

»Ja, wie auch immer, ich unterschreibe gern eine Erklärung, dass ich pflichtbewusst gewarnt wurde. Aber hören Sie mir zu. Ich kann dorthin gehen und herausfinden, ob es am Tatort irgendetwas gibt, das uns erklärt, warum Holly entführt und nicht getötet wurde.«

»Na gut, Detective, ich muss zugeben, dass es immer weniger danach aussieht, dass Ihr Ex schuldig ist«, antwortete Brockett und nannte Kay zum ersten Mal ›Detective‹.

Kay atmete auf. »Warum haben Sie ihn überhaupt verdächtigt?«

Brocket kratzte sich an seinem Bürstenschnitt und wandte den Blick ab. Wahrscheinlich war es ihm unangenehm, diese Frage beantworten zu müssen. »Es gab Gerüchte, dass Hanlin Dreck am Stecken hat. Nichts bewiesen, das nicht. Ich weiß aber, dass Diaz ihn eine Zeit lang überwachen ließ.« Er sah sie einen Moment lang aufmerksam an, als wollte er sie dazu brin-gen, seine Vermutung zu bestätigen. »Ich vertraue Ihnen damit Informationen an, die ich für mich behalten sollte. Ich hoffe, Sie wissen, wie Sie sie vertraulich behandeln.«

Kay nickte. »Verlassen Sie sich darauf.«

»Er lebt über seine Verhältnisse, nicht genug, um ein offizielles Verhör zu rechtfertigen, nur gerade so viel, dass es verdächtig wirkt. Teure Anzüge, sein Sportwagen.«

Kay zuckte mit den Schultern. »Sein Haus ist abbezahlt. Er hat es von seinen Eltern geerbt, bevor wir geheiratet haben. In dieser Gegend ist kostenloser Wohnraum ein Segen.«

Brockett stieß einen Pfiff aus. »Was sagt man dazu! Bei einer offiziellen Befragung hätten wir wie Idioten dagestanden.« Er seufzte und zog eine Schachtel Zigaretten hervor. Er zündete sich eine an und inhalierte gierig, als ob seine Lungen keinen Moment mehr ohne das Nikotin durchhalten würden. »Aber das war nicht der einzige Grund, warum Diaz und ich ihn verdächtigt haben. In neunzig Prozent der Fälle ist es der Ehepartner, richtig? Oder der Freund.« Er blies den Rauch energisch aus und nahm einen weiteren Zug. »Er hatte kein Alibi. Wussten Sie, dass er die Leiche ›gefunden‹ hat?«, fragte er und malte Anführungszeichen mit den Fingern in die Luft. »Ich war innerhalb von Minuten vor Ort. Er war nicht da ... er hatte den Tatort verlassen.«

»Moment ... wie bitte?«, fragte Kay. So hatte Brian ihr den Ablauf der Ereignisse in jener Nacht nicht beschrieben. »Was meinen Sie damit, dass er den Tatort verlassen hat?«

»Was man normalerweise damit meint«, antwortete Brockett und warf ihr einen langen, sonderbaren Blick zu. »Ich kam an, er war weg. Nach ein paar Minuten kehrte er zurück und versuchte, mir zu erklären, warum er sich verpisst hatte.«

»Was hat er gesagt?«

»Er sagte, er habe versucht, den Mörder zu erwischen.« Brocketts Stimme klang verächtlich. »Als ob er hätte ahnen können, in welche Richtung der Mörder gegangen war, nachdem er die Sackgasse hinter sich gelassen hatte.«

»Stimmt.« Tausende Fragen drängten sich Kay auf, aber Brian war nicht da, um auch nur eine von ihnen zu beantworten.

»Er verhielt sich seltsam«, fügte Brockett hinzu und klang dabei immer weniger überzeugt.

»Und das hat gereicht, um einen Haftbefehl gegen einen Kollegen zu erlassen?« Im besten Fall hatten sie den Job nur in aller Schnelle erledigen wollen, aber Kay war überrascht, dass die Staatsanwaltschaft ein derart schlampiges Vorgehen abgesegnet hatte. Selbst ein Pflichtanwalt hätte die Anklage aus Mangel an schlüssigen Beweisen für unzulässig erklären können.

»Er hatte Blut an den Händen, Schmauchspuren auf der Kleidung und seine Fingerabdrücke waren überall.«

»Ja, weil er dort ein und ausging«, erwiderte Kay und klang dabei etwas schärfer, als sie beabsichtigt hatte.

Brockett runzelte die Stirn. »Beleidigen Sie mich nicht, Detective. Ich arbeite seit fünfundzwanzig Jahren in diesem Job. Er hat einen schuldigen Eindruck auf mich gemacht.« Er inhalierte ein letztes Mal, bevor er die Kippe zum Mülleimer schnippte. »Ich muss sagen ... jetzt bin ich mir nicht mehr sicher. Vielleicht habe ich mich geirrt. Immerhin waren sie heute hinter ihm her.«

»Wer sonst könnte Rachel getötet haben?«, fragte Kay. »Gab es noch andere Verdächtige, die Sie im Auge hatten?«

»Ehrlich gesagt, nein. Er war da, verhielt sich seltsam, hatte kein Alibi und verließ den Tatort. Das reichte aus, um den Haftbefehl zu erlassen. Niemand wusste von seinem kleinen Mädchen.«

»Irgendwo gibt es eine undichte Stelle«, sagte Kay vorsichtig. »Vielleicht jemand in der Staatsanwaltschaft, der Informationen an La Vida Sangrienta weitergibt?«

»Könnte sein«, sagte Brockett, immer noch kopfschüttelnd. Es war deutlich zu sehen, dass er Zweifel an dem Fall hegte. Jeder gute Polizist verspürte gelegentlich Zweifel; nur arrogante Sturköpfe beharrten auf ihrer Meinung.

»Was hat es mit dieser Gang auf sich? Ist die neu? Ich habe in meiner Zeit in San Francisco nicht viel von ihnen gehört.«

»Die sind der schlimmste Abschaum, der sich in diesem Teil des Landes breitgemacht hat. Relativ neu organisiert, aus den Überresten anderer Gangs. Vielleicht erinnern Sie sich noch an die Zeit vor ein paar Jahren, als sich die Gangs gegenseitig auf der Straße erschossen haben?«

Kay nickte. Die Erinnerungen waren so vage, als wären sie aus einem ganz anderen Leben.

»Einige dieser Typen sind ehemalige Street Kings, andere gehörten zu den Norteños, aber zusammen sind sie verrückter als alle anderen Gangmitglieder, mit denen wir es bisher zu tun hatten.«

»Inwiefern?«

Brockett seufzte und starrte einen Moment lang auf seine Füße. »Sie töten schnell und effektiv, ohne eine Spur von Beweisen zu hinterlassen. Genauso schnell richten sie ihre eigenen Mitglieder für die kleinsten Fehler hin.« Er zuckte mit den Schultern. »Es gibt immer mehr junge Leute da draußen, die bereit sind, sich diesem *blutigen Bündnis* anzuschließen.« Er sah Kay mit sichtlicher Besorgnis an. »Wenn diese Typen Brians Tochter entführt haben, kann ich mir nicht vorstellen, dass wir sie lebendig finden werden.«

FÜNFUNDDREISSIG

BATES

Es war völlig dunkel, als Elliot den Club verließ. Die kalte Luft hatte sich in eisige Windböen verwandelt, die durch seine Jeans schnitten. Mit jedem Atemzug stieß er kleine Dampfwolken in die Luft. Der Himmel war unbewölkt und die Sterne funkelten hell, so wie sie es in klaren Winternächten taten.

Er saß hinter dem Steuer seines Geländewagens, pustete in seine Hände und rieb sie aneinander. Eine schnelle Suche auf seinem Laptop brachte ihm die Adresse von Darrell Bates ein. Als Elliot mit der Überprüfung des Lebenslaufs des Mannes fertig war, strömte aus den Lüftungsöffnungen des Fords warme Luft, und er konnte den Reißverschluss seiner Jacke öffnen.

Bates war vierundvierzig Jahre alt und hatte ein makelloses Führungszeugnis. In seinem ganzen Leben hatte er noch nicht einmal einen Strafzettel bekommen; er war, zumindest auf dem Papier, ein Musterbürger. Im Internet waren viele Artikel über ihn zu finden, in denen seine Karriere als vielversprechender Vizepräsident einer großen Bank vorgestellt wurde.

»Banker«, murmelte Elliot. »Es gibt keine größeren Lügner auf dieser grünen Erde.« Er verließ den Parkplatz des Velvet

Puss und fuhr wieder auf den Berg zu. Mr Bates wohnte in einem der übergroßen, modernen Landhäuser am Fuß der Skipisten. Es musste ihn ein paar Millionen Dollar gekostet haben. Sie waren vor einem Jahr gebaut worden, eine geschlossene Wohnanlage für die stinkreichen Skifahrer aus San Francisco, die sich am Wochenende in den Schnee flüchten wollten.

Elliots Gedanken wanderten zu Kay. Es war fast halb acht, und sie hatte ihn noch nicht zurückgerufen. War sie auf dem Weg nach Hause? Die Anklageerhebung gegen Mr Großstadttrottel musste doch inzwischen abgeschlossen sein. Elliot grinste bei dem Gedanken daran, dass Brian vielleicht in Untersuchungshaft genommen worden war. Unschuldig oder nicht, er wollte diesen Kerl nicht in Kays Nähe wissen.

Der Polizeicode für das Tor der Wohnanlage funktionierte reibungslos. Ein breiter Abschnitt des schmiedeeisernen Zauns bewegte sich auf Rollen zur Seite und öffnete sich lautlos. Eine Minute später hielt Elliot vor dem Haus von Darrell Bates. Es wurde mit blauen Scheinwerfern beleuchtet, die sein modernes Design unterstrichen. Das Gebäude musste mindestens zweihundertfünfzig Quadratmeter haben. Es war von mehreren Hektar sorgfältig gestalteter Landschaft umgeben, darunter parkähnliche Alleen mit Bänken. Und dennoch lebte Mr Bates dort allein, für einen kleinen Teil der Woche, wenn er nicht gerade hauptberuflich Leuten das Geld aus der Tasche zog.

Elliot läutete an der Tür und wartete. Eine Abfolge von leisen Glockenschlägen kündigte seine Anwesenheit an. Einen Moment später öffnete sich die Tür, und Mr Bates musterte Elliots Dienstmarke mit verärgertem Blick.

»Was soll das?« Er trug einen hellgrauen Trainingsanzug über einem weißen T-Shirt. Nach dem ersten Windstoß schloss er schnell den Reißverschluss.

»Detective Young vom Polizeirevier Franklin County«, stellte Elliot sich vor. »Ich habe ein paar Fragen. Darf ich reinkommen?«

Bates stieß ein kurzes, herzhaftes Lachen aus. »Nein, natürlich nicht. Ich werde meinen Anwalt rufen.«

»Hierher? Oder auf das Revier?«, fragte Elliot entspannt.

Bates zuckte nicht einmal mit der Wimper angesichts Elliots versteckter Drohung.

»Hierher. Ich werde den Anruf tätigen. Sie können gern im Auto warten, bis er hier ist.«

Elliot machte zwei Schritte auf seinen Wagen zu und blieb dann stehen. »Er sollte es besser in fünfzehn Minuten schaffen. Falls nicht, verlegen wir diese kleine Show stattdessen auf das Revier.«

Bates antwortete nicht, er machte nur eine Handbewegung, die sich als »Wie auch immer« interpretieren ließ.

Elliot sah zu, wie er die massive Tür schloss, während er telefonierte. Sobald die Tür geschlossen war, setzte sich Elliot wieder in den Interceptor. Dann holte er sein Telefon heraus und rief Kay an.

»Hey, Partner«, antwortete sie. Ihre Stimme klang müde vor dem Verkehrslärm und dem Rumpeln der Reifen auf dem Asphalt. Sie saß am Steuer.

»Kay«, sagte Elliot und hielt dann inne, weil er merkte, dass er wie ein besorgter Ehemann klang. »Wie läuft's?«

»Du meinst, ob ich schon auf dem Rückweg bin?« Sie lachten.

»Ja, genau das meine ich«, antwortete er, dankbar, dass sie nicht sehen konnte, wie tomatenrot er wurde. Wie konnte sie seine Gedanken von der anderen Seite des Golden Gate aus lesen?

Kay seufzte laut, scheinbar unbeschwert, aber er kaufte es ihr nicht ab. »Tja, leider nicht, Elliot. Ich kann noch nicht nach Hause kommen.« Er wartete geduldig einen stillen Moment ab. »Rachels achtjährige Tochter ist verschwunden. Ich muss ...«

»Denk daran, was Logan gesagt hat«, unterbrach Elliot sie. Aber er kannte Kay gut genug, um zu wissen, dass sie ihre

Karriere niemals über das Schicksal eines vermissten Kindes stellen würde. Sie würde alles riskieren, um das Mädchen zu retten.

»Ja, ich weiß.« Er konnte das Lächeln in ihrer Stimme hören. »Ich sehe mir nur ein paar Dinge an und komme dann zurück. Wie sieht es bei dir aus?«

»Ich bin dabei, einen Verdächtigen zu befragen, dann komme ich zu dir. Du musst doch etwas essen, oder? Wir finden schon ein Restaurant, das noch so spät geöffnet hat.«

»Nein.« Kays Stimme klang fast ängstlich, die Eindringlichkeit war nicht zu überhören. »Elliot, das geht nicht«, fügte sie hinzu und klang wieder ein bisschen mehr wie sie selbst. »Dieses Mädchen wird seit letztem Freitag vermisst. Ich darf keine Zeit verlieren, bis es gefunden ist. Ich muss jetzt los. Wir sprechen uns später, in Ordnung?«

Sie beendete das Gespräch, bevor Elliot etwas erwidern konnte. Die Angst, die er in diesem dringlichen, fast panischen *Nein* in ihrer Stimme gespürt hatte, konnte er nicht so leicht vergessen.

Die hellen Scheinwerfer eines Lincolns rissen ihn aus seinen Gedanken. Der Wagen hielt am Bordstein vor seinem Interceptor, und ein Mann stieg aus, schwer keuchend mit einer kleinen Aktentasche unter dem Arm. Es war Ackerman, Bates Anwalt, mit dem Elliot in jüngster Vergangenheit schon das Vergnügen gehabt hatte.

»Kommen Sie, Detective, ich habe nicht die ganze Nacht Zeit, mich mit diesem Unsinn zu beschäftigen«, sagte Ackerman und eilte zur Tür. »Ich wollte mir gerade mit meinem Sohn das Spiel ansehen.«

Bates öffnete zügig die Tür und ließ sie eintreten. Das Foyer war riesig, zwei Stockwerke hoch und nur mit einem modernen Kronleuchter geschmückt. Bates lud sie mit einer Handbewegung in das Wohnzimmer ein. Elliot folgte ihm und nahm an einem Esszimmertisch mit zwölf Stühlen Platz, gegenüber von Bates und seinem Anwalt.

»Gut, Detective, was wollen Sie wissen?«, fragte Bates. Er hatte sich eine gebleichte Jeans und ein schwarzes, fast bis zum Kragen zugeknöpftes Hemd angezogen.

»Kennen Sie diese junge Frau?«, erkundigte sich Elliot und schob sein Handy über den Tisch, damit die beiden Männer sich das Foto von Taylor ansehen konnten.

»Worum geht es hier?«, fragte Ackerman.

Anwälte schafften es immer, die Dinge zu verkomplizieren.

»Sie wurde gestern Morgen in Frozen Falls tot aufgefunden.« Elliot hielt inne und wartete auf die Reaktion der beiden Männer. Bates runzelte die Stirn und hielt die Augen mit der Hand bedeckt. Ungezwungen hatte er die Stirn in die Handfläche gelegt, während er auf das Telefon starrte. Ackerman reagierte in keiner Weise, beugte sich aber vor und flüsterte seinem Mandanten etwas ins Ohr.

»Ich weiß nichts darüber«, antwortete Bates. Ackerman nickte dezent, als wollte er die Aussage seines Mandanten bestätigen.

»Kannten Sie sie, Mr Bates?«

»N-nein«, stammelte er und warf einen Blick auf seinen Anwalt.

»Mr Ackerman, bitte erinnern Sie Ihren Mandanten an die Konsequenzen einer Falschaussage.«

Ackerman schaute finster drein, beugte sich erneut vor und flüsterte weiter, wobei er die Hand anhob, um die Bewegung seiner Lippen zu verdecken. Dann flüsterte Bates etwas zurück, und Ackerman nickte.

»Ich kenne sie nicht persönlich«, sagte Bates. »Ich weiß nicht, wie sie heißt. Ich habe mich nie mit ihr getroffen, sie nie angerufen.«

»Woher kennen Sie sie dann?«

Weiteres Geflüster. »Sie könnte eine Tänzerin in einem

Club gewesen sein, den ich manchmal besuche. Ich bin mir nicht sicher.«

Elliot unterdrückte ein Stöhnen. Nicht sicher, ja? Wenn das keine Lüge war, hatte er in seinem ganzen Leben noch nie einen Lügner gesehen. »Sagt Ihnen der Name Taylor Lorentz etwas?«

Bates schüttelte ein wenig zu heftig den Kopf. »Nein.«

»Wo waren Sie gestern Morgen zwischen fünf und acht?«

Sichtbare Erleichterung. Bates hatte Angst vor etwas anderem, nicht davor des Mordes an dem Mädchen beschuldigt zu werden. »Ich war hier und habe geschlafen. Ich stehe nicht so früh auf, wenn ich nicht in die Stadt fahren muss.« Ackermans Hand landete auf Bates' Unterarm, als wollte er ihm sagen, er solle sich mit seinen Antworten kurzfassen.

»Kann das jemand bezeugen?«

Bates zuckte mit den Schultern. »Ich lebe allein, Detective. Aber das Haus wird videoüberwacht, und ich bin sicher, dass sich mein Aufenthaltsort auch über Ortungsdaten meines Handys ermitteln lässt ...«

»Mein Mandant hat Ihre Frage beantwortet«, mischte sich Ackerman ein und stand auf, um zu gehen. »Sind wir hier fertig?«

Elliot schüttelte langsam den Kopf und täuschte Bedauern vor. »Ohne ein verifizierbares Alibi muss Ihr Mandant leider mit mir kommen. Wir werden ihn in Haft nehmen ...«

»Nur weil er einem Mädchen beim Strippen in einem Club zugesehen hat? Ich kann mir nicht vorstellen, dass irgendein Richter den Haftbefehl *dafür* unterschreibt.«

»Ich verhafte ihn noch nicht«, sagte Elliot und sah, wie Bates' Unruhe wuchs. »Aber ich kann ihn eine Weile in Gewahrsam nehmen, bis wir die Sache geklärt haben. Kommen Sie, Mr Bates, lassen Sie uns gehen. Ihr Anwalt will sich noch ein Spiel mit seinem Sohn ansehen.«

Bates wandte sich verzweifelt an seinen Anwalt. »Ackerman, tun Sie etwas, um Himmels willen. Ich bezahle Ihnen genug.«

»Detective, Sie sind dabei, den größten Fehler Ihrer Karriere zu begehen. Kein Richter wird den Haftbefehl unterschreiben, und mein Mandant wird Einspruch dagegen erheben.«

Elliot zuckte mit den Schultern und seufzte in gespieltem Desinteresse. »Ich mache nur meinen Job.« Er zückte seine Handschellen und beobachtete, wie sich Bates' Pupillen weiteten.

Er sprang von seinem Stuhl auf und wich ein paar Schritte zurück.

»Sehen Sie das, Mr Ackerman?«, fragte Elliot. »Das ist genau der Grund, warum ich Ihren Klienten in Gewahrsam nehme. Er ist unberechenbar und könnte fliehen. Er hat die nötigen Mittel, um zu verschwinden. Ich will ihn nicht durch das ganze Land jagen müssen, wenn ich ihn auch ein oder zwei Tage im Gefängnis schmoren lassen kann.« Er machte eine Kunstpause. »Höchstens drei.«

»Detective, machen Sie sich nicht lächerlich.«

Bates presste die Hände gegen die Schläfen und lief wütend wie ein eingesperrtes Tier im Kreis. »Das kann doch nicht wahr sein.«

Elliot spielte mit den Handschellen und ließ sie klimpern. »Es gibt noch eine andere Möglichkeit, aber die werden Sie wahrscheinlich nicht in Betracht ziehen.«

Bates trat schnell an den Tisch heran und beugte sich vor, die Handflächen auf die glänzende Oberfläche gestützt. »Welche andere Möglichkeit?«

»Wir haben am Tatort DNA-Spuren gefunden. Sie könnten uns eine Probe geben, damit wir Sie als Verdächtigen ausschließen können.«

Ackerman hob die Hand. »Mr Bates, ich rate Ihnen dringend davon ab, ohne richterliche Anordnung eine DNA-Probe abzugeben.«

»Zum Teufel damit, Ackerman!«, schrie Bates. »Ich habe das Mädchen nicht umgebracht, und ich werde ganz sicher nicht meine Nacht im Gefängnis verbringen, wenn ich es vermeiden kann.« Dann wandte er sich an Elliot. »Was wollen Sie? Haare?«

Elliot steckte die Handschellen zurück in seine Gesäßtasche und holte einen Tupfer heraus. »Speichel reicht auch.«

Ackerman griff nach dem Unterarm seines Mandanten und hielt ihn zurück. »Mr Bates ...«

»Es reicht. Wenn Sie nichts für mich tun können, muss ich das wohl selbst übernehmen.« Bates öffnete den Mund und ließ Elliot die Innenseite seiner Wange abtupfen, wobei er seine Wut im Zaum und den Atem anhielt.

Elliot sicherte das Fläschchen in einem Beweismittelbeutel und steckte ihn in seine Tasche. »Verlassen Sie die Stadt in den nächsten Tagen bitte nicht.«

»Ich muss zur Arbeit«, sagte Bates mit frustriert kieksender Stimme.

Elliot blieb in der Tür stehen. »Melden Sie sich krank, Mr Bates. Und sorgen Sie nicht dafür, dass ich nach Ihnen suchen muss.«

Einen Augenblick später fuhr Elliot los in Richtung Rechtsmedizin. Bates mochte erleichtert gewirkt haben, als er die Fragen zu Taylors Mord hörte, aber an seinen tätlichen Übergriff hatte er da vermutlich gar nicht gedacht.

Elliot tätschelte die Tasche, in die er das DNA-Fläschchen geschoben hatte, und murmelte zufrieden: »Funktioniert jedes Mal.« Nichts war so wirksam wie die Androhung von ein paar Nächten im Gefängnis, um selbst die stursten Leute in ein Vorbild der Kooperation und Hilfsbereitschaft zu verwandeln.

Jetzt musste er nur noch herausfinden, ob er sich nach San Francisco begeben sollte.

SECHSUNDDREISSIG

RACHELS HAUS

Rachels Haus war klein, sogar noch kleiner als das ihrer Mutter, und im gleichen Stil gebaut. Ein Backsteinbungalow von nicht mehr als hundertdreißig Quadratmetern mit einer Einzelgarage und Topfpflanzen auf der Veranda schien perfekt zu dem zu passen, was Rachel ihrer Erinnerung nach gefiel. Die Eingangstür war mit einem Polizeisiegel gesichert, das Unbefugten den Zutritt verwehrte.

Kay schaute sich vorsichtig um, da sie damit rechnete, jederzeit von einem wütenden Polizeibeamten aufgehalten oder von einem nahen Dach aus beschossen zu werden. In der Einfahrt waren immer noch breite Reifenspuren zwischen einer Vielzahl von schmaleren, normalgroßen Spuren zu sehen. Einer der breiten Reifen hatte einen Abdruck auf dem Rasen hinterlassen, wo er den Bürgersteig verfehlt hatte. Kay machte Fotos, obwohl Brockett gründlich gewesen war, denn der Abdruck wies blaue Spuren von Silikon auf, der Substanz, die Forensiker für die Abdrücke von Reifen verwendeten.

Sie hätte wetten können, dass der breite Reifen zu einem Chevy Suburban gehörte, einem neueren Modell, wie es der Scharfschütze benutzt hatte.

Dann zog sie ein kleines Schnappmesser aus ihrer Tasche und zückte die Klinge, um sich ins Haus zu begeben. Sie schnitt das Siegel genau dort auf, wo die Tür den Pfosten berührte. Damit stellte sie sicher, dass das Siegel, wenn sie drinnen war und die Tür hinter sich schloss, für Außenstehende intakt erschien.

Ihr Ford Interceptor, der auf der Straße geparkt war, verriet ihre Anwesenheit, aber er trug nicht die Insignien von Franklin County, sondern war lediglich ein nicht näher gekennzeichneter schwarzer Geländewagen mit eingelassenen Signalleuchten. Die meisten Detectives in San Francisco fuhren Fahrzeuge dieser Art.

Bevor sie ins Haus trat, zog sie sich ein Paar frische Handschuhe an. Obwohl der Tatort bereits untersucht worden war, wollte sie nicht riskieren, einen noch nicht freigegebenen Bereich zu kontaminieren. Drinnen angekommen, schloss sie die Tür hinter sich und verriegelte sie vorsichtshalber.

Im Haus war es gespenstisch still. Kay schaltete das Licht an, und der Atem stockte ihr in der Brust. Es war genau so, wie sie sich Rachels Haus vorgestellt hatte. Sie erinnerte sich daran, dass ihre Freundin orientalische Teppiche mochte; einer lag jetzt vor der Ledercouch, zwei Sesseln und einem kleinen Couchtisch. Zwei Regale quollen über mit Büchern, denn Rachel liebte das Gefühl eines Romans in ihren Händen und hatte gezögert, sich einen E-Reader anzuschaffen. Und überall, wohin Kay schaute, fand sie die Farbe Blau, Rachels Lieblingsfarbe. Blaue Vorhänge an den Fenstern. Eine blaue Decke an der Seite der Couch. Blaue Kissen mit kitschigen Botschaften, wie sie sie in ihrem alten Wohnheimzimmer hatte. Das eine Kissen, das sie Rachel zum Geburtstag gekauft hatte, mit »Leben, Lieben, Lachen« in blauer Schreibschrift, ein bisschen fleckig und verblasst, aber immer noch da, in der Mitte ihres Sofas. Sie hatte es aufbewahrt.

Die Fotos an den Wänden und auf dem schmalen,

unechten Kaminsims zeigten Rachel und Holly, auch Ciara war auf einigen zu sehen. Keine Spur von Brian. Vielleicht hatte Rachel beschlossen, keine Fotos von ihm aufzustellen, da sie von Ciaras Abneigung gegen den Mann, den sie liebte, wusste.

Kay nahm alles in sich auf, jedes Detail, jeden Rest Fingerabdruckstaub, der noch auf Türklinken und Oberflächen zu sehen war, sogar auf der Fernbedienung des Fernsehers. Im Wohnzimmer gab es keine Anzeichen eines Kampfes, und das Schloss der Haustür war intakt, nicht aufgebrochen. Ihr fiel eine dreifach gefaltete Broschüre ins Auge, die auf einem kleinen Tisch neben dem Fenster lag. Sie war von der American Heart Association herausgegeben worden und trug den Titel »Ihr Leben mit Herzschrittmacher«. Kay runzelte die Stirn und steckte das Faltblatt in ihre Tasche. Soweit sie wusste, war Rachel früher nicht herzkrank gewesen. Wer hatte den Herzschrittmacher? War es Ciara? Oder Holly?

Der Eindruck, dass Brian sich nicht allzu oft dort aufhielt, verstärkte sich, als sie durch die Schlafzimmer ging. In dem großen Zimmer stand ein Kingsize-Bett, das mit sauberen Laken ordentlich bezogen war. Alle Kommoden waren nach Fingerabdrücken abgesucht worden, und Kay öffnete mehrere Schubladen, um nach Brians Sachen zu sehen. Es gab nicht allzu viele. Eine kleine Schublade mit ein paar Unterhosen und Socken zum Wechseln. Ein einziges Set Kleidung im Hauptschrank sowie ein Paar Laufschuhe. Im Badezimmer gab es ein paar Reisezahnbürsten, die noch in ihren Verpackungen steckten und einen elektrischen Rasierapparat neben einer Dose Rasierschaum, Brians Lieblingsmarke, die genauso roch, wie sie es in Erinnerung hatte. Die Dose war auch untersucht worden. Kay nahm sie in die Hand und wog sie ab. Sie war fast voll, und der Sprühkopf war völlig sauber. Unbenutzt.

Alles, was Brian in Rachels Wohnung aufbewahrte, waren Dinge für den Fall der Fälle. Das erklärte, warum er nicht allzu sehr an Holly hing. Vater und Tochter lebten ein getrenntes

Leben an getrennten Orten. Es erklärte aber nicht, warum Brian Rachel heiraten wollte. Sie lebte weiterhin in ihrem eigenen Haus mit ihrer Tochter, obwohl sie mit Brian hätte zusammenziehen können, wenn es ihm so ernst mit ihr gewesen wäre.

Dann erinnerte sich Kay daran, wer er war: ein chronischer Betrüger, ein rastloser Windhund. Er brauchte Raum für seine unzähligen Affären. Warum hatte er sie dann heiraten wollen? Aber andererseits: Warum hatte er Kay vor acht Jahren geheiratet?

Es war die gleiche Situation. Dieselbe Logik, oder eben das Fehlen derselben. Vielleicht aber steckte dieses Mal etwas anderes dahinter.

Kay erinnerte sich daran, wie Brian ausgesehen hatte, als er über Rachel sprach, über ihren Tod. Er war erschüttert gewesen, ehrlich aufgewühlt. Vielleicht hatte Rachel seine vielen Affären ertragen und gelernt, ihn so zu nehmen, wie er war, und das hatte sie einzigartig gemacht, zu der Frau, die seine Ehefrau werden konnte, ohne viel Treue zu erwarten. Vielleicht hatte sie es um Hollys willen mit ihm ausgehalten, damit ihr kleines Mädchen einen Vater haben konnte.

Seufzend gestand Kay sich ein, dass sie sehr wenig über Brians Beziehung zu Rachel wusste. Als Kay sich vor acht Jahren aus ihrem Leben zurückzogen hatte, war Rachel mit Holly schwanger und hoffnungslos in Brian verliebt gewesen. Vielleicht war alles beim Alten geblieben ... vielleicht auch nicht.

Als Nächstes gelangte sie in die Küche. Das Fenster erleuchtete den Boden hell. Er wies verschiedene karmesinrote Schattierungen auf. Kay erschauderte. »Oh, Rachel«, flüsterte sie. An der Stelle, an der sie gestürzt war, sah man die Überreste eines Blutflecks. Die Tatortreiniger hatten sich nicht die Mühe gemacht, den Fleck vollständig zu entfernen.

Der kleine Tisch war für eine Person gedeckt, mit einem

Platzdeckchen, einem sauberen Teller und Silberbesteck. Die einzigen anderen Gegenstände auf dem Tisch waren ein Rost, auf dem man heiße Auflaufformen abstellen konnte, und ein Topflappen. Kay notierte sich, dass sie Brockett um Fotos vom Tatort bitten musste. Vielleicht war noch etwas anderes auf dem Tisch gewesen, etwas, das jetzt nicht mehr da war, etwas, das die Putzkolonne entfernt hatte.

So oder so war Kay sich sicher, dass Rachel allein niemals mit großem Zeremoniell, wie sie es zu nennen pflegte, gegessen hätte. Wenn sie allein gewesen wäre, hätte sie sich ein paar mit Erdnussbutter bestrichene Cracker geschnappt und sie vor der offenen Kühlschranktür gemampft. In dieser Hinsicht hätten Kay und Rachel Schwestern sein können.

Im Messerhalter auf der Anrichte, geschwärzt vom Fingerabdruckpulver, fehlte das größte Messer. Kay suchte es in den Schubladen, aber es war nirgends zu finden. Vielleicht war es gar nicht mehr da, zerbrochen und weggeworfen vor wer weiß wie vielen Jahren. Der Herd war sauber, ebenso der Backofen.

Die Tür der Spülmaschine war geschlossen. Kay fasste nach dem Griff und zog daran, aber sie ließ sich nur ein paar Zentimeter öffnen. Sie klapperte und sträubte sich, egal wie sehr Kay sich anstrengte. Kay starrte den Geschirrspüler an, als könnte er ihr etwas sagen, und ging dann in die Hocke, wobei sie darauf achtete, den Blutfleck nicht zu berühren. Sie griff unter die Spülmaschine und tastete nach dem Gegenstand, der die Tür klemmen ließ. Etwas steckte unter dem Gerät. Sie neigte den Kopf, bis sie darunter schauen konnte, und leuchtete mit der Taschenlampe, um besser sehen zu können.

Ein Messer. Es war ein paar Zentimeter unter den Geschirrspüler gerutscht, wahrscheinlich hatte es jemand noch weiter nach hinten gedrückt, als er versucht hatte, das Gerät zu öffnen. Kay schnappte sich einen Schaumlöffel aus einer der Schubladen, stocherte mit dem Griff unter der Spülmaschine herum, schob das Messer von links nach rechts und zog es zu sich heran, bis sie es schließlich herausziehen konnte.

Es gab keine sichtbaren Blutspuren auf dem Messer und auch keinen Fingerabdruckstaub. Kay steckte es in einen Asservatenbeutel, den sie aus ihrem Geländewagen holte, und legte es auf den Tisch. Dann konnte sie endlich den Geschirrspüler öffnen.

Ein Plastikdeckchen, das perfekt zu dem auf dem Tisch passte, klappte auseinander, als sich die Tür öffnete, und gab ein Messer und eine Gabel frei. Die beiden Besteckteile fielen klirrend auf den Boden des Geschirrspülers. Ein vollkommen sauberer Teller lag auf der unteren Ablage. Er stand nicht senkrecht, wie man ihn zum Spülen hineinstellen würde.

Kay nahm einen weiteren Asservatenbeutel und packte den Teller und das Besteck aus der Spülmaschine hinein. Als sie die Tür der Spülmaschine schließen wollte, fiel ihr ein weiterer Gegenstand ins Auge, der im Inneren des Geräts gelandet war. Rachels Handy.

Sie hob es vorsichtig auf und schaute auf das Display. Es war dunkel. Kay berührte es in der Erwartung, dass es dunkel bleiben würde, aber es leuchtete kurz auf und zeigte nur noch ein Prozent Restladung an. Kay hastete ins Schlafzimmer, um das Ladegerät zu holen, das sie auf Rachels Nachttisch entdeckt hatte, kehrte dann zurück und schloss das Telefon an, wobei sie den Atem anhielt, bis sie den leisen Ton hörte, der den Ladevorgang bestätigte.

Der Code, den Rachel zu Collegezeiten für alles verwendet hatte, funktionierte nicht mehr. Kay versuchte es mit ihrem Geburtstag und scheiterte ein zweites Mal, sodass ihr nur noch ein Versuch blieb. Hollys Geburtstag war der 30. Dezember. Sie versuchte es mit dieser Zahlenkombination, und das Telefon gab seine Geheimnisse preis.

Eine kurze Überprüfung von Rachels E-Mails und Textnachrichten ergab nichts Relevantes. Telefon und Ladegerät verschwanden in einem weiteren Asservatenbeutel; vielleicht würden die Kollegen in San Francisco mehr Erfolg damit haben.

Kay legte diesen letzten Beweis auf den Tisch und betrachtete die Gegenstände mit einer hochgezogenen Augenbraue. Die einzig mögliche Erklärung für all das war, dass Rachel nicht vorgehabt hatte, allein zu Abend zu essen, als sie erschossen wurde, aber sie hatte verzweifelt versucht, es so aussehen zu lassen. Sie hatte es furchtbar eilig gehabt, hatte alles in die Spülmaschine geworfen und gehofft, dass der unerwartete Besucher nicht nachschauen würde.

Sie wollte jemanden beschützen.

Holly.

Kay begann, sich die Szene auszumalen. Rachel musste gewusst haben, dass der Mörder kommen würde. Sie hatte ihr Tischset verschwinden lassen und Holly in ein Versteck geschickt ... nur wohin? Nach draußen, in den Garten. Dann hatte sie den Täter tapfer bekämpft. Küchenmesser gegen Pistole.

Sie hatte gewusst, dass sie den Kampf verlieren würde, hatte aber Holly die Zeit verschafft, wegzulaufen und sich zu verstecken.

Kay blinzelte in die Sonne, öffnete die Tür und ging nach draußen. Der Garten war nicht groß, einen Teil davon nahm eine Holzterrasse mit eingebauten Bänken ein. Ein schmaler Weg mit Betonplatten führte zu einem kleinen Schuppen im hinteren Teil. Links daneben stand eine hohe Zeder mit tief hängenden Ästen. Auf dem Weg dorthin stieß Kay auf einen kleinen Fußabdruck, wo Holly barfuß auf den feuchten Boden getreten sein musste. Ein paar Meter weiter gab es einen in die Länge gezogenen Teilabdruck eines Turnschuhs in Erwachsenengröße. Nur der vordere Teil war sichtbar, als wäre jemand auf Zehenspitzen gelaufen. Oder als hätte ein Kind die Schuhe

seiner Mutter getragen und wäre damit geschlurft, um sie nicht
zu verlieren.

Die Tür zum Schuppen stand einen Spalt offen. Kay
schaute hinein und fand nichts, was nicht an Ort und Stelle
war. Ein Rasentraktor und einige Gartengeräte standen darin.
Es gab keine Anzeichen eines Kampfes, keine erkennbaren
Fußabdrücke. Draußen suchte sie den Rest des Gartens nach
Hinweisen darauf ab, wo Holly sich versteckt haben könnte.
Unter der Zeder stieß sie auf mehrere abgebrochene Äste. Als
sie zurück zum Haus ging, konnte sie vor ihrem geistigen Auge
sehen, wie das kleine Mädchen aus dem Haus rannte, um sich
im Schuppen zu verstecken, wahrscheinlich, weil Rachel es ihr
so befohlen hatte. Aber dann musste sie sich wieder hinausge-
schlichen haben; Kay hatte die Schuppentür nur einen
winzigen Spalt offen vorgefunden, weit genug, dass ein achtjähriges Mädchen hindurchschlüpfen konnte. Dort hatte die
Spurensicherung nicht nach Fingerabdrücken gesucht – weil es
keinen Grund dafür gegeben hatte.

Dann musste Holly auf den Baum geklettert sein, um ins
Haus zu schauen. Von dort aus hätte sie leicht durch das
Küchenfenster mitansehen können, was vor sich ging. Dann
war sie heruntergefallen, vielleicht aufgeschreckt durch die
Schüsse. Die abgebrochenen Äste unter der Zeder erzählten
diesen Teil der Geschichte – aber das Ende fehlte.

Was war dann passiert?

Hatten die Nachbarn die Schüsse gehört? Nach allem, was
sie von Brian und implizit auch von Brockett wusste, hatte
niemand etwas mitbekommen. Wie kam das?

Wahrscheinlich war ein Schalldämpfer benutzt worden.
Nicht unüblich bei einem Bandenmord.

Stöhnend ging Kay ins Haus, bereit, sich auf den Weg zu
machen. Sie hatte nichts, was ihr bei der Suche nach Holly
helfen konnte, nur ein unvollständiges, spekulatives Szenario
ihrer Entführung. Die einzig brauchbare Erklärung war, dass

das kleine Mädchen geschrien oder geweint hatte, als es fiel, und der Mörder das gehört haben musste. So einfach. Ein abgeknickter Ast, und Holly war als ein Risikofaktor entdeckt worden.

Aber warum war sie nicht tot, ihre Leiche im Leichenschauhaus, und ein Blutfleck wie der in der Küche der einzige Hinweis auf die Stelle, an der sie getötet worden war?

Kay sammelte die Beweismittel ein, die sie eingepackt hatte, und war schon fast durch die Tür, als ihr klar wurde, dass sie noch eine weitere Information brauchte. Sie ließ die Asservatenbeutel bei der Tür liegen und begann, die Schubladen in der Küche und im Bad sowie die Schränke zu durchwühlen, bis sie fand, wonach sie suchte. Eine kleine orangefarbene Pillenflasche mit verschreibungspflichtigen Medikamenten gegen Herzrhythmusstörungen. Das weiße Etikett war mit Hollys Namen beschriftet.

Jetzt wusste Kay Bescheid. Das kleine Mädchen war die Patientin mit dem Herzschrittmacher.

SIEBENUNDDREISSIG

KAFFEE

Elliot kreuzte am frühen Morgen bei Dr. Whitmore auf, und hätte es nicht einige Unterschiede zu seinem letzten Besuch gegeben, hätte er sich in einem Déjà-vu gewähnt. Der Bodenfrost war dicker, die Luft kälter, der Wind beißender. Gestern war er nicht ins Leichenschauhaus gekommen, nachdem er sich die ganze Nacht hin und her gewälzt, an Kay Sharp gedacht und sich den Kopf darüber zerbrochen hatte, warum sie ihn nicht in die Nähe von San Francisco lassen wollte.

Vielleicht hatte es etwas mit der Schießerei zu tun. Der Gedanke ließ ihm schneller das Blut in den Adern gefrieren als der Windstoß, der ihm fast den Hut vom Kopf wehte, als er aus dem Auto stieg. Schwebte sie immer noch in Gefahr? Was verschwieg sie ihm?

Er hastete zum Gebäudeeingang, balancierte in einer Hand zwei große Kaffeebecher und öffnete die Tür mit der anderen gerade so weit, dass er mitsamt Hut und Getränken hindurchschlüpfen konnte. Drinnen angekommen, nahm er den Hut ab und ging zügig in Richtung des Autopsieraums, wo das Licht brannte und leises Geplauder durch die Flügeltüren drang.

Er stieß eine Türhälfte mit dem Ellbogen auf und trat ein.

Das Licht war grell, obwohl auf keinem der Edelstahltische eine bedauernswerte Leiche lag. Das leise Geplapper kam von dem an der Wand montierten Bildschirm, auf dem Dr. Whitmore normalerweise Autopsiedaten und Bilder zeigte, und nicht die letzte Folge von *Grey's Anatomy*. Der Rechtsmediziner arbeitete an dem großen Mikroskop, saß auf einem vierbeinigen Hocker und beugte sich über das Okular, wobei er etwas murmelte, das Elliot nicht verstand.

»Ich rieche einen guten Morgen«, sagte Dr. Whitmore schließlich laut, stand auf und kam Elliot auf halbem Weg entgegen. Er nahm den frisch gebrühten Kaffee mit beiden Händen und einem dankbaren Lächeln entgegen. »Meine Frau würde in Ohnmacht fallen, wenn sie mich hören würde, aber ich mag das Gebräu von Katse viel lieber als ihren hausgemachten Kaffee. Die fügen ihm etwas hinzu, das für diesen intensiven Geschmack sorgt.« Er nahm einen Schluck und probierte ihn. »Gemahlene Eierschalen, habe ich mal gehört.«

»Das ist mir neu, Doc.« Elliot kratzte sich am Kopf. »Freut mich, dass es Ihnen schmeckt. Ich glaube, ich habe Sie schon lange nicht mehr lächeln sehen.«

»Es ist nicht nur der Kaffee, der mir heute ein Grinsen aufs Gesicht gezaubert hat.« Er nahm noch einen Schluck, dann stellte er den Pappbecher mit dem Katse-Emblem auf dem Tisch neben dem Mikroskop ab. »Ich freue mich sehr, Ihnen gute Nachrichten überbringen zu können. Wir haben einen Treffer.«

»Bei der DNA, die ich gestern Abend bei Ihnen abgegeben habe? Die Probe von Darrell Bates?«

»Ja. Die Analyse lief die ganze Nacht durch, und heute Morgen hat sie für mich gesungen.«

Elliot starrte ihn verwirrt an.

»Der Benachrichtigungston für ›Übereinstimmung gefunden‹«, erklärte Dr. Whitmore. »Darrell Bates ist der Mann, der Taylor Lorentz geschwängert hat, daran besteht kein Zweifel.«

»Brat mir doch einer 'nen Storch«, murmelte Elliot und klopfte Dr. Whitmore auf die Schulter. »Sie haben mir den Tag gerettet.«

·»Hinsichtlich der Mordermittlung bringt uns das allerdings nichts. Forensisch können wir ihn nicht mit dem Tatort in Verbindung bringen. Sein Auto hat die Wohnanlage erst um elf Uhr an diesem Tag verlassen. Meine Assistentin hat sich gestern Abend etwas Zeit genommen, um die Kameras der Gemeinde zu überprüfen. Jetzt arbeitet sie an der GPS-Ortung seines Handys, aber es sieht nicht gut aus. Das Hausüberwachungssystem haben wir uns für den Schluss aufgehoben; sein Anwalt hat es sich anders überlegt und verlangt eine richterliche Anordnung dafür.«

Das überraschte Elliot nicht; Bates war zu erleichtert gewesen, als er ihn nur zum Mord an Taylor befragt hatte; in dem Fall war er wirklich unschuldig. Aber für das Verbrechen, von dem er geglaubt hatte, er käme damit davon, würde er büßen müssen.

»Vaterschaft beweist keine Körperverletzung«, sagte Dr. Whitmore, als hätte er Elliots Gedanken gelesen. »Von hier aus ist es noch ein weiter Weg.«

Elliot starrte auf die Spitze seiner Stiefel. Er gab die Hoffnung noch nicht auf. Novack und die beiden anderen Deputies hatten jede Menge Videobänder aus dem Stripclub sichergestellt sowie haufenweise hochwertige Kameras, die sie in der Decke in jedem Raum versteckt gefunden hatten. Carmela hatte recht gehabt. Melby sparte nicht am falschen Ende.

»Gibt es schon etwas Neues vom Material der Überwachungskameras?«, fragte Dr. Whitmore, der wieder einmal seine unheimliche Fähigkeit unter Beweis stellte, Elliots Gedanken zu lesen.

»Noch nicht.« Elliot ging zum Beistelltisch, lehnte sich dagegen und kreuzte die Beine an den Knöcheln. So nah war er noch keinem der Möbelstücke im Autopsiesaal gekommen. »Ich überlege, Bates für eine längere Befragung einzubestellen.«

»Und ihn mit Kays berühmter Lockvogel-Methode zu vernehmen?«

Dr. Whitmores Bemerkung traf Elliot unvorbereitet. »Was? Nein.« Er dachte kurz darüber nach, was der Rechtsmediziner wahrscheinlich als Zögern oder Verwirrung missverstand.

»Wenn Sie so tun, als ginge es um andere Verdächtige, und ihn dazu bringen, den Sex mit Taylor im Club zu gestehen, dann ...« Dr. Whitmore ließ den Satz in der Luft schweben. »Wenn ich es mir recht überlege, sollte ich mich auf das beschränken, womit ich mich auskenne. DNA, Fingerabdrücke und andere greifbare, handfeste und präzise Beweise.«

Elliot lächelte mit einem Hauch von Traurigkeit. Er liebte es, mit jemandem über einen schwierigen Fall zu fachsimpeln. Mit Kay. Er vermisste ihre Intelligenz, ihre Ideen, ihre unkonventionellen Ansätze, die so oft zu Ergebnissen führten.

»Wie geht es ihr eigentlich?«, fragte Dr. Whitmore und kramte in einer Schublade voller metallischer Utensilien, die beim Durchsuchen klapperten.

»Können Sie Gedanken lesen, Doc?«

Whitmore brach die Suche ab und warf Elliot einen kurzen Blick zu. »Nein. Aber ich kenne die Menschen. Das ist mein Beruf.« Er schenkte ihm ein aufmunterndes Lächeln und fügte hinzu: »Sie wird wieder gesund. Ich habe gehört, dass ihre Schusswunde nicht mehr als ein Kratzer sein soll.«

»Ja.« Elliot steckte die Hände in die Taschen. »Wenn es sonst nichts mehr gibt, Doc, muss ich dann mal los.« Er hob den Kaffeebecher auf, den er auf dem gekachelten Labortisch abgestellt hatte, und nahm einen Schluck. Der Kaffee war fast kalt.

»Eine Sekunde.« Die Suche in der Schublade endete damit, dass Dr. Whitmore eine Tintenstrahlpatrone zum Vorschein brachte. Er nahm die alte Patrone aus einem kleinen Drucker und warf sie mit einer schnellen Bewegung direkt in den Mülleimer, dann schälte er den Plastikschutz von der neuen und legte sie ein. »Okay, jetzt können wir drucken.« Das Gerät surrte. »In letzter Zeit nutze ich das Ding nicht mehr so oft, es geht alles elektronisch«, fügte Dr. Whitmore hinzu, möglicherweise als Entschuldigung für die lange Zeit, die er gebraucht hatte, um den Drucker zum Laufen zu bringen.

»Was drucken Sie denn?« Den Kaffeebecher immer noch in der Hand, trat Elliot näher heran.

»Der Fingerabdruck des Mörders war nicht im AFIS«, sagte Dr. Whitmore, »aber dieser Daumenabdruck ist so unverwechselbar, dass ich denke, Sie sollten ihn mitnehmen. Wer weiß, vielleicht treffen Sie ja auf jemanden, der einen Daumenabdruck auf einer Colaflasche oder so hinterlässt. Darauf sollten Sie vorbereitet sein.«

»Sind Sie sicher, dass dieser Teilabdruck von einem Daumen stammt?« Elliot beobachtete, wie der Druckkopf nach links und rechts wanderte und nach und nach das gedruckte Bild ausspuckte. »Er ist schmal genug, um zu jedem anderen Finger zu gehören.«

»Ja, ich bin mir sicher. Er wurde auf der Patrone hinterlassen, als das Magazin geladen wurde. Ich habe eine Stunde lang versucht, mit anderen Fingern Kugeln in ein Magazin zu laden, aber das funktioniert nicht. Dieser Mann oder diese Frau hat eine Narbe am Daumen seiner oder ihrer dominanten Hand. Das garantiere ich.«

»Danke, Doc.«

»Gern geschehen. Und danke für den Kaffee. Sie haben mir eine Fahrt um den Hügel erspart.«

Um den Hügel, das war, wo Taylor zu laufen pflegte. So hatte Mr Lorentz es genannt. Elliot runzelte die Stirn und starrte auf den Kaffeebecher in seiner Hand. Vor ein paar Jahren hatte das Katse das lächerliche Blumenmuster auf den Pappbechern eingeführt, verschlungene blühende Gänseblümchen. Man konnte schon aus zwanzig Metern Entfernung erkennen, dass es sich um einen Katse-Becher handelte. Das Muster war wiedererkennbar, einzigartig und hatte Tommy MacPherson wirklich stolz gemacht, obwohl die Leute immer noch darüber lachten, wie kindisch es aussah. In jenem Jahr, so hatte er Elliot einmal erzählt, hatte er ein kleines Vermögen für die Renovierung des Cafés ausgegeben, für die Neugestaltung der Tassen und des Logos, für neue Möbel und eine moderne Küchenausstattung.

Und er hatte Überwachungskameras auf der Außenterrasse und auf dem Parkplatz installiert.

An der Straße.

Sie nahmen die Fahrspur auf. Nicht viel davon, vielleicht nur einen winzigen Teil, aber immerhin. Wie viele Autos mochten wohl vor zwei Tagen zwischen halb sieben und halb acht Uhr morgens am Katse vorbeigefahren sein? Mit etwas Glück würde Elliot das Kennzeichen oder zumindest die Marke und das Modell der vorbeifahrenden Fahrzeuge zum Zeitpunkt von Taylors Tod erkennen können.

Einer von ihnen könnte sein Verdächtiger sein, die anderen wertvolle Zeugen, die möglicherweise etwas gesehen hatten. Irgendetwas.

Elliot stellte die Kaffeetasse auf dem Labortisch ab, griff nach seinem Hut, setzte ihn sich auf den Kopf und stürmte zur Tür. »Ich muss los, Doc.«

»Der Ausdruck ist noch nicht fertig«, protestierte Dr. Whitmore. Hastig drehte sich Elliot um und machte mit seinem Handy ein Foto von dem Bild des Fingerabdrucks, das auf dem Bildschirm angezeigt wurde. Dann tippte er an seine Hutkrempe und ließ den Rechtsmediziner mit offenem Mund stehen.

Bevor die Schwingtür hinter Elliot zufiel, hörte er Dr. Whitmore lachen und sagen: »Was bin ich doch für ein Dinosaurier.«

ACHTUNDDREISSIG

DUSCHE

Brian saß schmollend auf dem Beifahrersitz des BMWs, die Arme über dem Sicherheitsgurt vor der Brust verschränkt, und musterte das Gerichtsgebäude mit einem angewiderten Blick, während sie es hinter sich ließen. Der BMW tauchte in das Hupen und quietschende Bremsen des dichten Verkehrs auf der Van Ness Avenue ein. Unbeirrt und elegant schlängelte sich Carly Hosking durch den Verkehr, um Brian an seinem Haus abzusetzen.

Er konnte nicht fassen, dass er eine weitere Nacht hinter Gittern hatte verbringen müssen, nur weil er auf einen dämlichen Scheck warten musste. Aber seine Laune an Carly auszulassen, war nicht fair. Sie verdiente seine Dankbarkeit, jedes Quäntchen, das er aufbringen konnte. Langsam wich Brians finstere Miene seinem angeborenen Charisma.

»Danke für alles, Carly. Du hast mir den Arsch gerettet. Ich bin nicht für ein Leben hinter Gittern geschaffen. Und dass du mich nach Hause fährst ... Ich weiß das wirklich zu schätzen.«

»Gern«, sagte sie lächelnd. »Wozu gibt es Anwälte, nicht wahr, Brian?« Sie warf ihm einen kurzen Blick zu.

»Genau.« Er gluckste und beobachtete dann durch das

Fenster den vorbeiziehenden Verkehr. »Bist du sicher, dass du mich bei der Verhandlung nicht vertreten willst?«

»Ich kann nicht, Brian.« Sie streckte den Arm aus und drückte seine Hand. »Es tut mir leid. Das könnte unglaublich schief gehen, und das weißt du.«

»Dann bin ich so was von im Eimer.« Mit zitternden Fingern und abrupten Bewegungen überprüfte Brian die Uhrzeit auf seinem Handy. »Und meine Tochter ist verschwunden.« Er vergrub das Gesicht in den Händen. »Wer weiß, ob ich sie jemals wiedersehen werde. Carly, das können wir nicht zulassen. Wir müssen etwas tun. Ich kann doch mein kleines Mädchen nicht verlieren.«

»Hattet ihr eine enge Beziehung?«

Ein Moment der Stille. »Es wurde nach und nach besser. Ich war nicht oft da, als sie ein Baby war, aber ich habe mein Bestes gegeben.«

»Was hast du jetzt vor?«

»Ich werde nach ihr suchen. Ich glaube, ich weiß genau, wer sie hat.«

»Vergiss nicht, dass du offiziell suspendiert bist.« Carly seufzte. »Was auch immer du tust, bring dich nicht in noch größere Schwierigkeiten. Hol dir Brockett zu Hilfe. Oder Diaz – er wäre doch verantwortlich, wenn du einen Ort nennst und um Verstärkung bittest, richtig?«

»Ja«, antwortete Brian, klang aber nicht überzeugt. »Ich traue den Typen nicht, Carly. Einer von ihnen will mich in die Scheiße reiten. Und ich weiß nicht, ob es Brockett ist oder Diaz, oder beide.« Carly kam vor Brians Haus zum Stehen. Er drehte sich zu ihr um und sah sie eindringlich an. »Willst du für ein oder zwei Minuten reinkommen?«

Ein Lächeln zeichnete sich auf ihren Lippen ab. »Warum nicht?«

Als er das Haus betrat, streifte Brian mit einer wütenden Geste sein Jackett ab und warf es auf den Boden. »Die können mich mal«, sagte er und runzelte wieder die Stirn. »Die Gangster auf meiner schwarzen Liste wissen wohl kaum, dass ich suspendiert bin.«

Carlys Augenbraue hob sich, als wollte sie seine Aussage infrage stellen.

»Na gut, vielleicht wissen sie es doch, weil derjenige, den sie schmieren, es ihnen bereits gesteckt hat oder sie es im Fernsehen gesehen haben. Aber neun Millimeter sprechen immer die gleiche Sprache, ob mit oder ohne Polizeimarke.«

»Eine nicht zugelassene Waffe, hoffe ich?«, flüsterte Carly, die immer noch an der Tür stand, als wüsste sie nicht, wohin sie gehen und was sie tun sollte.

»Natürlich.« Brian ging hinüber zur Bar. »Hier, gieß uns einen Drink ein, ja?«

Carly ließ ihre Handtasche auf einem Stuhl liegen und klackerte über das Parkett zum Regal. Auf mehreren Brettern, vor einer spiegelnden Rückwand waren Gläser und ausreichend Flaschen mit Alkohol ausgestellt, um eine komplette Verbindungsparty auf einen guten Pegel zu bringen. »Bourbon?«

Brian nickte und lockerte ungeduldig seine Krawatte. Kurz darauf landete das seidene Accessoire auf dem Jackett am Boden. Mit langen, manikürten Fingern fischte Carly einige Eiswürfel aus der Eiswürfelmaschine und ließ sie in zwei Gläser fallen. Dann gab sie großzügig Bourbon aus einer Flasche Woodford Reserve dazu und reichte Brian ein Glas.

Er nahm es und sog den Duft des Alkohols ein. »Danke, Carly, du bist die Beste.« Er lächelte, und sein Blick wanderte für einen langen Moment zu ihren vollen Lippen, um dann zu ihrem Dekolleté hinabzugleiten. »Ich hätte nie gedacht, dass ich das mal zu jemandem sagen würde, aber danke, dass du mich aus dem Knast geholt hast.«

Geschliffene Kristallgläser klirrten, und sie tranken, Brian so durstig, als wäre der Bourbon Wasser. Carly nahm sich Zeit, genoss ihren Drink geistesabwesend, als wäre sie mit etwas beschäftigt.

»Was ist mit Kay?«, fragte sie und leckte sich die Lippen. Sie saß auf einem großen Ledersessel und schlug die Beine übereinander, wobei sie sich nicht sonderlich darum kümmerte, dass ihr enger Rock ihr den Oberschenkel hinaufrutschte.

»Was soll mit ihr sein?«

»Sie schien dir unbedingt helfen zu wollen. Sie hat sich sogar mit dir gemeinsam abknallen lassen, bei der absolut katastrophalsten Mandantenüberführung, die ich je gesehen habe.«

Brian lachte und verdrehte die Augen. »Kay? Sie ist ein Engel, aber ich musste sie bedrohen, erpressen und anflehen, ihren gemütlichen Job in den Bergen aufzugeben und hierherzukommen, um echte Polizeiarbeit zu machen.«

»Sie ist nicht dafür zuständig, Brian. Du hast Diaz doch gehört.«

Ein schiefes Lächeln zeigte sich auf Brians Lippen. »Ja, aber Kay hat ein so gutes Gespür dafür, was richtig und falsch ist, dass sie sich umbringen würde, um ein Unrecht zu korrigieren.«

»*Dein* Unrecht?« Die Anspielung war eindeutig.

»Egal wessen.« Brian trank den Bourbon aus und stellte das Glas auf den Tisch. »Das macht Kay so besonders. Ich muss sie übrigens mal anrufen.«

»Ah«, erwiderte Carly, lehnte sich gegen die Lehne ihres Sessels und spielte mit den Eiswürfeln in ihrem Glas, musterte sie und ließ sie in der goldenen, rauschenden Flüssigkeit aneinanderstoßen.

Brian drückte die Kurzwahltaste für Kays Nummer und schritt langsam durch das Wohnzimmer. Als sie den Anruf entgegennahm, sagte er: »Ich bin's. Ich bin draußen. Irgendwas Neues von Holly?«

»Wo bist du?«, fragte Kay. Sie klang ein wenig außer Atem.

»Ich bin im Haus. Unserem alten Haus.«

»Bleib dort, Brian. Ich komme rüber. Geh nicht raus und mach keine Dummheiten.«

»Ich will keine Zeit verschwenden, Kay. Wer weiß, wie es Holly geht.«

»Ich bin bald da, in Ordnung? Versprich mir, dass du nirgendwohin gehst, bis ich da bin. Jemand hat es auf dich abgesehen, Brian. Mach ihnen die Arbeit nicht leichter. Bleib dort. Vorhänge zu. Licht aus. Mach dich unsichtbar.«

Seine Schritte beschleunigten sich. »Ich weiß, wer sie hat, Kay, und wir verschwenden Zeit. Glaub mir ...«

»Ich denke, du hast eine Ahnung, wer sie hat, und wir gehen deinen Hinweisen nach? Wenn ich da bin, okay?«

»Gut, wie du willst. Aber lass dir nicht zu viel Zeit.«

Er beendete das Gespräch und ließ das Telefon auf den großen Tisch aus Walnussholz fallen. Es klapperte laut und rutschte über die Kante.

»Sie hilft dir, obwohl du so mit ihr redest?«

Brian stöhnte, blieb vor Carly stehen und presste die Lippen fest aufeinander. »Ich bin ein Arschloch, ich weiß. Aber sie will, dass ich hier warte und nichts tue, während ich da draußen nach meinem Kind suchen könnte.«

»Sie ist die Klügere von euch beiden, glaub mir.« Carly nahm einen weiteren Schluck Bourbon und sah zu, wie Brian sein Hemd aufknöpfte. Er zog es aus und warf es auf den Boden zu den anderen Sachen.

Ihr Blick blieb an seiner wohlgeformten muskulösen Brust hängen. Brian entging das nicht; er lächelte und sah wieder weg. »Ich gehe mal duschen, um den Knastgestank loszuwerden. Nimm dir noch einen Drink, wenn du willst. Warte nicht auf mich.«

Er ließ sie am Fenster an ihrem Getränk nippen und betrat das Badezimmer, denn jede Zelle seines Körpers sehnte sich nach einer erfrischenden Dusche. Er ließ die letzten Kleidungsstücke auf den Boden fallen und trat in die Granitkabine. Dort stellte er den Duschkopf auf die stärkste Stufe und drehte das Wasser auf. Als der Strahl auf die Wunde an seinem Bein traf, zuckte er zusammen, ließ es aber über sich ergehen und beobachtete, wie Blutspuren durch das Wasser wirbelten, bevor sie im Abfluss verschwanden. Dann verteilte er mit energischen Handbewegungen großzügige Mengen Dior-Sauvage-Duschgel auf seinem müden Körper und verzichtete auf den Duschschwamm. Die klare Flüssigkeit verwandelte sich unter seinen Händen in duftenden, cremigen Schaum, der seine Muskeln belebte und ihn aufweckte.

Er spürte einen Hauch kalter Luft, als sich die Tür öffnete und Carly nackt zu ihm unter die Dusche huschte. Sie drückte eine Handvoll Duschgel in ihre Handfläche und fragte: »Soll ich dir den Rücken einseifen?« Ihre Stimme war tief, sinnlich und voller Verheißung.

Grinsend lehnte Brian sich an die Fliesen und ließ sie eine Weile mit seinem Körper spielen. Dann drehte er sich zu ihr um und drückte sie mit den Händen über dem Kopf gegen die Wand. Sie schaute ihn lüstern an, lasziv, keuchend.

»Weißt du, frisch entlassene Ex-Häftlinge haben ein starkes Verlangen«, flüsterte er ihr ins Ohr. Er küsste ihren Hals und beobachtete, wie ihr Körper auf seine Berührung reagierte. Sie lehnte sich an ihn, genoss seine geschickten Hände und wickelte sich wie eine Ranke um ihn herum.

»Es ist gefährlich, sich vor einem Mann, der frisch aus dem Knast kommt, so nackt zu zeigen.«

NEUNUNDDREISSIG

BEWEISE

Bevor sie sich auf den Weg zu Brian machte, traf sich Kay mit Brockett vor dem Polizeirevier im nördlichen Bezirk. Als sie ihn angerufen und um ein Treffen gebeten hatte, hatte sie erwartet, dass er unterwegs sein würde, um Informanten zu Hollys Verbleib zu befragen. Er hatte behauptete, dass er das eine Weile lang getan habe und gerade zurückgekommen sei. Scheinbar interessiert an ihrer Bitte um ein Treffen, hatte er den Parkplatz vorgeschlagen. Jetzt schaute er sich vorsichtig um, als er aus dem Gebäude trat. Die gestrige Schießerei hatte alle ein wenig nervös gemacht.

»Gibt es etwas Neues?«, fragte Kay, obwohl ihm die Antwort ins Gesicht geschrieben stand.

Er wirkte müde, aber er gab sich Mühe, es sich nicht anmerken zu lassen. »Nichts. Kein Wort auf der Straße über das Kind.«

»Das ist ungewöhnlich«, murmelte Kay und rieb sich die Stirn. Die Einzelheiten dieses Falles ergaben keinen Sinn, erst recht nicht nach nur ein paar Stunden Schlaf auf dem unbequemen Bett eines Motels in Redwood City. »Was sagt das FBI?«

Brockett schien die Frage nicht zu behagen. »Die konzentrieren sich auf andere Aspekte. Sie müssen wissen, dass sie das kleine Mädchen als lebendig erachten, bis es tot aufgefunden wird; so sieht es das Protokoll vor.«

»Aha, und?« Kay verstand nicht, was daran falsch sein sollte.

»Hollys Verschwinden ist schon eine Woche her; ihre Chancen sind wirklich gering. Und das FBI ist nicht gerade sehr auskunftsfreudig. Das kennen Sie sicher auch noch.«

Kay nickte und überlegte, ob sie ein oder zwei ehemalige Kollegen anrufen sollte, um an Informationen zu kommen. Aber erst einmal wollte sie mit Brockett sprechen.

»Könnten Sie mir ein paar Tatortfotos zeigen, Detective?«

Es bildeten sich Falten in seiner glänzenden Kopfhaut über den Augenbrauen. »Was wollen Sie wissen?«

»Ob noch etwas anderes auf dem Küchentisch gefunden wurde«, erklärte Kay mit einem Seufzer. Es war ein Ärgernis, aber sie musste geduldig sein und alles genau erklären. »Etwas, das die Tatortreinigung schon entfernt haben könnte.«

»Inwiefern genau ist das relevant?«

»Tun Sie mir bitte den Gefallen.«

Er murmelte etwas Unverständliches, holte sein Handy heraus und begann, die Bilder zu sichten. Wahrscheinlich wäre es einfacher gewesen, wieder hineinzugehen und die Akte zu holen, aber dann hätte er riskiert, mit ihr gesehen zu werden. Eine Todsünde in diesem Revier, wie es schien.

»Hier.«

Kay nahm das Handy und sah sich die Fotos an. Im hellen Sonnenschein hatte sie Mühe, etwas zu erkennen. Sie hielt den Atem an, als sie Rachels Leiche in einer Blutlache sah, aus mehreren Blickwinkeln, mit starker Tatortbeleuchtung und inmitten von nummerierten gelben Markierungen. Dann folgten mehrere Fotos des Küchentischs. Auf dem Gitter, das sie auf dem Tisch vorgefunden hatte, stand eine Auflaufform mit einem Braten in einer Kräuterkruste. Ein Stück der Kruste fehlte, als hätte jemand mit den Fingern ein Stück herausgepult. Eine rote Plastikschüssel mit Kartoffelpüree war ebenfalls vom Tisch verschwunden.

Rachel hatte für Holly und sich selbst ein Sonntagsessen gekocht und den Tisch so gedeckt, dass sie gemeinsam ein gutes Essen genießen konnten, bevor sie ins Zeugenschutzprogramm gingen.

Kay reichte das Telefon zurück an Brockett. »Wussten Sie, dass Holly einen Herzschrittmacher hat?«

Er runzelte die Stirn und stützte sich mit der Hand auf den Oberschenkel. »Was? Nein.«

Ihre Bemerkung »Die Broschüre lag am Tatort offen herum«, konnte Kay sich nicht verkneifen, obwohl sie den Detective damit nur noch mehr aufbrachte. »Wenn es ein modernes Gerät ist, könnten wir es aufspüren. Vielleicht ... wenn wir Glück haben. Es muss registriert, neu genug und an einem Ort mit einer freien Netzwerkverbindung sein.«

Brockett zog eine Zigarette aus der Tasche, zündete sie an und inhalierte gierig. »Ich werde alle gerichtlichen Anordnungen veranlassen. Eine für das Krankenhaus zur Offenlegung der Gerätedaten. Eine weitere für den Gerätehersteller, um uns bei der Lokalisierung des Geräts zu unterstützen. Das wird aber einige Tage dauern, vielleicht eine Woche.«

»Keine Chance«, zischte Kay. »Das ist nicht schnell genug.« Ihre Stimme klang schneidend, abweisend, eigentlich das Letzte, was sie wollte.

»Wenn Sie eine bessere Idee haben, Detective, dann nur zu. Legen Sie los.« Brockett füllte seine Lungen mit Rauch und atmete dann abrupt aus.

»Ich nehme Sie beim Wort«, sagte Kay lächelnd, im Versuch, ihn zu beschwichtigen. Es hatte keinen Zweck, den Detective jedes Mal zum Brodeln zu bringen, wenn sie miteinander sprachen.

»Was immer Sie so schnell wie möglich aus diesem Bezirk herausbringt«, sagte er und studierte die Spitze seiner Zigarette. »Sind wir jetzt fertig?«

»Fast.« Kay öffnete den Kofferraum ihres Interceptors mit dem Funkschlüssel. »Ich habe das fehlende Messer gefunden.«

Er schnippte die Zigarettenkippe mit einer energischen, frustrierten Geste zur Seite. »Was zur Hölle? Wer hat Ihnen gesagt, dass wir ein Messer vermissen?«

Kay legte ungläubig den Kopf zur Seite und gluckste. »War gar nicht so schwer herauszufinden. Großer Messerblock, der größte Schlitz leer. Schwer zu sagen, was da wohl fehlte.«

Brockett wirkte entkräftet, starrte auf den Asphalt, die Hände in die Hüften gestemmt, auf der Stelle tretend, sichtlich erpicht darauf, zu gehen. War dieser Mann korrupt? War er scharf darauf, Brian für den Mord an Rachel einzusperren, egal, was die Beweise ergaben? Wenn ja, wie konnte er alle anderen dazu überreden, es ihm gleichzutun? Diaz, der Staatsanwalt, der dem Haftbefehl zugestimmt hatte, alle anderen im Strafrechtssystem? Die konnten doch nicht alle bestechlich sein, oder?

Aber Brocketts Haltung und seine Körpersprache sahen nicht nach einem korrupten Polizisten aus – eher nach einem müden und unzufriedenen, der in seinen eigenen archaischen Methoden der Verbrechensbekämpfung verhaftet und so ausgebrannt war, dass er sich nicht mehr um Richtig oder Falsch scherte.

»Das ist nicht alles, was ich gefunden habe.« Kay holte die Tüten mit den Beweismitteln aus ihrem Kofferraum und reichte sie weiter. »Rachels Handy, der Akku ist leer. Ich habe auch das Ladegerät eingepackt. Der Pin-Code ist eins, zwei, drei, null.«

»Woher in aller Welt wollen Sie das wissen?« Brockett starrte sie ungläubig an, aber Kay glaubte, einen Hauch von Respekt in dem Glitzern seiner braunen Augen zu erkennen. »Wann haben Sie sie das letzte Mal gesehen?«

»Vor acht Jahren. Der Pin-Code ist Hollys Geburtstag. Das war keine große Kunst. Ich dachte, ich erspare Ihnen die Zeit, die Sie damit verbringen müssten, ihn zu knacken.«

»Und was ist das?« Er hielt die Tüte mit dem Tischset und dem Silberbesteck hoch.

»Das habe ich in der Spülmaschine gefunden, ebenso wie das Telefon. Rachel hat versucht ...«

Brockett schnaubte und klatschte einmal verärgert die Hände zusammen. »Klar, weil die Leute genau dort ihre verdammten Telefone aufbewahren. In der Spülmaschine.« Sichtlich verbittert darüber, so viele Beweise am Tatort übersehen zu haben, zündete er sich eine weitere Zigarette an. »Meine Güte ... die Welt ist verrückt geworden.«

Kay wartete, bis er seine Tiraden beendet hatte, dann versuchte sie erneut, ihre Botschaft zu vermitteln. »Rachel hat das Tischset, den Teller und das Besteck ihrer Tochter in der Spülmaschine versteckt und sich dann dem Angreifer mit dem Messer entgegengestellt, um ihr Zeit zur Flucht zu verschaffen. Zum Zeitpunkt ihres Todes war Holly vor Ort.«

In Brocketts Augen blitzte echtes Interesse auf. »Dann haben wir jetzt einen zeitlichen Ablauf.«

»Ja, den haben wir.«

»Was, glauben Sie, ist passiert? Ich bin den Tatort abgegangen, aber ich konnte es nicht genau sagen.« Er nahm einen weiteren Zug von seiner zweiten Zigarette und brachte die Spitze zum Glühen. Der Rauch wirbelte für Sekundenbruchteile durch die Luft, bevor er vom kühlen Wind davongetragen wurde.

»Sie waren ja auch nicht auf der Suche nach einem Kind, Detective.« Kay hielt einen Moment inne und ließ ihre Worte wirken. »Ich konnte mir vorstellen, was passiert ist. Rachel hat gesehen, dass jemand vorbeikam. Sie muss geahnt haben, dass der Besucher Ärger mit sich brachte, weil sie wusste, welches Risiko sie eingegangen war, als sie sich bereit erklärt hatte, über die Nacht auszusagen, in der dieser junge Mann erschossen worden war. Vielleicht hat sie deshalb ihre Mutter angerufen und ihr gesagt, dass Holly bereits im Zeugenschutz sei ... Nur für den Fall, dass sie ihre Anrufe überwachen. Um ihnen einen Strich durch die Rechnung zu machen und ihre Tochter zu schützen. Ich spekuliere hier nur, vielleicht werden wir es nie erfahren.«

Kay hielt einen Moment inne, um zu verarbeiten, was sie gerade gesagt hatte. Sie sollte Brockett nicht sagen, was sie von Leonetti erfahren hatte, nicht, bevor sie sicher sein konnte, dass er vertrauenswürdig war. Es war besser, sich auf das zu beschränken, was sie am Tatort gesehen hatte. »Sie hat Holly barfuß in den Garten geschickt und ihr dann möglicherweise ihre eigenen Schuhe gegeben. Rachels Leiche wurde barfuß gefunden, und ich habe Fußabdrücke im Garten entdeckt, die so aussehen, als ob das kleine Mädchen zunächst barfuß ging und dann die Turnschuhe ihrer Mutter trug.«

Brockett hörte aufmerksam zu, die brennende Zigarette zwischen den Fingern, den Kopf leicht geneigt. »Ja, es hatte in der Nacht zuvor geregnet und war seitdem trocken. Die Fußabdrücke könnten daher gehalten haben.«

»Dann muss Rachel alles, was auf Hollys Anwesenheit im Haus hindeutete, an dem ersten Ort versteckt haben, der ihr einfiel – in der Spülmaschine. So hat sie ihrer Tochter mehr Zeit zum Weglaufen und Verstecken verschafft. Dann ging sie los, um die Tür zu öffnen.«

Brockett nickte. »Das klingt schlüssig.«

»Das erklärt auch, warum die Tür nicht aufgebrochen wurde.« Kay zeigte auf den Asservatenbeutel mit dem Messer. »Und es erklärt, warum ich das hier unter ebenjener Spülmaschine gefunden habe. Als Rachel gestürzt ist, muss es auf den Boden gefallen und darunter gerutscht sein.« Sie stieß einen langen Seufzer aus und spürte, wie sich ihre Brust zusammenzog, als klammerte sich eine stählerne Faust um ihr Herz.

Angst.

Was, wenn Holly bereits tot war?

»Soweit ich das beurteilen kann, ist das kleine Mädchen auf den Baum geklettert und gestürzt, als ein Ast abbrach. Es war ein ziemlich hoher Ast, etwa drei Meter über dem Boden. Sie muss aufgeschrien haben. Das erklärt aber nicht, warum der Täter sie nicht dort getötet hat, wo er sie gefunden hat. Oder wenigstens anschließend im Haus.«

Brockett starrte mit einem Ausdruck purer Bestürzung auf die Tüten mit den Beweisen, die er in der Hand hielt. »Mir hat gerade eine Polizistin vom Land förmlich den Arsch aufgerissen. Ich werde wohl langsam alt.« Er lachte verbittert auf. »Sie sind doch ein bisschen mehr als nur Brians Ex, die Unruhestifterin aus den Bergen. Was haben Sie als Nächstes vor?«

»Dem Herzschrittmacher folgen und hoffen, dass wir Holly rechtzeitig finden. Bevor ich gehe, erzählen Sie mir aber bitte noch von der Reifenspur, die in Rachels Einfahrt gefunden wurde. War sie von dem gleichen Suburban-Modell, das uns gestern verfolgt hat?«

Er schien von ihrer Frage überrascht zu sein. »Wie? Nein. Die Spur stammt von Brians Sportwagen, einer alten Chevy Corvette. Die Spur können wir vergessen.« Er schüttelte ihr die Hand, dieses Mal kräftiger. »Viel Glück, Detective. Ich werde die richterlichen Beschlüsse beantragen, nur für den Fall, dass Sie sie brauchen. Und ich muss jetzt wohl ein paar Stunden damit verbringen, meinem Chef und dem FBI zu erklären, warum ich diese Beweisgegenstände nicht gleich beim ersten Mal gefunden habe.« Er warf einen kurzen Blick auf die Asservatenbeutel.

Kay setzte sich hinter das Steuer und ließ den Motor an. Vielleicht wusste Brian etwas über Hollys Herzschrittmacher, obwohl er nicht den Eindruck machte, dass er großartig in die Erziehung seiner Tochter involviert war. Aber jemand anderes würde jedes einzelne Detail wissen, und Kay hatte keine Zeit zu verlieren.

Während sie zu Brians Haus fuhr, rief sie US-Marshal Debra Buscher an. Sie landete direkt auf der Mailbox.

»Debra, hier ist Kay Sharp. Es gibt Neuigkeiten, und ich brauche Ihre Hilfe. Ciara müsste alles über den Herzschrittmacher wissen, den ihre Enkelin trägt. Wann er eingesetzt wurde, wo, in welchem Krankenhaus, von welchem Arzt. Ich weiß, dass sie mich nicht anrufen kann, aber ich hoffe, Sie können mir diese Informationen weiterleiten. Nicht nötig, Ihnen zu sagen, dass die Zeit drängt.«

Kaum hatte sie den Highway erreicht, klingelte ihr Telefon. Auf dem Display erschien Debras Nummer. »Detective«, sagte sie mit düsterer Stimme, »tut mir leid, ich dachte, Sie wüssten es bereits. Mrs Epling hatte auf dem Weg zu unserer konspirativen Wohnung einen Schlaganfall. Sie ist im Krankenhaus und wurde ins Koma gelegt.«

VIERZIG

STREIT

Erschrocken wachte Holly auf. Die Stimmen im Obergeschoss waren zwar weit entfernt und gedämpft, aber lauter als sonst. Etwas war anders.

Die Stimme der Frau klang durchdringend, tränenerstickt, schluchzend und flehend, und die des Mannes wütend, bedrohlich. Jedes Mal, wenn er auf die Treppe zuging, knarrte der Boden. Das Geräusch einer vor Wut zugeschlagenen Tür rüttelte an den Wänden.

Im Keller war es kühl, obwohl die Sonne aufgegangen war und Lichtstrahlen in den Raum fielen. Fröstelnd schlüpfte Holly aus dem Bett und landete mit nackten Füßen auf dem kalten Betonboden. Dann ging sie hinüber zum Kamin und legte das Ohr an die Wand.

»Ich kann sie nicht erschießen, Edmundo, *por favor*«, jammerte die Frau. »Sie ist noch ein Kind. Sie ist verwirrt. Ich glaube nicht, dass sie viel gesehen hat. Sie hätte es mir gesagt.«

»Das reicht!« Ein dumpfer Schlag, und dann klapperte etwas, als hätte der Mann gegen einen Tisch voller Geschirr und Besteck getreten. »Wir haben hier keine Wahl, Isabela. Ihr Leben oder unseres. Verstehst du das nicht? Der Boss hat sich klar ausgedrückt. Wenn sie etwas gesehen hat, muss sie sterben.«

Holly wimmerte und ihre Augen füllten sich mit Tränen, während sie eine zitternde Hand über ihren Mund hielt, um keinen Laut von sich zu geben.

»*Te lo ruego*, Edmundo«, rief die Frau. »Nur ein kleines Mädchen. Können wir nicht sagen, dass sie entkommen ist, und sie einfach gehen lassen?«

Hoffnung schwoll in Hollys Brust an, bis sie das Geräusch eines Schlags hörte. Die Frau schrie auf und begann dann laut zu schluchzen.

»Komm bloß nicht auf dumme Gedanken, du Schlampe! Ich mach dich auf der Stelle fertig.«

Der Mann schritt eine Weile umher, während die Frau weiterschluchzte. Dann ging das Schluchzen in ein ersticktes Wimmern über. »Dafür kommen wir direkt in die Hölle«, sagte sie.

Ihre Bemerkung ließ den Mann in Gelächter ausbrechen. »Du hast doch schon Menschen erschossen. Wie kommst du darauf, dass es für dich woanders hingehen würde?« Ein paar weitere dumpfe Schläge. »Wir haben einen Eid geschworen, *querida*, wir beide. Einen Eid, alle Befehle zu befolgen. Er will, dass du sie erschießt. Wahrscheinlich will er dich auf die Probe stellen.«

»Bitte, Edmundo, zwing mich nicht. Nicht so ein kleines Mädchen.«

Ein lautes Geräusch von Metall, das auf Metall schabte, erklang. »Wir können nicht riskieren, dass die kleine Göre den Mund aufmacht und uns alle in den Knast bringt. Ich habe es so verdammt satt. Ich werde es tun.« Eine Pause, in der es so leise war, dass Hollys laut pochendes Herz das Einzige war, was sie hören konnte. »Ich bin enttäuscht von dir, *querida*. Ich habe dich nie für einen Feigling gehalten.«

Dann quietschte eine Tür, als würde sie geöffnet, und

Holly erstarrte. Die Angst schnürte ihr die Luft ab und ließ den Atem in ihrer Brust stocken. Verzweifelt sah sie sich um, aber sie fand kein Versteck. Unter dem Bett, ja, aber das wäre der erste Ort, an dem sie suchen würden.

Schritte näherten sich, und einer von ihnen kam herunter, wahrscheinlich der Mann. Da sie keine andere Wahl hatte, schlüpfte Holly in den Kamin und begann, den Schornstein hinaufzuklettern. Mit den nackten Füßen suchte sie auf den Ziegeln nach Halt, stemmte sich mit dem Rücken gegen die engen Wände und hielt sich mit den Händen fest, wo sie konnte. Sie erstarrte kurz, als die Kellertür aufschwang, und hielt den Atem an, in der Hoffnung, dass sie bereits hoch genug geklettert war.

Der Mann betrat den Raum und schritt umher. »Wo zum Teufel ist sie?« Seine Stimme klang schrill, verwirrt und wütend. »Isabela?«, rief er laut, dann schlug er gegen die Wand neben dem Kamin. Winzige Aschekrümel fielen in die Feuerstelle, einige davon auf Hollys Kopf. »Komm hier runter, Frau!«

Schwere Schritte hasteten die Treppe hinunter. »Was ist passiert?«, fragte die Frau und schrie dann schmerzerfüllt auf.

»Sag nicht, dass du nichts davon gewusst hast«, knurrte der Mann, dann landete der Körper der Frau mit einem dumpfen Schlag auf dem Boden. »Wo zum Teufel ist sie, Isabela? Hast du sie gehen lassen?«

»*Te lo juro, no*. Ich schwöre es bei meinem Leben. Du musst mir glauben.« Wimmernd kroch sie über den Boden, und Holly konnte einen Teil ihres Körpers sehen. »Sie war hier, als ich sie heute Morgen zurückgelassen habe.«

»Hast du daran gedacht, die verdammte Tür abzuschließen?« Seine Stimme war ein leises, bedrohliches Flüstern.

Die Frau antwortete nicht, wimmerte nur wieder.

Schritte eilten die Treppe hinauf, wahrscheinlich war es der Mann. Holly hörte, wie er einige Namen rief und dann zu jemandem sagte: »Finde sie. Sie kann nicht weit sein.«

»Ja, Boss«, antwortete jemand.

Dann stieg die Frau die Treppe hinauf und ließ die Kellertür einen Spalt offen. Oben ging das Geheule weiter, aber Holly achtete nicht mehr darauf. Sie hielt es nicht mehr lange in diesem Schornstein aus. Ihre Hände und Füße verkrampften sich, weil sie sich bereits zu lange festhielt, und sie fror.

Sobald sie sich traute, rutschte sie vorsichtig den Schornstein herunter und trippelte auf Zehenspitzen zum Bett hinüber. Sie musste dringend pinkeln, traute sich aber nicht, die heruntergekommene Toilette zu benutzen, weil sie Angst vor dem Geräusch hatte, das sie machen würde. Stattdessen schlüpfte sie unter das Bett, wo ihre Entführer schon einmal nachgesehen hatten und kein weiteres Mal mehr suchen würden. Und wenn sie schließlich weggingen, um sie draußen zu suchen, würde sie die Treppe hinaufsteigen und davonrennen.

Da sie die Tür konzentriert im Auge behielt, bemerkte Holly die Spuren aus Asche und Kohle nicht, die sie auf dem Fußboden hinterlassen hatte.

EINUNDVIERZIG

STACEY

Tränen brannten in Kays Augen, als sie zu Brians Wohnung fuhr. Seit sie gestern in der Stadt angekommen war, die mehr als zehn Jahre lang ihr Zuhause gewesen war, fühlte sie sich wie ein orientierungsloser Zombie, verloren, unfähig, sich zu sammeln, außer Atem, auf der Jagd nach Schattengestalten. Zwischendurch erschien es ihr wie eine außerkörperliche Erfahrung oder einer dieser lebhaften Albträume, die sich beunruhigend real anfühlen. Sie hatte keine Ahnung, wem sie bei der Polizei glauben konnte. Sie konnte ihren Instinkten nicht mehr vertrauen, weder in Bezug auf Brian noch auf sonst jemanden. Und sie verlor Menschen, die ihr sehr am Herzen lagen, schneller, als sie es verkraften konnte. Zuerst Rachel, jetzt Ciara. In ihrem Alter konnte ein Schlaganfall verheerend und schwächend sein, sogar tödlich. Sie konnte nicht glauben, dass sie bereits ihr letztes Gespräch mit Ciara geführt oder sie zum letzten Mal umarmt haben könnte.

Sie brauchte jemanden, mit dem sie reden und dem sie von ganzem Herzen vertrauen konnte.

Elliot.

Sie rief seine Nummer auf dem Auto-Bildschirm auf und

drückte auf »Verbinden«. Er nahm den Anruf fast sofort entgegen.

»Kay ...« Er klang außer Atem. »Ist alles in Ordnung bei dir?«

»Ja, mir geht's gut. Warum fragst du?« Sie tat ihr Bestes, um die Tränen zu verbergen, die in ihr aufstiegen, als sie seine Stimme hörte.

»Nein, ist es nicht. Das höre ich doch.« Er hielt einen Moment lang inne, und Stille breitete sich aus. »Was ist passiert?«

Seine Stimme war stark, warm, wie eine Schulter, an die sie sich auch aus der Ferne anlehnen konnte. Kay blinzelte die Tränen weg. »Es geht um Ciara, Rachels Mutter. Sie hatte einen Schlaganfall. Ich habe Angst, dass ich sie auch verliere.«

»Komm nach Hause«, flehte er, mit einem Nachdruck in der Stimme, wie sie ihn noch nie gehört hatte.

»Bald, vielleicht sogar heute Abend. Ich verspreche es.« Sie wischte sich die Tränen weg und schaltete das Mikrofon stumm, während sie schniefte und sich räusperte.

»Ich weiß, dass du mich nicht dort haben willst, Kay. Aber wenn du deine Meinung änderst ...«

»Ich komme bald nach Hause. Ich habe eine vielversprechende Spur zu Rachels Tochter. Wenn sich das bewahrheitet, dauert es nicht mehr lange. Höchstens ein paar Stunden. Wenn nicht ... finden wir sie vielleicht nie.«

»Hast du letzte Nacht ein wenig geschlafen?« Er kannte sie zu gut.

»Ja, das habe ich tatsächlich.« Kay versuchte, ein bisschen fröhlich zu klingen, aber in ihren eigenen Ohren klang es falsch und gezwungen. Die Stille war drückend. »Brian hat die Nacht im Gefängnis verbracht, und ich war in einem alten Motel an der Bucht, das ich von früher kenne.«

»Kannst du einen Moment lang ehrlich zu mir sein, Kay?«

»Wie meinst du das?« Elliots Frage überraschte und

verletzte sie, obwohl sie tatsächlich nicht ganz offen gewesen war. Er war ein ausgezeichneter Polizist; natürlich durchschaute er ihre Lügen.

»Ich meine, gib mir eine klare Antwort auf eine klare Frage.«

»Na gut, schieß los.« Sie hielt den Atem an.

»Bist du immer noch in Gefahr?«

»Inwiefern?« Die abweisende Gegenfrage schlüpfte Kay über die Lippen, bevor sie die Chance hatte, darüber nachzudenken. Er hatte sie um Ehrlichkeit gebeten, und sie wich dem Thema aus.

»Kay, bitte.«

Sie holte gequält Luft. »Ich weiß es ehrlich gesagt nicht. Sie haben gestern versucht, Brian zu töten – nicht mich. Ich glaube, ich war ein Kollateralschaden, oder vielleicht war der Wind zu stark, und der Scharfschütze hat ihn verfehlt.« Sie schluckte mühsam. Ihre Kehle fühlte sich trocken an, zusammengeschnürt. »Mir fällt kein Grund ein, warum sie mich tot sehen wollen, aber ich bin trotzdem vorsichtig. Versprochen.« Ein unheilvolles Gefühl breitete sich in ihrem Bauch aus, denn sie wusste, dass sie Versprechungen machte, die sie nicht halten konnte.

»Ein Scharfschütze könnte einen Kilometer entfernt sein. Du kannst ihn nicht kommen sehen, Kay.« Kurze Pause. »Ich will dich nicht verlieren.«

Als sie seine Worte hörte, begann ihr Herz zu klopfen. Einen Moment lang konnte sie nicht sprechen, aus Angst vor den Tränen, mit denen sie noch immer kämpfte. »Ich mache mich bald auf den Weg. Sobald ich Holly gefunden habe, will ich diesen Ort nur noch im Rückspiegel sehen.«

»Und dein Ex? Was ist mit seiner Mordanklage?«

»Ich habe alles getan, was ich konnte«, erklärte Kay und zweifelte gleichzeitig an dieser Aussage und an sich selbst. »Er ist auf Kaution frei, und er ist ein guter Polizist. Er hat genug

Zeit, um herauszufinden, wer seine Verlobte getötet hat.« Es folgte ein kurzes Schweigen, während Kay darauf wartete, dass Elliot etwas sagte. »Abendessen, wenn ich zurückkomme?«

»Abgemacht.« Er klang immer noch angespannt.

Kay beendete das Telefonat und bog in die Sackgasse ein, in der sie vor acht Jahren eine Zeit lang zu Hause gewesen war. Sie liebte den Straßennamen immer noch: Cedarwood Court. Er erinnerte sie an die Weihnachtszeit am Strand, wo die salzige Seeluft sich mit dem Geruch von Zedernholz vermischte.

Brians Haus war ein Backsteinbungalow mit einer Garage für drei Autos, eine Seltenheit in der beengten und überteuerten San Francisco Bay Area. Es war für hiesige Verhältnisse groß und gut gepflegt, mit gestutzten Sträuchern und einer sauber gefegten Einfahrt. Wahrscheinlich hatte er Angestellte, die sich darum kümmerten; so sehr sie sich auch bemühte, Kay konnte sich nicht vorstellen, dass Brian irgendetwas anderes als sich selbst pflegte.

Eine rote 1967er Corvette Stingray parkte in der Einfahrt. »Stacey«, murmelte Kay, als sie sich dem Auto näherte. Brian hatte sein Auto Stacey genannt, nach dem Film *Nur noch 60 Sekunden*. Er war besessen von diesem Film und von allen Autos, die darin vorkamen, kannte alle sechzig auswendig, Marke, Modell, Baujahr und ihre Spitznamen. Als sie gerade anfingen, sich zu treffen, fand er den Stingray, der für eine unmögliche Summe zum Verkauf stand, aber das war Brian egal. Er nahm zwei Kredite bei zwei verschiedenen Banken auf und leerte sein Sparkonto, aber er hatte Stacey »festgenagelt«, wie er selbst es ausdrückte. Und da stand sie nun, stolz, glänzend und rot. Wenigstens Stacey hatte Brian bisher noch nicht betrogen.

Kay erinnerte sich an die Reifenspuren, die sie bei Rachels Haus gesehen hatte, hockte sich neben das Auto, betrachtete die Hinterräder und verglich sie mit dem Foto, das sie geschossen hatte. Eine perfekte Übereinstimmung. Brockett hatte recht.

Sie hatte es eilig und läutete zweimal. Da Ciara ihr nicht helfen konnte, Hollys Schrittmacher zu verfolgen, war Brian ihre einzige Hoffnung. Ihr Plan war wesentlich sinnvoller, als mit gezückten Waffen in die Wohnungen irgendwelcher Gangster einzubrechen, um Informationen zu bekommen.

Brian öffnete die Tür und lächelte, als er sie sah. Er roch nach demselben Duschgel, an das sie sich noch erinnerte, und sein schwarzes Haar war feucht und fiel ihm rebellisch in die Stirn. Er trug eine Hose und ein sauberes Hemd, das er dabei war, zuzuknöpfen. Bevor Kay reagieren konnte, umarmte er sie wie in alten Zeiten und zog sie ins Haus, ehe er die Tür mit dem Fuß hinter sich zutrat. »Oh, Kay, ich bin so dankbar, dass du hier bist.« Er drückte ihr einen schnellen Kuss auf die Lippen, den sie nicht erwiderte. »Ich habe dich vermisst.«

»Das glaube ich kaum.« Sie wand sich aus seinem Arm, nicht glücklich über das, was sein Duft mit ihren Sinnen anstellte, und verärgert darüber, dass er sie als selbstverständlich ansah, als ausgemachte Sache, weil keine Frau ihm je widerstehen konnte. Sie würde nicht in sein Leben zurückkehren oder mit ihm im Bett landen. Als sie sah, wie er sie mit unvermindertem Selbstvertrauen losließ, wurde ihr bewusst, was seinen Erfolg bei Frauen ausmachte. Brian war berauschend für die Sinne, süchtig machend wie Heroin, und man konnte ihm ebenso wenig entrinnen.

Die Schlafzimmertür öffnete sich und Carly trat heraus, in ein Handtuch gewickelt und mit einem anderen ihr Haar trocknend. Ihre nackten Füße hinterließen feuchte Fußabdrücke auf dem Parkett. »Sollen wir etwas essen gehen, solang ...« Sie erstarrte mitten im Satz, als sie den Blick hob und Kay vor sich sah. »Oh.«

»Ich bin froh, dass du gut vertreten wirst«, sagte Kay und verbarg ihren anfänglichen Schock hinter Sarkasmus. »Mensch,

Brian, du bist unverbesserlich. Aber ich schätze, ich muss mir keine Sorgen mehr um deinen Prozess machen.«

Carly fuhr damit fort, ihr Haar mit kräftigen Bewegungen zu trocknen. Sie stand aufrecht und unbeeindruckt da, und ihr perfekter Körper strotzte nur so vor arroganter Selbstüberhebung. Das Handtuch bedeckte kaum ihre Pobacken, aber das schien sie nicht zu stören. »Ich werde ihn vor Gericht nicht verteidigen.«

Seltsam. Kay zuckte mit den Schultern und zwang sich, nicht weiter darüber nachzudenken. »Ich habe Ihren BMW nicht in der Einfahrt gesehen.«

»Er steht in der Garage«, erklärte Brian. »Carly will keinen Staub darauf.« Leicht humpelnd trat er zur Seite und griff nach einem Glas auf dem Tisch. Es enthielt noch ein wenig Flüssigkeit. Durstig kippte er den Alkohol in einem Zug hinunter. Seine Augen funkelten vor heimlichem Vergnügen, als ob der Anblick der beiden Frauen in seinem Wohnzimmer etwas in ihm auslöste, das Kay nicht begriff. Die halb nackte Anwältin, die ihm das Wasser auf den Fußboden tropfte, machte sie nicht eifersüchtig, aber vielleicht dachte er das ja.

Ohne ein weiteres Wort verschwand Carly im Schlafzimmer, langsam und mit schwingenden Hüften, und schloss dann leise die Tür hinter sich.

»Wie geht es deinem Arm?« Brian knöpfte mit einstudierten Gesten den Kragen seines Hemdes zu und legte dann seine Lieblingsmanschettenknöpfe an, die goldenen mit den fünf ovalen Rubinen, die ein X bildeten. Ein wertvolles Geschenk seines Vaters. Kay hatte ihn unzählige Male dabei gesehen, wie er sie anlegte, manchmal auf der Bettkante sitzend, um noch einmal über ihre Haut zu streicheln, bevor er zur Arbeit ging.

»Mir geht's gut.« Etwas zögernd ging sie durch das Wohnzimmer, das sie gut kannte, und versuchte, sich nicht an all die Dinge zu erinnern, die sie eigentlich vergessen wollte. Die Orte im Haus, an denen sie sich geliebt hatten. Das Ledersofa, das sie gemeinsam bei Macy's ausgesucht hatten. Das Bild eines flauschigen weißen Hundes, das sie bei einem Straßenhändler am Pier gekauft hatten.

Doch einige Dinge waren neu. Ein moderner Saugroboter, der in seiner Station in der Ecke auflud. Ein Achtzig-Zoll-Fernseher an der Wand. Originalgläser und -flaschen aus geschliffenem Swarovski-Kristall. Und wahrscheinlich Satinbettwäsche auf dem Bett. Diese Annahme wollte Kay allerdings nicht persönlich überprüfen. Es schien, als ob er über seine Verhältnisse lebte, aber er hatte keine Hypothek und wahrscheinlich auch keine Raten für sein Auto abzubezahlen.

»Wie kommt es, dass du das Haus behalten hast?«, fragte Kay. »Du hättest mit einem Verkauf ein Vermögen machen können. Oder wenn du es vermietet hättest.« Er grinste und reichte ihr ein Glas, das sie nicht annahm. »Das ist kein Freundschaftsbesuch.«

Brian antwortete nicht. Er schaute aus dem Fenster. Dann öffnete er eine Schublade, holte eine Glock heraus und befestigte das Holster an seinem Gürtel. Er zog die Waffe hervor, überprüfte die Munition und steckte sie dann zurück.

»Ich dachte, du würdest hier mit Rachel und ihrer Tochter leben.« Kay ließ nicht locker.

Er lächelte mit Unbehagen. »Es war einmal unser Haus, deines und meines.« Seine Stimme war tief und melancholisch. »Mir gefällt der Gedanke nicht, es nicht mehr zu besitzen. Dass unsere Erinnerungen ausgelöscht und von einem anderen Leben überlagert werden, von jemand anderem.«

Kays Augenbrauen hoben sich überrascht und sie war einen Moment lang sprachlos. »Und wo wolltet ihr, du und Rachel, hin?«

»Genug von uns, suchen wir Holly. Sie ist alles, was ich jetzt noch habe. Wir können los.« Er ging zu ihr hinüber, mit Entschlossenheit und Dringlichkeit in seinem Schritt. »Sie hat eine Herzkrankheit. Zu viel Stress kann viel Schaden anrichten.«

»Erzähl mir von ihrem Herzschrittmacher, Brian.«

Er schaffte es, seine Überraschung gut zu verbergen. Kay hatte ihm nichts von ihrem Besuch am Tatort erzählt.

»Ich kann nichts dazu sagen. Ich hatte nicht viel mit ihrem Leben zu tun. Ich weiß zwar davon, aber nichts Genaues.« Er starrte eine Weile auf den Boden und wirkte verlegen. »Meine elterlichen Pflichten haben sich darauf beschränkt, Unterhaltsschecks auszustellen, Geschenke zu kaufen und Holly gelegentlich eine schöne Zeit zu bereiten.« Er seufzte und steckte die Hände in die Hosentaschen. »Wenn wir das Glück haben, sie zu finden, wird sich das wohl ändern müssen.«

»Dann bist du also kein richtiger Vater für sie.« Kays Stimme war schneidend, kalt. »Warum überrascht mich das nicht?«

»Ja, das kann man wohl sagen«, erwiderte er. In seinen Augen loderte ein Hauch von Wut auf. »Du solltest nicht über mich urteilen. Ich versuche es schließlich. Es ist ja nicht so, dass ich Kinder in meinem Leben vorgesehen hatte. Aber als ich sie das erste Mal sah und in meinen Armen hielt, hat sich alles verändert. *Ich* habe mich verändert. Ist es wirklich so schwer zu glauben, dass ich meine Tochter von ganzem Herzen liebe?«

Nach einer Weile wurde sein Blick weicher und glitt in die Ferne. Dann sah er auf die Uhr. Kay tat es ihm gleich. Es gab noch viele unbeantwortete Fragen, aber die Zeit wurde knapp.

Carly kam vollständig bekleidet, aber barfuß aus dem Schlafzimmer. Sie ging zum Fenster, wo sie ihre Schuhe neben einem Beistelltisch abgestellt hatte, auf dem ein mit Lippenstift beflecktes Glas stand, das noch etwa einen Fingerbreit Bourbon enthielt. Sie kippte es kurzerhand hinunter und eierte dann auf ihren Absätzen hinaus, wobei sie ihren Autoschlüsselanhänger in der Hand baumeln ließ. »Viel Glück, Brian«, sagte sie, kurz bevor die Tür hinter ihr ins Schloss fiel.

Kays Ex-Mann reagierte nicht, als wäre Carly nie da gewesen. Er schaute wieder auf die Uhr, wirkte nervös, sagte aber nichts. »Vor Gericht, nach deiner Anklageerhebung, hast du gesagt, du wüsstest, wer Holly entführt hat. Sag mir, was du weißt.«

Er schaute sie einen Moment lang schweigend an, als wollte er herausfinden, ob er ihr vertrauen konnte. Kay machte sein Zögern wütend.

»Ich weiß, wer diesen Straßenjungen, Oliver Galaz, bei der Schießerei getötet hat, die Rachel beobachtet hat. Das ist mein Ansatzpunkt.«

ZWEIUNDVIERZIG

KENNZEICHEN

Der Katse Coffee Shop war erfüllt von Geplauder, Gelächter und den klappernden Geräuschen eines gut besuchten Cafés zur Mittagszeit. Der Geruch von starkem Kaffee und frischem Gebäck weckte Elliots Magen und erinnerte ihn daran, dass er seit dem Hilltop-Burger und dem kalten Heineken am Vorabend keinen Bissen mehr zu sich genommen hatte.

Hinter dem Tresen bewegte sich Tommy MacPherson für seinen Körperumfang unglaublich schnell. Schweißperlen bedeckten seine Stirn und sein Gesicht war rot angelaufen, da es unablässig der Hitze der Öfen und der Kaffeemaschinen ausgesetzt war. Als er Elliot sah, legte er besorgt die Stirn in Falten.

»Ich bekomme in letzter Zeit viel Aufmerksamkeit von euch Cops, wenn ich das mal so sagen darf.« Er drückte auf einen Knopf an der Cappuccino-Maschine. Dampf strömte durch ein Edelstahlrohr in eine kleine Kanne mit Milch und schäumte die Flüssigkeit auf. »Es kommen so auch ein paar Bestellungen rein, und das weiß ich sehr zu schätzen, aber, hey, wissen Sie, ich habe immer noch PTBS aus meinem früheren Leben.«

Elliot gluckste. Tommy MacPherson hatte sein Leben

wieder in die richtige Spur gebracht, nachdem er ein paar Jahre wegen einer Reihe kleinerer Straftaten gesessen hatte. Frisch aus dem Gefängnis entlassen hatte er das Familienunternehmen aufgemöbelt, weil er erkannt hatte, dass es eine bessere Alternative war als die waghalsigen Nummern, die er in seiner Jugend für Geld abgezogen hatte. Sein selbstironischer Humor entflammte immer dann, wenn einer der Polizisten auf einen Kaffee und – Gott bewahre – Donut vorbeikam. Wenn es um eine Donutbestellung ging, war er nicht mehr zu bremsen.

Im Gegensatz zu vielen Ex-Häftlingen hegte Tommy keinen Groll gegen Polizisten. Die zwanzig Jahre harter Arbeit, die er in das Café gesteckt hatte, hatten ihm Weisheit und Weitblick gebracht. Er wusste zum Beispiel ganz genau, dass er eine Mütze und einen Bartschutz tragen musste, wenn er hinter der Theke Essen und Kaffee ausgab, aber das tat er nur selten. Seinen eigenen Worten zufolge war er schon unattraktiv genug und musste in dieser Hinsicht nicht noch nachhelfen.

Tommys Finger ließ den Knopf des Milchaufschäumers los, und das Zischen verstummte. Zufrieden nahm er die Kanne mit der aufgeschäumten Milch, schöpfte den Schaum mit einem Messer ab und fügte ihn einer frisch gebrühten Tasse Kaffee hinzu, die er einer Kundin mittleren Alters reichte, bevor er deren Karte einlas.

»Was darf es sein, Detective?« Scheinbar besorgt blickte Tommy auf den Laptop, den Elliot unter seinem Arm trug.

»Kaffee, ein Sandwich und ein bisschen was von Ihrer Zeit.«

»Wow.« Tommy täuschte Angst vor, doch aus seinem Blick sprach Belustigung. »Wie viel Zeit darf es denn sein?«

Elliot konnte sich ein Lachen nicht verkneifen. In einer Kleinstadt wie der ihren kannte jeder jeden und jeder wusste alles über jeden. Tommys humorvolle Art hatte ihm geholfen und die Ängste der Leute hinsichtlich seiner Vergangenheit zerstreut. Andernfalls hätte sein Geschäft wohl Konkurs gemacht, denn nicht viele Einwohner waren zunächst bereit gewesen, Kaffee und Essen aus den Händen eines Ex-Knackis entgegenzunehmen. »Nur zwanzig Minuten oder so.«

»Welches Sandwich hätten Sie gern?«

Elliot zuckte mit den Schultern. »Was immer Sie vorbereitet haben. Ich stehe ein bisschen unter Zeitdruck.«

»Cool.« Tommy schenkte ihm einen großen Becher Kaffee ein, verschloss ihn mit einem Plastikdeckel und holte dann ein in Folie verpacktes Sandwich aus dem Kühlschrank. »Sind Schinken und Käse okay?«

»Perfekt.« Elliot reichte ihm seine Karte. Tommy weigerte sich zunächst, sie zu nehmen, und führte dann den üblichen Tanz auf, den er jedes Mal zum Besten gab, wenn einer der Polizisten eine Bestellung aufgab. Dann pfiff er, und ein junger Mann mit einer weißen, mit Kaffee und Kakaopulver verschmierten Schürze kam aus dem Hinterzimmer. »Übernimm mal kurz, in Ordnung?«

Der junge Mann nickte und nahm die Bestellung des nächsten Kunden in der Schlange entgegen.

»Was kann ich für Sie tun?«, fragte Tommy und wischte sich die Hände an seiner Schürze ab.

»Ich muss die Aufzeichnungen der Überwachungskameras vom Mittwochmorgen sehen.«

Tommy kratzte sich hinter dem Ohr. »Von dem Tag, an dem Taylor Lorentz getötet wurde? Ich habe mich schon gefragt, wann Sie deswegen vorbeikommen.«

Elliot schluckte einen Fluch hinunter. Es hatte eine Weile gedauert, bis er an die Videoüberwachung des Katse gedacht hatte. Der Tatort im unberührten Wald bei Frozen Falls, kilometerweit von jeder Verkehrskamera entfernt, hatte ihn nicht sofort an diese Option denken lassen.

»Ja, mal sehen, ob wir Glück haben«, murmelte Elliot und folgte Tommy in den hinteren Teil des Cafés.

Das Überwachungssystem stand auf einem kleinen Tisch

an der Wand, zwischen fein säuberlich in Stahlregalen angeordneten Vorräten. Kaffeebohnen in braunen Jutesäcken erfüllten den Raum mit einem intensiven Aroma. Auf dem kleinen, krummen Tisch, der wahrscheinlich früher zu den Terrassenmöbeln gehört hatte, befanden sich ein Monitor, eine Steuereinheit und eine Tastatur mit Maus.

Tommy bewegte die Maus, und auf dem Bildschirm leuchteten die Aufnahmen mehrerer Kameras auf, von denen sechs auf das Innere des Cafés gerichtet waren und nur zwei die Terrasse zeigten. »Welche wollen Sie?«

Eine Kamera erfasste einen Teil des Highways, aber aus diesem Winkel würde Elliot nur die vorbeifahrenden Wagen sehen, vielleicht einen Blick auf die Gesichter der Fahrer erhaschen, aber definitiv keine Kennzeichen erkennen können. Die zweite war auf die andere Seite des Außenbereichs gerichtet, auf den Teil neben dem Zaun am Highway. Sie erfasste nur einen winzigen Abschnitt der Straße in der Ferne, aber im richtigen Winkel, um die Fahrzeugkennzeichen zu erwischen.

»Die hier.« Elliot deutete auf Letztere. »Gehen wir zum Mittwochmorgen, sechs Uhr zurück.«

Tommy zog einen rostigen, alten, schmiedeeisernen Stuhl heran und lud Elliot ein, sich zu setzen. Er selbst blieb hinter ihm stehen, denn seine Neugierde ließ es nicht zu, auch nur eine Sekunde zu verpassen.

Elliot sah sich das Video etwa eine Minute lang an. Um sechs Uhr zwei lief Taylors Silhouette am Katse vorbei, aber das Licht war so schwach, dass er ihre schlanke Gestalt vor dem körnigen Hintergrund kaum erkennen konnte. Dann nichts mehr. Eine Weile lang kam kein einziges Auto vorbei. »Können wir das irgendwie beschleunigen?«

»Klar«, sagte Tommy und zeigte ihm, wie es ging. »Wenn Sie mit dem Mauszeiger über das Bild fahren, werden die Steuerelemente eingeblendet. Klicken Sie einfach auf den Doppelpfeil, so oft Sie wollen.«

Elliot klickte einmal auf den Doppelpfeil und erhöhte damit die Geschwindigkeit. Auf dem Bildschirm passierte absolut nichts, nur die Ziffern des Zeitcodes veränderten sich schneller. Dann klickte Elliot noch ein paarmal. Als schließlich ein Auto vorbeifuhr, bewegte es sich so schnell, dass er den kurzen roten Streifen auf dem verpixelten Bild fast übersehen hätte.

»Da«, sagte Tommy aufgeregt, aber Elliot hatte den Schnelldurchlauf bereits gestoppt und spulte die Aufnahme zurück. Als das Auto zu sehen war, klickte er sich Bild für Bild durch, bis er das Kennzeichen erkennen konnte. Er öffnete seinen Laptop, rief die Seite der KFZ-Zulassungsstelle auf und suchte nach dem Fahrzeughalter. Der Zeitstempel zeigte sechs Uhr sieben an.

»Die kenne ich«, sagte Tommy. »Sie ist die Empfangsdame im neuen La Quinta. Miriam irgendwas.«

Das Ergebnis der Zulassungsstelle war endlich geladen und zeigte den Führerschein und die Fahrzeugzulassung an. Tommy hatte recht.

»Sie fährt in Richtung Norden, richtig?«, fragte Elliot und merkte, dass er die genaue Ausrichtung der Kamera nicht kannte.

»Ja, sie ist auf dem Weg zur Arbeit. Manchmal hält sie an und holt sich einen Kaffee.«

Natürlich tat sie das. Das ganze County hielt auf einen Kaffee beim Katse an. Die Fahrzeuge, die von links nach rechts über den Bildschirm fuhren, befanden sich auf dem Weg Richtung Norden, die anderen in Richtung Süden. Elliot grinste schief. Im Tal gab es keine anderen Straßen oder Zufahrten; Taylors Mörder war auf dieser Straße in Richtung Norden oder Süden an Tommys Kamera vorbeigefahren. Es sei denn, er war von Norden her mit der Absicht gekommen, Taylor zu töten, und war umgedreht und zurückgefahren, als der Job erledigt war. Unwahrscheinlich.

Elliot notierte die Marke und das Modell des ersten Fahrzeugs, den Zeitcode und den Buchstaben N für die Richtung auf einem Zettel, den er von Tommy bekommen hatte, und setzte seine Beobachtung fort. Zu dieser frühen Tageszeit gab es noch nicht viel Verkehr im Tal. Das nächste Fahrzeug war eine weiße Ford-Limousine, ein Mietwagen, um sechs Uhr fünfzehn in Richtung Süden. Um sechs Uhr einundzwanzig folgte ein Fahrzeug aus einem anderen Bundesstaat, das wahrscheinlich auf dem Heimweg nach Washington war. Der graue Acura-Geländewagen gehörte einem Geschäftsmann aus Seattle.

Dann brauste ein weißer Toyota Tacoma in Richtung Süden vorbei. Sein kalifornisches Kennzeichen wurde durch das grelle Licht der aufgehenden Sonne teilweise verdeckt. Elliot konnte es nicht erkennen.

»Ich weiß, wer das ist«, sagte Tommy und zeigte auf den Bildschirm. »Das ist Rogers neuer Truck.« Elliot runzelte die Stirn, weil er nicht wusste, von wem Tommy sprach. »Roger, der Klempner? Ich habe seinen Firmennamen vergessen. Jeder kennt ihn als Roger, den Klempner.« Tommy gluckste. »Genauso wie sie mich als Tommy, den Kaffeetypen, kennen.«

Elliot überprüfte trotzdem die Teilnummer und fand den Pick-up; er war auf das Unternehmen Mount Chester Plumbing zugelassen.

Um sechs Uhr dreiundvierzig raste ein schwarzer Chevy Suburban in Richtung Norden vorbei, wahrscheinlich mit mehr als der zugelassenen Höchstgeschwindigkeit. Elliot sah Tommy an, aber der schüttelte den Kopf. Der Datenbank zufolge war das Fahrzeug auf eine Firma in San Francisco zugelassen: eine LLC, ein Unternehmen mit beschränkter Haftung.

Elliot würde Kay bitten müssen, den Wagen ausfindig zu machen und den Fahrer zu befragen.

Um sechs Uhr neunundvierzig fuhr ein brauner Hyundai in Richtung Süden, den Tommy sofort erkannte. Er gehörte dem Highschool-Lehrer für Naturwissenschaften, einem

Mann namens Frank Livingston, den Mr Lorentz erwähnt hatte. Sie waren sich schon einmal über den Weg gelaufen, als Elliot und Kay in dem Angel-Creek-Mordfall ermittelt hatten.

Ungefähr achtzehn Minuten lang fuhr sonst niemand über diesen Abschnitt des Highways. Dann kam um sieben Uhr eins ein Wasserflaschenlieferwagen in Richtung Norden vorbei.

»Ich kenne den Typen«, antwortete Tommy, bevor Elliot die Datenbanksuche starten konnte. »Er kommt jeden Abend am Ende seiner Schicht vorbei, um ein paar Leckereien für Frau und Kinder zu holen. Sein Name ist Bob. Ich sage ihm, er soll Sie heute Abend anrufen.«

»Danke, Tommy.« Elliot widmete dem Überwachungsvideo weitere zehn Minuten seiner Zeit und vervollständigte die Liste aller Fahrzeuge, die vorbeigefahren waren. Um sieben Uhr neun fuhr das Fahrzeug von Deputy Leach in Richtung Norden. Um sieben Uhr vierzehn kam es bereits wieder den Hügel hinauf. Eine tolle Durchsuchung hatte Leach da durchgeführt – in nicht einmal vier Minuten. Elliot hielt das Video an, als Tommy das Auto von Gabriel Lorentz identifizierte. Der bedauernswerte Vater hatte ausgesagt, dass er niemanden am Tatort vorgefunden hatte, keine parkenden Autos, keine Fußgänger, keine Menschenseele. Zu diesem Zeitpunkt war der Mörder bereits verschwunden.

Mit einer Fülle von Daten und Bildern der Fahrzeuge und ihrer Fahrer bedankte sich Elliot bei Tommy und schüttelte ihm die Hand.

»Ich freue mich, dass ich helfen konnte«, sagte Tommy und grinste breit. »Aber was ist, wenn der Täter in Richtung Süden nach Frozen Falls gefahren ist, dann gewendet hat und wieder zurück nach Norden gefahren ist? Dann hat er das Katse nie erreicht und ist nicht auf dem Video zu sehen.«

Elliot setzte seinen Hut auf und hielt die Tür für eine Frau auf, die vier große Kaffeebecher in einem Karton trug und es anscheinend sehr eilig hatte. »Tommy, Sie würden einen hervorragenden Detective abgeben.«

Zurück in seinem Auto sah er sich die Liste der Fahrzeuge an, verschwendete aber nicht viel Zeit mit Überlegungen.

Das La Quinta war nur drei Kilometer entfernt.

DREIUNDVIERZIG

SCHICHTEN

Kay starrte Brian ungläubig an. Wie immer war es fast unmöglich, eine klare Antwort aus ihm herauszubekommen. »Du weißt, wer den Straßendealer Oliver Galaz erschossen hat?« Sie trat näher an ihn heran, bis nur noch wenige Zentimeter ihre Gesichter voneinander trennten. Ihr Blick war auf Brians Pupillen gerichtet. »Ich dachte, ich hätte mich klar ausgedrückt, Brian. Keine Lügen mehr.«

»Ich lüge nicht.« Er blieb ruhig stehen und ließ unbeirrt zu, dass sie ihn musterte.

»Du hast mir gesagt, du hättest keine Ahnung, was Rachel erlebt hat.«

»Das ist richtig.«

»Also? Was soll ich jetzt glauben?« Kay stöhnte und verdrehte die Augen. »Ich habe deine Spielchen so satt, Brian. Du stehst für einen Mord vor Gericht, den du angeblich nicht begangen hast. Da draußen gibt es Leute, die dir eine Kugel in den Schädel jagen wollen, und du enthältst mir immer noch Informationen vor? Wie dämlich bin ich eigentlich, dass ich immer noch meine Zeit mit dir verschwende?« Ihre Frage hatte sich in eine Tirade verwandelt, die erst zu einem Ende kam, als ihr die Puste ausging.

»Du kannst beides glauben, weil beides stimmt.«

Vor Wut schäumend stemmte Kay die Hand in die Hüfte. »Ach wirklich?«

»Rachel hat mir nicht erzählt, was sie gesehen hat. Ich habe erst später herausgefunden, wer Oliver Galaz getötet hat. So einfach ist das.«

Kay sah ihn an und fragte sich, warum sie immer das Gefühl hatte, den Verstand zu verlieren, wenn sie mit Brian sprach. Es *wäre* einfach, wenn sie ihm nur zutrauen könnte, die Wahrheit zu sagen. Auch wenn er ehrlich war, ging sie immer vom Gegenteil aus. Die Lügen, die er ihr angesichts seiner Affären mit Rachel und anderen Frauen erzählt hatte, als sie noch verheiratet waren, färbten jetzt jede seiner Aussagen. Kay konnte diese beiden Welten, Vergangenheit und Gegenwart, nicht getrennt voneinander betrachten, egal, wie sehr sie sich auch bemühte.

Sie seufzte. »Wen haben sie verhaftet?«

Brian zuckte mit den Schultern. »Niemanden, soweit ich weiß.« Er behielt die Hände in den Taschen und stand ruhig vor ihr. »Du glaubst doch nicht, dass ich Rachels Fehler wiederhole und der Staatsanwaltschaft gegenüber die Klappe aufreiße, oder?« Aus seiner Stimme klangen Sarkasmus und Trauer. Er musste glauben, dass Rachel ihrer Dummheit wegen getötet wurde.

Die Vorstellung machte Kay wütend. »Manche Menschen opfern sich auf und tun das Richtige, Brian, und darauf sollte man nicht mit Verachtung reagieren, sondern stolz sein.« Sie schüttelte den Kopf und erkannte, dass sie ihre Zeit verschwendete. Der Narzisst in Brian nahm es Rachel wahrscheinlich übel, dass sie Wahrheit und Gerechtigkeit über seine persönlichen Bedürfnisse gestellt hatte. »Sag mir, wo ich Holly finde.«

»Ich kann dir sagen, wo du anfangen sollst.« Er rückte den

Knoten seiner Krawatte zurecht, ging dann zur Flasche hinüber und goss noch etwas Schnaps in sein Glas, den er dann mit einer raschen Bewegung herunterschluckte. »Bei der Gang, die Oliver Galaz ausgeschaltet hat.«

»Okay, wenn das so ist«, sagte Kay und sah wieder auf die Uhr. »Sag mir, was du über die Galaz-Schießerei weißt.«

Brian setzte sich schwerfällig in einen Sessel und berührte sein Bein an der Stelle, wo die Kugel den Oberschenkelmuskel durchschlagen hatte. »Es heißt, unser Freund Galaz habe etwas von der Ware für sich abgezweigt und einen Teil des Erlöses für sich behalten. Die Organisation wollte ein Exempel an ihm statuieren.« Während er sprach, holte er sein Handy aus der Tasche und tippte schnell etwas, bevor er es wieder in die Tasche fallen ließ. Ein vertrauter Signalton bestätigte, dass eine Textnachricht gesendet worden war.

»Welche Organisation?« Kay beschloss, die Einzelheiten ihres Gesprächs mit Staatsanwalt Leonetti für sich zu behalten. Sie fragte sich, warum Brian sie nicht danach gefragt hatte. Vielleicht hatte er mit der Anklageerhebung und dem Verschwinden von Holly zu viel um die Ohren.

»Du hast nicht im Bereich des organisierten Verbrechens gearbeitet, als du beim FBI warst, richtig?« Ein weiterer Ton kündigte eine neue Nachricht auf Brians Handy an, aber er wirkte nicht, als sei er daran interessiert.

»Nein, habe ich nicht.«

»Es gab ein paar Jahre lang heftige Bandenkriege auf diesen Straßen. Das fing irgendwann nach unserer Scheidung an. Die Street Kings kämpften gegen die Norteños – klingelt da was?«

»Ja, sprich weiter.«

»Aus den blutigen Überresten der beiden Gruppierungen ist eine neue Gang entstanden. Die meisten Morde wurden in Oakland verübt, nicht hier, und dort ist das Territorium dieser neuen Gang. Sie nennt sich La Vida Sangrienta.« Er sah Kay einen Moment lang an. »Ich war nicht in der Sondereinheit für organisiertes Verbrechen, und alles, was ich weiß, habe ich mir nach dem Mord an Rachel selbst zusammengereimt.« Er fuhr sich mit den Fingern durch die Haare. »Deshalb haben sie sie umgebracht. Rachel muss LVS in Aktion beobachtet haben. Dann hat Brockett, der traurige Sack, schnell mit dem Finger auf mich gezeigt. Ich wette, er ist selbst ein LVS.«

Kay wartete darauf, dass er ausredete, aber Brian verstummte und schaute auf seine im Schoß gefalteten Hände hinunter. »Und?«

»Und Galaz gehörte auch zu LVS«, fügte er hinzu und benutzte weiterhin das Akronym der Bande. »Das sind diejenigen, die ihn getötet haben und mich erschießen wollen. Vielleicht auch dich. Ich hätte dich nie in die Sache hineingezogen, wenn ich gewusst hätte, dass du dadurch in Gefahr gerätst. Es tut mir so leid, Kay.«

Kay spürte, wie ihre Wut wieder hochkochte, und sie schnaubte. »Jetzt sag mir nicht, dass die gesamte Organisation den Abzug betätigt hat. Kennst du nun den Namen des Mörders von Galaz, oder nicht?«

»Vielleicht.« Kay unterdrückte den Drang, ihn zu ohrfeigen. »Ich kenne ein paar LVS, und ich will, dass wir heute Abend anfangen, an ihre Türen zu klopfen und uns in der Nahrungskette der Gangmitglieder nach oben zu arbeiten. Wenn Holly da draußen ist, halten die sie gefangen, da bin ich mir sicher.«

»Sag mir noch mal, warum Brockett es dir angehängt hat? Was haben sie gegen dich in der Hand?«

Brian stand auf und begann wütend durch den Flur zu humpeln. »Zum fünfzigsten Mal, Kay, meine Fingerabdrücke sind überall am Tatort.«

»Du hast nicht dort gewohnt, oder?«

»Nein, aber ich war oft genug dort. Manchmal habe ich dort übernachtet.«

»Und Brockett wusste nicht, dass Rachel deine Verlobte

war? Sie müssen es doch gewusst haben, das sind deine Kollegen.«

Brian blieb stehen und senkte für einen Moment den Blick. »Ein paar der anderen Polizisten wussten, dass ich, ähm, sie betrogen habe. Sie hatten mich mit anderen Frauen gesehen. Brockett sagte, das hätte ein Motiv sein können. Wir hätten uns über meine Untreue gestritten und ich hätte die Beherrschung verloren. Dumm gelaufen.«

Kay gluckste bitter. »Natürlich hast du sie betrogen. Sonst noch etwas Neues?« Sie atmete durch und zwang sich, um des kleinen Mädchens willen ruhig zu bleiben. Aber etwas an Brians Worten, an der Art, wie er alles erklärte, gab ihr das Gefühl, dass er ihr nicht alles sagte, was er wusste. »Brockett sagte, du hättest den Tatort verlassen, bevor er dort eintraf. Stimmt das?«

»Ich habe versucht, den Mörder zu schnappen.« Brian ging an der Schnapsflasche vorbei und genehmigte sich noch einen Schluck. »Als ich Rachel fand, floss noch Blut aus ihren Wunden. Sie war vielleicht ein oder zwei Minuten tot, höchstens fünf.« Seine Stimme brach. »Ich dachte, ich hätte noch eine Chance, ihn zu erwischen. Aber Brockett hat mir das nicht abgekauft. Die Überwachungskamera an der Tür eines Nachbarn hat nur meine Stacey beim Verlassen des Tatorts gefilmt, kein anderes Fahrzeug.«

»Aha, es gibt also ein Video«, flüsterte Kay. Nach und nach alle Fakten aus Brian herauszupressen fühlte sich so an, als würde sie eine alte Zwiebel Schicht für Schicht schälen, um zum Inneren zu gelangen. Und dabei gab es immer Tränen. »Davon höre ich zum ersten Mal.«

»Es ist ja nicht so, als hätten wir Videobeweise für irgendetwas«, rief Brian, nahm seinen schlurfenden Gang wieder auf und blieb dann direkt vor ihr stehen. »Würde es dich umbringen, mir nur dieses eine Mal zu glauben, Kay? Hm? Wann verstehst du endlich, dass ich ein Arschloch, aber kein Mörder bin? Das ist nicht dasselbe, weißt du. Herumvögeln ist nicht illegal.« Er drehte sich wieder um, als sie verlegen den Blick senkte.

Brian war zu ihr gekommen und hatte um Hilfe gebeten. Er hatte ihr sein Leben anvertraut. Warum sollte er sie anlügen?

Kay atmete ein paarmal durch, um sich zu beruhigen. »Erzähl mir von diesem Video der Überwachungskamera.«

Er starrte aus dem Fenster und lehnte die Stirn gegen das Glas. Draußen wurden die Schatten länger.

»Ich weiß nicht, warum das Auto des Mörders nicht zu sehen ist. Vielleicht ist der Wichser zu Rachels Haus *gelaufen*. Die blöde Kamera erfasst nur die Hälfte der Straße.« Seine Stimme wurde immer lauter, bis er fast schrie, immer noch mit abgewandtem Blick. »Ich weiß es nicht, okay? Ich war nicht dabei!« Er hämmerte mit der Faust gegen die Scheibe. Das Fenster widerstand.

»Schon gut, Brian.« Kay trat an ihn heran und berührte seine Schulter. »Ich glaube dir.«

Er drehte sich sichtlich verzweifelt zu ihr um. »Ich habe Brockett immer wieder gesagt: ›Hey, ich bin ein Cop. Wenn ich jemanden tot sehen will, weiß ich, wie ich es anstellen muss, damit es niemand erfährt. Niemand würde jemals die Leiche finden.‹ Aber Brockett steht auf der Gehaltsliste der LVS, darauf verwette ich mein Leben. So sieht es aus. Die Sangrientas versuchen, sich aller Risikofaktoren zu entledigen, und ich bin einer davon.« Er nahm Kays Hände in die seinen, drückte sie und sah sie eindringlich an. »Bitte, lass uns gehen. Lass uns Holly finden.«

VIERUNDVIERZIG

VERDÄCHTIG

Das La Quinta Inn & Suites in Mount Chester lag etwa drei Kilometer östlich vom Katse, an der kurvenreichen Straße, die zu den Hängen an der Südseite des Berges führte. Es war neu und zog bereits Horden von Touristen an, die den Parkplatz jedes Wochenende von Donnerstagabend bis Sonntag füllten. Die Zimmerpreise waren erschwinglicher als im Winter Lodge Hotel und sprachen ein jüngeres Publikum an.

Ein junges Paar trat durch die automatischen Schiebetüren aus dem Empfangsbereich, als Elliot in die Auffahrt fuhr und den Motor abstellte. Die Frau hielt die Leine eines großen Pudels in der Hand, der sich sehr für Elliots Ford interessierte. Sie zerrte an der Leine, aber die Nase des Tieres schien am Vorderrad des Geländewagens zu kleben.

»Tut mir leid«, sagte die Besitzerin und zerrte an dem widerspenstigen Vierbeiner. Zu ihrer großen Verlegenheit hob der Hund sein Hinterbein und markierte sein Revier auf dem Reifen, wobei er Elliot die ganze Zeit über unverfroren anstarrte.

Elliot grinste, winkte ihre Bedenken ab und ging auf den Eingang der Lobby zu. Als sich die Türen öffneten, hörte er die

Frau zu ihrem menschlichen Begleiter sagen: »Er sieht nicht so aus, aber ich glaube, er ist ein Polizist. Ich habe seine Marke gesehen.«

Möglicherweise sah Elliot wirklich nicht so aus. Er war seiner texanischen Kleidung treu geblieben, gebleichte Jeans über Cowboystiefeln, ein Hemd, eine Gürtelschnalle, die groß genug war, um als Teller durchzugehen, und einer der breitkrempigen Stetson-Hüte, ohne die er niemals das Haus verließ. Er hob sich von der typischen kalifornischen Masse ab, Touristen eingeschlossen. Für die Einheimischen war er immer noch der neue Cop, der wie ein Cowboy aussah, oder kürzer, der Cowboy-Cop. Und das gefiel Elliot genauso gut wie die Bergluft und die morgendlichen Ausritte über die nebligen Wiesen.

Er trat an die Rezeption heran und wartete, bis die Empfangsdame einen Gast fertig eingecheckt hatte. Das Hotel war fast ausgebucht, was für einen Freitagnachmittag nicht überraschend war. Oben auf den Pisten des Mount Chester war Neuschnee gefallen, der unter den grellen Lichtern des Sessellifts glitzerte und den Touristen ein hervorragendes Wochenende versprach.

Der Gast nahm seine Zimmerkarte und verschwand. Elliot trat zum Schalter und zeigte einer schlanken Rothaarigen, auf deren Namensschild *Miriam* stand, seine Dienstmarke.

»Ich habe ein paar Fragen, wenn Sie eine Minute für mich Zeit hätten.«

Sie lächelte unbeholfen. »Einen Moment, bitte.« Sie wählte eine Nummer und flüsterte in den Hörer: »Kannst du übernehmen?« Dann legte sie auf, und ihr professionelles Lächeln kam wieder zum Vorschein. »Was kann ich für Sie tun?« Sie bedeutete ihm, ihr zu folgen, und trat zur Seite, damit die Touristen sie nicht hören konnten.

Einen Moment später tauchte ein wuchtiger Mann auf und

begann mit dem Abfertigen der Gäste. Er trug ein Schild mit der Aufschrift *Manager*.

Elliot rief das Bild von Miriams Auto auf, das am Mittwochmorgen am Katse Coffee Shop vorbeigefahren war. »Ist das Ihr Wagen?«

Miriam runzelte die Stirn und studierte das Foto einen Moment lang. »J-ja, das ist meins. Stimmt etwas nicht?«

»Das wurde vor zwei Tagen um sechs Uhr morgens aufgenommen, als Sie am Katse vorbeigefahren sind.« Sie hörte ihm mit geweiteten Augen zu, einer Mischung aus Angst und Neugierde. »Haben Sie jemanden gesehen, als Sie durch das Tal gefahren sind?«

Sie schlug sich die Hand auf die Brust. »Oh Gott ... Ich weiß, worum es geht. Dieses arme Mädchen, die Joggerin, richtig? Sie wurde auf diesem Abschnitt des Highways getötet. Ich habe es in den Nachrichten gehört.«

»Haben Sie etwas gesehen?«, wiederholte Elliot.

Sie nickte und schluckte. »Ja. Ich habe das arme Mädchen laufen sehen. Sie war allein, und es war kaum hell. Das war nicht das erste Mal.«

»Wo war sie, als Sie sie überholt haben?«

»Sie lief gerade bergab, am Katse vorbei.«

»Haben Sie noch jemanden gesehen?«

Miriam schüttelte den Kopf und biss sich nervös auf die Lippe. »Mhm, niemanden.«

»Irgendwelche Autos, vielleicht am Straßenrand geparkt?«

»Nein, da war niemand. Daran hätte ich mich erinnert. Ich habe immer ein bisschen Angst, wenn ich durch das Tal fahre. Dort gibt es keinen Telefonempfang, und wenn meine alte Kiste mal kaputt gehen sollte ...« Sie verstummte.

»Wann sind Sie an diesem Morgen zur Arbeit gekommen?«

Miriam warf ihrem Vorgesetzten einen kurzen, besorgten Blick zu, dann senkte sie die Stimme.

»Um sechs Uhr fünfundzwanzig. Ich war ein bisschen spät dran.«

»Danke, Miriam.« Elliot nahm eine Visitenkarte heraus und schob sie über den Tresen. »Für den Fall, dass Ihnen noch etwas einfällt.«

Seine nächste Station war die Siedlung Angel Creek, in der Frank Livingston lebte. Auf dem Weg dorthin rief Elliot bei dem Autoverleih an, dem die weiße Ford-Limousine auf dem Video gehörte. Sie war an eine Frau vermietet worden, die mit ihren beiden Kindern unterwegs war. Der Angestellte des Autoverleihs zögerte einen Moment, gab dann aber die Telefonnummer der Kundin an Elliot weiter. Doch der folgende Anruf brachte keine brauchbaren Informationen; die Dame, eine Witwe aus Los Angeles, die hier Urlaub machte, hatte nichts gesehen. Stattdessen beschwerte sie sich bei Elliot über den Zustand der Straßen in Kalifornien und machte ihn persönlich für jedes einzelne Schlagloch zwischen Oregon und der mexikanischen Grenze verantwortlich.

Als Nächstes rief er beim Klempner-Service an, wo ein mürrischer Angestellter namens Roger Mera widerwillig zugab, dass er den Lkw vor zwei Tagen morgens am Katse vorbeigefahren hatte. Er habe nichts gesehen, und nein, er kenne auch Taylor nicht. Er könne sich nicht erinnern, sie joggen gesehen zu haben, aber er achte auch selten auf die Umgebung. Sein abweisender Ton und seine kurzen, einsilbigen Antworten weckten Elliots Neugier. Er hielt an und überprüfte die Datenbank. Roger Mera war wegen eines Einbruchs vor fast zehn Jahren vorbestraft. Elliot bedankte sich und legte auf. Etwas in seinem launischen Tonfall verriet Elliot, dass der Klempner sich wahrscheinlich nichts anderes als unaufmerksames Fahren hatte zuschulden kommen lassen.

Elliot ließ den Berg hinter sich, fuhr am Katse vorbei in Richtung Norden und bog schließlich nach rechts in das Wohngebiet ein, nachdem er das Tal und Frozen Falls durchquert hatte. Gegen halb drei erreichte er das Haus der Livingstons, aber der braune Hyundai stand bereits in der Auffahrt. Der Naturwissenschaftslehrer war zu Hause.

Elliot parkte hinter ihm und war schon fast an der Tür, als Frank Livingston mit einer Harke in der Hand nach draußen trat. Überrascht, Elliot zu sehen, lehnte er das Werkzeug gegen das Garagentor. »Detective«, begrüßte er Elliot und schüttelte ihm die Hand. »Was führt Sie hierher?«

»Taylor Lorentz«, antwortete Elliot. Das Lächeln des Mannes verblasste und wich ehrlicher Traurigkeit.

»Kannten Sie sie?« Livingston nickte und schlug die Hände zusammen. »Sie war meine Schülerin, eine der besten, die ich in den letzten Jahren hatte. Ich kannte ihre Familie. Was für eine Tragödie. Ihr Vater war nach dem Tod von Mrs Lorentz nicht mehr derselbe. Das arme Mädchen hat hart gearbeitet, um so schnell wie möglich ihren Abschluss zu machen.«

»Sie sind also auch nach Taylors Schulabschluss mit ihr in Kontakt geblieben?«

»Ja.« Die Traurigkeit auf seinem Gesicht vertiefte sich. »Ich war so etwas wie ihr Mentor. Sie wollte Lehrerin für Naturwissenschaften werden, hier in unserer Heimatstadt, und ich habe sie darauf vorbereitet. Mir selbst bleiben nur noch wenige Jahre bis zur Pensionierung. Taylor wäre eine wunderbare Lehrerin geworden.«

Elliot überprüfte seine Notizen. »Die Videoüberwachung zeigt, wie Sie um sechzehn Uhr neunundvierzig am Katse vorbeifahren, nachdem Sie das Tal durchquert haben.«

Er nickte. »Hört sich korrekt an.«

»Haben Sie Taylor joggen sehen?«

»Nicht am Mittwoch, nein. Die Sonne ging gerade auf und die Straße war gut ausgeleuchtet, aber ich habe sie nicht gesehen. Nicht an diesem Tag.«

»Andere Male schon?«

»Ja, oft. Sie lief gern auf dieser Straße. Ich habe ihr gesagt, sie solle vernünftig sein und nach Sonnenaufgang laufen. Aber dass die jungen Leute nicht immer auf mich hören, ist nichts Neues für mich.«

»Haben Sie sonst jemanden gesehen? Ein Fahrzeug vielleicht?« Elliot schaute auf den Zettel, der den schwarzen Suburban zeigte, der um sechs Uhr dreiundvierzig in Richtung Norden fuhr. Er musste direkt an Franks braunem Hyundai vorbeigefahren sein, irgendwo nördlich vom Katse, zwischen dem Café und Angel Creek.

Der Lehrer fuhr sich mit der Hand durch das weiße Haar und dachte nach. »Ich glaube schon«, sagte er und sah Elliot mit großen Augen an. »Ach du meine Güte, es fällt mir erst jetzt ein, aber da war ein dunkler Geländewagen, ein großer, der nach Norden fuhr. Das kam mir damals seltsam vor; ich dachte, ich hätte ihn unten im Tal anhalten sehen, aber er muss weitergefahren sein, bevor ich ihn erreicht habe.«

»Konnten Sie den Fahrer erkennen?«

»Der Geländewagen war zu weit weg, als ich über den Hügelkamm fuhr und er in Sichtweite kam. Ich dachte, da müsste jemand pinkeln gehen oder vielleicht jemanden absetzen, aber warum dort, mitten im Nirgendwo?« Livingston klang entschuldigend. Wahrscheinlich fühlte er sich schuldig, dass er nicht angehalten hatte, um der Sache nachzugehen. »Ich dachte wirklich, er hätte angehalten, um dem Ruf der Natur zu folgen.«

»Sie konnten ja nicht wissen, was da vor sich ging, Mr Livingston. Es ist nicht Ihre Schuld.«

»Ich danke Ihnen. Ich habe mich umgesehen, als ich die Talsohle erreichte. An der Stelle, wo der Geländewagen gehalten hatte. Aber ich habe nichts gesehen. Deshalb …«

»War das Fahrzeug möglicherweise ein Chevy Suburban?«

»Ja, da bin ich mir ziemlich sicher.«

»Ist Ihnen noch jemand begegnet oder haben Sie noch etwas gesehen?«

»Nein, tut mir leid. Ich fasse es nicht, dass ich da war, als ...«
Seine Stimme brach, und er schlug sich eine Hand vor den
Mund. Dann griff er nach dem Rechen, als wollte er sich mit
irgendetwas ablenken.

»Sie haben mir sehr geholfen, Mr Livingston.«

Sie schüttelten sich die Hände, und Elliot machte sich
wieder auf den Weg. Frank Livingston blickte Elliots Ford
bestürzt hinterher, in der Mitte seiner Einfahrt wie erstarrt auf
die Harke gelehnt.

Warum sollte jemand mit einem Fahrzeug, das auf eine
LLC in San Francisco zugelassen war, den ganzen Weg hier-
herfahren, um scheinbar zufällig ein junges Mädchen zu töten?
War der Fahrer auch ein Bieter aus dem Velvet Puss? Elliot war
versucht, rechts ran zu fahren und die Nummer der LLC anzurufen, aber warum sollte er den Täter vorwarnen? Er könnte
sich aus dem Staub machen.

Vernünftiger war es, Kay Bescheid zu sagen. Sie könnte
dem Unternehmen stattdessen einen Besuch abstatten.

Ein leises Lächeln stahl sich auf Elliots Lippen.

Er könnte natürlich auch selbst nach San Francisco fahren
und den Verdächtigen mit seiner Partnerin gemeinsam
befragen.

FÜNFUNDVIERZIG

GERÄT

»Wir sollten nach Oakland fahren und an die Türen der Sangrienta klopfen«, sagte Brian zum fünften Mal, seit sie sein Haus verlassen hatten. »Ich verstehe nicht, was du mit dieser Krankenhaussache bezweckst.«

Kay verdrehte die Augen. Sie hatte ihm schon einmal ihren Plan erklärt, aber er war erpicht darauf, die Dinge auf seine Art zu erledigen. Die Kontrolle zu behalten. »Wo hat Holly ihren Herzschrittmacher eingesetzt bekommen?« Kay warf Brian einen kurzen Blick im Rückspiegel zu. Er saß auf dem Rücksitz, lehnte sich nach vorn und hielt sich an den Kopfstützen der Vordersitze fest. Sein Atem strich ab und zu über ihr Gesicht. Es störte sie. Sie mochte seine Nähe nicht. Er roch frisch, nach Duschgel und seinem Lieblingsrasierwasser, aber sie hasste alles daran. Die Erinnerungen, die er in ihr hervorrief. Die anhaltende Wirkung seines Dufts, der sich wie ein peinlicher Fleck in den Polstern festsetzen würde und den sie morgen und auch Tage später immer noch riechen würde.

»Ich glaube, es war das Uniklinikum.« Das Zögern in seiner Stimme war deutlich zu hören.

»Du glaubst? Du bist dir nicht sicher, wo deine Tochter ihre lebensverändernde Operation hatte?«

Er stöhnte und ließ sich gegen die Rückenlehne fallen. »Es ist schon eine Weile her, ja? Und ich bin kein typischer Vater.« Er schüttelte den Kopf. »Es ist ja nicht so, als hätte ich bei ihnen gelebt.«

»Wo, Brian? Welche Universitätsklinik? Stanford? Oder UCSF?«

»UCSF Mission Bay«, schmetterte er ihr verärgert entgegen.

»Erinnerst du dich an den Namen ihres Arztes? Irgendeinen anderen Kontakt, irgendetwas, das uns helfen könnte?«

»Nein, wirklich nicht. Ich habe nur dafür bezahlt, okay? Ich war nicht dabei.« Er fuhr sich mit den Händen durch die Haare. »Mensch, Kay, früher warst du nicht so und hast mich immer wieder dasselbe gefragt. Bin ich etwa ein Verdächtiger für dich, den du verhören und brechen willst?«

»Du findest es nicht im Entferntesten eigenartig, dass du als Hollys Vater keine Ahnung hast, wo dein Kind operiert wurde? Was soll ich denn denken?«

»Ich habe dir die Wahrheit gesagt! Und jetzt tu ich, was du sagst, und verfolge diesen irrsinnigen Krankenhausplan. Wie sollen die uns denn bitteschön helfen? Wir sollten da draußen sein, Sangrientas festnageln und sie so lange bearbeiten, bis einer von ihnen den Mund aufmacht.«

»Du hast keine Dienstmarke mehr. Du wurdest suspendiert. Und ich bin hier nicht zuständig.«

»Woher sollen die das wissen?«

Das war ein schlimmes Déjà-vu. Dieses Gespräch hatten sie schon mindestens zweimal geführt. Zum Glück kam nach einer weiteren Kurve das große Gelände des Mission Bay Krankenhauses in Sicht. Kay bremste ab, las die Hinweisschilder und überlegte, wo sie anhalten und welchen Eingang sie benutzen sollte.

Die Kardiologie schien ein guter Ausgangspunkt zu sein.

Sie parkte und hastete zum Eingang. Brian hielt mit ihr Schritt und murmelte etwas davon, dass sie endlich wieder zu Verstand kommen solle, damit sie richtig nach Holly suchen könnten.

Kay blieb vor einem großen Empfangstresen stehen. »Wir brauchen jemanden, der uns helfen kann, einen Herzschrittmacher zu orten.«

Die Empfangsdame, die unbeeindruckt von Kays Dienstmarke schien, welche sie ihr schnell unter die Nase gehalten hatte, war offensichtlich mit dem Anliegen überfordert. »Einen Herzschrittmacher orten? Davon habe ich keine Ahnung. Haben Sie einen Termin?«

Kay wollte laut schreien. »Ich muss sofort den Leiter der Kardiologie sprechen.«

Die Frau gab mit strassbesetzten Fingernägeln, die so lang waren, dass sie beunruhigend langsam tippen musste, etwas in ihren Computer ein, wählte dann eine Durchwahl und sprach leise in ihr Telefon. »Hey, ja, hier ist Shanice von der Rezeption. Ich habe hier ein paar Polizisten, die mit Doktor Carruthers über einen Herzschrittmacher sprechen wollen. Okay, mache ich.« Sie beendete das Gespräch. Ihr Lächeln war verschwunden. »Aufzug links, zweite Etage.«

Eine Krankenschwester erwartete sie, als der Aufzug sie in die Kardiologie entließ. »Sie sind die, ähm, Polizeibeamten?« Sie hatte ihr langes Haar zu einem großen, verschlungenen Dutt am Hinterkopf zusammengebunden. Das Gewicht des Knotens zog ihren Kopf nach hinten und verlieh ihrer Haltung Würde und Klasse.

»Ja, Detectives Sharp und Hanlin.«

»Folgen Sie mir bitte.« Die Hände in den Taschen des Kittels ging sie geräuschlos auf Keilschuhen mit Gummisohlen durch den endlosen Korridor, bis sie einige miteinander verbundene Büros erreichten, die sich in der Nähe eines Empfangsbereichs befanden. »Ich führe Sie hinein.«

Sie klopfte zweimal, wartete eine Sekunde und öffnete dann die Tür so weit, dass sie ihren Kopf hineinstecken konnte. »Dr. Carruthers? Es tut mir leid, aber es ist dringend. Ich habe die Polizei hier«, fügte sie hinzu und öffnete die Tür dann weit genug, um Kay und Brian hineinzulassen.

Der Arzt, ein Mann mittleren Alters mit hoher Stirn und kurz geschnittenem Haar, stand auf und winkte sie herein. Er trug einen weißen Kittel, makellos und gestärkt, in dessen Brusttasche ein Stethoskop steckte. Er war groß und schlank, kein Gramm Fett am Körper, wahrscheinlich eine Folge der Lektionen, die er in seinem Beruf als Kardiologe gelernt hatte.

Kay schüttelte ihm die Hand und war überrascht, wie trocken und warm sie sich anfühlte. »Detectives Sharp und Hanlin. Danke, dass Sie uns so kurzfristig empfangen haben, Doktor.«

»Worum geht es?«

»Ein achtjähriges Mädchen mit einem Herzschrittmacher wurde entführt. Ich hoffe, Sie können uns mithilfe des Geräts helfen, sie zu finden.«

Er verschränkte die Arme vor der Brust. »Ich habe Verständnis für Ihre Suche, Detective. Die Gesetze zum Gesundheitsdatenschutz untersagen es mir allerdings, solche Informationen ohne eine richterliche Anordnung weiterzugeben.«

»Ich bin ihr Vater«, sagte Brian. Der Arzt hob eine Augenbraue. »Ich bin Polizist beim SFPD, San Francisco Police Department, *und* Hollys Vater. Das ist möglich, wissen Sie. So etwas passiert.« Sein ungerechtfertigter Sarkasmus ließ den Arzt die Stirn in Falten legen.

»Ja, natürlich«, antwortete Dr. Carruthers und tippte jetzt etwas in seinen Computer. »Name?«

»Holly Epling«, sagte Brian.

»Holly Flynn Epling«, ergänzte Kay.

Der Arzt tippte weiter. »Geburtsdatum?«

»Dreißigster Dezember«, antwortete Brian.

»Adresse, zur Überprüfung?«

Brian gab Rachels Adresse an, und der Arzt schien mit seiner Antwort zufrieden zu sein.

»Und Ihr Name, Sir?«

»Brian Hanlin.«

Der Arzt zögerte einen Moment und blickte stirnrunzelnd auf den Bildschirm. »Wir haben sie im System, ja. Das Gerät, das sie trägt, ist netzwerkfähig und kann geortet werden, wenn es mit dem Internet verbunden ist.« Kay kam näher und drängte ihn im Stillen, ihr etwas zu geben, das sie gebrauchen konnte. »Das Gerät ist im Moment nicht online. Es wurde zuletzt vor vierunddreißig Minuten gefunden.«

Kay spürte eine Welle der Angst in ihrem Bauch. »Was ist passiert? Ist sie noch am Leben?« Ihre Kehle schnürte sich zusammen, während sie die Worte aussprach.

»Ich bin mir nicht sicher«, sagte Dr. Carruthers mit der Stimme, die er wahrscheinlich benutzte, wenn er versuchte, seine Patienten zu beruhigen. »Ich weiß nur, dass sie vor vierunddreißig Minuten noch gelebt und ihr Gerät zu diesem Zeitpunkt noch einwandfrei funktioniert hat.«

»Haben Sie einen Standort?«

Er schüttelte traurig den Kopf. »Nein, habe ich nicht. Unser System ortet unsere Patienten nicht automatisch. Wir können den Standort abrufen, aber wir müssen ihn manuell anfordern, wenn das Gerät online ist.« Er räusperte sich leise. »Ich muss Ihnen nicht erklären, was der Stress einer Entführung mit ihrem Herzen anstellen kann.«

»Wie können wir herausfinden, wo sie ist?«, fragte Kay erneut und merkte, dass ihre Stimmlage nach oben gerutscht war. »Können Sie uns helfen?«

»Ja, wir werden Sie anrufen, sobald das Gerät wieder aktiv

ist.« Er schaute kurz aus dem Fenster auf den Parkplatz, als könnte er dort Antworten auf ihre Fragen finden. »Vielleicht erhalten Sie mehr Informationen von der Klinik, die den Eingriff durchgeführt hat.«

Kay starrte Brian ungläubig an. Er wirkte wie versteinert und glotzte den Arzt ungläubig an. »Von welcher Klinik sprechen wir?«, fragte Kay leise.

»Mount Zion. Wir sind alle Teil desselben Netzwerks und greifen auf dasselbe System zurück, aber vielleicht wissen die Kollegen dort mehr. Auf jeden Fall werden wir Sie benachrichtigen, sobald sich der Schrittmacher wieder in das Netz einwählt. Wir behalten das für Sie im Auge, Detectives, und hoffen, dass Sie Ihr kleines Mädchen sicher zurückbekommen.«

Er schüttelte ihnen die Hände und führte sie hinaus, nachdem Kay ihm ihre Telefonnummern ausgehändigt hatte.

Sie ging zügig zum Auto und hielt den Mund, bis sie den Parkplatz erreicht hatten.

Als sie die Tür aufgeschlossen und sich hinter das Lenkrad gesetzt hatte, brach ihr der Schweiß an den Haarwurzeln aus. »Was hast du getan, Brian? Mir ein beliebiges Krankenhaus genannt, damit ich den Mund halte?« Ihre scharfe Stimme durchschnitt die Luft im Ford.

»Ich habe es vergessen! Ich hatte dir doch gesagt, dass ich es nicht sicher weiß. Was willst du noch von mir? Immerhin habe ich das richtige Krankenhaussystem erwischt, nicht wahr?«

Wie immer verdrehte er die Tatsachen und ließ sie als die Böse in diesem Gespräch dastehen. Langsam hatte Kay es satt. Mehr als satt.

Sie fuhr los in Richtung Mount Zion. In ihrem Kopf wirbelten die Gedanken durcheinander, sie ging alles durch, was sie wusste und was nicht, alle Vermutungen, die sie hatte, alle Fakten, die sie überprüft hatte. Sie zweifelte an allem, an jedem einzelnen Wort, das ihr Ex-Mann von sich gegeben hatte. Wie konnte ein Vater nicht wissen, wo seiner Tochter ein Herzschrittmacher implantiert worden war?

Im Grund hatte er ihr das bereits erklärt, und zwar überzeugend. Wenn sie nur akzeptieren könnte, dass er ein eiskalter, egoistischer Mistkerl war, der von vornherein kein Kind gewollt hatte. Was gab es da noch zu fragen oder anzuzweifeln? In seiner unglaublichen Selbstsicherheit hatte er brutale Ehrlichkeit bewiesen. Seine Erziehungsleistung hatte sich darauf beschränkt, Rechnungen zu bezahlen und Unterhaltsschecks zu unterschreiben, und es war ein Wunder, dass er überhaupt so viel für Holly getan hatte. Schürzenjäger war Brian nicht nur gelegentlich, sondern immer, die ganze Zeit. Nichts weiter als ein narzisstischer Sexsüchtiger auf der Jagd.

Ein Gedanke versetzte Kay einen Stich ins Herz und trieb ihr die Tränen in die Augen. Wenn Rachel tot war und Ciara mit geringer Aussicht auf Besserung im Krankenhaus lag, wer würde sich dann um Holly kümmern, wenn man sie erst gefunden hatte? Brian? Er würde ja einen tollen Vater abgeben.

Im Mount Zion Medical Center erhielten sie auch keine neuen Informationen, nur die erneute Zusage, das Gerät zu orten, sobald es online auftauchte, und das Versprechen, den Hersteller des Herzschrittmachers um Hilfe zu bitten. Kay beschloss, sich auf die Suche nach Holly zu machen, indem sie Brians Methode anwandte, und fuhr los Richtung Oakland.

»In Ordnung, machen wir es also auf deine Art. Wo willst du anfangen? Hast du ein bestimmtes Gangmitglied im Sinn? Kennst du eine Adresse?«

Bevor Brian eine ihrer Fragen beantworten konnte, klingelte Kays Telefon. Auf dem Autodisplay leuchtete der Name des Anrufers auf.

Elliot.

SECHSUNDVIERZIG

KELLER

»Es sind schon drei Stunden vergangen«, schrie Edmundo die beiden sich duckenden Männer an. »Drei Stunden, und ihr habt es nicht geschafft, ein kleines Mädchen zu finden, das barfuß da draußen herumläuft?« Er zückte seine Waffe und hielt sie ihnen ins Gesicht. »*Mierda*! Der Boss wird euch erschießen lassen.« Er schritt erneut wütend umher. Isabelas Schluchzen machte ihn wahnsinnig. »Nein, *ich* werde euch auf der Stelle erschießen lassen.«

Er drückte nicht ab, sondern starrte nur auf ihre verschwitzten Gesichter und genoss den Anblick der Angst, die ihre Körper erbeben ließ. Sie wussten, dass es besser wäre, nichts zu sagen, aber Isabela hörte nicht auf zu flennen, seit er sie gegen die Wand gedrückt hatte.

»Und jetzt raus da, und kommt nicht ohne sie zurück.«

»*Si, jefe*«, murmelten sie und stürmten zur Tür hinaus.

Immer noch wütend, rief Edmundo einen von ihnen zurück. Blass wie ein Laken stolperte der Mann herein und hielt die Hände vor dem Schritt verschränkt. »*Si?*«, fragte er leise, offensichtlich in der Erwartung, erschossen zu werden.

»Ist sie auf die Straße gelaufen?«

Der Mann schüttelte den Kopf so heftig, dass sein Hänge-
bauch wippte und seine Wangen zitterten. »*No, es impossible.*
Wir waren die ganze Zeit da draußen, Rico und ich. Der Zaun
ist zweieinhalb Meter hoch, aus Beton, bis auf das Tor, und da
habe ich Wache gehalten. Die ganze Zeit.«

»Habt ihr Kaffee getrunken, eine Pinkelpause gemacht,
irgendwas?«

Das Kopfschütteln wiederholte sich. »Ich war die ganze
Zeit da, Boss, ich schwöre.«

Edmundo winkte ihn weg, und er verschwand, ließ aber die
Tür offen stehen. Ein Tritt von Edmundo schlug sie zu, und das
laute Geräusch ließ Isabela wieder in ihr nervtötendes
Gewimmer ausbrechen. Sie war an der Wand zu einem Häuf-
chen Elend zusammengesackt und dort liegen geblieben, um
Gnade bettelnd, die sie nicht verdiente.

Der Boss würde ihn wegen dieses Kindes umbringen.
Langsam, in aller Ruhe, ein Exempel statuierend, damit alle
anderen sahen, was mit denen geschah, die seine Befehle miss-
achteten.

Ciguatera.

Langsam, qualvoll und tödlich, bis die Engel sich seiner
schmutzigen Seele erbarmten und der Boss die unsägliche
Folter mit einem Kopfschuss beendete. Seit das Mädchen
verschwunden war, konnte er an nichts anderes mehr denken.
Wie würde er sterben?

»Und das alles nur deinetwegen!«, brüllte er. Isabela zuckte
zusammen und zog sich in die Ecke zurück, schluchzte noch
lauter und hob die Hände, um ihren Kopf vor den Schlägen zu
schützen, die sie erwartete. »Du hast die verdammte Tür nicht
abgeschlossen, oder?«

Sie sah ihn mit verquollenen Augen voller Tränen an. Ihr
Make-up war verschmiert und umringte ihre Augen mit so
breiten schwarzen Rändern, dass sie aussahen wie die leeren
Augenhöhlen eines Ghuls. Isabela schlug die Hände vor der

Brust zusammen. »Ich schwöre, ich habe die Tür abgeschlossen, Edmundo! Warum glaubst du mir nicht?«

Edmundos Hand hob sich und wollte gerade auf ihren verlogenen Mund schlagen, als sein Telefon klingelte. »*Maldito bastardo*«, murmelte er und las die SMS, die er erhalten hatte. »Was zum Teufel?« Er kratzte sich an seinem fettigen Ziegenbart und starrte ungläubig auf das Display. Isabela schaute ihn besorgt an. »Ich schalte das WLAN aus. Mach es nicht wieder an, verstanden?«

»Sicher, Edmundo«, flüsterte Isabela. »Wer braucht schon WLAN?«

Stöhnend ging er in den nächsten Raum und fand das Modem auf einem großen Schreibtisch, auf dem allerlei Gerümpel und Isabelas Computer standen. Er riss das Stromkabel aus der Steckdose. »So. Kein WLAN mehr.« Dann blieb er wieder vor Isabela stehen, deren Wimmern für einen Moment verstummt war. »Der Mann ist völlig *loco* im Kopf.« Er überlegte, ob er seine Frau noch einmal ohrfeigen sollte, fühlte sich aber zu müde dafür. Stattdessen zog er einen Holzstuhl heran, setzte sich und sah Isabela an. Sie hielt den Blick gesenkt. Tränen hatten Mascaraspuren auf ihren Wangen hinterlassen.

»Er wird uns beide umbringen«, sagte Edmundo, knirschte mit den Zähnen und verschränkte die Hände so fest ineinander, dass seine Knöchel weiß wurden. »Ich kann nichts dagegen tun, es sei denn, ich finde das Mädchen und bringe es um.« Er fluchte ausgiebig vor sich hin. »Sag mir nur, wann du zuletzt dort warst? Sie könnte vier Stunden weg sein und schon bei den Bullen sitzen und ihr Herz ausschütten. Sag mir die Wahrheit, Isabela.«

Sie stand mühsam auf und stützte sich an der Wand ab. Dann schaute sie ihn einen langen, schweigenden Moment lang aufmerksam an. »Edmundo«, sagte sie, »zum letzten Mal, ich war nur da unten, um die kleine Schlampe zu füttern, und ich

schwöre bei meinem Leben, ich habe die verdammte Tür abgeschlossen. Wenn du mir nur glauben könntest.« Ein Schluchzen
schwoll in ihrer Brust an, aber sie unterdrückte es. »Du tötest
mich, oder der Boss tötet mich, was soll's. Ich weiß, dass es nicht
meine Schuld war.«

»Du hast sie also nicht gehen lassen, weil du ein dummes,
weiches Herz hast und nicht wolltest, dass *la chica* abgeknallt
wird?« Seine Stimme spiegelte deutlich wider, was er von
Isabelas zuvor geäußerten Bedenken, ein Kind zu töten, hielt.

»Nein, Edmundo, ich schwöre es.«

Edmundo stand abrupt auf und trat dann wütend den Stuhl
um. »Ich bin nach dir dort hinuntergegangen, und der Raum
war leer!«

In seinem Kopf meldeten sich leise Zweifel zu Wort. Er war
die Treppe hinuntergegangen, hatte überall nachgesehen, und
das Kind war weg. Er hatte unter dem Bett, in der Toilette und
hinter der Tür nachgesehen. Es gab keinen Ort, an dem das
Mädchen sich hätte verstecken können. Er wusste nicht mehr,
wie er die Tür aufgefunden hatte, ob sie verschlossen gewesen
war oder nicht. Nach ein paar Kurzen konnte er nicht mehr klar
denken. Aber da das Mädchen weg war, musste sie unver-
schlossen gewesen sein. Wo zum Teufel sollte die kleine Kröte
sonst sein?

Er stieg schnell die Treppe hinunter und stürmte in den
Keller, Isabela folgte ein paar Schritte hinter ihm. Ein Sonnen-
strahl fiel durch das Fenster, durchdrang den Raum und warf
sein Licht auf den fleckigen Betonboden. Das Bett war leer, und
das Mädchen nirgends zu sehen, genau wie beim letzten Mal,
als er nachgesehen hatte.

Aber etwas fiel ihm auf.

Er nahm den Beton genau in Augenschein. Spuren von
Asche und Schlacke waren darauf zu sehen, als hätte jemand
im Kamin herumgewühlt. Direkt neben dem Fleck war ein Teil
eines kleinen Fußabdrucks zu sehen, ein paar Zehen und der

Fußballen des Mädchens, als wäre es auf Zehenspitzen gegangen. Der Abdruck führte von der Stelle weg.

Edmundo ging in die Hocke, griff unter das Bett und berührte das Bein des Mädchens. Sie kreischte und zappelte, aber Isabela umrundete schnell das Bett, packte sie an den Haaren und zog sie schreiend heraus.

»Hab ich dich, du kleines Stück Scheiße.«

SIEBENUNDVIERZIG

AUSTAUSCH

»Ah, jetzt habe ich es verstanden.« Brians anzügliches Glucksen ließ Kay zusammenzucken. »Wer ist eigentlich dieser Elliot?«

Das Telefon klingelte weiter, verstärkt durch die Freisprechanlage in Kays Geländewagen. Sie tippte auf den Bildschirm und schaltete den Anruf auf ihr Handy um, woraufhin das Klingeln zu einem kaum hörbaren Geräusch in ihrer linken Tasche verklang.

Sie zog das Telefon heraus und nahm Elliots Anruf entgegen. »Hey«, sagte sie mit leiser Stimme, das Gerät an ihr linkes Ohr haltend. Brian gluckste wieder. Er lehnte sich zurück, die Hände hinter dem Kopf verschränkt, als würde er gleich eine äußerst unterhaltsame Fernsehsendung sehen.

»Kay«, sagte Elliot. Der Klang seiner Stimme ließ sie Brian und sein ärgerliches Verhalten vergessen. »Wie läuft's bei dir? Hast du das vermisste Mädchen gefunden?«

»Noch nicht, und es sieht nicht besonders gut aus.« Sie schlängelte sich langsamer als zuvor durch den Verkehr und konzentrierte sich auf den Anruf.

»Oh.« Einen Moment lang herrschte Schweigen zwischen

ihnen, ein beladenes Schweigen voller unausgesprochener Fragen und Dinge, die gesagt werden mussten. »Nun, ich bin auf dem Weg runter ...«

Kays Gedanken liefen auf Hochtouren. Sie wollte nicht, dass Elliot sich in San Francisco mit ihnen zusammen in Gefahr begab, und das völlig umsonst. »Elliot, wir haben doch darüber gesprochen ...«

»Bevor du mich abwimmelst, solltest du wissen, dass es um den Fall geht.«

»Welchen Fall?«

»Meinen Fall.« Sie konnte das Lächeln in seiner Stimme hören. »Den Mord an Taylor Lorentz?«

Kay atmete auf und fühlte sich einen Moment lang verlegen. Nicht alles drehte sich um sie. Sie hatte zu viel Zeit mit Brian verbracht; sie hatte angefangen, wie er zu denken. »Wie läuft es mit den Ermittlungen?«

Eine Weile lang hörte sie nur Verkehrsgeräusche. »Nun, es ist ein verdammt schwieriger Fall, Partnerin. Ich hatte ein paar Spuren, aber die sind im Sande verlaufen, jedenfalls was den Mord anbelangt. Die Videoüberwachung von der Katse-Terrasse hat mir eine Reihe von Fahrzeugen gezeigt, die an diesem Morgen auf dem Highway unterwegs waren. Ich habe mit den meisten Fahrern gesprochen, auch mit unserem alten Bekannten Frank Livingston. Sein Hyundai war eines dieser Fahrzeuge.«

»Ich erinnere mich an ihn, ja.«

»Er hat einen schwarzen Geländewagen am Straßenrand gesehen, der dann mit hoher Geschwindigkeit in Richtung Norden weitergefahren ist.«

Ein flaues Gefühl machte sich in ihrem Bauch breit, als sie Elliots Beschreibung des Fahrzeugs hörte.

»Hast du das Fahrzeug überprüft?«, fragte sie mit erstickter Stimme.

»Ja, es ist auf eine LLC in San Francisco registriert, eine

Firma namens ›I Dream of Shannon‹. Seltsamer Name, nicht wahr?«

Kay spürte, wie ihr das Blut in den Adern gefror. »Bist du dir sicher?« Ihre Stimme klang ruhig und bedächtig, fast eindringlich.

»Ganz sicher«, antwortete Elliot, der langsam sprach und dem die Angst in ihrer Stimme bestimmt nicht entgangen war. »Warum? Was ist los? Sagt dir der seltsame Name etwas?«

Kay antwortete nicht, sondern verlangsamte ihr Tempo und suchte nach einer Stelle, an der sie anhalten konnte. »Hast du eine Adresse von diesem Verdächtigen?«

Einen Moment lang herrschte betretenes Schweigen. »Er ist gerade bei dir, nicht wahr?« Elliot klang enttäuscht und besorgt zugleich.

»Im Moment noch, aber ich bin dabei, das zu ändern.« Kay fragte nicht noch einmal nach der Adresse; sie wusste, dass es nicht nötig war.

»Elf-fünfundsiebzig, Cedarwood Court in Millbrae.«

Cedarwood.

Ihre alte Adresse. Ihre – und Brians. Erinnerungen schossen ihr durch den Kopf, gute und schlechte, überwältigende. Herzzerreißende.

Als könnte er ihre Gedanken lesen, beugte sich Brian vor und musterte ihr Gesicht mit einem neugierigen Lächeln.

Kay fuhr auf einen kleinen Parkplatz vor einer Reinigung und einer kleinen Bäckerei mit ein paar schmiedeeisernen Tischen auf dem Bürgersteig. Sie stellte den Motor ab, wandte sich an Brian und sagte: »Bleib hier.« Dann stieg sie aus dem Fahrzeug aus und brachte ein paar Meter zwischen den Ford und sie.

»Ich kann jetzt reden, Elliot«, sagte sie, als sie sicher war, dass Brian nicht hören konnte, was sie sagte. »Er kann nicht mehr mithören.« Sie drehte dem Geländewagen den Rücken zu, denn sie wusste, dass Brian wie die meisten Polizisten Lippenbewegungen und Mimik deuten konnte. »Wo bist du?«

»Ich bin etwa eine Stunde nördlich des Golden Gate.«

»Weißt du noch, wie du gesagt hast, wenn ich meine Meinung ändere ...«

»Sag mir, was du brauchst.« Sie konnte hören, wie Elliot Gas gab und seine Sirene anstellte. »Ich schaffe es in vierzig Minuten.«

»Fahr nicht zu dieser Firmenadresse, Elliot. Vertrau mir einfach und warte nördlich der Golden Gate Bridge auf mich. Auf der linken Seite, wenn du runterfährst, gibt es einen gut besuchten Aussichtspunkt, ganz in der Nähe der Brücke.«

»Was verschweigst du mir?« Sie antwortete nicht. »Kay? Bitte sei ehrlich zu mir.«

Sie ging auf und ab und starrte auf den Horizont, auf der Suche nach einem Ausweg. »Ich glaube, unsere Fälle könnten miteinander verknüpft sein. Die Adresse, die du mir gegeben hast, war unser Haus, als ich noch mit Brian verheiratet war. Er hat es behalten.« Sie kämpfte mit den Tränen. »Bitte, frag mich nicht nach mehr, nicht jetzt. Ich erkläre dir alles, wenn wir uns sehen.«

Schweigen.

»Alles klar, Partnerin«, sagte Elliot schließlich mit tiefer, aber warmer Stimme. »Dir würde auch ein Flüstern in einem Wirbelsturm nicht entgehen, Kay. Niemand ist besser in diesem Job als du, aber pass bloß auf dich auf. Ich muss wissen, dass du in Sicherheit bist.«

»Verstanden«, erwiderte sie. Seltsam, dass Elliots Worte ihr die Tränen in die Augen trieben, Tränen, die sie sich nicht erklären konnte. »Wir sehen uns bald«, fügte sie möglichst emotionslos hinzu, bevor sie den Anruf beendete.

Benommen und ausgelaugt ließ sie sich auf einen der schmiedeeisernen Stühle fallen, den Rücken immer noch zum

Ford gewandt, wo Brian saß. Sie schloss die Augen und versuchte, ihre Gefühle zu ordnen. Verrat, unaussprechlicher Verrat, schlimmer als alles, was sie bisher von Brian Hanlin erlebt hatte. Schuld und Scham und ein so starkes Gefühl der Vorahnung, dass ihre Hände zitterten. Es war genau so, wie Elliot vorhergesagt hatte, bevor sie in Mount Chester losgefahren war. Jetzt ging ihr wirklich die Düse, und das Kribbeln in ihrem Hinterkopf passte zu dem Gefühl des Grauens, das sich in ihrem Bauch ausbreitete.

»Was kann ich Ihnen bringen, Schätzchen?« Eine Kellnerin stand lächelnd mit einem Notizblock und einem Stift in der Hand vor Kay. Sie war jung, kaum achtzehn oder so, und trug eine makellose weiße Schürze mit Rüschen über Jeans und einem gestrickten Oberteil.

Kay schreckte aus ihrer Innenschau hoch. »Kaffee«, sagte sie und spürte, wie ihre Kehle trocken wurde. »Einfach schwarz.« Schnell warf sie einen Blick auf den Ford und sah Brian, der mit einem wütenden Gesichtsausdruck aus dem Heckfenster starrte. »Zwei zum Mitnehmen, einer davon bitte lang und koffeinfrei«, fügte sie hinzu.

Die Kellnerin kritzelte etwas auf ihren Block. »Alles klar. Sonst noch etwas?«

»Nein, danke.«

Wenige Augenblicke später erhielt Kay ihre Becher. »Das ist der koffeinfreie«, sagte sie freundlich und stellte ihn zur Seite, bevor sie den anderen vor Kays Nase stellte.

»Danke«, sagte Kay, deren Gedanken noch immer abschweiften, während sie etwas Bargeld aus ihrem Portemonnaie zog. »Behalten Sie den Rest.«

Das Mädchen nahm die Scheine mit einem Lächeln entgegen und verschwand.

Aber Kay war mit ihren Gedanken ganz woanders, bei einem ihrer schönsten Tage als Brians zukünftige Frau. Bevor sie geahnt hatte, dass er sie betrog. Einem Tag, an dem sie glücklich gewesen war, glückselig, ohne zu wissen, was wirklich vor sich ging.

In mehr als einer Hinsicht.

Sie hatten die Autoschau in San Francisco besucht, waren stundenlang Hand in Hand spaziert und hatten sich jedes einzelne Fahrzeug angesehen. Brian redete aufgeregt, rief endlose Motordaten und Leistungszahlen aus seinem erstaunlichen Gedächtnis ab, während Kay es einfach nur genoss, ihn glücklich zu sehen, ihn reden zu hören, mit ihm zusammen zu sein. Damals waren sie noch nicht verheiratet gewesen, hatten aber vor, das in etwa einem Monat zu ändern.

An diesem Tag aßen sie mittags Waffeln und abends Burger, lange bevor die Ausstellung um neun Uhr ihre Türen schloss. Sie gehörten zu den letzten Gästen, als die Lichter ausgingen. Auf dem Heimweg hielt Brian fast die ganze Zeit ihre Hand, während er geschickt mit nur einer Hand lenkte, und Kay war die glücklichste Frau der Welt.

Sie hatten sich in dieser Nacht geliebt, leidenschaftlich. Ihr Verlangen nach ihm war unstillbar, sein Verlangen nach ihr anstrengend; es verzehrte sie beide wie ein Feuer. Dann lagen sie sich in den Armen, erschöpft, aber noch nicht bereit, einzuschlafen.

»Wenn ich es mir leisten kann«, flüsterte Brian, hüllte sie in seine Arme und drückte ihren Kopf an seine Brust, »kaufe ich mir den größten, schwärzesten und glänzendsten Suburban, der je gebaut wurde. Einen Geländewagen, wie es ihn kein zweites Mal gibt.« Er streichelte ihr Haar mit sanften, rhythmischen Bewegungen, die ihre Augenlider schwer werden ließen. »Was glaubst du, warum die Polizei sie benutzt? Und ich meine nicht uns unbedeutende Polizisten, sondern das FBI. Die fahren nirgendwo ohne ihre Suburbans hin.«

»Mhm«, murmelte Kay und versuchte, wach zu bleiben, damit der Tag nicht zu Ende ging.

»Nein, ich besorge gleich fünf davon, nicht nur einen, und

alle schwarz. Ich melde sie auf ein Unternehmen an, damit ich die Leasingrate abrechnen kann, und lasse sie für mich arbeiten.«

»Was für ein Geschäft?« Kay hob den Kopf und sah ihn erstaunt an. Soweit sie wusste, wollte er Polizist werden, eines Tages Detective. Kein Unternehmer.

»Ach, das weiß ich noch nicht«, sagte er lachend. »Aber ich werde es ›I Dream of Shannon‹ nennen.« Er drückte ihr einen Kuss auf die Stirn. »Sehr einprägsam und einzigartig, findest du nicht auch?«

Als sie aus dem Schock erwachte, den der Geschäftsname mit dem Verweis auf eine andere Frau bei ihr hervorgerufen hatte, stützte sie sich auf die Ellbogen, um ihn anzusehen. »Wer ist Shannon?«

Er berührte die Furchen auf ihrer Stirn, streichelte sie, bis sie sich entspannten. »Kein Grund zur Sorge, Babe, aber mich wundert, dass du nicht weißt, wer Shannon ist.«

Sie stieß ihm spielerisch in die Rippen und ließ sich wieder in seine Umarmung fallen. »Sag es mir einfach.«

»Shannon war der 1971er Plymouth Hemi Cuda in meinem absoluten Lieblingsfilm, *Nur noch 60 Sekunden*. Es ist Blasphemie, dass du das nicht weißt. Ich bin entsetzt.« Er klang nur halb zum Scherzen aufgelegt.

Kay lachte über seinen jugendlichen Enthusiasmus und war erleichtert, dass Shannon keine echte Frau war, die ihn ihr stehlen konnte. »Wie soll ich da den Überblick behalten?« Sie strich mit den Fingern über seine Brust und spürte, wie sein Körper auf ihre Berührung reagierte. »Stacey steht in der Einfahrt, du träumst offensichtlich von Shannon – ist da noch Platz für eine Kay in deinem Leben?«

Er küsste ihre Stirn und hob ihr Kinn an, bis er ihren Mund erreichen konnte. »Du bist mein wahr gewordener Traum, meine süße Kay.« Er küsste ihre Lippen so durstig, bis sie außer Atem war. »Also, was sagst du, LLC oder Kapitalgesellschaft?«

Sie wollte böse auf ihn sein, weil er den Augenblick ruinierte, aber sie liebte seine Albernheit. »Tja, das kommt darauf an. Was soll das für ein Unternehmen werden?«

Er lachte so sehr, dass sein ganzer Körper zitterte. »Ist das nicht offensichtlich? Dies uns das, von allem ein bisschen, bis ich reich genug bin, um Shannon ganz für mich zu haben.«

Seine Stimme hallte immer noch in Kays Kopf nach, als sie schließlich aufstand und mit den Kaffeebechern in der Hand auf den Geländewagen zuging. Mit haarsträubender Genauigkeit fügten sich alle Puzzleteile zusammen und ließen sie atemlos zurück. Ihr Herz hämmerte in ihrer Brust wie ein eingesperrter Vogel, und sie starrte Brian an, als hätte sie ihn noch nie gesehen.

Dann riss sie sich zusammen und gewann die Kontrolle über ihre Gefühle zurück. Sie war noch nicht aus dem Schneider. Also lächelte sie gelassen, öffnete die Hintertür und reichte Brian den großen Pappbecher.

Der Kaffee besänftigte Brian etwas, obwohl er sofort dessen Qualität kommentierte.

»Noch ein koffeinfreies Gesöff von meiner lieben Frau?« Seine Stimme klang angespannt, und eine unausgesprochene Drohung schwang in seinen Worten mit.

»Ex-Frau, Brian. Ein für alle Mal.« Kay ließ den Motor an und fädelte sich in den Verkehr ein. »Nimm meinen, wenn's dir nicht gefällt.«

»Nee, ist schon gut. Ich werd's überleben.« Er quetschte den Kopf wieder zwischen die Vordersitze. »Wo fahren wir denn hin? Ich dachte, wir fahren endlich nach Oakland zu meiner Tochter. Sie scheint dir nicht besonders am Herzen zu liegen. Nicht dass ich dir das verübeln würde, wenn man bedenkt ...«

»Ja, hör mal, wenn du willst, dass ich dir bei diesem Fall helfe, kann ich so nicht arbeiten, im Auto, die ganze Zeit auf der Straße. Ich brauche meinen Computer, Datenbankzugang und alle meine Systeme. Wie soll ich sonst unsere Verdächtigen überprüfen? Wie sollen wir Holly auf diese Weise finden?«

»Was redest du da, Kay?« Er sah sie mit unverhohlenem Misstrauen an. Scheinbar geistesabwesend holte er seine Waffe heraus und überprüfte die Ladung, dann entsicherte er sie und schob sie zurück in ihr Holster.

Das Geräusch von auf Metall schabendem Metall jagte Kay einen Schauer über den Rücken. Ihr stockte der Atem, aber sie wich nicht zurück. »Ich will damit sagen, dass du mir vertrauen musst, oder ich bin raus. Völlig.«

»Oh Mann, diese Leier schon wieder«, stöhnte er. »Ich würde dir mein Leben anvertrauen, Kay. Ich dachte, das hätte ich schon bewiesen.«

»Dann fahren wir jetzt nach Mount Chester, wo ich in Ruhe arbeiten kann.« Sie bog auf den Park Presidio Boulevard ein und fuhr in Richtung Golden Gate Bridge.

»Verdammte Scheiße ... wirklich, Kay? Du verfrachtest meinen Arsch schon wieder zurück in den Hinterwäldlerknast?«

»Nein, diesmal bleibst du bei mir, solang du mich nicht in den Wahnsinn treibst und auf der Couch schläfst.«

»Das verspreche ich gern. Du bist ein Engel.« Er lehnte sich sichtlich erleichtert gegen die Rückenlehne. »Mein Schutzengel.« Es schien ihm nichts auszumachen, dass sie die Stadt verließen, obwohl seine Tochter noch immer vermisst wurde.

Kays Telefon gab einen Ton von sich und kündigte eine neue Nachricht an. Sie überflog sie, während sie vor einer roten Ampel wartete. Die Nachricht kam von einer unbekannten Nummer und enthielt den Screenshot einer Karte mit einem roten Punkt. Die Karte zeigte einen Abschnitt von West Oakland in der Nähe des Fußes der Bay Bridge. Darauf folgte eine Textnachricht:

Der Hersteller hat den letzten bekannten Standort des Geräts ermittelt. Viel Glück. Dr. C.

Sie hatten Holly gefunden.

Die Aufregung überwältigte Kay, aber sie atmete sie langsam und leise weg und beruhigte sich.

Sie wartete eine Weile, verbarg ihre Gefühle und erwartete, dass Brians Telefon klingelte, aber das tat es nicht. Aus irgendeinem Grund hatte Dr. Carruthers nur ihr eine SMS geschickt. »Dieser Brockett ist schon ein dummer, sturer Mistkerl«, sagte sie, als sie bemerkte, dass Brians Misstrauen durch die Textnachricht, die sie erhalten hatte, neu entfacht wurde. Sie steckte das Handy zurück in die Tasche. »Egal, wie viele Beweise wir ihm vorlegen, er wird die Anklage nicht fallen lassen.«

»Endlich siehst du es auch ein«, erwiderte Brian. Sie warf ihm einen Blick zu, als sie an den Mautstellen der Golden Gate Bridge vorbeifuhr. Er schaute durch die Windschutzscheibe, die Ellbogen auf die Lehnen der beiden Vordersitze gestützt. Keine einzige Falte auf der Stirn, kein Fünkchen Sorge in den Augen. Der Mann verblüffte sie immer wieder aufs Neue.

Aber andererseits war er ein erfahrener Undercover-Polizist, der sich jahrelang als jemand ausgegeben hatte, der er nicht war. Ein geborener Lügner, der seine Berufung darin gefunden hatte, dichte Netze der Täuschung zu weben und ein Schauspiel nach dem anderen abzuziehen.

Wer wusste schon, was Brian Hanlin wirklich dachte.

Sobald sie die Brücke überquert hatte, bog Kay auf den Rastplatz Vista Point ein und fuhr langsam weiter, um nach Elliots Fahrzeug Ausschau zu halten.

»Was machen wir hier?«, fragte Brian kühl. »Nicht dass ich dir nicht trauen würde, aber ich wüsste es einfach gern.«

»Wir treffen uns mit jemandem, der mir helfen kann, dir zu helfen.« Als sie die kurvenreiche Parkspur entlangfuhr, kam

Elliot in Sicht, der sich an das Heck seines Fords lehnte. Sein breitkrempiger, schwarzer Hut warf einen Schatten auf sein Gesicht, konnte die Anspannung in seinem Kiefer aber trotzdem kaum verbergen.

»Ich weiß nicht so recht«, murmelte Brian, dem es sichtlich unangenehm war. Am Vista Point herrschte reges Treiben, es wimmelte von Touristen, die unentwegt ihre Kameras zückten, und alles wurde videoüberwacht. Brian schien den Fußgänger- verkehr sorgfältig zu überprüfen und gab sich dann damit zufrieden, nichts weiter zu tun, als zu schmollen und mit vor der Brust verschränkten Armen zu warten.

Kay hielt ein paar Meter vor Elliots Auto und stellte den Motor ab. Dann ging sie schnell zu ihm hinüber. Seine Augen leuchteten auf, als er sie sah, und ein leichtes Lächeln zeichnete sich auf seinen Lippen ab.

»Hallo, Partnerin.« Er tippte mit zwei Fingern an die Krempe seines Hutes. »Freut mich, dass du meinen Rat befolgt hast.«

Sie runzelte ein wenig die Stirn, nicht ganz sicher, was er damit meinte, beschloss aber, es dabei zu belassen. »Ich brauche deine Hilfe, Elliot.«

»Stets zu Diensten.« Sein Lächeln war verschwunden und einem Blick voller Entschlossenheit und Stärke gewichen.

»Bitte bring Brian nach Mount Chester und warte dort auf mich. Ich werde nicht lange weg sein, nicht mehr als eine Stunde.«

»Kay, das war so nicht besprochen.«

»Elliot, bitte«, flüsterte sie und lächelte nervös in Richtung der kleinen Gruppe japanischer Touristen, die ihr zu nahe gekommen war, ihnen Kameras ins Gesicht hielt und über Elliots Kleidung grinste.

Elliot ignorierte sie und biss sich auf die Lippe, sichtlich hin- und hergerissen. »In Ordnung, Partnerin. Gib mir die heiße Ware und lass uns von hier verschwinden.«

Kay eilte zu ihrem Geländewagen, öffnete die Hintertür und bat Brian, auszusteigen. Ihr Ex-Mann war sichtlich unzufrieden mit der Situation, runzelte die Stirn und musterte Elliot misstrauisch.

»Elliot wird dich nach Hause bringen«, sagte Kay ruhig.

»Ah, der berühmte Elliot«, murmelte Brian und warf dem Polizisten einen Blick zu, der von unverhohlener Verachtung geprägt war.

Elliot ergriff Brians Arm in typischer Polizistenmanier. »Gehen wir.« Das nahm Brian ihm übel, und er konnte nicht umhin, dem mit einem geladenen Blick und einer ruckartigen Armbewegung Ausdruck zu verleihen, aber Elliot ließ nicht locker.

»Noch etwas«, sagte Kay und hob die Hand, um die beiden aufzuhalten. »Mein Kollege hat eine Regel für Beifahrer in seinem Interceptor. Nur er allein darf eine Waffe tragen.« Mit einer raschen Bewegung griff sie nach Brians Gürtel und nahm ihm die Waffe ab, sodass beiden Männern die Kinnladen herunterfielen. »Keine Sorge, du bekommst sie heute Abend zurück, wenn wir zu Hause sind.« Sie steckte die Waffe in ihren Gürtel, unter das Sweatshirt, und hoffte, dass nicht allzu viele Leute diese Aktion beobachtet hatten.

In Brians Augen blitzte ein Hauch von Wut auf, dann schlug er den Blick nieder und versteckte seine Emotionen. Elliot brachte ihn zu seinem Geländewagen und öffnete die Hintertür. Brian hielt sich am Dach des Fords fest und rief: »Wo willst du hin, Kay?«

Mehrere Touristen hielten inne, um die Szene zu beobachten, den Rücken zur atemberaubenden Golden Gate Bridge gewandt.

Kay ging zügig zu Elliots Geländewagen hinüber. Sie hasste jede Sekunde, die sie hier vertrödelte, weil sie wusste, dass Holly da draußen war, aber sie hatte keine andere Wahl. Ihr Ex-Mann musste noch eine Weile ruhiggestellt werden. »Ich muss noch etwas erledigen, bevor ich die Gegend verlasse«, sagte sie zu Brian. Das Misstrauen stand ihm noch immer ins Gesicht geschrieben. »Ciara hatte einen Schlaganfall und liegt im Krankenhaus. Sie wird es wahrscheinlich nicht schaffen. Ich möchte mich nur von ihr verabschieden.«

ACHTUNDVIERZIG

GEFUNDEN

Holly schluchzte. Ihr Gesicht brannte dort, wo Isabelas Hand zugeschlagen hatte. Das Herz schlug ihr bis zum Hals, erstickte sie und presste ihr den Atem in die Lungen. Sie legte die Hand auf die Brust und versuchte, ihre Atmung zu beruhigen, aber dieses Mal klappte es nicht.

Niemand würde kommen, um sie zu holen. Sie würde hier sterben, in diesem Keller.

Wie gelähmt sah sie dabei zu, wie der Mann eine Waffe zog. Sie fühlte sich ohnmächtig, glaubte aber immer noch daran, sich aus dem Staub machen zu können, wenn sie es irgendwie an ihm vorbeischaffte. Ein Energieschub aus verzweifeltem Mut durchströmte ihren Körper.

»Mein Vater ist Polizist«, sagte sie und sah dem Mann in die Augen. Er schaute sie finster an und richtete die Waffe auf ihren Kopf. »Polizistenmörder werden immer gefangen und landen lebenslänglich im Gefängnis.« Hollys Stimme war schwach und tränenerstickt. »Und sie machen noch Schlimmeres mit Leuten, die Kinder von Polizisten töten.«

»Halt die Schnauze, *pedazo de mierda*«, schrie Isabela und schlug Holly so hart ins Gesicht, dass sie über den Boden taumelte und gegen die Wand schlug. »Deinetwegen habe ich es auf die Fresse bekommen, also sei still.«

Holly keuchte und sah sich panisch um. Sie hatte das Gefühl, Sterne zu sehen und meinte, sich übergeben zu müssen. Das Pochen in ihrem Kopf machte sie ganz krank. Sie würgte einmal, aber Isabela packte ihren Arm und zog sie hoch.

»Oh nein, du reiherst nicht hier, wo ich sauber machen muss. Nimm deine Kotze mit ins Grab.« Sie schubste sie zu Edmundo, der das Mädchen mit einem seltsamen Gesichtsausdruck ansah. »Tu es endlich, Edmundo. Ich habe genug von dieser Scheiße.«

»Sie hat recht«, sagte Edmundo. »Sie ist das Kind eines Polizisten. Sie werden so lange ermitteln, bis sie wissen, wer sie getötet hat.«

Isabela zuckte mit den Schultern. »Und?«

Edmundo grinste und zeigte zwei Reihen schiefer, gelber Zähne. »Also, wem hängen wir das an?«

Holly beobachtete den Austausch zwischen den beiden und verstand nur zur Hälfte, was vor sich ging. Sie wusste nur, dass sie weglaufen und sich an einem sicheren Ort verstecken wollte, wo sie sich übergeben konnte, um das unerträgliche Pochen in ihrem Kopf unter Kontrolle zu bekommen. Sie fürchtete sich, mehr als sie es je für möglich gehalten hatte, und die Angst hatte so sehr von ihrem Körper Besitz ergriffen, dass er zu zerbersten drohte.

Isabela grinste, leckte sich über die geschwollene Lippe und zuckte zusammen. »Schieb es auf Big J, *mi amor*. Der ist ohnehin ein Arschkriecher und fällt dir in den Rücken, wenn du es am wenigsten erwartest.«

»Ihr kommt trotzdem ins Gefängnis«, sagte Holly und stand langsam, aber zitternd auf, weil sie einen weiteren Schlag erwartete.

Edmundo packte ihren Arm, und sie schrie auf. Er hielt den Lauf der Waffe gegen ihre Schläfe und drückte fest zu. Holly versuchte, sich zu befreien, aber es gelang ihr nicht; sein Griff war wie eine eiserne Klaue, die ihren Arm zu zerquetschen drohte.

Von oben war Lärm zu hören. Eilige Schritte, ein oder zwei entfernte Schüsse, entfernte Schreie. Edmundo lauschte aufmerksam, zielte mit der Waffe auf die Tür und dann wieder auf Hollys Kopf. »Wer zum Teufel ist da oben?«, flüsterte er und sah Isabela an. Ihre vor Angst weit aufgerissenen Augen waren die einzige Antwort, die er bekam. Dann näherten sich Schritte auf der Treppe.

Der Schuss hallte in dem beengten Raum wider. Mit einem lauten Knall fiel Edmundos Körper auf den Boden, ein Loch in der Stirn, aus dem Blut quoll. Holly schrie auf und rannte zur Tür, wo sie schluchzend in den Armen einer Frau landete.

Die Frau legte ihre schwelende Waffe zur Seite und schlang die Arme um Hollys zitternden Körper. »Alles wird gut«, flüsterte sie und hielt das kleine Mädchen fest. Hinter ihr wies ein großer Mann mit grauem Schnurrbart und einer lauten, rauen Stimme seine Leute an, Isabela festzunehmen und den Rest des Hauses zu räumen.

»Nicht schießen«, sagte Isabela, hielt die Hände hoch und schluchzte heftig mit weit geöffnetem Mund. »Ich war es nicht, er war es, es war Edmundo.« Sie wehrte sich gegen die Polizisten, die ihr Handschellen anlegten, konnte den Beamten aber nichts entgegensetzen. »Ihr habt ihn umgebracht«, heulte sie. »Ihr verdammten Schweine, ihr habt meinen Mann getötet.«

Sie zerrten die schreiende und strampelnde Frau hinaus, aber zuvor nutzte Holly die Gelegenheit, Isabela aus den sicheren Armen der Polizistin mit tränenverschleierten Augen anzuschauen und ihr die Zunge herauszustrecken.

Genau wie Mommy es getan hätte.

NEUNUNDVIERZIG

SÄUBERUNG

»Guter Schuss«, sagte Brockett und steckte seine Waffe ins Holster.

Aber Kay reagierte nicht. Sie streichelte die seidigen roten Locken des Mädchens und wischte ihr die Tränen von den Wangen. »Deine Mutter war meine beste Freundin. Du hast alle ihre Sommersprossen, jede einzelne, auch diese hier.« Sie berührte die Nasenspitze des Mädchens. Durch ihre Tränen hindurch lächelte Holly.

Kay nahm sie in die Arme und ging die Treppe hinauf. Brockett folgte ihr mit seinem schweren Gang.

»Was passiert jetzt mir ihr?«, fragte sie Brockett flüsternd.

»Sie wissen ja, wie so etwas läuft. Wir werden das Jugendamt anrufen, aber zuerst werden wir versuchen, die Familie ausfindig zu machen. Jeden, der sie aufnehmen könnte. Schade um Mrs Epling. Wenn es ihr besser geht, kann sie vielleicht versuchen, das Sorgerecht für sie zu bekommen.«

Ansonsten gab es keine Familie. Rachels Vater war schon vor vielen Jahren gestorben, ebenso wie Brians Eltern.

Holly gehen zu lassen, brach Kay das Herz, aber das kleine

Mädchen brauchte auf der Stelle medizinische Hilfe. Sie übergab sie dem Rettungsteam und drückte dem Kind ihre Visitenkarte in die Hand. »Ruf mich an, okay? Egal, warum, auch einfach nur zum Reden.« Das kleine Mädchen nickte, während einer der Rettungssanitäter ihr eine Nasenkanüle anlegte.

Dann kehrte Kay zurück, um dabei zu helfen, den Tatort zu sichern.

Zwei Leichen wurden in den Wagen des Rechtsmediziners geladen. Sie selbst hatte einen von Edmundos Schlägern eliminiert, während Brockett dem anderen das Licht ausgeknipst hatte, als der gerade seine Waffe auf sie richtete. Hinsichtlich der Zuständigkeitsfrage würde bald die Hölle los sein, aber das war es wert.

»Und was jetzt, Detective?«, fragte sie Brockett.

Er grinste breit und schaute dem Krankenwagen nach. »Jetzt fahren Sie nach Hause, Detective Sharp, und tun, was immer Sie in Ihrer eigenen Postleitzahl tun.« Das waren Worte, die er schon einmal gesagt hatte, aber jetzt war die Feindseligkeit unbeschwertem Humor gewichen. »Sie sind ein teuflisch guter Cop.«

»Sie sind auch nicht so schlecht.« Kay schüttelte seine Hand und ertrug den stählernen Griff des alten Marinesoldaten.

»Von wegen ...«, murmelte er und schob seine Brille die Nase hoch. »Ich hatte kaum die richterlichen Beschlüsse für die Ortung von Hollys Herzschrittmacher organisiert, da hatten Sie das Mädchen schon gefunden.«

Kay spürte, wie ihre Wangen rot anliefen. »Wir hatten Glück, das ist alles.«

Brockett winkte ihr zu und wollte gehen, blieb dann aber noch einmal stehen. »Was ist mit Ihrem Ex? Was machen Sie mit ihm?«

Kay zuckte mit den Schultern und lächelte grimmig.

»Nichts. Ich habe dafür gesorgt, dass er korrekt behandelt und bei der Anklageerhebung rechtlich vertreten wurde. Er kam auf Kaution frei, und meine Aufgabe in diesem Fall ist damit offiziell erledigt.«

Brockett kratzte sich am Kopf und starrte sie ungläubig an. »Sie wollen also nicht weiter in Rachels Mordfall ermitteln?«

»Kein bisschen. Ich bin quasi schon auf dem Heimweg. Die Ermittlungen überlasse ich Brian. Der hat ja demnächst genug Zeit.«

Brockett klopfte ihr auf die Schulter und lachte. »Kluge Frau.«

»Ich möchte Sie noch etwas fragen«, sagte Kay. »Warum haben Sie ihn direkt angeklagt? Die Beweise gegen ihn sind schwach und bestenfalls Indizien. Was haben Sie gegen ihn in der Hand?«

Sein aschgrauer Schnurrbart bewegte sich, als würde ihm die Nase jucken. »Einen Fingerabdruck. Einen einzigen.«

»Was?« Kay stemmte ratlos die Hände in die Hüften. »Wessen Fingerabdruck?«

»Seinen. Den von Brian Hanlin.« Der Polizist lächelte geheimnisvoll.

»Aber das Haus war mit seinen Fingerabdrücken übersät. Er hat die Hälfte der Zeit dort gewohnt.«

Brockett massierte sich den Nacken, als wollte er den Schmerz, der sich dort eingenistet hatte, wegmassieren. »Dieser ganz spezielle Fingerabdruck war auf dem Knauf der Tür zum Garten, außerdem waren darauf Reste des Bratens, den wir auf dem Tisch gefunden haben.«

»Wollen Sie damit sagen ...«

»Ich will damit sagen, dass er sich mit den Fingern ein Stück Braten herausgepickt, es vermutlich gegessen und dann die Hintertür geöffnet hat, während seine Verlobte tot zu seinen Füßen lag. Und Sie, die unglaubliche Dorfpolizistin, haben mich irgendwie instinktiv nach den fehlenden Gegenständen auf dem Tisch gefragt.« Er ließ den Blick in die Ferne schweifen und lächelte, ein müdes, überarbeitetes Lächeln. »Fahren Sie nach Hause, Detective, aber bitte vorsichtig. Es wird bald dunkel.«

FÜNFZIG

IN DER SCHACHTEL

Kay betrat das weiße, einstöckige Gebäude des Polizeireviers in Mount Chester und fühlte sich, als wäre sie monatelang weg gewesen. Es war spät, fast sieben Uhr, aber fast alle ihre Kollegen waren noch da. Novack winkte ihr zu, und Denise Farrell rief: »Hey, seht mal, wer wieder da ist.«

Kay lächelte und schüttelte ihnen die Hand, dann plauderte sie ein paar Sekunden mit den Deputies, bis der Sheriff erschien.

»Sie sind wieder da«, sagte Sheriff Logan, eine Feststellung, keine Frage. Kay lächelte und nickte. Er musterte sie mit zusammengekniffenen Augen und einem ernsten Stirnrunzeln, wie es Eltern aufsetzen, wenn das Kind nach Missachtung der Ausgangssperre endlich sicher zu Hause ist. »Irgendwelche Auswirkungen, über die ich mir Sorgen machen muss?«

Kays Lächeln erstarrte. »Es könnte ein kleines Problem geben, aber nur, wenn die Polizei in San Francisco beschließt, eine bestimmte Geiselbefreiung intern zu untersuchen. Die Befreiung eines achtjährigen Mädchens. Es könnte sein, dass ein paar Gangmitglieder während dieser Rettungsaktion erschossen wurden.«

»Aha«, sagte Logan und schürzte missbilligend die Lippen. »Wir kümmern uns darum, falls und wenn es ein Nachspiel geben sollte. Willkommen zurück.«

»Danke.« Kay ging an ihm vorbei und blieb an ihrem Schreibtisch stehen. Dort lag ein leerer Ordner, auf dessen Deckel ein gelber Post-it-Zettel klebte. In Elliots Handschrift stand darauf:

Das ist alles, was wir zum Fall Taylor Lorentz haben, plus das, was wir auf deine Bitte hin von einem Detective Brockett bekommen haben. Wir sind in der Schachtel.

Kay nahm die Akte mit in den Beobachtungsraum, der an das Vernehmungszimmer angrenzte, und legte sie auf den kleinen Tisch neben dem halbdurchlässigen Spiegel. Eine Weile lang betrachtete sie die beiden Männer in der »Schachtel«, wie die Kollegen den Vernehmungsraum gern nannten. Der eine stand lässig da, Cowboyhut auf dem Kopf, die Arme vor der Brust verschränkt, an die Wand gelehnt, die Beine an den Knöcheln gekreuzt. Der andere Mann saß wütend auf einem Metallstuhl, die Ellbogen auf den verbogenen und zerkratzten Tisch gestützt, sein teurer Anzug zerknittert und fleckig.

Als Kay mit dem Durchblättern der Lorentz-Akte begann, hielt sie bei der Abbildung der Kugel inne, die vom Handy des Opfers aufgehalten worden war, sowie bei dem Foto des vergrößerten Fingerabdrucks. Eine weitere Welle von Erinnerungen schwappte in ihre Gedanken, an einen Tag, der gut begonnen hatte, ein paar Wochen vor der Hochzeit, aber in der Notaufnahme eines Krankenhauses endete.

Brian hatte zum Abendessen eine Flasche Burgunder öffnen wollen, konnte aber den Korkenzieher nicht finden. Da er vermutete, ihn versehentlich weggeworfen zu haben, und das Abendessen nicht unterbrechen wollte, um einen zu kaufen, hatte er sich die Flache und ein Kissen vom Bett geschnappt und war mit entschlossenem Gang zur Wohnzimmerwand gelaufen.

»Oh nein«, hatte Kay geschrien. »Das hast du doch nicht wirklich vor. Wenn das Glas zerbricht, könntest du dich schwer verletzen.«

Brian gluckste voller Selbstvertrauen und legte das Kissen mit der linken Hand an die Wand. »Keine Sorge, ich habe so etwas schon gesehen.«

Bevor Kay noch etwas einwenden konnte, schlug die Flasche auf das Kissen und zerbrach, anstatt den Korken auszuspucken. Brian schrie auf, hielt die blutende rechte Hand mit der linken und wandte sich Hilfe suchend an Kay.

In dieser Nacht musste sein Daumen genäht werden, und er brauchte Schmerzmittel und etwas, das ihm beim Schlafen half. Tagelang war er mürrisch und ging ihr aus dem Weg, als wäre alles ihre Schuld. Als sie jetzt auf den Fingerabdruck starrte, fragte sie sich, ob die Möglichkeit bestand, dass der Abdruck übereinstimmte.

Ganz bestimmt ... mit allem, was das in Bezug auf Brian bedeutete. In Bezug darauf, wer er wirklich war. Doch Kays Verstand klammerte sich an den begründeten Zweifel, den sie immer noch hegte, bis sie die Abdrücke verglich. Die Realität zu akzeptieren, war nicht einfach.

Hoffnung war eben die heftigste Droge von allen.

»Wie lange braucht sie noch?«, fragte Brian auf der anderen Seite des Spiegels.

»Sie ist schon hier«, antwortete Elliot ruhig.

»Woher willst du das wissen?« Brian lehnte sich auf seinem Stuhl nach vorne, ein Ausdruck der Verachtung auf seinem Gesicht.

Elliot antwortete nicht.

»So, jetzt sag mal, wie lange vögelst du schon meine Frau?«, fragte Brian, der offensichtlich nicht bereit war, aufzugeben.

»Verdammt, Brian«, murmelte Kay und beobachtete die Szene wie in Zeitlupe, als schaute sie bei einem unvermeidlichen Zugunglück zu.

Elliots Schlag landete direkt auf Brians Kiefer, warf ihn von seinem Stuhl und schleuderte ihn gegen die Wand, wo er zusammensackte. Brian stöhnte auf, betastete sein Gesicht und fluchte leise. Elliot trat auf ihn zu und beugte sich über ihn, wobei er eine Hand hinter sein Ohr legte. »Würdest du das bitte noch einmal wiederholen? Ich bin mir nicht sicher, ob ich dich beim ersten Mal verstanden habe.«

Brian erhob sich vom Boden, starrte Elliot an, hielt aber den Mund. Kay klappte die Akte zu und eilte ins Vernehmungszimmer, bevor noch mehr Blut floss.

»Was ist hier los?«, fragte sie, sobald sie die Schachtel betrat, und sah erst Elliot, dann Brian an.

Elliot zuckte mit den Schultern. »Er ist gestürzt. Ich wollte ihm nur helfen.«

»Ich bin gestürzt«, bestätigte Brian. »Es ist nichts passiert.«

Kay zog sich einen Stuhl gegenüber von Brian heran. Das Schrammen von Metall auf Beton quietschte in ihren Ohren. »Setz dich, Brian.«

Er gehorchte nicht, sondern lehnte sich gegen den Tisch, überragte sie mit wutentbranntem Blick. »Was soll ich hier, Kay?« Elliots Hände landeten auf seinen Schultern und zwangen ihn auf seinen Platz. »Warum haben sie mir meine Handys weggenommen? Ich brauche die«, schrie er in immer höherer Tonlage. »Was, wenn das Krankenhaus anruft? Meine Tochter ist noch da draußen!« Er wollte aufstehen, aber Elliot ließ die Hand wieder auf seine Schulter fallen und brachte ihn dazu, seine Meinung zu ändern.

»Setz dich hin, Brian«, wiederholte Kay.

»Ich bin kein verdammter Verbrecher, den du in den Schwitzkasten nehmen kannst, Kay«, zischte er. »Ich habe dir vertraut. Mein Kind ist da draußen, und dir ist das scheißegal.«

Kay verzog keine Miene und hielt es nicht für nötig, ihn über Hollys Aufenthaltsort zu informieren. »Ich habe nur eine Frage an dich.« Sie machte eine Kunstpause. »Wie bist du am Mittwochmorgen, als du dich gestellt hast, hierhergekommen?«

Die Frage ließ Brian für einen Moment sprachlos zurück. Mit weit aufgerissenen Augen starrte er Kay wie unter Schock an. »Wie bin ich … Herrgott, was ist das denn für eine Frage?« Er fuhr sich nervös mit den Fingern durch das zerzauste Haar und drückte fest auf seine Kopfhaut – eine typische Geste, die sie gut kannte, wenn Kraftlosigkeit und Frustration ihn übermannten.

»Ja, das ist vor allem eine einfache Frage. Wie bist du hierhergekommen? Hast du ein Uber genommen?« Er starrte sie weiterhin ungläubig mit offenem Mund an. »Doch nicht mit Stacey, oder?« Kay lächelte schief, sah ihm direkt in die Augen und bemerkte die leichte Erweiterung seiner Pupillen.

Angst.

»Sie stand zu Hause, in deiner Einfahrt, nicht wahr?« Kay lächelte höhnisch. »Weil du den Gedanken nicht ertragen konntest, dass jemand anders sie fährt. Also, Brian, wie bist du hierhergekommen?«

Seine Bestürzung schlug augenblicklich in Wut um, die sich schneller entzündete als trockenes Heu an einem windigen Tag. »Du hast kein Recht, mich zu befragen, Kay. Du bist nicht zuständig, und ich bin sowieso auf Kaution frei. Was zum Teufel willst du damit erreichen?« Er stand auf und ging zur Tür, aber Elliot versperrte ihm den Weg und deutete stumm auf den Stuhl, den er gerade verlassen hatte. Brian wandte sich von der Tür ab, blieb aber stehen und ging unruhig hin und her. »Ich habe dir immer wieder gesagt, dass ich Rachel nicht getötet habe. Du findest ständig Beweise dafür, dass ich es nicht getan habe, und trotzdem verhältst du dich genau wie dieses Stück Scheiße namens Brockett und verdächtigst mich. Du bist eifersüchtig auf Carly, nicht wahr? Ist es das?«

Kay grinste noch breiter. Sie hatte nicht vor, diese lächerliche Frage zu beantworten. »Es geht nicht um Rachels Tod,
Brian. Es geht um den Morgen, an dem du hier aufgetaucht
bist. Ein junges Mädchen wurde an jenem Morgen getötet, und
wir hatten gehofft, du hättest vielleicht etwas gesehen, das uns
weiterhelfen könnte.« Seine Erleichterung war ihm an seinen
Schultern und der nachlassenden Spannung in seinem
geschwollenen Kiefer anzusehen. »Mein Partner«, sie deutete
auf Elliot, »den du ja schon kennst, meinte, wir sollten dich
fragen.«

»Oh«, sagte Brian, hörte auf, unruhig auf und ab zu gehen,
und nahm Platz, als wäre er in einer Lounge und kurz davor,
einen Drink zu bestellen. »Ich habe nichts gesehen. Es war
dunkel, als ich hier ankam. Jemand hat mich gefahren.«

»Womit? Mit einem deiner schwarzen Suburbans?« Seine
Pupillen weiteten sich, und sämtliches Blut verschwand aus
seinem Gesicht und ließ die Haut aschfahl zurück.

»Wovon redest du da? Welcher Suburban?«

Kay beobachtete ihn mit Erstaunen. Anders als früher, als
sie noch eine junge, naive, verliebte Frau war, wusste sie jetzt,
wann er log. Doch abgesehen von der Reaktion seiner Pupillen
und der Blässe, die sein Gesicht umhüllte, zeigte er keinerlei
Anzeichen eines Lügners. Kein Zappeln oder Berühren seines
Gesichts. Keine Bewegung oder Reaktion, die nicht zu seiner
Legende passte, zu der Geschichte, an der er festhielt, von der
zu Unrecht verdächtigten Unschuld vom Lande.

Viele Polizisten, die längere Zeit verdeckt arbeiteten, entwi-
ckelten diese Fähigkeiten, aber es gab auch Menschen, die
bereits damit geboren wurden. Reine Naturtalente, die in der
Lage waren, mehrere Leben parallel zu führen, ohne einen
Fehler zu machen. Brian war eine dieser Ausnahmen.

Ein Hauch unaussprechlicher Traurigkeit ergriff Besitz von
Kays Herz.

Das Mädchen, das sie vor acht Jahren gewesen war, hatte

keine Chance gehabt, als das charismatische Raubtier es auf sie abgesehen hatte. Und Rachel ebenso wenig.

Kay hatte es eine jahrelange Ausbildung beim FBI und unzählige Fälle gekostet, um die nötigen Fähigkeiten zu entwickeln, mit denen sie seine Lügen durchschaute, und trotzdem hatte er es wieder geschafft, sie in die Irre zu führen. Am Anfang hatte sie ihm, wenn auch zurückhaltend, vertraut.

Wieder einmal.

Als wäre die Lektion vor acht Jahren nicht schon genug gewesen.

Ihr stieg ein schwerer Seufzer in der Brust auf, der ihr Herz von allen Überresten der Traurigkeit reinigte. Es war an der Zeit, Brian für alles büßen zu lassen. »Weißt du, was hinter dem Hügel ist?«

Er schüttelte den Kopf, verschränkte die Arme vor der Brust und sah sie an, als hätte sie den Verstand verloren. »Was?«

»Dort liegt ein Tal, ein Ort, den die Einheimischen Frozen Falls nennen, wegen einiger Steinformationen und eines kleinen Baches.« Brian runzelte die Stirn und zuckte sichtlich ungeduldig mit den Schultern. »Südlich von Frozen Falls, etwa anderthalb Kilometer entfernt, liegt der Katse Coffee Shop. Es ist wirklich nett dort, mit einer Terrasse und allem.« Kay legte die Hände auf den Deckel der Akte. »Und einer Überwachungskamera.«

Brian sprang auf und schlug mit beiden Fäusten auf den Tisch. Sein Stuhl fiel mit einem dumpfen Knall nach hinten um. »Mitten im verdammten Nirgendwo? Das soll wohl ein Witz sein!« Er ging wieder unruhig auf und ab, unterbrochen von gemurmelten Flüchen.

»Ja«, antwortete sie ruhig, öffnete die Akte und blätterte durch die Fotos. »Und die Golden Gate Bridge hat ebenfalls hochauflösende Kameras. Hier haben wir dich am Steuer des

Suburban auf dem Weg nach Norden und Edmundo Buendia auf dem Rückweg nach San Francisco.«

»Wen?« Brian sah sich die Fotos mit echtem Interesse an. »Habt ihr damit eine Gesichtserkennung durchgeführt?« Er tippte mit dem Fingernagel auf das Foto. Der vergrößerte Ausschnitt von Edmundos Gesicht war körnig und es wurde teilweise von einer Spiegelung im Seitenfenster des Suburban verdeckt.

»Das war nicht nötig«, antwortete Kay lächelnd. »Ist es nicht toll, wenn die Täter es uns mit ihren Gesichtstattoos so einfach machen?«

Brian stemmte die Hände in die Hüften. »Hä?«

»Siehst du das?« Sie deutete auf die Wange des Mannes. »Diese vier Tränen in seinem Gesicht ... du weißt, was das bedeutet, oder, Detective?«

Brian schaute schnell nach unten. »Ähm, das ist ein Gefängnistattoo, und jede Träne steht für ein ausgelöschtes Leben. Er hat vier Menschen getötet. Na toll. Aber was hat das mit irgendetwas zu tun?« Er starrte sie an, mit einem Ausdruck tiefer Enttäuschung auf dem Gesicht.

Ein schnelles Klopfen am halbdurchlässigen Spiegel unterbrach Kays Verhör. Elliot ging hinaus und schloss die Tür, aber Kay brach den Blickkontakt mit Brian nicht ab.

»Er ist der zweite Mann in deiner Organisation, nicht wahr?« »Wow ... Du bist ja wahnsinnig! Du hast völlig den Verstand verloren!« Brian beugte sich über den Tisch, verringerte den Abstand zwischen ihren Gesichtern und musterte sie. Sie wich nicht zurück, sondern lächelte nur ruhig. »War das Wiedersehen mit mir ein bisschen zu viel für dich, Kay? Ich hätte nicht gedacht, dass du noch interessiert bist ...«

Dieser narzisstische Mistkerl. Kay schluckte ihre Wut hinunter und blätterte zum nächsten Foto in der Akte. »Derselbe Suburban wurde in der Nähe der Schießerei gesehen, die Rachel beobachtet hat. Mit dir am Steuer. Hier.« Sie zeigte auf ein weiteres körniges Foto, so körnig, dass man den Fahrer kaum erkennen konnte. »Eine Geldautomatenkamera zeigt dich und den Suburban auf derselben Straße und zur Zeit des Anschlags auf Oliver Galaz.«

Brian holte den Stuhl und setzte sich darauf, als hätten ihm die Knie nachgegeben, mit einem Ausdruck reiner Verblüffung im Gesicht. »Ich bin das nicht auf diesem Foto. Woher willst du wissen, dass ich das bin? Kein Anwalt würde sich auch nur eine Minute lang damit aufhalten.«

Kay holte ihr Handy heraus und rief eine Nummer aus dem Gedächtnis ab. Dann stellte sie den Anruf auf Lautsprecher. Brockett nahm sofort ab.

»Haben Sie die Testergebnisse schon, Detective?«

»Ja. In dem Suburban sind überall Hanlins Fingerabdrücke zu finden. Außerdem Schmauchspuren an der Innenseite der Fahrertür.«

Kay starrte Brian die ganze Zeit an, während Brockett sprach, und nickte leicht. »Sagen Sie mal, Detective, wie lautete noch einmal der Spitzname des Kopfes von La Vida Sangrienta?«

»Barracuda, warum?«

»Nur so, danke!« Kay tippte auf den roten Kreis, um den Anruf zu beenden, lächelte immer noch und sah Brian an. Der saß mit schlaff herabhängenden Armen auf seinem Stuhl. Er sah so verzweifelt aus, dass sie fast Mitleid mit ihm hatte.

Fast.

»Weißt du, ich habe die Verbindung nicht gesehen, bis mir wieder einfiel, wer Shannon war ... Ein Barracuda, die Liebe deines Lebens. Dafür steht doch ›Hemi Cuda‹, oder?«

Brian fuhr sich mit den Händen durch die Haare, sein Blick ging ins Leere. »Ich weiß nicht, wovon du redest, Kay. Das ergibt doch keinen Sinn. Es war ein großer Fehler, hierherzukommen und mich dir auszuliefern. Du bist voreingenommen, offensichtlich immer noch verletzt, eine verschmähte Frau. Du bist darauf erpicht, mich bluten zu sehen.«

Kay prustete angesichts seines lahmen Versuchs, von der Sache abzulenken. »Weißt du, ich habe dir geglaubt, als du am Mittwochmorgen hier aufgetaucht bist. Ich wollte dir glauben. Ich hatte einige Zweifel, aber ich habe sie beiseitegeschoben. Der Anschlag auf dem Parkplatz vor eurem Revier war eine geniale Inszenierung. Er hat mich dazu gebracht, den Leuten zu schwören, dass du Rachel nicht getötet hast.« Kay schüttelte den Kopf, enttäuscht von sich selbst. »Das war schon sehr mutig, das muss ich dir lassen. Wer war der Schütze?«

Brian antwortete nicht. Er starrte nur in ihre Richtung, seine Pupillen wirkten wenig fokussiert.

»Nun, ich lese hier, dass Edmundo Buendia vor seiner unehrenhaften Entlassung ein verdammt guter Scharfschütze war. Er hat Wettbewerbe gewonnen und wurde für mehrere Geheimoperationen in Afghanistan ausgewählt. Hast du das gewusst?« Schweigen. »Aber natürlich wusstest du das. Wem würde man sein Leben schon lieber anvertrauen als einem Meisterschützen?«

»Das ergibt doch alles keinen Sinn, Kay«, widersprach Brian, aber seine Stimme klang gebrochen, wenig überzeugend, besiegt. »Du glaubst also, ich hätte jemanden gebeten, uns zu erschießen? Wirklich? Wie wahnsinnig kann man werden?«

»Ich glaube, du hast gemerkt, dass ich dir deine Geschichte nicht abkaufe, und bist in Panik geraten.«

»Ich fasse es nicht ...« Brian brach mitten im Satz ab, als die Tür aufging.

Elliot kam herein, ein Telefon in der Hand. Er legte es vor Kay auf den Tisch. »Wir haben eine Textnachricht auf Brians Handy gefunden, in der Edmundo angewiesen wird, das WLAN auszuschalten. Er wollte nicht, dass sein Kind gefunden wird.«

»Ja, weil sein Kind gar nicht vermisst wurde«, antwortete

Kay. »Sie wurde der Obhut eines Untergebenen anvertraut. Aber warum, Brian? Warum hast du Holly zu Edmundo gebracht?«

»Moment mal«, sagte Brian und beugte sich mit einem Hoffnungsschimmer in den Augen vor. »Woher weißt du, wem ich eine SMS geschickt habe? Das denkst du dir doch nur aus.«

»Nein, Brian, das ist deine Spezialität. Wir haben Holly und Edmundo, und während der Rettung von Holly haben wir eine Reihe von Handys beschlagnahmt.«

Diese letzte Aussage ließ einen Anflug von Panik in Brians Augen aufblitzen, der aber sofort wieder verschwand. »Nochmals, ich weiß nicht, wovon du da sprichst. Ich stehe bereits für den Mord an Rachel vor Gericht, ein Verbrechen, das ich nicht begangen habe. Also, klagt mich an oder lasst mich gehen. Der Zirkus hier dauert mir schon viel zu lange.«

Er hatte nicht mal gefragt, ob es seiner Tochter gut ging. So ein Mistkerl.

Aber er hatte recht. Die Scharade dauerte schon lange genug an.

»Also, was ist passiert?«, fragte Kay. »Warum musste Taylor sterben?«

Brian warf ihr wieder seinen »Bist-du-verrückt?«-Blick zu. »Wer?«

»Die neunzehnjährige Joggerin, die gesehen hat, wie du aus dem Suburban gestiegen und zu Fuß über den Hügel gelaufen bist, um hierherzukommen. Du konntest keinen Zeugen einfach so entkommen lassen, oder?«

»Ich weiß nicht, wovon du redest.« Brian seufzte und stand auf, ein wenig wackelig, als wäre er betrunken. Wahrscheinlich fühlte er sich erschöpft und besiegt.

»Es spielt keine Rolle, ob du es zugibst oder nicht. Es ist alles eine Frage des Timings«, mischte sich Elliot ein. »Als unser Rechtsmediziner deinen Fingerabdruck auf dem Projektil aus Taylors Leiche und auf der Patronenhülse, die du am Tatort zurückgelassen hast, gefunden hat, warst du noch nicht im System hinterlegt. Das AFIS hat keine Treffer geliefert. Du wurdest erst am nächsten Morgen verhaftet, *nachdem* unser Rechtsmediziner seine Suche durchgeführt hatte.«

»Ah, aber an einen Daumenabdruck wie den Deinen kann man sich doch ganz gut erinnern, oder nicht?«, fragte Kay, stand auf und trat zu Brian hinüber. »So wie an eine bestimmte Flasche Burgunder, nicht wahr?« Brian steckte instinktiv die Hände in die Taschen. »Ich habe dir ja gesagt, dass das gefährlich ist, nicht wahr? Aber keine Sorge«, fügte sie lachend hinzu. »Das wird dich nicht umbringen, Brian. Im Gegenteil: Es wird dir lebenslänglich bescheren.«

EINUNDFÜNFZIG

FAMILIE

Novack hatte Brian abgeführt und ihn in eine der Arrestzellen gesperrt, wo er auf sein Verfahren wartete. Kays Ex-Mann hatte in zehn endlosen Minuten ihrer Zeit von Ungläubigkeit über Schock bis hin zu Beleidigungen, Drohungen und dem Anbieten hoher Geldbeträge alles abgespult.

»Was ist denn mit dem los?«, fragte Elliot, nachdem Novack Brian abgeführt hatte.

»Du meinst diesen Zusammenbruch?« Kay legte lächelnd den Kopf zur Seite. »Das passiert, wenn ein Narzisst bloßgestellt und gedemütigt wird. Er kann einfach nicht damit umgehen.«

»Ich habe mich schon gefragt, warum er zu dir gekommen ist, um seine Unschuld zu beteuern. Er war auf der Suche nach Ärger, nicht wahr?«

»Er brauchte jemanden, den er schon einmal betrogen hatte. Eine sichere Sache«, antwortete Kay. Ihr Lächeln war verschwunden, weggespült von einer Welle der Traurigkeit. Sie hielt einen Moment inne und spürte, wie ihr die Tränen in die Augen zu steigen drohten. »Ich habe mein Leben völlig falsch begonnen. Ich habe ihm seine Lügen damals geglaubt, und heute Morgen habe ich ihm immer noch geglaubt, bis du den Namen der Firma erwähnt hast und sich alles zusammenfügte. Aber warum ich? Und warum habe ich ihm geglaubt?«

Elliot sagte nichts, sondern hörte nur zu, unterstützend und stark und vorurteilsfrei, wie er es immer tat.

»Ich werde dir sagen, warum«, fuhr Kay fort und senkte verlegen den Blick. »Er zeigt keine Anzeichen von Unehrlichkeit, nur Wut, Frustration, Schmerz – alles normale Gefühle für jemanden, der zu Unrecht des Mordes beschuldigt wird. Er hat keine Gewissensbisse. Er hätte seine eigene Tochter umgebracht, um diese ganze Sache zu vertuschen.«

»Aber warum hat er Rachel auf diese Weise getötet, anstatt seine Schläger auf sie anzusetzen oder so?« Elliot nahm seinen Hut ab und ließ ihn auf den Tisch fallen. »Ich versteh's nicht.«

»Arroganz, vielleicht? Wahrscheinlich werden wir es nie erfahren. Die Täter, die wir am Ende dingfest machen, sind diejenigen, die sich für zu schlau halten, um Fehler zu machen. Den Rest erwischen wir nicht.«

Elliot kratzte sich am Hinterkopf. »Eine andere Frage, die ich mir stelle, ist, warum Rachel zu ihrem Haus zurückgekehrt ist, wenn sie doch schon wusste, wer den Straßendealer erschossen hat? Sie hat doch am folgenden Morgen direkt mit dem Staatsanwalt gesprochen, oder? Muss sie nicht gewusst haben, dass es Brian war?«

»Noch eine gute Frage, die mich nicht ruhig schlafen lässt.« Kay seufzte, denn in ihrer Aussage steckte mehr Wahrheit, als ihr lieb war. »Rachel hatte bei der Staatsanwaltschaft einen Rückzieher gemacht, als ob sie kalte Füße bekommen hätte. Vielleicht hat sie irgendwann später gemerkt, dass der Mann, den sie gesehen hatte, Brian war. Noch nicht zum Zeitpunkt der Schießerei. Aber das sind nur Spekulationen. Die Wahrheit ist: Ich weiß es nicht.«

Es klopfte an der Tür und Novack steckte den Kopf herein. »Detective?«

Sie drehten sich beide um, sagten »Ja?« und lachten dann herzhaft.

»Er«, sagte Novack, richtete den Finger auf Elliot und grinste. »Der Perversling wartet, Euer Gnaden.«

Kay stand auf und folgte Elliot, froh, die ganze Sache mit Brian hinter sich zu bringen. »Perversling? Was für ein Perversling?«

Elliot grinste und neigte den Kopf in Richtung der Arrestzelle neben Brian. »Das ist Darrell Bates, vierundvierzig und stinkreich. Taylor war schwanger mit seinem Baby ...«

»Schwanger?«, fragte Kay erstaunt. »Armes Mädchen.«

»Er ist nicht der Hellste. Er hat freiwillig eine DNA-Probe abgegeben, um für den Mord an ihr ausgeschlossen zu werden. Dann hat sich herausgestellt, dass dieser andere Musterbürger hier, Mr Melby«, er zeigte auf die dritte Zelle, »der Besitzer des örtlichen Stripclubs, Videoaufnahmen der ganzen Perverslinge hatte, die sich um das Privileg der Vergewaltigung seiner Mädchen bewerben durften. Jetzt haben wir also Mr Bates wegen Vergewaltigung und Aufforderung zur Unzucht hier sitzen.«

Kay klopfte Elliot auf die Schulter. »Du warst fleißig.«

»Aber ich habe kooperiert, nicht wahr?«, fragte Melby, hielt sich an den Gitterstäben seiner Zelle fest und schrie ihnen förmlich hinterher. »Hey, Cowboy, Sie haben versprochen, die Anklage wegen Sexhandels fallen zu lassen!«

Elliot blieb stehen und beugte sich zu Kays Ohr. »Pass mal auf«, flüsterte er und ging zu Melbys Zelle hinüber. »Ich bin ein Mann, der sein Wort hält, Melby. Ich klage Sie nicht des Sexhandels an, sondern nur der anderen, weniger schwerwiegenden Delikte, wie Beihilfe zur Prostitution und Vergewaltigung.«

»Danke«, sagte Melby zögerlich.

Novack hörte das, und er eilte herbei. »Aber warum lassen Sie die Anklage wegen Sexhandels fallen, Detective? Sie haben doch gesehen, was er getan hat.«

Elliot grinste. »Das wäre doch ohnehin im Sande verlaufen. Zum Sexhandel gehört irgendeine Art von Transport, und die Mädchen wurden nirgendwohin gebracht.«

Novack lachte. »Ha! Die Androhung war also von vornherein Schwindel?«

»Ich würde eher sagen, ein Druckmittel.«

Das ganze Büro brüllte vor Lachen, was jedoch Melbys Flüche kaum übertönte. Kays Handy klingelte, und sie zog sich in den Vernehmungsraum zurück, um Brocketts Anruf entgegenzunehmen. Sie bedeutete Elliot, ihr zu folgen.

»Ich habe noch mehr Neuigkeiten für Sie, Detective«, verkündete Brockett. Kay stellte das Telefon auf Lautsprecher und legte es auf den Tisch. »Unseren Technikern ist es gelungen, eine Textnachricht zu rekonstruieren, die in Rachels Handy stecken geblieben ist.«

»Was meinen Sie mit ›stecken geblieben‹?«

»Sie sollte an Sie geschickt werden, aber anscheinend ist sie nicht durchgekommen.«

Kay setzte sich hin. Ihr schlug das Herz bis zum Hals. »Was steht drin?«

Es tut mir so leid, dass ich nicht früher angerufen habe, um mich für das zu entschuldigen, was ich getan habe. Ich kann verstehen, dass du meinen Anruf nicht angenommen hast. Aber ich brauche dich jetzt. Wir brauchen deine Hilfe. Brian ist nicht der, für den ich ihn gehalten habe. Ich habe es zuerst nicht gewusst. Gerade ist mir klar geworden, dass es seine Manschettenknöpfe waren, die ich in der Nacht gesehen habe. Er ist gefährlich und ich bin ...

»Das ist alles. Etwas muss sie unterbrochen haben.«

Kay schluckte mühsam. »Ja. Ihr Mörder. Rachel hat das Telefon zusammen mit Hollys Teller und Tischset in die Spülmaschine geworfen, und das Telefon hatte keinen Empfang mehr.« Kay runzelte die Stirn und wog ab, wie groß die Wahrscheinlichkeit war, dass es sich genau so ereignete hatte und dass die Nachricht im Speicher des Telefons noch da war, nachdem es unter der Woche fast seinen ganzen Akkustand verloren hatte. Aber die Nachricht existierte und bestätigte, was Kay nur vermutet hatte: Rachel hatte irgendwann *nach* ihrem Besuch bei der Staatsanwaltschaft erkannt, wer Brian war, vielleicht als sie nach Hause gekommen war. »Ich schätze, so etwas kann passieren«, sagte sie zweifelnd. »Ich habe auch Neuigkeiten für Sie, Detective. Wir werden Brian Hanlin wegen Mordes anklagen.«

»Hm? Mord an wem genau?«

»Er hat an dem Morgen, als er hier aufgetaucht ist, ein Mädchen aus der Gegend erschossen. Eine arme Seele, die das Pech hatte, ihn aus dem schwarzen Suburban aussteigen zu sehen.«

Der alte Polizist verstummte kurz. »Tja, dann werden Sie wohl nicht versuchen, ihn im Fall Rachel Epling zu entlasten, oder?«

»Auf keinen Fall.«

»Noch eine Sache, die Sie kaum glauben werden. Der kleinen Holly geht es gut. Ihre Familie ist aufgetaucht, um sie abzuholen.«

Kay runzelte die Stirn und starrte ungläubig auf das Telefon. Welche Familie? »Wer?«

»Brians Eltern. Ja ... lebendig und wohlauf, das können Sie ruhig glauben. Ich habe ihren Ausweis und ihre Hintergrundgeschichte überprüft, weil ich meinen Augen nicht trauen konnte.«

»Er hat allen erzählt, sie seien gestorben und hätten ihm

Geld und das Haus hinterlassen«, flüsterte Kay erschüttert. »Einschließlich mir.«

»Tja, wissen Sie was? Er hat gelogen. Gute Nacht, Detective.« Brockett lachte, als er das Gespräch beendete.

Kay saß schweigend da. In ihrem Kopf drehte es sich. Alles, was sie über Brian zu wissen geglaubt hatte, war in Stücke gerissen worden. Wenigstens musste Holly nicht in ein Kinderheim. Und vielleicht konnten die Hanlins sie ja besser erziehen, als es ihnen bei Brian gelungen war.

»Darf ich dich auf eine Tasse Kaffee einladen?«, fragte Elliot.

Kay stand auf und gemeinsam verließen sie die Schachtel. »Ich bin so was von fertig für heute. Ich muss nur noch Brians Papiere unterschreiben, dann kann ich gehen.« Sie ging hinüber zum Empfang, wo Deputy Hobbs den Papierkram abarbeitete. »Geben Sie mir bitte Hanlins Unterlagen«, bat Kay und nahm einen Stift in die Hand.

Hobbs schob ihr ein Klemmbrett mit einigen Formularen über den Empfangstresen. Kay unterschrieb alles Notwendige und schob die Unterlagen zurück. »Danke.«

»Irgendeine Sonderbehandlung für Ihren Ex, Detective?«, fragte Hobbs, als Kay sich zum Gehen wandte.

»Oh, verdammt, auf gar keinen Fall«, antwortete sie über die Schulter. »Viel Spaß mit ihm.«

»Gut gemacht, Mädel!«, rief Denise Farrell von der anderen Seite des Raumes. »Hipp, hipp, hurra!« Sie stieß die Faust in die Luft.

Und schon waren alle Schwierigkeiten verschwunden. Kay war wieder zu Hause, bei ihrer Familie, und Elliot wartete an der Tür auf sie. Mit einem strahlenden Lächeln und Schmetterlingen im Bauch stürzte sie zu ihm hinüber. »Ich bin am Verhungern. Wie wäre es anstelle des Kaffees mit einem Steak und einem Bier?«

Elliot schüttelte mit einem traurigen Gesichtsausdruck den

Kopf, aber seine Augen blitzten lachend unter der Hutkrempe hervor. »Ich weiß nicht, ob ich das riskieren kann. Hält mein tadelloser Ruf es aus, wenn ich in der Öffentlichkeit mit einer Frau gesehen werde, die mal mit einem Unterweltkönig verheiratet war?«

»Verheiratet? Keine Ahnung, wovon du redest!«

MEHR VON BOOKOUTURE DEUTSCHLAND

Für mehr Infos rund um Bookouture Deutschland und unsere Bücher melde dich für unseren Newsletter an:

www.bookouture.com/bookouture-deutschland-sign-up

Oder folge uns auf Social Media:

 facebook.com/bookouturedeutschland

 twitter.com/bookouturede

 instagram.com/bookouturedeutschland

EIN BRIEF VON LESLIE

Ein herzliches **Dankeschön** dafür, dass ihr euch entschieden habt, *Das kalte Grab* zu lesen. Wenn es euch gefallen hat und ihr über meine Neuerscheinungen auf dem Laufenden gehalten werden möchtet, meldet euch über den folgenden Link für meinen Newsletter an. Eure E-Mail-Adresse wird nicht weitergegeben und ihr könnt euch jederzeit wieder abmelden.

www.bookouture.com/bookouture-deutschland-sign-up

Wenn ich ein neues Buch schreibe, denke ich an euch, meine Leser:innen; was ihr als Nächstes lesen möchtet, wie ihr eure Freizeit gestaltet und was ihr am meisten an der Zeit schätzt, die ihr in der Gesellschaft der von mir erschaffenen Figuren verbringt und in der ihr die Herausforderungen, die ich ihnen stelle, miterlebt. Deshalb würde ich gern von euch hören! Hat euch *Das kalte Grab* gefallen? Würdet ihr euch wünschen, dass Detective Kay Sharp und ihr Partner Elliot Young in einer weiteren Geschichte zurückkehren? Euer Feedback ist mir unglaublich wichtig und ich freue mich, eure Meinung zu hören. Bitte kontaktiert mich direkt über einen der unten aufgeführten Kanäle. E-Mail funktioniert am besten: LW@Wolfe-Novels.com. Ich werde eure E-Mail-Adresse an niemanden weitergeben und ich verspreche euch, dass ihr eine Antwort von mir erhalten werdet!

Wenn euch mein Buch gefallen hat und es nicht zu viel

verlangt ist, nehmt euch doch bitte einen Moment Zeit und hinterlasst eine Rezension auf einer Social-Media-Seite oder dort, wo ihr das Buch gekauft habt. Ihr könnt so *Das kalte Grab* anderen Leser:innen empfehlen. Rezensionen und persönliche Empfehlungen helfen ihnen sehr, neue Titel oder neue Autor:innen zu entdecken. Es macht einen großen Unterschied, und es bedeutet mir sehr viel. Ich danke euch für eure Unterstützung und hoffe, euch auch mit meiner nächsten Geschichte unterhalten zu können. Wir sehen uns bald wieder!

Vielen Dank

Leslie

www.WolfeNovels.com

 facebook.com/wolfenovels

DANKSAGUNG

Ein besonders herzliches Dankeschön geht an das fantastische Verlagsteam von Bookouture. Es ist ein Vergnügen, mit ihnen zu arbeiten, sich von ihrer Begeisterung anstecken und von ihrer Hingabe inspirieren zu lassen.

Dabei möchte ich mich insbesondere bei Christina Demosthenous bedanken, die den Lektoratsprozess zu einer wunderbaren Erfahrung macht und die beste Brainstorming-Partnerin ist, die man sich als Autorin wünschen kann. Sie ist mein Leitstern in allen Verlagsangelegenheiten und meine Muse, wenn ich einen Impuls brauche. Ich kann dir gar nicht genug danken.

Was wäre ich nur ohne Kim Nash und Noelle Holten, die unermüdlich auf allen Kanälen Werbung für meine Bücher machen? Alba Proko ist die wunderbare Audiomanagerin, die meine geschriebenen Geschichten hörbar macht, den gesamten Prozess der Audioproduktion betreut und mich auf jede einzelne Aufnahme unfassbar stolz macht. Ihre Arbeit mit meinen Geschichten ist geradezu inspirierend.

Ein großes Lob an das digitale Marketingteam, das unablässig und unermüdlich daran arbeitet, dass jede Buchveröffentlichung besser wird als die vorherige. Ihr seid einfach großartig.

Mein herzlichster Dank geht zudem an Richard King und seine überschwänglichen Bemühungen, mein Werk in Übersetzungen auf andere Märkte und vielleicht eines Tages auch auf den Bildschirm zu bringen. Ein herzliches Dankeschön für alles, was du tust, und für dein lebhaftes Interesse an meiner Arbeit. Das weiß ich sehr zu schätzen.